鲁迅全集

第十一卷

鲁迅 著

王德领 钱振文 葛涛 等审订

月界旅行

地底旅行

域外小说集

现代小说译丛

现代日本小说集

工人绥惠略夫

中国科学技术出版社

·北 京·

图书在版编目（CIP）数据

鲁迅全集. 第十一卷 / 鲁迅著. -- 北京 : 中国科
学技术出版社, 2024.3

ISBN 978-7-5236-0206-5

Ⅰ. ①鲁… Ⅱ. ①鲁… Ⅲ. ①鲁迅著作—全集 Ⅳ.
①I210.1

中国国家版本馆CIP数据核字（2023）第073732号

目 录

月界旅行

地底旅行

域外小说集

现代小说译丛

现代日本小说集

工人绥惠略夫

月界旅行

[美]培伦

本书和下面的《地底旅行》的作者，都是法国小说家儒勒·凡尔纳（Jules Verne，1828—1905）。

——编者

科学小说

《月界旅行》辨言

在昔人智未辟，天然擅权，积山长波，皆足为阻。递有刳木剡木之智，乃胎交通；而桨而讽[1]，日益衍进。惟[2]遥望重洋，水天相接，则犹魄悸体栗，谢不敏也。既而驱铁使汽，车舰风驰，人治日张，天行自逊，五州同室，交贻文明，以成今日之世界。然造化不仁，限制是乐，山水之险，虽失其力，复有吸力空气，束缚群生，使难越雷池一步，以与诸星球人类相交际。沉沦黑狱，耳窒目朦，夔以相欺，日颂至德，斯固造物所乐，而人类所羞者矣。然人类者，有希望进步之生物也，故其一部分，略得光明，犹不知餍，发大希望，思斥吸力，胜空气，泠然神行，无有障碍。若培伦氏，实以其尚武之精神，写此希望之进化者也。凡事以理想为因，实行为果，既莳厥种，乃亦有秋。尔后殖民星球，旅行月界，虽贩夫稚子，必然夷然视之，习不为诧。据理以推，有固然也。如是，则虽地球之大同可期，而星球之战祸又起。呜呼！琼孙之"福地"，弥尔之"乐园"，遍觅尘球，竟成幻想；冥冥黄族，可以兴矣。

培伦者，名查理士，美国硕儒也。学术既覃，理想复富。默揣世界将来之进步，独抒奇想，托之说部。经以科学，纬以人情。离合悲欢，谈故涉险，均综错其中。间杂讥弹，亦复谭言微中。十九世纪时之说月界者，允以是为巨擘矣。然因比事属词，必洽学理，非徒摭山川动植，侈为诡辩者比。故当觥觥大谈之际，或不免微露

1　"桨"字疑是"桨"字之误，"讽"字疑是"帆"字之误。——编者
2　现代汉语常用"唯"。——编者注

遁辞，人智有涯，天则甚奥，无如何也。至小说家积习，多借女性之魔力，以增读者之美感，此书独借三雄，自成组织，绝无一女子厕足其间，而仍光怪陆离，不感寂寞，尤为超俗。

盖胪陈科学，常人厌之，阅不终篇，辄欲睡去，强人所难，势必然矣。惟假小说之能力，被优孟之衣冠，则虽析理谭玄，亦能浸淫脑筋，不生厌倦。彼纤儿俗子，《山海经》《三国志》诸书，未尝梦见，而亦能津津然识长股、奇肱之域，道周郎、葛亮之名者，实《镜花缘》及《三国演义》之赐也。故掇取学理，去庄而谐，使读者触目会心，不劳思索，则必能于不知不觉间，获一斑之智识[3]，破遗传之迷信，改良思想，补助文明，势力之伟，有如此者！我国说部，若言情谈故刺时志怪者，架栋汗牛[4]，而独于科学小说，乃如麟角。智识荒隘，此实一端。故苟欲弥今日译界之缺点，导中国人群以进行，必自科学小说始。

《月界旅行》原书，为日本井上勤氏译本，凡二十八章，例若杂记。今截长补短，得十四回。初拟译以俗语，稍逸读者之思索，然纯用俗语，复嫌冗繁，因参用文言，以省篇页。其措辞无味，不适于我国人者，删易少许。体杂言庞之讥，知难幸免。书名原属"自地球至月球在九十七小时二十分间"意，今亦简略之曰《月界旅行》。

癸卯新秋，译者识于日本古江户之旅舍。

3　现代汉语常用"知识"。——编者注
4　现代汉语常用"汗牛充栋"。——编者注

第一回　悲太平会员怀旧
破寥寂社长贻书

凡读过世界地理同历史的，都晓得有个亚美利加[1]的地方。至于亚美利加独立战争一事，连孩子也晓得是惊天动地，应该时时记得、永远不忘的。今且不说，单说那独立战争时，合众国中，有一个麦烈兰国，其首府名曰拔尔祛摩，是个有名街市。真是行人接踵，车马如云。这府中有一所会社，壮大是不消说，一见他国旗高挑，随风飞舞，就令人起一种肃然致敬的光景。原来是时濒年战斗，人心恟恟，经商者捐资财，操舟者弃舟楫，无不竭力尽心考究兵事。那在坡茵兵学校的，更觉热心如炽。这个说我为大将，那个说我做少将。此外一切，真是视而不见，听而不闻，食而不知其味的了。尔后，费却许多兵器弹药、金资人命，遂占全胜，脱了奴隶的羁轭，造成一个烈烈轰轰[2]的合众国。诸君若问他得胜原因，却并无他故：古人道，工欲善其事，必先利其器；美国也不外自造兵器，十分精工，不比不惜重资，却去买外国废铁，当作枪炮的；所以愈造愈精，一日千里，连英、法诸强国极大钢炮，与他相比，也同僬侥国人遇着龙伯一般，免不得相形见绌了。此时说来，似乎过于夸大。其实美国人炮术，天下闻名，犹如伊大利[3]人之于音乐、德国人之于心理学一般。既已在世界上独一无二，他偏又聚精会神，日求进步。所以连欧洲新发明的"安脱仑格""排利造""波留"等有名大炮，也不免要退避三舍了。……诸君，你想！偌大一个地

1　现译"美国"。——编者注
2　现代汉语常用"轰轰烈烈"。——编者注
3　现译"意大利"。——编者注

球，为什么独有美国炮术，精妙一至于[4]此呢？前文说那拔尔祛摩府中，不是有一座壮大无匹、花旗招飐的会社吗？这便是制造枪炮的所在。当初设立时，并不托官绅势力，也不借富商巨资；单是一个大炮发明家，同一个铸铁师，商量既定，又招一个钻手，立下这枪炮会社的基础，行过开社的仪式。不料未及一月，就有尽力社员一千八百三十三人，同志社员三万五千六十五人。当下立定条约，说是万一新发明大炮难以成功，则须别出心裁，制造别种斩新利器。至于手枪短铳等细小物件，却并不介意，惟有专心致志铸造大炮，便是这会社的宗旨。到后来会社中社员，越聚越多，也有大将，也有少将，一切将校，无所不有。若把这会社社员题名簿一翻，不是写着战死，就是注着阵亡；即偶有几个生还，亦复残缺不完，疮痍遍体：有扶着拐杖的，有用木头假造手足的，有用树胶补着面颊的，有用银嵌着脑盖骨的，有用白金镶着鼻子的，蹒跚来往，宛然一座废人会馆。从前有名政治家卑得刻儿曾说道："把枪炮会社中人四个合在一处，没一条完全臂膊；六个合在一处，没一双满足的腿。"可想见这些社员情形了！虽然，老骥伏枥，志在千里；他们虽五体不全，而雄心未死，常抚着弹创刀痕，恨不得再到战场，将簇新大炮对敌军一试。晋人陶渊明先生有诗道：

> 精卫衔微木，将以填苍海；
> 邢天舞干戚，猛志固常在。

像是说这会社同社员的精神一样。那晓得世事循环，战争早毕，大炮炸弹，尽成无用长物。当初杀人成阜的沙场，也都变了桑麻如林的沃壤。老幼熙熙，欢声载道。只有枪炮会社社员，却像解馆先

4　现代汉语常用"以至于"。——编者注

生，十分烦闷。虽是只管制造，想发明空前绝后的大炮；无奈不能实地试验，只好徒托空言罢了。加之会社零落、堂室荒芜，新闻纸堆累几上，霉菌毿毿，竟无一人过问。可怜从前车马络绎、议论嚣嚣的所在，竟变做荒凉寂寞的地方。回想当初，硝烟惨淡，铁雨纷飞的情形，不是做梦，还遇得着么？人说可喜的是天下太平，四海无事，那晓得上马杀贼的壮士，却着实伤心呢！……一日天晚，有一会员叫做汉佗的，走进自己的休息所，把木镶的假腿向火炉上一烘，说道："目下时势，岂不怪极了吗！我辈竟无一事可为，岂不是一可悲叹的世界吗！不知什么时候，才能够有霹雳似的炮声，给我畅畅快快的[5]听一听呢？"旁边坐着的毕尔斯排，本来极其洒落，把断腕一伸，连忙答道："如此快事，那里还有呢！虽然遇着过愉快的时候，谁料半途中竟把战争中止了。从前的大将，仍然去做商贾；弹丸的仓库，竟堆了棉花。唉，将来亚美利加炮术，怕还绝迹的了。"有名的麦思敦，把树胶作的头盖骨且搔且说道："是的。此刻时势太平，已非研究炮术学的时候，所以我想造一种叫做臼炮的，今日已制成雏形，此炮一出，到可以一变将来战争模样。"汉佗忽然记起麦思敦新发明的第一回就打死三百七十三人的大炮，忙问道："当真吗？"麦思敦道："决非[6]灵[7]言。然须加一层工夫精神，故尚未成就。目下亚美利加景况，百姓悠然，只想过太平日子；然而人口非常增多，有的说恐怕又要闹事了。"大佐白伦彼理道："这些事，总是为欧罗巴洲近时国体上的争论罢了。"麦思敦道："不错不错！我所希望，大约终有用处，而且又有益于欧罗巴洲。"毕尔斯排大声道："你们做甚乱梦！研究炮术，却想欧洲人用么？"大佐白伦彼理答道："我想给欧洲人用，比不用却好些。"麦思敦道："不错。然而已后不去尽力研究他，亦无不可。"大

5　现代汉语常用"地"。——编者注
6　现代汉语常用"绝非"。——编者注
7　疑是"虚"字之误。——编者

佐白伦彼理道:"为什么呢?"麦思敦道:"想欧罗巴的进步,却同亚美利加人思想相反,他不从兵卒渐渐升等,是不能做大将的。不是自造铁炮,是不能打的。"汉佗正拿着小刀,在那里削椅子的靠手,一面说道:"可笑得很! 要是这般,我们只好种烟草榨鲸油了。"麦思敦发恨道:"那是什么话呢! 难道以后就没有改良火器的事情吗? 就没有试验我们火器的好机会吗? 难道我们的炮火,辉映空中的时候,竟会没有吗? 同大西洋外面国度的国际上纷争,就永远绝迹了吗? 或者法国人把我们的汽船撞沉了,或者英国人不同我们商量竟把两三人缢杀了,这宗事情,就会没有吗? ……倘若我新发明的臼炮,竟没实地试验的好机会,惟有诀别诸君,葬身于爱洱噶尼沙的平野罢了。"众人齐声答道:"果然如此,则我们亦当奉陪。"大家无情无绪,没精打彩[8]的谈了一会,不觉夜深,于是各人告别回房,各自安寝不表。到了次日,忽见有个邮信夫进来,手上拿着书信,放下自去。社员连忙拆开看时,只见上写道:

> 本月五日集会时,欲议一古今未有之奇事。谨乞
> 同盟诸君子贲临,勿迟是幸!
> 十月三日,书于拔尔祛摩。枪炮会社社长巴比堪。

社员看毕,没一个晓得这哑谜儿,惟有面面相觑。那性急的,恨不能立刻就到初五,一听社长的报告。正是:

> 壮士不甘空岁月,秋鸿何事下庭除。

究竟为着甚事,且听下回分解。

---

8 现代汉语常用"无精打采"。——编者注

第二回　搜新地奇想惊天
登演坛雄谭震俗

却说社员接了书信以后，光阴迅速，不觉初五。好容易挨到八点钟，天色也黑了，连忙整理衣冠，跑到纽翁思开尔街第二十一号枪炮会社。一进大门，便见满地是人，黑潮似的四处汹涌。原来住在拔尔祛摩的社员，多已先到；外加赶热闹的百姓，把个极大会社，满满的塞个铁紧，尚且源源而来。没坐处的是不消说，连没立处的也不知多少，有的立在边室，有的立在廊下，乱推乱挤，各自争先，要听古今未有的奇事。美国人民本来是用"自治说"教育出来的，所以把人乱推，还说这是自由的弊病，是不免的了。至于"自由者以他人之自由为界"的公理，那里[1]能个个明白呢！会堂里面，单是尽力社员，同着同志社员，簇齐的坐着，一排一排，如精兵布阵一般，井井有条，一丝不乱。其余不论是外国人，是做官的，一概不能进内，只好也混在百姓里边，伸着脖子，顺势乱涌罢了。惟有身材高大的，却讨便宜，看得见里面情景，说是诸般装饰，无不光采夺目[2]，壮丽惊人。上边列着大炮，下面排着臼炮、古今火器，不知有几千万样，罗列满屋。照着汽灯，越显得光芒万丈、闪闪逼人。正中设一张社长坐的椅子，是照三十四寸臼炮台的样式做的，脚下有四个轮子，可以前后左右随意转动。前面是"恺儿乃德"炮式的铁镶六足几，几上放着玻璃墨汁壶，壁上挂着新式最大自鸣钟。两边分坐着四名监事，静悄悄的只待社长的报告。……这社长，年纪

1　现代汉语常用"哪里"。——编者注
2　现代汉语常用"光彩夺目"。——编者注

不过四旬，是美洲人，幼年贩买[3]木材，获了巨利，到独立战争时，当了一个炮兵长，极有盛名。且发明许多兵器，虽是细小事情，也精心考究，不肯轻易放过，所以远近闻名、无不佩服的。等了许久，那壁上挂的大自鸣钟，忽然当当[4]的打了八下，社长像被发条弹机弹起来似的，肃然起立。众人看得分明：是戴着黑缘峨冠，穿着黑呢礼服，身材魁伟，相貌庄严。对台下大众行过礼，把手按在几上，默然停了一会，便朗朗的说道：

我最勇敢的同盟社员诸君！你看世上久已承平，我们遂变了无用的长物。战争久已绝迹，我们遂至事业荒芜，不能进步。若是兵器有用，果然是我们的好机会。然而看现在的事情同形势，那里还有非常之事呢！唉，我们大炮震动天地的时候，在几年之后，是不能预料的了。所以我想，与其株守无期的机会，空抛贵重的光阴，反不如研磨精神、奋励志力，做件在太平世界上能占个好地位的事业。……以前几月间，我曾把全副精神，注在一个大目的上，常常以心问心道：十九世纪的文明世界，还没时有这样大事业吗？炮术极其精微的时候，还做不成这大事业吗？此后细心研究推算，遂晓得这各国都做不成的大事业，是可以成功，而且确凿有据的。今日奉邀诸君者，就是报告此事。且此事不但有益于现今诸人，连枪炮会社的将来，都大有利益。倘若事竟成功，量这全世界也要震动呢！……

刚才说毕，社员同听众像加一层气力似的，满堂动摇起来。社长把峨冠整一整，又向天指了一指，慢慢说道：

3　现代汉语常用"贩卖"。——编者注
4　现代汉语常用"铛铛"。——编者注

我最勇敢的同盟社员诸君！请观这苍穹上，不是一轮月吗？今晚演说，就为着这"夜之女王"可做一番大事业的缘故。这大事业是什么呢？请诸君勿必惊疑，就是搜索这众人还没知道的月界，要同哥伦波发见[5]我邦一般。然而做这大事业，断不是一人独力可以成功的，所以报告诸君，想诸君协力赞助，精查这秘密世界，把我合众三十六联邦版图中，加个月界给大家看。（拍手）从前日夜焦心苦虑，把那月界的重量，以及周围、直径、组织、运动，连那距离同占有位置，都算得明明白白，画了一幅太阴图，其精密完全，虽不能胜于地图，却还不亚于他呢。关系月界的事情，现在虽大都明白，然而自古迄今，还没见有从我地球到那月界开条通路的事业。（大喝采[6]）只有理想上想着探捡月界的，却也不少。今日约略述给诸君听一听：当初一千七百年时，有个叫飞勃力的，常常说肉眼看见月界的居民。再往前说，则一千六百四十九年，有法国人波端，曾做过一册《西班牙大胆者公石力子氏月界旅行》。同时又有个陪儿格拉也是法国人，也做一册叫什么《法国成功月界旅行》的。后来有部《多数世界》，著者就是法国风耐儿，极有盛名，说"地球之外尚有许多世界"。到一千八百三十五年，有一本小册子出版[7]，讲的是"有个约翰哈沙，于天文学上，算得极其致密。在喜望峰头，立一个大望远镜，镜里照着火，因为装置极精，遂把月的距离缩成了八十码，里面情形，看得十分清楚：有许多河马进出的大洞，有黄金色笹缘[8]似的东西圈着山麓的青山，有角如象牙的羊，有浑身白色的鹿，而且有人两腋生着肉

5　现代汉语常用"发现"。——编者注
6　现代汉语常用"喝彩"。——编者注
7　现代汉语常用"出版"。——编者注
8　现译"服饰饰边"。——编者注

翅，宛然一只蝙蝠"。著者就是我国洛克先生。他的书到是销流甚广的。还有一书说："古时有个排尔，坐着盛满淡气⁹的气球，过了十九点钟，遂到月界。"著者也是美国人，那有名的亚波就是了。（大喝采）然总不过纸上的理论，不能确信。至于今日报告诸君的，却是实地研究，真要对月界开一条通路。五六年前，普国有个算术家，说要研究大学术，到了西伯利亚平原，用光线反射的性质，造了一幅算学图，内中也有同"弦之平方"相关的道理，就是法国人叫做"爱斯勃力其"的。那算术家曾说道："聪明人看了这算图，是没有不解的。倘要同月界开条通路，不能不依这道理。至于交通之后，对月界居民说话，新造一种字母，也甚容易。"那算术家话虽如此，总没实行。从纪元到今日，连同月界结个定约的也没见过。到今日，月界交通的事情，我美国人实地研究的结果，同勇敢不挠的精神，应该自任，是不消说的了。至于到月界的方法，极其简便，确实决没差误，这便是想对诸君商议的一大要点。（喝采舞蹈）五六年来，炮术进步的迅速，是诸君所熟知的，不消细说。若讲大略，则大炮的抵抗力，同火药的弹拨力，没有限量的道理，已经确凿明白，所以据这原理，用装置精巧的弹丸，能否到达月界的问题，自然因此而起了。

社长说完，听众都呆着出神，静悄悄的像没有人一般。过一会，渐渐解过演说的意思，不觉又霹雳似的拍手喝采起来，把好大会堂，震得四壁飒飒乱动。社长再要往下说，连一字也听不清楚了。过了半点钟，才觉稍稍镇静，只听得社长又说道：

9　现代汉语常用"氮气"。——编者注

请诸君少安，给我说完罢。我于此事，常自问自答，精细研钻，才晓得把弹丸用第一速力每秒走一万二千码的时候，可以射入月界，是确实无疑的。我最勇敢的同盟社员诸君！鄙意便是要试做这一番极大事业，所以特来报告，诸君以为何如呢？

社长还没说完，那众人欢喜情形，早已不可名状，呼的，叫的，笑的，吼的，嚣嚣嘈嘈，如十万军声，如夜半怒涛，就是堂中陈列的大炮，一齐发射，也不至此。正是：

莫问广寒在何许，据坛雄辩已惊神！

要知以后情形，且待下回分解。

第三回　巴比堪列炬游诸市
观象台寄简论天文

　　却说社长坐在听众之间，睁着眼看他们狂呼乱叫，再想说话，站起身来，众人那里还理会得。也有打击呼钟，想镇定大众；无如大众呼声，却高过钟声几倍，竟全然不觉，反跑上来，围着社长，称誉赞美，不胜其烦。当下依美国通例，社员列成行伍，点着松明，到各街市巡行了一遍。住在麦烈兰的外国人，都交口称誉，叫喊不止，直有除却华盛顿，便算巴比堪的样子。加之天又凑趣，长空一碧，星斗灿然，当中悬着一轮明月，光辉闪闪，照着社长，格外分明。众人仰看这灿烂圆满的月华，愈觉精神百倍，那临时抱佛脚，买望远镜的，更不知其数。听说福尔街远镜店，就因此获了巨利的。到了半夜，仍是十分热闹，扰扰攘攘，引动了街市人民，不论是学者，是巨商，是学生；下至车夫担夫，个个踊跃万分，赞叹这震铄[1]古今的事业。凡是住在岸上的，则在埠头；住在船上的，则在船坞；都举杯欢饮，空罐如山。那欢笑声音，宛如四面楚歌，嚣嚣不歇。社长在如疯如狂的大众里面，拉的，推的，抬的，像不倒翁一般，和着赞叹声音，四处乱转。到两点钟，才觉渐渐平静，远处来的外国人，也坐着火车各自散去。社长忙了一夜，然正在欢喜，也不觉得辛苦，归家去了。到第二日，众人议论，愈加纷纷不一，原来美国人的性质，最是坚定，听了巴比堪的报告，不但没一人惊怪，却都说确实无疑，必可成功的。当初拿破仑道："因字典中有'不能成'三字，人都受欺，其实地球上那里有不能成的事呢！"美国人人佩服这话，所以不论什么事，亚美利加

1　现代汉语常用"震烁"。——编者注

人民，是从不大惊小怪的。报告传将开去，自然是个个欢喜。五百种新闻杂志，都执笔批评，也有据形体上立说的，也有以气象学为主的，也有从政治上发议的，也有从政治上立论归到开化的，有的道："月界竟同我地球一般，样样完全吗？有同地球相似的空气吗？发见月界之后，就该移住吗？"并说："月界统属美国，则欧洲国权，不能平均，恐肇事端"的，亦复不少。可惜这本书里，载不尽那些名言伟论，没奈何只好割爱了。此外有薄斯东的博物学社、亚尔白尼的学术社、纽约的地理国志社、飞拉特非亚的理学社、华盛顿的斯密敦社，都从邮局纷纷寄信，祝贺枪炮会社的大事业。还有酿合金资，补助一切费用的，也不知多少。社长的名誉，真如旭日初升一般，竟个个赞美崇拜起来。五六日之后，拔尔祛摩有座英商开的戏园，造一本戏，暗中含着讥刺的意思。大众说他毁损社长，几乎把戏园打得落花流水。英商没奈何，谢过众人，改了关目，却奉承起来，倒获了大利。这是细事，按下不表。……却说社长归家之后，真是食不下咽，寝不安席，没昼没夜，总是计画²着月界旅行一件事业。屡次招集同盟社员，议了又议，解释了许多疑问。若是天文上的关系，商酌清楚；然后再把器械决定，这大试验，就算毫无缺陷了。当下大家议妥，连夜修书，把关着天文上的疑问，写在里面，寄到沫设克谁夫府的侃勃烈其天象台，求他帮助解决。这府是从前联邦合众的第一处，最有名的，而且好本领的天文家，多在此处。庞多氏决定彗星的星云，克拉克发见雪留星的卫星，曾得了大名誉，他们所用至精极微的望远镜，也都是这天文台制造的。接到枪炮会社书信之后，自然是大家欢喜，极力赞成。不到三日，巴比堪家中，就接得回函，一切疑问，都解释了。回函道：

　　本月六日，获贵社来书，辱询一切，即日招集同人，互相

2　现代汉语常用"计划"。——编者注

讨论，折衷众言，拟为答议，并撮其要旨，作约言五则，附诸简末，以俟采择。我侃勃烈其天象台同人，于天文理论上之关系，既经剖析，并为美国人民，祝此伟业！

第一问曰：弹丸能否送入月界？　答议曰：若令弹丸每秒具一万二千码之第一速力，则必能达其目的，盖离地上升，则吸力递减，与距离成逆比例。——即距离三尺，则较一尺时，其吸力必减少九倍。故弹丸重量，亦因之减轻。迨月球与地球之吸力两相平均，则成零点。其处即弹丸飞路之五十二分中之四十七分也。是时弹丸全失其重量，既越零点，则仅受月界吸力，必向月界而下堕矣。由理论观之，自必成功无疑，既如上述；然亦不能不关于所用之机械力。

第二问曰：月与地球之精密距离凡几何？　答议曰：月之环行我地球也，其轨道非真圆而椭圆，地适居椭圆轨道之中，故太阴周回地球，其距离远近不相等。天文家有谓"胚利其"（意即月球运行时与地球最近之处）或"爱薄其"（意即月球运行时与地球最远之处）者即此。其最远最近两距离差之浩大，有为思虑所难及者，据近来确算：月地距离，最远则二十四万七千五百五十二英里；最近则二十一万八千六百五十七英里，两距离之差，凡二万八千八百九十五英里，即多于全距离之九分之一也。故应以最近最远，为计算之根。

第三问曰：具第一速力之弹丸，令达月界，需几何时？又应何时放射，则可达月界之一点？　答议曰：若令弹丸一秒时恒具一万二千码之第一速力，则惟九小时，即达月界。然第一速力，必至减小，故达月与地两吸力之平均点，需时三十万秒[3]，即八十三时二十分。再由此点直达月界，需时五万秒，即

3　现代汉语常用"秒"。——编者注

十三时五十三分二十秒也。故若对瞄定之一点，放射弹丸，应于太阴未到前之九十七时十三分二十秒。

第四问曰：月球行至最适于弹丸到达处，应在何时？　答议曰：解答第三疑问外，有尤要者，即择月与地距离最近之时刻，及经过天心之时刻是也。届是时，其距离可减去等于地球半径长率。（即三千九百十九英里）弹丸直达月界之飞路，仅余二十一万四千九百七十六英里而已。然月至地球最近处，虽月必一次，而又同时适经天心则甚鲜，非历多年，不能遇之，是事当以选同时适遇右二事为第一义。所幸者机会适至，来年十二月四日夜半，月球正为"胚利其"，即至地球最近处而又同时适经天心。

第五问曰：放射弹丸时所用大炮，应瞄准天之何一点？　答议曰：来年适遇良机，既如上述，则大炮自应瞄准其处之天心。故若置大炮，令成垂线，则临放射时弹丸可速离地球吸力之感触点，然因月球到达发炮处之天心，故其处以在超过月球倾斜之纬度为良，即零度及北纬或南纬二十八度间是也。否则弹丸必须斜射，为起业一大妨害。

第六问曰：弹丸发射时，月悬天之何处？　答议曰：当弹丸飞行天际时，月亦每日进行十三度十分三十五秒，故与天心相距，凡四倍于每日进行之度数，共五十二度四十分二十秒，是即弹丸达月，及月球进行相等之时刻也。然因地球运转，而弹丸进路，遂不得不复生差异，其差由地球十六半径即月之轨道推之，凡十一度，此十一度中，应加右之五十二度四十分二十秒。（令分秒数进位，则几近六十四度。）故弹丸放射时，发炮处之垂线，应令与月球半径成六十四度角。

约言：（一）置炮地应在零度及北纬或南纬二十八度间。

（二）大炮发射时，应以天心为目的，而瞄准之。（三）放射弹丸，应令每秒具一万二千码之第一速力。（四）放射弹丸，应在来年十二月朔日午后十时四十四秒。（五）弹丸发射后四日，当达月界，即十二月四日夜半，恰经天心之时也。

拔尔祛摩枪炮会社社长巴比堪君阁下：

天象台职员总代理侃勃烈其天象台司长培儿斐斯顿首。

众人读过来书，于天文上的疑问，都不觉涣然冰释，自然是称誉不迭的。各种学术杂志上，也登载殆遍，并加上许多批评议论的话，引动了世人注目，又都纷纷赞美起来。正是：

天人决战，人定胜天。人鉴不远，天将何言！

天文上的疑问，都已解释；那器械却如何商量呢？下回再说。

第四回　喻星使麦氏颂飞丸
废螺旋社长定巨炮

却说社长接到天象台回书的次日，正是初八，便摆设盛宴，招集尽力社员，都到立柏勃力康街第三号巴比堪的本宅，开一大会，决定大炮弹丸硝药三大要件。当下依投票选举法，选于学术上有大智识者四人，担当各种事务。少刻检票看时，最多数的是社长巴比堪、大将穆尔刚、少将亚芬斯东，那盛名鼎鼎的社员麦思敦，是不消说，一定有分的，而且是个监事之职。四人也不推辞，都慨然应允了。社长先说道："诸君！我们今日，应把炮术学来决这最紧要的问题，第一次会合时，于论定所用器械为第一步的意见，已经都无异议的。然而再三思索，却不如先议弹丸，后议大炮的妥当。因为大炮大小，是不能不依着弹丸做的。"大众还未答应，麦思敦慌忙起立，大声说道："兄弟尚有一言，社长说先议弹丸，鄙意亦复如是。为什么呢？这回到月界的弹丸，是同派遣的使节一般，倘若内中不学无术，便是外貌庄严，也不免受外人嘲骂。所以据兄弟的意思，应以修身为第一义。外形果然要壮丽精工，内中也应该坚强缜密。诸君以为何如呢？那创造星辰的是造化，创造弹丸的是我们；造化常以电气光线风籁等之迅速自负；我们不该以弹丸速率捷于奔马或汽车数百倍自负吗？况且驾着一秒时走七英里的新制弹丸，向月界进发，是何等名誉呢！诸君！怕那月界居民，不用大礼迎我地球的使节吗？"这雄辩家说完，稍觉疲乏，返身归坐，把机上摆的盐肉，又一片吃了。社长道："我们已说过颂词，该研究实事了。"大众一面吃肉，一面都应个"是"。社长又道："此刻应议者，是用什么法子，可以使弹丸一秒时有一万二千码的速力。故从古迄今，经验过的速力，不可不详细说明。此事是要劳穆尔刚君了。"大将穆尔刚答道："此事兄弟颇知一二，当从前战争时，曾任炮术试验职员，所以至今也还记得。那达路格连氏百磅炮放射以后，经过五千码距离，尚有每秒五百码的第一速力，还有浩特曼哥仑比亚炮，用半吨弹丸，每秒速力八百码，也达六英里的距离。这等结果，究竟非英国巨炮'安脱仑格''排利造'所能及的。"麦思敦叹息道："唉，这样弹丸，加上这样速力，就是我发明的臼炮，也未免破裂的了。"社长徐徐答道："是定要破裂的。然而我们这事业，八百码的速力，未免过小，还该增加二十倍呢。要议增加二十倍速力的方法，就先要注意，同这大速力比例适当的弹丸大小，应该如何。至于半吨重的小弹丸，于我们的事业，毫无用处，谅诸君都知道的。"少将亚芬斯东问道："何故呢？"麦思敦代答道："何故吗，便是以弹丸之巨大，令月界居民惊惧的意思。"社长道："还有一层不能不用巨大弹丸的缘故，从我地球启行，直达月界，旅路甚遥，所以我们不可不时时了望的。"大将穆尔刚、少将亚芬斯东大惊，齐声问道："这是怎讲呢？"社长道："弹丸向月界进发的时候，若不能从地球上察看，则这回的大试验，如何晓得成功与否呢？"少将亚芬斯东忙应道："然则君的意见，是要造古今无比的巨大弹丸了？"社长道："否，否！听我说完罢。目下视学上的机械，竟已非常精巧，有一种望远镜，可以把视物放大六千倍，月地的距离，缩近至四十英里了。故此距离之内，观察六十尺平面物体，是毫无疑难的。惟不把望远镜的视力增加，而物体又比六十尺较小，则仅借着月球的极弱光线，却不能看这小物体了。"大将穆尔刚道："是的。然则阁下要如何呢？难道就要制造直径六十尺的弹丸吗？"社长摇摇头。穆尔刚又说道："然则阁下的卓见，是要增加月球的光线力吗？"社长道："君言甚是！这光线薄弱，全因空气浓厚的缘故，所以把蔽塞光线线路的空气弄稀薄了，那月光自然而然的增加起来。再抑[1]望远镜装置在最高的山顶，一定可以成功的。兄弟意见，就是如此。"少将问道："如此说来，要用放大几倍的望远镜呢？"社长道："若用放大四万八千倍的机械，则月球可以缩到五英里之近，此时有直径不小于九尺的物体，必能看见的。"麦思敦道："然则我们大试验时用的弹丸，其直径不必大于九尺了。"少将亚芬斯东接口道："请诸君想一想，这直径九尺的弹丸，该有若干重量呢？"社长道："我的亲友！且莫讲弹丸的重量，让我把古人的奇事说一说罢。然鄙意并不以为炮术之学，今不如古，无非因中世时古人做的事业，颇可惊奇，却像今人远不及的样子。约略说来，似非无益的。从前一千四百五十三年，穆罕默德二世，围孔泰诺波儿的时候，曾用过重量一千九百磅的石弹丸。又在叫马尔佗的地方的沁胎耳木砦时，放射的弹丸，重量直有二千五百磅。你说奇不奇呢！至于兄弟亲见的，则有安脱仑格炮，放射过五百磅的弹丸。洛特曼炮，也放射过半吨的弹丸。若察古推今，观炮术上的进步，目下就造比穆罕默德二世的石弹丸，并洛特曼炮弹大十倍的，也不至十分为难罢。"少将连连称"是"。又问道："制造弹丸，用什么金属呢？"大将道："自然是熔铁了。"少将道："弹丸的重量，同容量，有比例的这直径九尺的铁丸，岂非要有非常的重量么？"大将道："那是实丸了。这回用的是空丸，不至于此。"少将道："这弹丸侧面该厚多少呢？"大将答道："直径一百八英寸的弹丸，常例不过二尺。"社长也答道："我们此回用的弹丸，并非攻石砦击铁舰者可比。只要厚量胜得过空气压力就好了。此刻的问题，是制一直径九尺的中空铁丸，而不能重于二万磅。其侧该厚多少，请麦君确实推算，说给我们听罢。"麦

1　疑是"把"字之误。——编者

思敦道：“不过二寸有余。”少将听了，满心惊疑，忙问道：“够么？”社长道：“必不够的。”少将双眉一蹙，睁着眼道：“怎好呢？只得把他种金属来代熔铁了。”大将道：“铜吗？”麦思敦只是摇头，说道：“还重，还重！”少将急甚，正想开口，社长道：“莫妙于用铝。”大将少将及麦思敦，齐声问道：“真用铝么？”社长道：“这个金属，有银之色泽，金之坚刚，轻如玻璃，粘如精铁，易熔如铜一般，轻于铁者三倍。这样看来，我们大事业上，用他制造弹丸，最是恰当的。”少将道：“社长，这种金属，不是狠[2]贵么？”社长道：“初发见时，果然狠贵，此时也不过每磅九圆，并非我们力所不及的。”大将道：“然则弹丸的重量多少呢？”社长道：“前经算定，凡径一百八英寸，厚十二英寸之弹丸，如用铁制，应重六万七千四百四十磅；如用铝制，只有一万九千二百五十磅了。至于价值呢，大约十七万三千五百圆之谱。兄弟都已算定，不过用去这回大事业资本的九牛一毛，诸君可不必疑虑的。”三位社员，齐答道：“君言极是。就此决定用铝一事。此外一切，明日再议罢。”说毕，大家行过礼，退会出来，早已红日沉山、暝烟四起[3]了。按下不表。……再说次日，社员又纷纷聚会。凡欧美人最重要的是时刻，第一天约定，从不失信的，所以不一会儿，便都齐集。社长便道：“同盟诸君！今日且不论别的，单把从大炮制造法至长短，及物质重量等项，先行决定。然制造大炮，虽说只要无比的巨大就好，不知其间却有许多难处，要望诸君指教了。此次应议的，是令重量二万磅的空丸，每秒有一万二千码的第一速力，该用如何方法便是？还有同弹丸相关的三力，不能不先行说明：一，硝药之激发力；二，地球之吸力；三，空气之抵抗力是也。这三力中，空气抵力，无甚妨碍，包地球面的空气，不过厚

2　现代汉语常用“很”。——编者注
3　现代汉语常用“烽烟四起”。——编者注

四十英里，若有上次所说一般速力的弹丸，不消五秒时，就能飞过空气圈，这抵抗力是微乎其微的。至于吸力呢，从前已说过，弹丸重量，与去地距离为逆比例，渐渐减轻，譬如有一件物体，全不加力而落于地面，则一秒时，落下五尺；然照离地渐高、落下渐慢的公理推去，则离地二十五万七千五百四十二英里时（即月与地之距离），那堕落尺度，自然大减，竟同不动一般了。所以使硝药力胜得地球吸力，则我们的鸿业，必得成功，毫无疑义的。"少将道："这却有点难处。"社长道："诚然诚然！这激发力，同大炮的长短及硝药力相关，所以应把大炮的大小长短论定。虽是古来大炮，总没越过二十五尺，我们却不必拘此为例。况且大炮短小，则弹丸在空气中飞路加长，故总以非常长大为妙。"少将应道："然则应长几许呢？寻常大炮之长率，约弹丸直径的二十倍，或二十五倍；其重量是二百三十五倍，或二百四十倍。"麦思敦大声道："不够！"少将道："据这比例，则直径九尺，重二万磅的弹丸，其炮该长二百二十五尺，重七百二十万磅。"麦思敦又大声道："可笑得狠，这是手枪了！"社长也笑道："正是呢。我的愚见，就再加上三倍，造个九尺长的，还恐未足。"少将道："把如此巨炮，用车转运的方法，阁下似未虑及？"麦思敦道："真可谓奇想天开了。"社长道："并无方法，然而想在炮身上加许多铁轮，埋在地里，用大石或漆灰装置坚固，至于铸造大炮时，该精细穿成一直线炮孔，弹丸同炮孔之间，教他间不容发，则火药向横边的激发力，便可变为前进力了。"少将道："炮膛中不用螺旋线么？"社长道："此次所用弹丸，不比战争，惟有第一速力，最为要着。从螺旋炮中出来的弹丸，不是比没螺旋炮中出来的慢多么？"少将点头称"是"。此时已议论许久，大众都觉饥饿，只得停会，各人用膳。不一刻，渐渐归坐，重新议论起来。社长道："铸炮的金属，不可不有最大粘力，及强坚易熔等质，该用什么呢？"少将答道："必须如此，然因为数过巨，反觉难于选择了。"大将穆尔刚道："有种最好的混合金属，是用铜百分，锡十二分，黄铜六分合成的。"社长道："这种金属，虽极合用，无奈价值过贵，不若用熔铁罢。价值既廉，熔铸又易，就用沙模也铸造得。不但经济上简便，并省却许多工夫。听说从前围阿兰陀的时候，用铁制大炮，二十分时，放射一千次，还没一丝破损：如此看来，这熔铁是最适当的。"社长一面说着，一面对麦思敦道："厚六尺，穿过直径九尺炮孔的铁炮，该重多少，请算一算罢，麦思敦君！"麦思敦毫不踌躇，即刻答道："六万八千四十吨，其价每磅二钱，共二百五十一万七百另一圆。"众人听了，大惊失色，都目不转睛的觑着社长。社长会意，便道："昨日已对诸君说了，这数百万元资本金，都在兄弟手中，可以不必过虑。"社员始各安心，约定会期，忻然散⁴去。次日再把硝药决定，就算圆满功德。那月界居民，免不得要——

吴质不眠倚桂树，泉明无计觅桃源。

要知后事如何，且看下回分解。

4　现代汉语常用"欣然"。——编者注

第五回　闻决议两州争地
逞反对一士悬金

前回说过，弹丸大小及大炮长短，不费两日工夫，都已议定，所缺的只有硝药问题了。世人都想先晓得决议如何，热心探问的，不知多少。然而不晓得火药的道理，就是坐在傍听席[1]上，也不免头绪毫无、味如嚼蜡，不若趁此时尚未开议，先把火药起原，说给诸君听听，这火药起原，有说是上古时支那[2]人发明的，有说是千四百年时，僧侣修华之发明的，然都是后来臆说，不足凭信。惟从前希腊国曾用过硝石与硫黄和合的烟火，却是史上确据，凿凿可信的。此外还有一层紧要的，就是火药之机械力，凡火药一里得（量名），计重二十一磅，燃烧起来，便变成气质四百里得。这气质又受二千四百度热力的振动，质点忽然膨胀，变了四千里得。如此看来，火药的容量，可以骤然增至四千倍，所以把炮孔闭住的时候，这里边激发力之强大，就可不言而喻了。是日会议，首先发论的，是少将亚芬斯东。少将在独立战争时，曾当火药制造厂主任之职，故关于火药的理法，无所不知。他说道："余先把经验过的事业，略举一二，做个计算的基础罢。如旧制二十四磅弹丸，是用火药百六十一磅发射的。"社长大叫道："确实么？"少将道："实是如此。还有安脱仑格的八百磅弹丸，只用了七百五十磅火药；洛特曼哥仑比亚炮，用千六百另一磅火药，把半吨弹丸，射至六英里之遥，这皆是亲身实验，确凿无误的。"

1　现代汉语常用"旁听席"。——编者注
2　此为鲁迅原译，原文并无贬义。"支那"一词是古代印度梵文中支那（China）的音译，也是古代欧亚大陆诸国对中国最流行的称呼。一般认为，中日签订《马关条约》后，日本侵略者开始使用"支那"称呼中国，并带有蔑视和贬义。——编者注

大将在旁，也帮着说毫无差误。少将又道："如此看来，这火药容量，明明不依弹丸重量而增加的。据二十四磅弹丸，用百六十一磅火药算来，半吨弹丸，该用三千三百三十一磅火药；然而只用千六百另一磅，不是铁证么！"麦思敦怔怔的看着少将道："亚芬斯东君！把阁下说的道理，扩而充之，则具无上重量的弹丸，定然用不着火药了。"少将忍不住又气又笑，大声说道："麦先生，如此紧要的时候，你还播弄人么！我在独立战争时，实是试验过的：最巨大炮所用火药，只要弹丸重量的十分之一，便能奏效了。"大将道："其实如是。然我的意见……"少将不等说完，便接着说道："还该用大粒火药，因颗粒稍大，则堆积起来，空处便多，易于发火。"大将道："只是损害大炮，未必有甚益处。"少将道："果然不免有些损害，然而此次事业，只要发火迅速就佳，所以还可用得。"麦思敦道："不若多设火门，以便几处同时发火。"少将道："铸造时必然为难，还是用大粒火药的好。那洛特曼氏哥仑比亚炮用的火药，颗粒有栗子般大小，单是从铁锅中烧干的柳炭制成的，质既坚固，又有光泽，内含轻气[3]淡气很多，发火亦易，虽炮膛略有损伤，然炮口倒决不会破裂的。"是日社长并没多说，只是默默的坐着，静听大众议论，听到此处，突然问道："究竟用多少火药呢？"三个社员正谈得高兴，忽然来个不及料的问题，都面面相觑，不能立时答应。大将想了良久，才说道："二十万磅。"少将也接口道："五十万磅。"麦思敦大声道："该用八十万磅。"三人挨次说完，便默然不语，社长慢慢说道："诸君！据'大炮抵力实无限量'这句原理，直可吓煞麦君，并证明麦君推算，未免过于懦怯。我想所用火药，该八十万磅的二倍才是。"麦思敦大呼道："一百六十万磅么？"社长道："是的！火药百六十万磅，其容量凡二万立方尺。我们所造大炮的炮膛，不过五万四千立方尺，装上火药，炮膛便所余无

3　现代汉语常用"氢气"。——编者注

几，不能有很强的激发力加到弹丸了，所以大炮若无半英里之长，是断断不行的！"大将道："这怎好呢！"社长道："惟有存其力而减其量之一法而已。"大将道："果然妙法，然怎能够呢？"社长答道："把这巨大容量减至四分之一，亦非难事。凡一物含有多种原质者，世上极稀，是尽人知道的；然而棉花却内含许多原质，若浸入冷硝强水时，便生出难熔、易烧、爆发等性，这是纪元千八百三十二年顷，法国化学家勃辣工拿氏发明的，名曰'奇录特因'。到千八百四十二年，舍密家司空培英氏始用之战争，那叫'湢录奇儿'的，就是此物了（'湢录奇儿'译言'棉花火药'）。至于制法，倒也颇为简便，惟将干净棉花，浸入硝强水内，经十五分钟后，尽行取出，用冷水洗净，缓缓晾干，就能应用了。"大将道："果然简便得很！"社长又道："这种火药，无潮泾⁴之患，大炮装药后，不能即刻放射的，用之最佳。且遇着一百七十度的热度，便立时发火，其燃烧之容易，直同点火于寻常火药一般。"少将拍手道："好，好！可惜……"麦思敦连忙道："勿愁价贵！"少将便不言语。社长道："用寻常火药，百六十万磅，若代以棉花火药四百万磅，就尽够了。每棉花五百磅，可压成二十七立方尺，所以四万磅棉花装入哥仑比亚炮时，不出百八十尺以上，装弹丸的地位，便绰有余裕了。"此时麦思敦早已如飞的离座起立，手舞足蹈起来，闹得大众都难静坐。幸而会议既毕，便趁势闭会，渐渐散去。于是三大要件，都已决定，所余者只有置炮的所在，未曾议妥。据侃勃烈其天象台回书道，大炮应向天心放射，而月球非纬度之零度与二十八度间，则不经天心；所以议决铸造哥仑比亚巨炮该在地球上什么所在的问题，亦颇紧要。到了十月二十日，社长重复腾出工夫，招集社员，拿着一册合众国地图，且翻且说道："诸君，我们起业的所在，该在合众国版图中，是不消再说的。幸而我合众

---

4 疑是"湿"字之误。——编者

国正亘北纬二十八度，请细看这页地图，这狄克石与莯罗理窦[5]南方全部是最好的。"社长说完，大众多半同意，立时就决定在两处之中，任择一处，行铸造巨炮的事业。原来二十八度的纬线，乃是横截美国海岸的莯罗理窦半岛中央，入墨西哥湾，于爱耳白漠、米斯西比、路衣雪那，恰成弓状，沿狄克石而成角度，横断梭诺拉，加利福尔尼，以迄于太平洋。这莯罗理窦南部，并无繁华城市，只有几个小砦，是为防漂流土人之攻击而设的。其中的天波地方，原野荒芜，人烟寥落，是好个兴行工业的所在。狄克石却并不然，人口很多，繁华的城邑，亦复不少，只有纬度，甚为相合。这日枪炮会社的决议，传扬出来，不料惹得两处人民，起了极烈的争竞，各举代表人，连夜赶进拔尔祛摩府，把会社团团围着，甲道请到我们这里去；乙道该到我们这里来；互相竞争，两不相下，甚至执着兵器，横行街市。会社社员，怕闹出事来，都怀忧惧，幸而两处人民，把竞争场都移到新闻纸上，纽约府的《海拉德》及《芝立宾新闻》，是左袒狄克石人民的；《泰晤士》及《亚美利坚立日》是都帮着莯罗理窦的人说话。这边狄克石人联合二十六邦，还自负着产物精良；那边莯罗理窦人，也与十二国同盟，常说沙地平旷，宜于铸炮，在新闻纸上，揭载数日，终没分出胜负，看看竟要械斗起来。亏得调数队民兵，到来弹压，才觉渐渐平静。社长百忙中忽遇如此风潮，也不免束手无策。加之各种书信，雨点似的递来，把书室里面，堆成一座小阜，这也是两处人民寄来，内中无非都夸奖本地风光，要请他兴铸炮的事业。社长没奈何，又招集同志，细细推敲。而社员的意见，都不相同，仍然不能结局。社长独自想去想来，决意择莯罗理窦同天波间地方。那晓得狄克石人听了，个个暴躁如雷，强迫会社社员，定要改变这番决议。幸而社长的口才生得好，设法慰谕劝解，好容易才慰解转来，都点头应

5　现译"弗罗里达"。——编者注

允，坐着一点钟走三十英里的临时汽车，回狄克石去了。如此万苦千辛，才把天文，机械，地理三个大疑问，渐次决定。美国人民，都不胜之喜，无论民家、旅店、茗馆、酒楼，所议论传说的，不是月界旅行的大事业，便是社长巴比堪的言论行为，个个磨拳摩掌[6]，巴不得立时訇的一声，看这颗大弹丸向月界如飞而去，便好拍手大叫，把多日的盼望热情，向长空吐个爽快馨尽。话虽如此，这热情像怒涛般的人民中，终不免有主张反对者，羼杂在内。此等人或生性拘迂，或心怀嫉妒，某诗说什么，"高峰突出诸山炉"，这是在在皆是的。即如社长巴比堪，学问渊深，是不消说，便是月界旅行的问题，也算得剖析详明，毫无疑窦了。谁料正在殚心竭力，惨憺[7]经营的时候，忽然跳出一个人来，拼命攻击，竟说得一文不值。你道懊恼不懊恼呢！若是个庸碌无能的，便加几千万倍，也无妨害；无奈这人，正是美国的硕儒、社长的敌手，家居飞拉特非亚，名曰枭科尔，学术精深，性情勇敢，草成数十篇驳论，揭在各种新闻纸上，痛说社长不明炮术的原理。可惜的是过于激烈些了，所以反对起来，未免不留余地，有一篇驳论的大略道："任何物体，有令其速力每秒得万二千码之法耶？即具此速力矣，而若干重量之弹丸，必不能越我地球之气界。设更进而谓有与以如此速力之方法，则蕞尔一弹丸，宁能支百六十万磅火药所生气质之压力乎？借曰能支，亦必不能敌气质之大热度。其出哥仑比亚炮口时，必将熔解变形，飞铁成雨，灼灼然喷薄于观者之头矣！"云云，可喜的是社长连日甚忙，接了驳论，并不理会。若在平日，定要争辩起来，或竟两下会面，则两人[8]性质，都是一样激烈，闹出不测来，都不能料的。然而枭科尔却仍不干休，又把论锋一转，说什么"会社之大业，危险与否姑勿言；而近地居民，必因是而蒙不

6　现代汉语常用"摩拳擦掌"。——编者注
7　现代汉语常用"惨淡"。——编者注
8　现代汉语常用"二人""俩人"或"两个人"。——编者注

可名状之巨害。且若不幸而弹丸不入月界，复堕地球，则地球虽不至于破裂，而世界人民，因是而蒙如何之巨灾，实有难于逆料者。故抑制因游戏而殃及全球人民之事业，不得谓非我政府之义务也！"等语，絮絮滔滔[9]，说个不了。幸而还只臬科尔一人，此外并没人随声附和，倒省却会社社员，四处作书辩解的许多气力。臬科尔没法，竟开列五条用金赌赛的条约，登在《栗起蒙德》新闻纸上，说若不应其言，便把这项巨资输与枪炮会社，那金额是：

第一金一千圆　会社大业之切要资本未经筹定。

第二金二千圆　铸造九百尺大炮不能告成。

第三金三千圆　哥仑比亚炮内之棉花火药，因弹丸重量而爆发。

第四金四千圆　哥仑比亚炮于第一次放射时，忽然破裂。

第五金五千圆　弹丸不能升至六英里以上，发射后经数秒时而堕落。

共计悬了一万五千圆的巨额彩金，要同会社决个胜负。若是没学问的顽固起来，倒不打紧，惟有那有学问的顽固起来，就顽固得不可救药，这臬科尔就是个铁证了。登报的次日，枪炮会社社员，便修一封解辩驳论的书信，交邮局带去。这封书信，给臬科尔收将起来，作者未曾寓目，故而不能将全文录出，给诸君一阅；惟听说是委宛[10]周详，言简意尽的。正是：

啾啾蟋蛄，宁知春秋！惟大哲士，乃逍遥游。

要知后事如何，且听下回分解。

9　现代汉语常用"絮絮叨叨"。——编者注

10　现代汉语常用"委婉"。——编者注

第六回　觅石丘联骑入山
鼓洪炉飞铁成瀑

　　然而资本一事，却果甚烦难。若预算起来，如铸炮、建厂、造药等，约需五百万弗左右。忆从前南北战争时，因用值一千弗的弹丸，已声动全世界耳目。此番工业，却加上五千倍，真非一家一国所能独立措办的了。那晓得社长却早成竹在胸，预先已草就一张募启，说道：探月大举，实于世界万国，均有鸿益，且亦诸国应尽之义务，不可旁观云云。交邮局分寄亚、欧、非各处，并在拔尔祛摩设一所募金总局，此外分局，更难枚举。果然不到三日，美国各地捐金，已满三百万圆之谱；尚有从各国寄来，络绎不绝。那各国是：

俄罗斯	三十六万八千七百三十三罗卜[1]
法兰西	一百二十五万三千九百三十佛郎[2]
澳地利[3]	二十一万六千勿罗林[4]
瑞典瑠威[5]	五万二千弗
日耳曼	二十五万打儿
土耳其	百三十七万二千六百四十比斯多
白耳义[6]	五十一万三千佛郎

1　现译"卢布"。——编者注
2　现译"法郎"。——编者注
3　现译"奥地利"。——编者注
4　现译"弗罗林"。——编者注
5　现译"挪威"。——编者注
6　现译"比利时"。——编者注

丁抹[7]	九千求卡
意大利	二十万黎儿
葡萄牙、西班牙等	若干
总计	五百四十万六千六百七十五弗

刹时间[8]募集了如许重金，会社事业早已十分巩固。至十月二十日，便为纽约府司泼灵商会，订定合同，社长巴比堪同司泼灵制造局长飞孙，各捺了印章。交换毕，就将设置望远镜的费用，交给侃勃烈其天象台；制造铅弹，托了亚尔白尼的布拉维商会；自己却偕麦思敦、亚芬斯东并司泼灵制造局副长，向莤罗理窦进发。翌日，四人到纽械林地方，换坐丹必哥汽船，刹时[9]鼓轮前进，回顾路衣雪那海岸的绝景，渐觉依微，同残烟而消失了。不满三日，已越四百八十英里，遥见莤罗理窦海岸，宛如一发，青出波涛间，旅客皆拍手称快。少顷泊岸，四人鱼贯而登。细察地形，颇见平坦，草木不繁，沿岸有一带细流，海老牡蛎，繁殖甚夥。迨至十月二十二日，午后七时，船入三多港，四人上陆，天波居民，来迎者几三千人，延入弗兰克林旅馆。社长道："我们无暇闲居，明日黎明，就要探险地势的。"众人答应。第二日清晨，果有莤罗理窦骑兵一队，军装执铳，待立门外，一则保护社长，一则导引路途。社长等四人，跨马居中。有一少年道："此处是有'奢米诺儿'的。"社长不解。少年又道："这就是漂泊平原的蛮夷，劫物杀人，无所不至。我们五十人，便为此而来的。"麦思敦不信道："未必有罢。"少年道："实是有的。"社长忙道："诸君高谊，可感之至！然从前虽有，今日已无，亦不可料。"诸人谈笑之间，不觉已过爱耳非亚河畔，再策马向

7　现译"丹麦"。——编者注
8　现代汉语常用"霎时间"。——编者注
9　现代汉语常用"霎时"。——编者注

东而进。……这茀罗理窦地方，本为雷翁所发见，初名摆襄茀罗理窦，以高燥得名，行进数里，渐见地质膏腴，绿畴万顷，欣欣草木，均有迎人欲笑之状。其他烟叶木棉、蕃椒松杉等，森然成林，极目一碧。社长大喜，回首说道："非如此地形，断不能作置炮场的。"麦思敦道："因与月球相近么？"社长道："否，否！君不知土地高燥，则兴业更宜。若不然，掘一深坑时，水忽涌出，就难办了。"麦思敦点头称是。到午前十时，不觉又行了十二英里，深林郁郁，不见日光，更有蜜柑、无花果、橄榄、杏、甘蔗、佛手柑等，幽香缕缕，随微风扑鼻观。树下幽禽成队，婉转飞鸣。麦思敦及亚芬斯东两人，对此天然美景，不觉点头太息，疑入仙源，勒马不复前进。无奈社长无心眺望，只促趱行，只得加上一鞭。又过了许多沼泽，社长忽大声道："幸而我们已到松林了。"亚芬斯东道："怕就是野蛮的巢穴呢。"说还未毕，果见野蛮一大队，奇形怪状，执刀驰来。然见社长等无加害之意，又有骑兵保护，也就呼啸一声，四下散去了。又前进一里余，已到一岩石高原，草木不生，日光如火，而地势却甚高燥。社长勒马问道："此地何名？"茀罗理窦人答道："司通雪尔。"（译言石丘）社长默然下马，取测量器械，细测置炮场所。诸人肃然正列，寂无微声。少顷，社长道："此地高于海面千八百尺，约北纬二十七度七分，华盛顿子午线约西径五度余也。岩石既多，又无草木，宛然造化预造，以供我们试验之用似的。"大众听了，都欢喜无量，拍手赞叹，欣欣然归了天波。此外有许多社员工人，尚留住在司通雪尔，预备兴工诸事。机械师马起孙，又坐丹必哥汽船，运造器械工人，由纽械林进发，过了八日，到三多港，工人都带妻孥，像迁居似的，万分杂沓；外加工作用的器械等，直到五六日后，方才搬运完毕。十一月初旬，社长亦到，筑一条十五英长里[10]

---

10 "长"字疑在"里"字之下。——编者

的铁路，以联络司通雪尔与天波两地消息。又在石丘周围，建造铁屋，外围铁栏，竟同一座小都府无异了。准备完后，又把地质调查多次，遂定于十一月四日开工。是日招集工人，聚立一处，社长演说道："招集诸君，到如此荒僻地方的意思，想诸君早已了然，不必再说。须说明的，是此番工业，最小也应铸直径九尺厚六尺的巨炮，故其周围，当筑厚一丈九尺五寸的石壁，据此算来，则大坑直径应宽六十尺，深九百尺。而此工业，复必须在八个月告成，即每日应凿二千立方尺也。还祈诸君努力！"说毕，作礼而退。至午前八时，遂各开工。工人凡五十名，每三小时，换班一次。起手六英尺，纯是黑泥；次二尺，都是细沙，质甚纯净，可作铸炮模型；其下为一种粘土[11]，颇与英国白垩相类；深约四尺，再下便是坚土，须兴凿石工业了。如是逐日作工，顷刻不息，到翌年的六月初十，居然共[12]成。四周均砌石块，底面是排着三十尺长的木材，比社长预约时期，反早了二十日。社长社员及机械师马起孙，见竣工之速，都喜出望外，夸奖不已。……再说这八个月间，一边凿坑，一边便连日运铁。以前第三回会议时，应用熔铁一事，已经社长决定，此铁粘质最多，用石炭融解[13]后，比他种金属更好。所以大炮汽机及制书机等，凡要极大抵抗力者，大都用此。然铁质融解后，原质不能不变，若要他复原，必须再融一次。故这回用的铁质，系先拣极佳铁矿，在司泼灵制铁厂大反射炉内融化，再加石炭，并含水矽养，添助最高热度，且分离杂质，便成了纯净的熔铁，于是铸成长条，共重一亿三千六百万磅。厂主早在纽约府捡选船舶，共借得体质坚牢，容积千吨的六十八只，装满熔铁。第五月三日，便由纽约一齐开轮，但见黑烟卷水，白浪掀天，电吼雷鸣一般，破万里浪而去。

11　现代汉语常用"黏土"。——编者注
12　疑是"工"字之误。——编者
13　现代汉语常用"溶解"。"融解"今指"融化"。——编者注本月十日，已溯三多港，直至天波的港湾，也不纳税，安然上陆，渐渐运至置炮场近地。这大坑四边，已设立大反射炉一千二百座，每炉相隔三尺，各容熔铁十四万磅，距坑六百码，算计周围，共长两英里，炉式系不等边平行方形，上有椭圆承尘，全用不融青石砌成，以便焚烧石炭；下置熔铁，底面倾斜三十五度，可以令已融的熔铁流过笕筒，注入坑内。……却说大坑凿成的次日，社长便令在中心筑造圆柱，系用粘土细沙两种混合后，再用切短藁草，羼入搅匀，便能格外坚固。高凡九百尺，对径九尺，与炮孔粗细相同；离坑边六尺，亦与炮身的厚薄相等。周围绕着数十个铁轮，系在坑边的铁纽，令圆柱悬挂当中，毫无偏倚。到六月八日，圆柱也告成功，遂议定次日铸铁。麦思敦忽问社长道："铸造大炮，岂不是大礼么？"社长道："自然是大礼，然不能算公众的。"麦思敦又问道："铸炮之日，听说君想闭栅，不准外人参观，可是真的？"社长道："真的。我想铸造哥仑比亚炮时，虽没危险，然工业却甚精密。众庶杂沓，狠不相宜。发射时也是如此。"社长话虽如是，其实此番工业，真有万分危险，若众人喧哗起来，愿[14]出大祸，也未可料的。所以终以不许参观，使工人得运动自由，不误工作为妙。到铸炮日期，果然除会社委员外，不许外人阑入，那委员中最有力的是：

毕尔斯排　汉佗　大佐白伦彼理　少将亚芬斯东　大将穆尔刚

当时麦思敦居先，导引诸人，察看器械库，工作局诸处，迨把千二百座反射炉一一看完，诸人早已目眩神疲，不能再走了。此时各炉中，已分装熔铁十一万四千磅，将铁条纵横排列，令火焰易入

14　疑是"惹"字之误。——编者

空隙，热力更猛，又因铁汁入坑，非在同时不可，另备信炮一尊，以传号令。倘信炮鸣时，便把这千二百座反射炉的漏孔，同时拽开，使炉中铁汁，齐注坑内。诸事准备已完，大众权且休息。到次日黎明，各炉一齐举火，上有千二百支烟筒，下有六万八千吨石炭，只见齐吐浓烟，刹时间已如黑绒天幕，把太阳光线，遮得一丝不露了。加以炉内热力无量，直冲空际，鸣声如雷，火光炳灼，又有通风机械，招集天风，增加势力，吹得呼呼作响。炉中熔铁，便沸滚起来，渐与空中的养气[15]化合。此时工人，都已挥汗如雨，喘息不已，连站在远处的各委员，也都头晕眼花，热不能耐，眼巴巴的只望信炮一声，当服清凉良剂。然而铁质虽融，其中尚含有许多杂质，必待分离以后，方能注入。好容易才听得自鸣钟锵锵锵的打了十二下，信炮忽响，硝烟一缕，直上太空，千二百座反射炉中的铁汁，登时齐由笕筒奔出，如尼格拉大瀑布一般，明晃晃直落在九百尺深的坑内。声如巨雷，土地震动，刹时间黑烟卷地而起，直上霄汉，把近地草木，都摧残零落，如遭飓风。复从炮心圆柱中逼出一股水气，酿成浓云，恰如盛夏时顽云蔽天，暴雨将至情景。各委员虽然胆识有余，无所恐惧，然而不知不觉的皮肤上生起粟来，颤动不止。还有莿罗理窦近地几个野蛮，都疑火山喷火，吓得漫山遍野，奔避不迭。正是：

心血为炉熔黑铁，雄风和雨暗青林。

要知铸造哥仑比亚巨炮能否成功，且待下回再说。

15　现代汉语常用"氧气"。——编者注

第七回　祝成功地府畅华筵
访同志舵楼遇畸士

　　前回虽说过铸造大炮的盛况，然而毕竟能否成功，却非经许多时日后，不能确定。诸社员各执己见，推测将来，有说可以成功的，有说不能成功的，嚣嚣然连日不息；然总之都是空谭[1]，毫没证据的。过了旬余，烟焰未息，宛如极大圆柱，屹立地面，其柱端直接着云脚，随风荡漾。而地面又因受了铁汁的热力，渐渐发热，在二百尺之中，不能驻足，社员如热鏊上蚂蚁一般，只在四傍团团乱转，近不得一步。至第八个月，十日，麦思敦心中，大不耐烦起来，高叫道："从今日至十二月间，只有四个月了，我们的大业，怎生是好呢！"社长听了，默然不答。诸社员也没主意，都看着社长举动，虽然不言，却并无忧闷之色，仿佛可保成功似的，方才把心放下。此时地面热力，已日减一日，从二百尺减至百五十尺，又减至百尺。到八月十五日，黑烟也渐淡薄，三四日后，仅吐一缕轻烟，浮游空际而已。社长大喜，于八月二十二日，招集了同盟社员及机械师等，走至大坑左近，热力已消，按地上铁块，亦不觉热。社长仰天叹道："呜呼，上帝佑我，把巨炮铸成了！上帝佑我，把巨炮铸成了！"即命再兴工业，将炮内圆柱取去，并把炮膛磨光。然而内部泥沙，经热力激压后，非常牢固，虽有凿孔钻、鹤嘴锄等件，都是蜻蜓撼大树，动不得分寸。后来借了机器的力量，才将泥沙渐渐掘出，迨至九月三日，居然十分清净。社长又加添工资，以奖励工作，命磨光炮膛。俗谚说"有钱使得鬼推磨"，工人等见加多工资，自然尽力去做，不到四周间，已磨得像一间镜室，四壁

1　现代汉语常用"空谈"。——编者注

晶莹。竟不待十二月，已见伟大无敌，一望胆寒的巨炮，功行圆满了。其时诸会员，不知不觉的满面笑容，手舞足蹈。而麦思敦更是忻喜欲狂[2]，忽跃忽踊，仰视苍苍的昊天，俯瞰杳杳的地窟，一失脚，跌入炮孔中去了。——这炮孔深九百尺，跌下去时，不消说是血肉横飞，都成齑粉。麦思敦未立奇功，先成怨鬼，你道可悲不可悲呢！然幸而白伦彼理正立身傍，连忙揪住衣襟，提起来掷于地上。麦思敦本是口不绝声，专好戏弄人的，至此时也只喊一声"阿呀[3]"，默然睡倒了。众人见他如此，都跑过来，扶起麦思敦，贺再生之喜。有的嘲笑他道："君如先到地狱旅行，把口上生或[4]的巨炮一发，便可震破鬼族的耳膜，将来我辈死后，不但阎罗耳聋，不能得一正当的判断，便是对旧鬼谈天，恐也不能够了。"说毕大笑。不表大家欢喜，且说此时有一最失意的，就是那主张铸炮不成的臬科尔老先生。十月十六日，照条约上第一、二两条，把彩金三千弗，交给社长。人说他从此染病卧床，多日不出。然条约五条中，尚有三条，合计十三[5]千金，未决胜负，此时虽输去三千，那三条尚不知鹿死谁手，又何必忧愤至此呢！不知臬科尔的意思，却并非在金钱上着想，实因铸炮之成否，与一生的名誉有关，今见自己议论龃龉，又羞又愤，不觉成疾。凡世上好名之人，每每如是，无足怪的。……至九月二十三日以后，社长令开丘外栅门，许众人进内游览。栅门开处，有许多老幼男女，早已蜂涌而来，把偌大石丘，满满的占了个无立锥之地。而天波市至石丘间一带地方，犹复车马络绎、喧嚣不可名状。亦可想见美国人民热心的景况了。然各人热心，却非从大炮成后而起，当初铸造时，各处人民，来看铸铁景象的，不知多少；无奈社长坚闭栅门，不容进内，众人涌挤栅外，但

2　现代汉语常用"欣喜若狂"。——编者注
3　现代汉语常用"哎呀"。——编者注
4　疑是"成"字之误。——编者
5　疑是"二"字之误。——编者

见黑雾濛濛，上冲天末，急得像索乳的小儿一般，乱啼乱跳，呼着社长的名字骂道："我们最公平的美国人民中，为甚[6]有如此不公平的事呢！"众人齐声呐喊，几乎有推翻铁栅，冲进巨丘之意。社员皆栗栗危惧，恐肇大祸，然社长却毫不动心，把华盛顿独立战争时，在硝烟弹雨中，指挥大军的手段，施展出来，惟督责作工，此外诸事，均付之不闻不见，倒也平安无事的过去了。后来社长见大众热心欲狂，仿佛有仅入石丘，尚未满意；苟能一游炮膛，则虽死无憾的情况，于是开放栅门以后，再造许多大笼，上连绳索，用滑车下垂炮底，收放均用汽机，运转不费人工，另写许多告白，粘贴栅外道："欲进炮内游览者，每人收资五弗。"那边告白还未贴完，这边汽机已不暇应接。不到两月，已收入五十万金。会社中又得了许多补助。据此看来，倘大炮发射时，不知更要加多几亿万倍。有人说：若到是时，欧洲各国人民，必当群集海峡；（谓天波）而欧洲忽成旷土，以致美国地租，非常腾贵云云。虽系过言，亦非无理的。二十五日之夜，社长创议在炮底开一落成祝宴，以电气为镫[7]，光彩灿然，照彻四壁。中置大桌，上覆绒坛[8]，社长巴比堪、社员麦思敦、少将亚芬斯东、大将穆尔刚、大佐白伦彼理及社员等十余人，均坐笼中，徐徐垂下。少顷，支那[9]的花纹瓷，法国的葡萄酒，皆由地面上直送至九百尺之下，罗列满案。社长等相视大笑，拍掌称奇。酒至半酣，渐渐喧笑起来，有歌的，有叫的，有抛蒸饼的，有掷酒杯的，到后来竟个个行步蹒跚，口里不知说些什么，惟闻器器然的声音，充满炮内。从此点反应彼点，或由此处传达彼处，忽出炮口，宛如平空起了霹雳，在地面上的听了，都拍手呐喊，欢声

---

6 现代汉语常用"为什么"。——编者注
7 现代汉语常用"灯"。——编者注
8 疑是"毡"字之误。——编者
9 此为鲁迅原译，原文并无贬义。"支那"一词是古代印度梵文中支那（China）的音译，也是古代欧亚大陆诸国对中国最流行的称呼。一般认为，中日签订《马关条约》后，日本侵略者开始使用"支那"称呼中国，并带有蔑视和贬义。——编者注

震天；挟着地底里的声音，轰轰不绝，刹时间把一座石丘，竟变成大歌海了。社长等听得分明，也十分欢喜。那麦思敦更觉气色傲然，或饮或食，忽踊忽歌，大有"此间乐不思蜀"之意。直至曙色苍然，方才散会。从此诸事告成，只待发射弹丸一事。然众人经此两月，恰如数十星霜，焦急欲死。诸新闻馆，各派访事员数名，探听消息，凡一举一动，无不详细登载，众人争先购读，新闻馆因此致富的，颇为不少云。……至九月三十日午后，社长处得一电报，系经过白隆西亚与纽芬兰间海底电线，又过亚美利加大洲线直达天波的。社长拆开看时，唇忽发白，两目昏花，像十分惊疑模样。那电报道：

> 圆椎形弹丸，可改作正圆形。余将驾以探月界，故今日已乘阿兰陀汽船，由此启行。九月三十日四时，由巴黎发。
>
> 密佉尔亚电

电报如此，亦甚平常，社长为甚惊疑至此呢？不知以前由邮局寄来信件中，如此者正复不少，然无非都是嘲笑会社的事业罢了。此番却用电报告知，有十分郑重之意。难道世界上，竟有这许多视生命如土芥的大人物么？于是招集社员，把电报朗诵一遍，问道："诸君以为何如？"诸社员想了好一会，有的说是嘲笑，有的说是滑稽，惟麦思敦默然不语，待众人说毕，忽大声道："诸君意见，虽纷纷不同，然亚电氏的志气，亦可谓大极了。"诸社员都不能答，只得怅怅的散去。且不说社员怀疑，便是近地居民，也私有许多议论，没到半日工夫，密佉尔亚电的声名，已传遍亚美利加全国了。然有无其人，则尚是一个哑谜儿，不能猜破。每日寻社长问消息的，不知其数；后来竟像观剧一般，涌挤不开。其中有人伸着脖子问道："亚电氏从法国启行么？"社长在宅内应道："尚未分明。"那人又问道："我们是为探听确信而来的。"

社长道:"到那时便知确信了。"然而众人尚不肯散,纠缠不休,又问什么改变弹形,什么亚电的电报。社长被缠不过,只得整冠出门,带领众人,到了电报分局,发一电给烈伯布儿的货物保险会社社员道:

> 汽船阿兰陀,何日由欧洲启行?其旅客中,有法国人名密伕尔亚电者否?

发电后,社长等便坐在局中。不到两点钟,果然得了回电,上写道:

> 汽船阿兰陀,于十月二十日由烈伯布儿开行,向天波市进发。查该船旅客名氏簿中,有一法国人,名密伕尔亚电者。

接到回电后,大众才放心散去。社长胸中的疑团,也刹时雪消冰释,连忙发信至布拉维商会,命把制造弹丸一事,暂停数日,待亚电到后,再作商量。至十月二十日午前,遥望海面,果有淡烟一缕,在若隐若现之间;未及正午,已见一艘巨大汽船,樯头锦旗,随风飘动,直入三多港,惟留下一道黑烟,蜿蜒天半,其行如矢,忽过赫耳波罗湾而去。将到天波市,轮动渐缓,少顷已至码头,刚要抛锚时,早有无数小舟,团团围住,争先跳上汽船,招揽生活。其中没命第一个的跳上的,便是社长巴比堪。未到上面,即放声大叫道:"亚电君!亚电君!亚电君何在?"连叫数声,竟无应者。社长心慌,跑至舵楼边,竭力大叫,忽闻舵楼上有长啸声,且答道:"余在此耳!"抬头看时,则其人年约四十,体格魁梧,头圆额广,黄发垂肩,如狮子鬣状,鬃赤黄色,纵横两颊间,眼圆而锐,惟略如近视,在楼上或左或右,运动不止,忽而自啮指甲,忽与傍人谈笑,其气力之活泼,真一探捡月界的好身手也。社长忙登舵楼，远远的喊道："今日见君，实侥幸之至！"那人也跑过来，握一握手。社长正欲述自己意见，并问亚电来意，不防天波居民，竟海潮般的涌到面前，围住亚电，乱叫狂呼，虽听不清说些什么，大约是赞美的意思。亚电及社长两人，挤在当中，连气也喘不得一口。好容易才分开众人，躲入亚电房内，关上门，喘息一会，亚电先问道："阁下就是巴比堪君么？"社长答应。亚电又道："好好！君无恙乎？"社长道："幸无恙！君真决意往月世界去么？"亚电笑道："如素无坚强不屈之志，那有远来此地之理呢！"社长道："君此次远行，妻子等竟没留难么？"亚电道："没有没有。我电报到后，君已把弹形改革否？"社长道："此事必当与君斟酌，故得来电以后，望君如大旱之云霓。今幸君至，想必早有卓见了？"亚电道："余幸逢君，与此伟业，得旅行月界的机缘，岂非无上幸福么！故于弹丸一事，久经思索，颇有所得的。"社长见亚电临危不惊，谈笑自若，真有侠男儿的气魄，心中已十分敬服，便道："余知君必有高见。"两人宛如久别的良朋，各诉抱负，娓娓不倦。亚电又道："余此来颇有许多鄙见，欲向大众一谈，如君以为无妨，乞明日招集亚美利加全国人民，开一大会；余将陈说意见，对付驳论，以破众人之惑。乞君为我谋之！"社长点头称善。即出房告了大众，都拍手大喜，欢声如雷。麦思敦怪声怪气的大叫道："呜呼！不料今日，竟遇着绝世侠男儿了！把我们去比较这种勇敢欧人，怕还不及一弱女子呢。"此时社长又安慰一番，并劝众人散去。遂复回至亚电房中，讲了许多闲话，方才握手作别。那船上自鸣钟，正当当的打了十二下。正是：

　　　　幸逢宾主皆倾盖，独悟天人一振衣。

　　要知第二日盛会的情形，亚电的雄辩，须听下回分解。

第八回 温素互和调剂人生
天行就降改良地轴

却说汽船到着的翌日，便是大会。社长怕来听者好丑不齐，有妨亚电演说，想只准有学问的，入场辩论，其余一概屏绝。无奈人心汹汹，比火焰还烈，要是防止他，真比遏尼格拉大瀑布还难几倍。社长设法，只得拣一块大平原，约距天波市一里，想张许多帆布，遮盖日光，不料次日黎明，大平原上已无容足之地，那里还能张什么帆布呢！社长商议道："你看此等人，太阳未出的时候，我们去张帆布，他便连说'不要不要'，好像我们多事似的。到了上午，却要翻转面来，骂我们不周到哩！"果然，一到上午，日光渐烈，众人焦热不堪，便一齐责骂社长，其声如雷，轰轰地不绝。其人数不下三十余万，在前面的，尚能观听一切，其余则只听得喧哗的声音，看着无数的帽顶，宛如落在大旋涡中，转来转去，头晕耳鸣，却连那演坛的形式也看不见一点。少顷，忽然大众向两面闪开，让出一条大路，那边缓缓行来的，便是亚电。右有社长巴比堪，左是社员麦思敦，各著[1]礼服，映着日光光线，缤纷四射，夺人目睛。三人徐上演坛，举目一望，但见无量黑帽，簇拥如波。亚电虽十分欢喜，却如平日一般，略无仓皇之色。此时大众微发欢声，赞美其志。亚电忙脱帽鞠躬作礼，又举手向下一按，是表明请众人镇静之意，便操英语说道：

> 诸君不厌炎天，辱临兹地，余实荣幸无量！余既非雄辩者

---

1 现代汉语常用"着"。——编者注

流，又未常以博物家名于世，何敢在博闻多识的诸彦之前，摇唇弄舌耶！然窃闻吾友巴比堪氏所言，知诸君颇不以余为不足共语，故不揣冒渎，谨呈片言，以慰诸君子热望之盛情于万一。倘言语之间，偶有纰谬，尚乞勿罪！……诸君若闻余言，必以为不辨难易的大愚公，出现于世。然以余观之，则驾弹丸，作月界旅行的事业，征之理论实际，皆易成功。不见人事进化的法则么？其初为步行，继而以人力挽轻车，继而易之以马，遂有迅速的汽车，横行于世界；据此推之，当必有以弹为车之一日。及尔时，则诸惑星与地球上通信之法，甚易处置了。然诸君至此，必曰奈弹丸之速力何？而余则以为如此速力，一无足畏，请观彼众星的速力，岂非远胜弹丸速力么？又此地球之载吾人以运行于太阳之周围也，实速于弹丸三倍，而与他惑星相较，则宛如老人策杖徐步，与骏马之驰驱，其差异为何如？……

说至此，有人大呼道："惑星的速力，将来是增加抑是减却呢？"亚电道：

其速力渐渐减却的。……诸君！或人脑小如芥，禁锢于地球之内，遂谓除此一块土外，必难转移他处，真是偏执已极了！此等人物，在今日虽呐呐诽议，而至将来，必如从烈伯布儿至纽约一般，有迅速、容易、安全三事，以得有彼月界于惑星及他众星之自由。

大众寂然无声，倾[2]法国侠男儿的雄辩。至此忽现惊异之色，如

2　疑漏一听字。——编者

疑亚电之好为大言,故造奇语者。亚电早知其意,面含微笑,从容说道:

　　诸君颇有疑虑之意么?假令余言皆虚,则所疑固非无理。然诸君曷不试算以临时汽车从地球至月球之日数乎?不过三百日耳。两球间之距离,不过地球周围之九倍耳。毫无可异者在,乃已如听《天方夜谭》,骇怪至此!设有人欲向太阳二十七亿二千余万里而运转的奈布青星以旅行,则君等将何如?且以爱克伐斯星距我数千万里之距离,想象地球与月球之距离,则君等又将何如?噫,近若比邻,而妄人乃曰何星与地球之距离凡几许,地球与太阳之距离凡几许,频说天体各个之距离,岂非背理之至么?……余就太阳系思之,此太阳系者,系坚固之实质体,组织之众惑星,皆互相密接,所谓存在其间之空间,仅如金、银、铜、铂等至微极细的空间而已。故彼等所谓何星与地球之距离几何,太阳与何星之距离几何者,果何为乎?其间无真距离之可言也。诸君其思之否?诸君其思之否?

　　语声未绝,忽有大呼者道:"道星与地球间,无空间之存在耶!"则麦思敦也。亚电正想着下文演说,不备防忽地霹雳般的大声,直冲耳膜,大吃一惊,几乎从演坛落下,幸而连忙扶住,方免于难。若竟跌落演坛,则身负重伤,是不消说;便是喋喋辩论的无空间说,也可借从演坛落至地面的实有空间,而大悟彻底了。听众口虽不言,而眉目间却显出嘲笑的影子。亚电知道人有嘲我之态,整一整衣,泰然说道:

　　听众诸君,适所论地球与月球之距离,惟一细事,殊无足深思者。总之,不越二十年,我地球上人民之半,必能旅行月中,一新耳目。所憾余孤陋乏识,不能解释此极大问题,深用自愧!今乃屡蒙垂问,余不觉忻喜欲狂,遂至失仪,有渎诸彦,罪诚无赦矣。诸君若宥其罪,而再赐以问难,则余必竭所识以对诸君。

演说者既表明解释疑问之意,社长见他勇气凛凛,力敌万人,十分敬爱,想把实验上的疑问,提出几条,互相问难,以鼓其气,便肃然起立,先述发明之事,令亚电注意,才说道:"我新交之良友乎,君以为月世界及他惑星中,必有人类栖住的么?"亚电微笑答道:

社长阁下,蒙君不弃,垂询极大疑问,余幸何如!抑此疑问,虽布留佗、瑞典、巴格波儿等诸硕儒,犹不能究其蕴奥,况不学无术如余者乎!然仅就余所见言之,则当从穷理学者之说,以下见解,即由'宇宙间废物无形'一语想来,则彼世界必可供人类之栖居;既能栖居,则所栖居当必有人类。

社长道:"此疑问未经确定,亦不能援引定理,惟由个人思之,自不能不生月球及惑星中,能否栖居之问题耳。故余之独断,则窃以为月球及惑星,乃人类可居之处也。"亚电道:"余意亦复如是。"两人问难之间,坛下众人,也各纷纷议论,甲发论,乙驳击,丙折衷,声如鼎沸,而其多数,则皆执界月及惑星中无可居人类之理。其说道:"若人类欲栖居他世界中,则天授的性质,必当随惑星与太阳的距离而大行变革,否则或为大热力所炙,或为大寒威所虐,断无生存之理的。"亚电答道:

余适与社长言，未及细听诸君之说，敢谢诸君，并乞少令会场静肃，余将表明反对之意见矣。盖余实将主张，彼世界适于人类之说，以搅破诸君之迷梦者也！余虽非穷理家，然亦略通其义。穷理家云：接近太阳的诸惑星，皆各含少许温素，其温素于轨道上回转之际，与远离太阳诸惑星的多温素，因运转之力，互相均和，得热力平均，以成适于有机体如吾人者可栖居的温度。设余真为穷理学者，余将曰：造化于地球上动物中，示特别生活状态之例甚多，如鱼，如水陆两栖类，其理均难索解。如栖居海中的一种动物，居极深之水底，受与五十或六十气压相等向[3]海水压力，而身体毫无破碎之患。又如栖居水中的一种微虫，于温度全无所感，或在蒸腾如沸的温泉中，或在固结如石的冰海下，像鱼一般，游泳自得。彼造化制造动物，令之生活的方法，千汇万状，固非无理；而为吾人微智所能测者，仅可屈指数耳。然谓因惑星中热力，而动物遂难栖居，则余虽不敏，敢独排众议，力斥其诬者也。使余为化学者，余将曰：世有称雷石者，地球外物也，若分析之，其物质中，含炭素少许，据拉赫来排夫氏之精细试验，知其根源为有机体，且有生命之动物也。使余为神学者，余将曰：信圣保罗言，则神之救援人类的至爱，不仅在此地球，无量世界，无不普遍。然不幸而余非神学者，非化学者，非穷理学者，复非论理学家，不能知造化调和宇宙间物之大法，而惟想象于冥冥之中而已。以是于月世界及他惑星中，适否人类栖居之问题，遂难解决。以不能解决故，余所以汲汲以求之者也！

右演说才毕，大众已发声狂吼，轰然震天，恐虽两军交战，杀

3　疑是"的"字之误。——编者

人如麻的时候，也未必有此壮观。其中有几个反对的，高声驳击，却被众人的声音遮断，亚电并没听到一句。其后叫声渐歇，那反对的也就不语了。亚电见无人出来反对，便又慢慢的说道：

听众诸君，余以浅识，不足释社长之问，只就所见者略言一二而已。然余今所欲言者，非复惑星中能否栖居人类之问题，尚乞垂听之！……余将对固守惑星非人类可居之僻说者，略抒所见。夫诸君以细小之精神，指地球为至良无上的世界，岂不惧大背于理的么？即如诸君所熟知的，地球卫星，只有一个，而裘辟陀、乌拉纽、撒达恩、那布青等星的卫星，却有数个，那有劣于地球之理呢？抑此地球，因其轨道之平面二轴的倾向，而生昼夜长短之差，以苦吾人；又因其倾向，而生四季之差，以苦吾人。吾人所居的不幸之大球面，时而烈寒，时而酷暑。约言之：即交冬令，则僵冻欲死；入夏季，则头脑如灼。其尤不幸者，若骨节痛，若咳嗽，若气喘，若癫，病种万状，以苦吾人，甚至有苦不欲生，以早入鬼箓为快者。而如裘辟陀星等的平面则不然，回转之际，倾斜甚微，设有居民，则必因各带气候，终年相同，而得无垠之乐康，以消岁月。至其气候，此处常春，而卉木明媚；彼处恒夏，而炎阳逼人；甲部分则落叶瑟瑟，时打庭除；乙部分则积雪皑皑，永封溪谷。故裘辟陀星之居民，喜春阳者至春地，宜夏景者适热带，好秋气者居秋地，爱冬日者之寒带，各从所好，以养其生，岂非极大的幸福么！诸君试思余言，即可知裘辟陀星实优于地球远甚，而栖居其中的人类，与吾曹不幸之人类较，其才智体力，必当优胜之理，也就毫无疑义了。今于他事，姑不措问，吾人若欲如裘辟陀星一般，达于圆满之域，则不可缺者惟一事，即令回转之地轴，轨道上之倾斜减少而已。

此时只听得大呼一声，宛如夏日白雨之先，起个霹雳，其中有人道：

若吾人人力所及，盍协力发明一大机械，以改良地轴回转的方法何如！

说还未了，赞叹的声音，又如雷动。发言者为谁？则名轰美国的大滑稽家麦思敦也。凡美国人性质，假使果略有改良地轴法的理，他必凝无量功夫，造调理地球的巨大杠杆，扛举地球，改良方向，所惜者吾人尚未发见此理，虽长于机械学如美国人，亦只得付之无可如何而已。噫！正是：

天则不仁，四时攸异；盲谭改良，聊且快意！

此次大演说，究竟如何情形，如何结果，下回再表。

第九回　侠男儿演坛奏凯
老社长人海逢仇

　　却说麦思敦说了一句笑话，又闹了许久，才觉渐渐镇定。有人说道："雄辩的演说者乎，闻君所言，已明白许多想象之说了。乞说入本旨，把月界旅行的疑问，实地上研究一研究罢。"其人说完，渐挤近演坛，睁眼看着亚电，见并没有回答，又高声说道："我等来此，非欲议论地球，我等不是因议月界旅行一事而来的么?"众视其人，则躯干短小，鬓如羚羊，即美国所谓"哥佚霄"也。目灼灼直视坛上，众人挨挤，都置不问。亚电听了大喜道："君言甚善! 此时议论，已入歧路，以后当谈月界之事。"说未毕，即有人喊道："君言地球的卫星，适于人类之栖居，果如此，则人类必全无气息而后可，盖月球之表面，实无如空气等小分子之物质也。余以此告君者，系发于慈意，且以警……"亚电把头一摇，赤发散乱，大有争斗之态。既而以锐利的眼光，直睨其人，厉声道："汝言月球全无空气，惟假定之说耳。至其真实，则谁敢任之?"答道："达于学术的人任之。"亚电道："真么?"那人道："真的。"亚电昂头笑道："噫，阁下，余素爱学者，然金玉其外，败絮其中的伪学者，却深恶之。请君勿复言!"又有人问道："君知伪学者为何状乎?"亚电曰："余固知之，如我法兰西以学士自命的先生，乃谓由算术上言，鸟无能飞翔空中之理。又有自许超伦轶群的大人物，乃谓由论理上言，鱼无游泳水中之能。呜呼! 此种人物，非狂而何! 余实不欲与言，且亦不足与言。"亚电才说完，有人大声叫道："汝学不修，乃敢论人不学么!"其语势大含轻薄之意。亚电亦大声答道："余素不学，一无所知;然此身却有敌泰山当北海之勇!"那人道："然则暴虎凭河之勇而已，非愚即狂。"亚电听了，肃然正色道："听众诸君，余此来非争学者之徽号，苟月界旅行的事业告成，即我事已毕，其他细故，何必喋喋为！"社长及同盟社员，都注目亚电，见其挺孤身以敌万众，协助鸿业，略无畏葸之概，叹赏不迭。所虑者亚电既是外国人，与众人毫不相谂，今又论议一变，将成争斗，或有险象，也未可知。心中颇怀疑惧。少顷，听得又有人反对道："演说先生，据余所知，足证月球周围，全无空气之说者甚多。即偶有之，亦必为地球吸力所吸，而被夺于地球。且余尚将引证他说以……"亚电忙道："可尽君所有，一一言之！"反对者道："如君所知，光线为气体所横截，则直的光线，必屈折而变方向，故于有星从月后行来时，注视月球，则自星发射的光线，皆直过月球平面的缘端，毫无屈折变向之状。若有空气，何至有如此现象呢？"亚电微笑道："君言殊似有理，即真修学术之徒，恐亦未免结舌。而余则大不为然。因其系牵强附会之说也。君颇似辩士，请为余略言月中有无火山之事。"其人答道："有是有的，然今已不喷火了。"亚电道："然则火山惟一时喷火，而今则仅留遗迹耶？"答道："然而此不足为空气存在之证。"亚电道："若惟偏于理论，恐遂无决定之时。今更进一步，略论实验上的事罢。纪元千七百十五年，有著名天文学士路比及哈累二人，察看五月三日的月蚀，于月球中发见奇异的火光，两学士遂确定为月球中由空气而生之电火。"反对者道："那两人视察时，以地球上从水气发生之现象，误为月球之现象，当时即知其非，大受哂笑，这是经他学士所证明的。"亚电答道："余犹有说。千七百八十七年时，哈沙氏于月球之表面，发见无数光点，天下咸知之，君辈乃不知么？"那人道："知之。然君于实论未下注释，余今为注释之：盖因哈沙氏发见之光点，遂谓可推论月球不应缺乏空气之理，余未有闻也。且波亚及埋读夫，岂非研究月球的专门名家么？此两人均主月球无气之说，而其说则若合符节的。"此时大众静听二人讨论，愈出愈奇，都精神发扬，四处乱涌，如大海的波澜一般。虽默不一语，而自有一种奔腾澎湃的声音，弥漫坛下。少顷，亚电又说道："余请更进一步论之。若著名之法国天文家罗色陀氏，于纪元千八百六十年七月十八日月蚀时，明见新月尖处至凹部间，有横截月球面空气的太阳光线屈折形状，不是个铁证么！阁下还有何说？"那人不能再驳，默然退去。不复有人再来反对。此时亚电恰如大将凯还一般，兵士的欢声，洋洋盈耳，亚电也喜色满面，徐徐说道："诸君，今虽有非议月球表面空气存在说者，全属谬想，无足与辩。然彼世界的空气，较为稀薄，则容或有之。"有人问道："设空气稀薄，如君所言，则大山之巅，必无空气，人将何以登山巅呢？"亚电微笑道："实然。空气惠在山间之平地，其高不过四五百尺而已。"那人又道："恐有时竟与全无相等，故至月世界时，不可不预备此事，君以为何如？"亚电道："先生所言，极合于理。然空气虽薄，必足养人，设忽遇变故，空气竟非常稀薄，则余有一节俭之法，即除特别不可缺时外，全不呼吸是也。"说至此，众人大笑，亚电不能再说，待了许久，笑声才歇，又说道："诸君于余所言，既无异议，则于月球间空气存在说，谅必亦无疑义了。如此则月球表面，又必有水；若果有水，实余之极大幸福也。且反对诸君……余犹有说，吾辈所见者，仅月球之一面而已。此面既有少许空气，则不能见之一面，必含空气更多。"有人忙问道："这是什么理呢？"亚电道："其理么？月球受地球吸力之作用，成鸡卵形，我等所见者，为卵形之尖顶。据荷然氏之测算，则重力中心，应在我们不能见的他半球，故那一半月球，必有更多之水与空气。"亚电说完，颇有人疑为架空想象之说者。亚电道："此乃纯粹的理论，而发源于机械之定则者。那有可容攻击之理呢！然而我等在可生活的月世界中，能否保全生命的问题，却还要质之听众诸君子。"此时三十余万的听众，忽发赞叹之声，远近相和，虽有几个反对的发论驳击，而如失水的鱼一般，只见他唇腮开阖，声音则并无一丝，传入亚电之耳，那反对的，便着急起来，极力大叫不已。当时激恼了众人，把许多人推出场外，口里喊道："赶出这些反对的狂人！赶出这些狂人！！"反对的且行且说道："演说的先生，不欲闻余二三疑问么？"亚电招手道："汝说汝说，余甚好之！"反对的得了亚电的许可，才立住脚，喘吁吁的说道："君何故不留意至此耶！驾圆椎形弹丸而至月界，噫，不幸哉！……发射之际，因反动力而有粉身碎骨之祸……君以为何如？"亚电笑道："我的反对先生，所言亦非无理，然余思美国人以刚强不挠的精神任事，必有免此奇险的良法。君其勿疑！"那人又道："弹丸飞过空气时，飞力极速，不至发生大热力么？"亚电道："不然不然！弹丸极厚，且我等当疾飞以出空气之外。"那人道："食物呢？"亚电道："余以算术测定，贮足支十二个月之量，而旅行时，只得四日，惟用其少许而已。"那人问道："弹丸中空气不虑缺乏么？"亚电道："余以化学之法制造之。"那人又道："弹丸能恰落在月长[1]之上么？"亚电道："落于月球中，与落于地球上相较，其力只六分之一耳。故弹丸重量，较在地球时，必减轻六分之一。"反对论者略想一想，又道："然以余所见，当弹丸堕落时，因重力所激，君的躯体，必至如掷琉璃于石上一般，纷纷四散而不可见……今假令凡诸危难，诸阻碍，均有趋避之法，如君预想，驾大弹丸，安然以达月中，其后将用何方法，再归地球呢？"亚电道："余固无再归地球之志。"众人听了，骤不解亚电之意，愕然噤不发语。有几个反对的，趁着空闲，便说："什么？如此则于学术，仍无裨益；如此则与横死无殊！"其中一人大呼道："君辈言太过，待我问之。"亚电厉声道："谁复敢与亚电言者！"有人答道："欲与君言者，系以人为诞妄不足取，以事为虚伪不能成，而不学无识之一人也。"社长静观亚电与众人讨论，容貌肃然，大有不顾一切之概。至此时，忽见发语的是个社员，便忍不住立起身来，想分开众人，走下去把那人的言语禁止。不料

1　疑是"球"字之误。——编者

才近众人，已被抑留，一齐举手，把社长擎起，又把亚电擎起，发声呐喊，以表扬两人的名誉。众人争来擎举，杂踏不可言状，其中虽有许多反对的，只是张开两臂，防为他人推倒不迭，那里还有工夫再来驳击。但见万头攒动之间，社长并亚电两人，夹着呐喊声音，忽在此处，忽在彼处，摇动运转之状，宛如狂涛无际的海中，浮着一叶，倏起倏落，见之魂悸！两人乘着有足的船，一刻[2]那时，已到天波地方。天波居民，又有擎举两人，表扬荣誉之意。亚电晓得了，忙逃入弗兰克林旅馆，觉疲劳已极，亟拣一处最好卧室，倒头便睡。惟有社长仍在众人之间，挤来挤去，见还有反对的，遂大声喊道："有反对会社的大业者，请随我来！来！！"说还未了，已有一人，直跟着社长向捷温司福尔码头而去。其地甚为寥寂[3]，绝无行人。社长立住问道："君是谁？"其人答道："余枭科尔也。"社长大声道："余欲见君，已非一日，今乃相遇于此，何幸如之！"枭科尔道："余亦如是，故来见君。"社长道："君曾侮我。"枭科尔道："然。"社长道："余将举轻侮三条件以问君，君能答乎！"枭科尔道："谓立时能答否耶？"社长道："否否！余欲与君言者，乃重大事，不可令外人知，故当秘密一切，不可不择一寥寂之地，互相决议。去天波市一二里许，有大森林，名曰斯慨挠森林，汝知之否？"枭科尔道："余夙知之。"社长道："乞君于明日入森林中待我。……君如与余同意，则余亦来觅君。……且勿忘携汝之旋条枪，"枭科尔道："汝亦勿忘携汝之旋条枪。"两人谈毕，约期而别。唉，诸君，这一回，有分教：

硝药影中灰大业，暗云堆里泣雄魂。

要知明日在斯慨挠森林，两人演出什么惨[4]，且听下回分解。

---

2 疑是"刹"字之误。——编者
3 现代汉语常用"寂寥"。——编者注
4 疑脱一"剧"字。——编者

第十回　空山觅友游子断魂
森林无人两雄决斗

　　却说亚电进了弗兰克林[1]旅馆，因过于疲劳，食卒就睡，耳鸣头眩，如置身大弹丸中一般，拥着重衾，不数分时，已沉沉入梦。便是雷鸣地震，也不能把铜像似的睡汉，搅醒过来。未几东方渐明，日光熹微，早映窗幔，只听得有人打门，大呼道："有大事，君何不开门！何不开门！！"然在门外的，虽似十分惶急；而在门内的，却仍冥然罔觉，只是鼾声雷动。大呼数回，才答应了一声。此时门外诸人，已不耐烦起来，哗唧一响，窗户大开，窗上玻璃，也如胡蝶[2]般乱舞。亚电大惊，坐起看时，乃许多枪炮会社同盟社员，争从窗口纷纷跳入房内。第一个便是麦思敦，不待亚电开口，便满房乱跳，大喊道："我们的社长，昨晚竟被辱于万众之前，侮之者谁，便是那个桌科尔。故社长已与彼约定在斯慨挠大森林中决一死战。此是社长自己告我的。若不幸战败，则会社的大业，不要成了水泡么？唉，危！危险！！我等该阻止才是。然一人独力，那能遏社长决斗之志呢！余想此事，惟亚电君。除了亚电君，他人不能！"亚电听麦思敦之言，默不一语，至此忽从床上跃起，不到数秒钟，已穿好衣服，开了门，同着麦思敦，如飞的出了旅馆，径奔那大森林而去。行了一刻，麦思敦把桌科尔如何反对，如何写信辩论，如何悬金赌赛，如何与社长相争的颠末，细细告知亚电。亚电忽发颤声，道："唉，愚哉！唉，何其愚哉！若已决斗，呜呼！……将如何，将如何！故我等不可缓行，宜急走！急走！！"读

1　疑为误作，应为"弗兰克林"。——编者注
2　现代汉语常用"蝴蝶"。——编者注

者须知美国风俗,这决斗之事,殊可怕的。如两人私论不合时,便约定所在,或用手枪,或用利刃,互决胜负,不死不休。视当日社长与枭科尔定约情形,不消说是枪声响处,这阋如虓虎的两雄,必有一人要告别的了。亚电等两人,大踏步飞跑,过荒野,攀危严[3],过稻田,早已朝露沾衣,砾石破履。又有不识数的樵夫,把斫倒的大木,积满路口,费尽气力,才匋了过去。远远见一白发樵夫,在那里伐木,麦思敦飞跑上前,大声问道:"樵夫,汝见提旋条枪的人么?——即我的朋友枪炮会社社长巴比堪氏也。"然而一个山内樵夫,晓得什么社长,睁着眼不知所对。亚电忙说道:"是像猎夫的人。"樵夫笑道:"你们寻这像猎夫的人么?此人在一点钟前,早已过去了。"麦思敦闻言,颜色骤变,叹道:"既在一点钟能[4],则我等已迟了。"亚电问道:"你听得枪声么?"麦思敦道:"还没有。"亚电即握着麦思敦的手,连说"快走",拔步奔入灌木林中。此地有杉、枫、秋立布、橄榄、檞等树,其他嘉卉异草,更难枚举,枝柯交错,密叶如织,咫尺不能辨。两人恐致失散,携着手,分开积棘,彳亍前进,两耳听着枪声,两目看着前路。有几处似有人迹,疑巴比堪曾从此经过,而细心检查,却连足迹也寻不出一个。又行二三百步后,积棘更多,树枝更密,太阳光线,不能透入,几与昏夜无异。两人没奈何,立住脚,麦思敦发失望的声音说道:"余此时实已不知所为。"亚电道:"我等已至此,若决斗时,枪声必当传入我耳。此时未有所闻,似可无虑。"亚电虽如此说,殊不知社长的性质,乃是见危不怖,遇刚则茹,既已约定时期,那有不来之理呢。况枪声传播,常随风向,或既经放射,而两人未曾听得,亦理所恒有的。麦思敦愈想愈怕,颤声道:"我想……我等到此过迟,彼等必已决斗了,君以为然否?"亚电不答,只催前行。继而知徒行无益,两人思得

---

3 疑是"岩"字之误。——编者
4 疑是"前"字之误。——编者

一法，相约各放声大呼。麦思敦呼社长的姓名，亚电呼着枭科尔。无奈喊破喉咙，终无应者。只见山鸟惊飞，鹿子暗遁而已。此时跋涉森林，已及大半，而社长及枭科尔的影子，也不可得。两人大为失望，颇有言归之意。亚电忽遥指远处大呼道："麦思敦君，那不是人么？"麦思敦望了良久，答道："像是人……那是人？然彼不动，其傍又无像旋条枪的东西，那是做什么的呢？"亚电本来近视，遂问道："你亦认不清么？"麦思敦道："哦，我看清楚了，他亦遥望我等，彼……彼枭科尔也。"亚电大声道："枭科尔么？"其声似酸楚不堪者。停一会，又道："余当至彼处，定其真伪。"乃急行五六十步，定神一观：噫，果是枭科尔，其傍有数株秋立布树，蛛网纵横，缠住一个小鸟，振翼悲鸣，而一大蜘蛛，伸长足捉之，不得逃遁。枭科尔置旋条枪在地，折树枝击蜘蛛，以救小鸟，且破其网，小鸟遂欣然飞去。枭科尔目送之，色甚愉快。回首忽见亚电，愕然道："君以何事，乃深入此大森林中？"亚电道："余欲防君杀我社长，且阻社长害君，故来此耳。"枭科尔道："社长何在？余亟欲见之，然已寻觅二时间，终不能得。"亚电道："君若真觅社长，必无不得之理。然未知是未曾寻觅，抑真觅之不得欤？使社长尚存于世，则必无不得之理的。"枭科尔大声道："巴比堪氏与余，不死其一，必难结局，故大竞争是万不能免的。"亚电愕然良久，说道："汝何意？噫，汝何意！汝真可谓猛烈如野狮了！"枭科尔道："余已有战斗之意矣。"麦思敦上前大声道："枭科尔君，余为社长的良友，而社长亦善爱余，君若杀人之心，不能自抑，则请杀麦思敦以代社长！"枭科尔忽拾起身傍旋条枪，摇手道："君毋戏言！"亚电道："我友麦思敦，决无戏言，余能力保其杀身代友之志，实出于血诚。然余在此，决不令社长或麦思敦氏的生命，丧汝铁丸之下，余将在君及社长之前，敬呈一言。"枭科尔似欲即闻其言，忙问道："君欲言者何事耶？与何事有关系者耶？"亚电答道："姑待之，姑待之。非在社长的目前，余不言。"臬科尔道："然则请与余共觅社长何如？"于是亚电及麦思敦，跟着臬科尔，复入森林，往来寻觅。所遇者无非是枯木孤藤，奇岩怪石，而社长则连影子也不可见。麦思敦忽向臬科尔说："我想社长尚在，必无难遇之理，莫不是君……与社长，既决斗了么？"亚电亦甚心疑，迫着臬科尔要索还社长。臬科尔力白其诬，且辩且走，不觉又行了二三百步。麦思敦忽举手一指道："好了！"两人抬头看时，见四五十步外，仿佛有人倚着大石，坚坐不动。麦思敦又道："看！看呀!! 那是人……那不是社长么？"三人大喜，飞奔而前，果是巴比堪氏，坐在石上。亚电大呼道："巴比堪君！巴比堪君!! "喊了数声，社长并不答应，也不回头。只见他手执铅笔，在手帖上绘画地图，傍边⁵倚着旋条枪，也没装药，仿佛把决斗的事已经忘却了一般。亚电大踏步上前，径握其腕。社长愕然惊起，默不一语。亚电大呼道："余发见我的良友了。噫，社长，君在此何为耶？"社长欣然道："余方计画一大事业，故思虑不遑他及。"亚电道："何为？"社长答道："我等月界旅行的弹丸，体裁⁶甚大，故震动亦大，不可不设法减却之。余所谓大事业者即此。"亚电看了臬科尔一眼，答道："当真么？"社长也忽举首，见麦思敦在傍，便道："麦思敦君，汝何故亦来此？我等岂无用水以防震动之妙法乎？"亚电道："君忘臬科尔君之事乎？"说毕，即招臬科尔至自己身傍，社长满面笑容，大呼道："臬科尔君，请恕我罪！余已忘夙约矣。然于战斗之事，则早已准备。"亚电忙阑入两人中间，仰天说道："余谢天帝的仁惠，不使两勇者早相会合！"又回顾左右，说道："巴比堪君，……臬科尔君乎！君辈非地球上人所谓学者耶？天地间之理，无一不可解者。今君等必欲以铁丸破脑骨，果何心欤！若如此，则地球上又失两大学者，君等纵不自哀，乃不为我

5　现代汉语常用"旁边"。——编者注
6　现代汉语常用"体积"。"体裁"现多指文学作品的表现形式。——编者注

地球上惜耶？"亚电说至此，暗视两人，均含微笑，无求斗决死之态，殊出意外。暗想不若设法解劝，以弭两人的勇气，遂微笑说道："我良友之诸君，此番会社企图之事业，徒以议论从事，殊属误解。而于此误解之事，又精窄细复，岂非误解中的误解么？不若勿再喋喋，听余一言。"枭科尔勃然变色，怒目道："君以议论决事件之是非为无益，而余则殊有所见，亟欲吐之。今君既有言，其速言，毋挠余说。其速言！"亚电道："我友巴比堪氏所测，驾弹丸达月界之说，必可信，必无疑的。"社长道："余固谓然。而枭科尔君乃谓发射以后，不能直达月界，而再堕落于地球，竟与余意见大异。"枭科尔道："吾决其必不能达月界，必再堕落于地球。"亚电道："君所思者，任君思之，余无臧否之意，亦毫无屈人就己之心。虽然，余有一言，……君盍与余等共驾弹丸，以至月世界乎！则堕落与否，得实证矣。"麦思敦大喊道："君何言！君何言耶！！"社长及枭科尔两勇者，于不留意间，骤闻麦思敦大叫，均吃一惊，默然良久。盖社长欲先待枭科尔如何发言，而枭科尔又欲先观社长有如何的意见，我待你，你待我，遂张目相持，良久不语。亚电道："空谈成败，终不如实验为优。故弹丸震动等疑问，此时可不必提。其大小诸事，亦不必虑。"社长大呼道："诚然！事以实验为优，余亦作如是想。"亚电听了，拍手踊跃，忻然说道："唉，可贺！可喜！此实勇敢之言。呜呼，我良友之诸君，以此一言，遂得大事业的结局，岂不可喜！可贺么！"正是：

赖有莲花舌，仇消谈笑间。独怜麦壮士，从此惨朱颜。

社长与枭科尔的深仇，既已消释，又去了一重障碍了。至于以后情形，则且待下回再说。

第十一回　羡逍遥游麦公含愤
试震动力栗鼠蒙殃

却说美国人民，初听得社长与臬科尔决斗之事，甚为惊惶。继知因亚电与麦思敦的调和，已得结局，都不胜忻喜[1]，连在远处的，也各派代表，以申祝贺之意。亚电所居旅馆门外，忽如繁华的都市一般，甲去乙来，丙归丁至，每日不知有几千万。亚电不但无休息之时，即两手亦握得麻木不仁，全失知觉。而诸代表人，又因他是探险月界的伟男儿，常欲略谈数语，以为荣幸纪念，故门外固来往如潮，而旅馆中也几至无立锥之地。其他诸方人民，设宴招请的，更不计其数。即全身毛发，悉化小亚电，也不遑应接。此外尚有许多人民，要亚电周游美国，令全国人等，皆得一面，且拟送数百万圆的旅费。亚电左右为难，只得一切谢绝，而众人崇拜仰望的热情，比火还烈，不得已购买照相，以慰饥渴，不论大小，求索一空，各处照相店，终日汲汲，只晒亚电的照相，尚觉不足。至于他人照相，自然是概行停止的了。还有一种可笑的画师，毫不知亚电的相貌如何，只任自己的猜度，随手乱涂，口索高价，而买者也不辨真伪，随手买去。这些崇拜亚电的，不但男子而已，就是女子，亦不知多少。更有各地贫民，难觅生计者，千百为群，要与亚电同往月球，待发财以后，再归地上，每日围着旅馆，如大军攻孤城一般，喧嚣之状，不能笔述。后经亚电再三抚慰，且许可了，才纷纷散去。亚电向社长道："愚民之愚，一至于此哉！……君想月球与我地球上人民的疾病，有关系否？"社长道："余想月球关系疾病这些话，皆诞妄不足信的。"亚电

1　现代汉语常用"欣喜"。——编者注

道："读古时史乘，颇有实迹，而余则殊不谓然。若举其一二，则如千六百九十三年时，传染病流行甚厉，人均称罹病者，多在月食既的时候。又如硕儒培根，虽身体素强健无疾，而每逢月蚀时，常气息厌厌欲绝。千三百九十九年时，查理第六世，有时因月之盈亏而发狂疾。又据歌尔氏的实证，知凡因病发狂者，当新月及满月之际，必发病两次，其所据极确。又由热病或睡行症（谓睡眠中忽起而行者），及其他人类诸病观之，彼月球与我人类的身体，皆确有可惊的感觉的。"社长笑道："然其理不可解！"亚电亦笑道："此疑问惟可借古时某学者答人之言解之，即'传说以奇而不足信'是也。"亚电既于大会时，解释一切，诸凡障碍，都已除去，得稍闲暇，遂赴宴数处，以慰众人之望。且带领诸友，游览各地，递至炮口旁，无不如进无间地狱一般，战栗却退[2]。亚电则上睨苍天，下窥炮底，欣喜无限。暂且按下。再说麦思敦言社长等三人，旅行月界的日期将近，不胜歆羡，想了数日，定欲同行，遂将其希望之意，告知社长。社长因旅行人数，既经决定，不能再行增加，甚欲拒绝，又怕麦思敦悲愤，挫了勇气。乃把弹丸狭小，难容四人同居之理告之。麦思敦不能答，怏怏退出，想去想来，越觉壮志勃勃，不能自制，亟访亚电，请代往月界，并乞在社长处为之转圜，且说了许多自己往月界时，有如何利益的话。亚电欣然答道："余之老友，余所信者，将为君一身计，或触讳忌，乞勿见责！……君何不自查身体，可是个完全无缺的？身体不完者，不惟难适如月世界等的异国而已，即在地球上，可能自由运动么？以后请勿再望月界旅行了。"麦思敦听毕，甚觉悲楚，问道："因余身体不完，遂为不适于居月世界的人物么？"亚电道："实于月世界中极不相宜的，余之老友，如略言其理，则此次月界旅行，乃我地球上第一次派遣的使节，如有肢体不完者，厕足其间，不能不曰非我

---

2 现代汉语常用"退却"。——编者注

地球上的大耻辱。君不以为辱么？能对月界居民恬然无愧么？若在大宴会中，追谈往事，必变快乐之情，为酸辛之思，非污我地球使节的重任么！若说起斫肝损脑的原因，则我地球上人，恶如猛兽，互相搏噬之事，必当吐露，岂不悪[3]彼等的嗤笑么！且我地球，足容人千亿，而月界中不过一亿而已。我浩大的地球上人民，乃为细小的月球中人民所哗笑，诚一大耻辱事，请君熟思之！"麦思敦闻言，甚不愉快，勉强说道："君所言者，均非无理。然达月球而后，重力一震，都成粉末，则余之残缺的贱躯，与君之完全的贵体，恐未必有什么差别了。君以为何如？"亚电即答道："君言亦是。然我等已得确算，达月界时，必与我从法国来美国时无异的。"麦思敦默然不能答，遂握手而别。……且说以前诸种试验，颇获良果，社长亦甚安心。惟弹丸发射时震动力的强弱如何，则因未经试验，故难确定。社长忽思得良法，以试其事，乃从宾洒哥拉（茀罗理窦之一港）造兵所，借了一尊三十八英寸的臼炮，令许多雇工，运至罗夺堤上。其装置系炮口向外，正对海面，弹丸飞出后，即堕入水中，可免破裂之患。盖试验目的，非欲观堕落的模样，只要看发射后的震动力如何而已。此时已先造成圆锥形弹丸，内部空虚，用弹力最强的极良的钢铁，编成网形，恰与铁制鸟巢无异。觅猫一匹，并把麦思敦平日爱养的小栗鼠强夺了来，一同闭置弹内，以验发射之后，两小兽有无震死或晕眩的情状。扃键既固，便与百六十磅硝药，装入臼炮。少顷，只听得社长高呼"放射"一声，那弹丸已以极大速力，飞行天半，其飞路成浩大无边的弓形，高达千尺以上，而堕落于海。麦思敦立在烟焰之中，仰天叹道："良机一失，不可再逢。弹丸狭小，不能容我，遗憾何极！唉，栗鼠栗鼠，你比我侥幸多了！"社长闻言，心颇不忍，然亦无法慰藉，默然挥豫泊海边的小艇，齐向弹丸落众而进。社长等四

3　疑"惹"字之误。——编者

人，亦乘舟在后，诸艇中共有善于泅水者数十人，手持绳索，刹时跳入海中，觅得弹丸。其上本有小穴，即用绳索系住，牵上甲板，计从发射至今，不过五分钟而已。然弹丸经发射后一震动，开之甚难，费尽气力，才开了铁键，把猫引出。四人仔细看时，则身上虽微有擦伤，而活泼仍无异平日，且舔嘴咂舌，向麦思敦叫了一声，大有骄傲之意。四人大喜道："驾弹丸以凌太空，已得佳征，可喜可喜！"然再觅麦思敦的栗鼠，则已不翼而飞，毫不见影。社长疑甚，细察弹丸内面，微见血痕，始悟此猫在旅行时，已将共患难的良朋果了枵腹，却装着不干我事的模样，欣欣然归来了。麦思敦素爱栗鼠如性命，今为猫所食，悲愤不堪，定要与栗鼠复仇。社长等三人大笑，力劝方罢。自此猫安然归来以后，那些说不成功的，或危险的人，都如反舌无声，杜门不出。社长本来尚疑震动之力，有害身体，至此亦涣然冰释，绝不留痕。过了两日，忽从合众国大统领处派来了一个专使，以表祝贺之意。又援那著名的辉轶弒之例，许亚电用"亚美利加合众国府民"的名号，以示宠异。正是：

侠士热心炉宇宙，明君折第礼英雄。

从此月界旅行的难问题，都已解释。只待时日一到，便可束装首途。若要知后事如何，下回再表。

第十二回　新实验勇士服气
大创造巨鉴窥天

　　前回虽说诸事既毕，只待日期。然而尚有弹丸，未曾告竣。此物自接到亚电的电报后，已命停工。追亚电到了，商酌多日，始差一专使，驰至布拉维商会，重令制造，故至十一月二日，乃得告成。从东方铁道输运，十一月十日，到了石丘。社长巴比堪及枭科尔亚电三人，便去细心查检，原来这弹丸的周围，皆贮清水，其深三尺，底面塞以圆形水板，令水不漏，且能自由运行于弹丸之中。旅客居住的地方，宛如水上木筏，下有直立的厚木板，以备分开水力。当发射时，全部之水，因受了震动力，都从下部逆流而入上部，汇集于漏水管中；此管口有木塞，装置甚固，颇难脱落，然因流水压迫之力极大，故木塞忽脱，水即如瀑布一般，由管口喷出；喷尽以后，旅客必受弹丸的强回旋运动，微觉晕眩。然出炮口时的第一大回旋运动，则因水之流动杀其势，已无大患。加之弹丸上部，遍张最良厚革，并钉钢铁弹条，漏水管即在此弹条下面，故预防第一大回旋运动之法，已尽全力，若尚不能防，则非发明一铁作精神的妙法，别无他术了。弹丸上部，有一小穴，用纯铝为门，可以开阖，内面固以螺旋；如至月界，则旅客可由此门出入，以休长途之疲劳，探异地之胜迹。至于飞行时察看太空的，则另有四个金属制的天窗，上下各二，嵌着极厚玻璃，引入光线，且用电气生火，以御严寒。真是千绪万端，无不周备。所虑者，只有弹丸中空气新陈交谢之法，尚未筹定而已。社长于此一事，绞尽脑力，屡废寝食，才得一线光明，研究之末，遂获善法。盖地球上空气的成分，每百分中为养气二十一与淡气七十九分所和合，人类呼吸一次，则收养气百分之五，而代以吐出之炭养二[1]，此炭养二即由体上热力，及血液元素之弗[2]腾而生。故人若居弹丸中，密闭诸户，绝新旧空气交谢之作用，则若干时后，空气中的养气，全被吸尽，剩下许多炭养二，充满空中，人类遂至闷绝。防御此患，惟有二法：一，用新鲜养气，以补充消耗的养气；二，将人类呼出的炭养二，设法消散。行此二法，亦不甚难，只用钾养绿养二，及钾养二物而已。钾养绿养者，为化学中药品之一，属乎盐类，形如水晶，加热至四百度，则变为钾绿，而放散其所含的养气，布满空中。用二十八磅钾养绿养五，可生养气七磅，即法国量二千四百里得，旅行者二十四时间的呼吸，已绰有余裕了。钾养者，亦属化学药品，其性与炭养二有极大爱力，故置之瓶中，屡屡摇动，则渐与空气中的炭养二化合，变了钾养炭养二，而弹内空气，常得清净。据此理论想来，则兼用二法，一能令腐败空气，复归清洁；一能生新鲜养气，保养人间。然天下事多据理论，极少实验，笔舌间虽娓娓可听，而实验时终无成效者，亦颇不鲜。故社长发明之法，虽似美善，而不用人类试验，则到底不能确信。麦思敦道："此实验也不肯让我去么？我想在弹丸中必可保一周间之生活。"诸社员夙服其勇敢，不忍拒绝，遂购了许多药品及食物，置之弹中。麦思敦于十一月十二日午前六时，别了诸友，并约定二十日午前六时出外，得意扬扬的钻入弹中去了。是后石丘之上，不闻麦思敦大谈狂笑的声音，十分寂寞。社员于无聊之时，常常忆及，且恐有不测，愈难安心，每日往来弹丸之旁，探听消息，伫立良久，忽闻麦思敦吟诗声，嘤嘤然透出弹外，始知此老无恙，欢喜而去云。……前回曾说会社开了募金局，报告以后，天下万国，无不响应，一刹时间，已得了巨大金额，足敷会

---

1 现代汉语常用"二氧化碳"。——编者注

2 疑是"沸"字之误。——编者

社之用，遂将募金局锁闭。社长于去年十月二十日，将金资若干，交给侃勃烈其天象台，托制巨鉴一架，可以见月球表面上直径九尺之物体者。此时虽光线之学，已极蕴奥，机械学亦达高度，而世界上有名的巨大望远镜，有浩大视力者，却只两个：一为哈沙氏所造，其高三丈六尺，有直径四尺六英寸的目镜，视力强度，可放大物体至六千倍。二为罗德洛慈氏所有，在爱兰的佗翁派克地方，管长四丈八尺，目镜直径六尺，视力六千四百倍，重量十二吨半，其巨大及重量，虽足惊人，而放大物体之力，则仅六千余倍，故大如月球，亦惟可缩近至三十九英里以内。若非极长，或直径六十尺的物体，仍不能见。今旅行的弹丸，仅直径九尺，长一丈五尺而已，故不可不将月球缩近至五英里以内，即放大物体至四万八千倍也。侃勃烈其天象台，招集了会员，大与[3]论议，或深研原理，或覃思方法，遂决定望远镜之管，应长二百八十尺，内容新式反射镜，目镜直径，应宽一丈六尺。绘了图形，开工制造，此镜在地球上，虽已巨大无匹，而较之先年天文学家芙克从思想造出的一万尺望远镜，则不免小如微尘了。第二步应研究的，便是置镜的所在，天象台职员，意见颇不相同，因此甚费争论。盖装制巨镜，不可不择一最高的山巅，而合众国中，高山极少，最著名者仅两道山脉，川王及米斯西比两大河，流贯其间，在东者名曰阿白喇丁山，最高处为纽汉北西亚，凡五千六百尺，殊不足副高山之称；在西者曰落机之高岳，山脉连亘，岩石嵯峨，有一望千里之概。山脉由麦改兰海峡发端，蜿蜒回坏[4]于南亚美利加的西方海岸，其名称或一变而为安提司，或一转而成可昔雷拉，其他各部分，异名甚多；进而横截巴拿马地峡，贯通全部北亚美利加，终达北冰洋而止。虽高不过一万七百余尺，然美国本无高山，不得不推落

3　疑是"兴"字之误。——编者
4　疑是"环"字之误。——编者

机为第一，遂决定于此山脉中，拣一最高所在，装置巨镜。先运应用器械，及派人夫，致[5]密梭里的轮庇克山巅，始把望远镜诸物，设法搬运。数万工人，过沙漠，穿深林，千辛万苦，屡折不回，未到十二月，这伟大无比的望远镜，已登积雪不化的山巅，高耸于太空无际之里了。忆从前有美国机械师自夸道："与我任何重量，令置任何高处，无不如意。"闻者皆以为妄，嗤之以鼻。自此大工业告成，世人始知其不谬。而美国人之长于机械学，亦于是可略见一斑了。然总计制造搬运诸费，却用去了四十万圆以上，此款则前回已经说明，是由社长预先交付的。……望远镜装置既毕，各天文视察职员的心脏，自然是怦怦鼓动，急欲一观天界之奇景。盖据我等想来，则用视力四万八千倍的巨镜，窥察月球，不惟其放大形象，当出吾人想象之外，即其表面的动、植、都、邑、湖、海的真况，亦必历历可数，会萃镜中。那些天文大家，虽比我等聪明，然何常不作是想呢！那晓得窥看之后，竟大失所望。除了古人据学理所发明者之外，仍属惝怳[6]迷离，不能确定，所见者惟火山残滓，累累如陵，略能辨其性质而已。然将在天的极点处之数万星辰，测定直径，则不能不曰此镜之伟绩。又天象台职员克拉克，审定了一种星云，亦为罗德洛慈氏的望远镜所不能见的。正是：

　　谭天骄衍原非妄，机械终难敌慧观。

　　这望远镜，毕竟能否看出月球上的弹丸，须待下回分解。

5　疑是"至"字之误。——编者
6　现代汉语常用"惝怳"。——编者注

第十三回　防蛮族亚电论武器
迎远客明月照飞丸

　　却说光阴如电，又届初冬。实验日期，愈觉逼近。各社员的心魂，早已飞向九天，作环游月界之想。独有臬科尔依然顽固如昔，坚说不能成功。他说道："哥仑比亚炮中装入引火棉四十万磅，重量如此，燃烧必易，况又加弹丸压力，则引火棉必要生火，酿成奇祸的。"然社长则已思虑周详，毫无疑窦，一任臬科尔终日唠叨，总是屹然不动，亲自指挥工头，教授搬运之法。其法系将引火棉分成小份，装入小箱，封缄严密，始从天波运至丘下；又有数百工人，由推行铁道，输运炮旁，再用起重器械，吊入炮底。盖引火棉的性质，最易发火，若用汽械，不免有磨擦之患，终不如人工之佳。当搬运时，工业场二英里内，禁绝烟火；后又因太阳光线，颇觉酷烈，恐光线激射，酿了巨祸，遂索性在夜中作工，并仿桑恪凌夫之法，借真空中发光的光线，直照炮底，先用火药小包，排列引火棉下，火药包间，各有金属丝联络，以通放射时发火的电气。到十一月二十八日，那八百个火药小包，竟安然运入哥仑比亚电[1]底，近村人民，得知其事，又渐渐蝟集[2]，愈聚愈多，竟欲入内观览。社长不允，令人坚闭栅门，尽力防御，而大众狂呼乱叫，骚扰不休。社长无可奈何，暗想把火药包给众人一看，或可稍慰他们的渴望，遂吩咐工人，把引火棉箱排列栅内，以餍众目，而自己同麦思敦两人，往来巡行，防众人误将吸残烟草，掷入栅里。此时来观者，已增至三十万左

1　疑是"炮"字之误。——编者
2　现代汉语常用"猬集"。——编者注

右，麦思敦便有千目千手，也无异一个蚊子，想负起毘拉密图（在
埃及之金字塔），终日飞跑，不遑应接，遂大声喊道："诸君切勿吸
烟，防生奇祸！"然狂澜似的大众，那里听得一分，依旧雪茄如林，
吹烟成雾，宛如英京伦敦市的炊烟，袅袅然罩住了石丘一带。麦思
敦见众人置之不理，怒不可遏，跳出栅门，拔了小刀，随手乱挥，如
汽车上的车轮一般，滚入人海，把所有卷烟草，不论衔在口的、拿
在手的，都抢过来，熄了火抛在一边，刹时间已成了一座小阜。众
人见这位老夫子生气，便都虚心让步，渐渐镇定了。及至装完火
药，果然毫没差池。臬科尔的预言，又成了一件失败的话柄，按下
不表。……却说月界旅行时，还有一件不可不虑的，便是食物及
器具。设月界中也如地球上一般，有屠牛的，有造面包的，有酿葡
萄酒的，则虽孑身独往，亦不愁冻馁。无奈自古以来，终未得一确
信。若稍有疏忽，岂非历来的劳苦，都成了泡影么？亚电便写一
张应用物件的目录，同社长商量数次，拣最要紧的，陆续购办。不
到几日，把弹丸室内，已堆积得无容足之地，社长遂将必不可缺的
物件，拣了许多，其余一概取去，零碎物件，则封入箱内。即验温
器、风雨表、望远镜等，路上要紧的物品，也装入机械箱中，不令
露出。又买几张波亚及穆埃雷绘的月世界地图，以备参考差异，及
订正谬误。此图测量极密，月中的山岳平原、危峰大海及喷火口等
的广狭大小、位置名称；并自月球东方的雷普涅子及德弗儿飞山，
至北极的木勒拂力科山诸地方，无不记载详尽，有条不紊。另购旋
条枪并猎枪各两支，连许多弹丸硝药，一并排列室内。亚电笑道：
"到月界时，如有人类，与我等无异，则遇不速之客，必来款待，或
赠美酒，或贻佳果；善言论者抵掌而谈，问地球一切事；好奇者设
宴，或歌或舞，极人生之欢，则适合我等之希望，荣幸何极。若不
然，如入印度内地一般，或蛮人跳梁，举兵来袭，碎裂我等，以充饥

肠；又或猛禽怪兽，充满酒地，磨牙舞爪，馋涎如泉，则我等将用何法防御呢？"社长问道："君想月界中必有此种野蛮居住的么？"亚电道："余亦推测而已。至其实情，古无知者。然昔贤有言曰'专心于足者不蹶'，余亦用此为金杖，以预防不测耳。"社长道："然据余所见，则月界中当无此种恶物，读古书可知。"亚电大惊道："所谓古书者，何书耶？"社长笑道："无非小说之类耳。然书中谓月界之山岳，无巨莽森林，难容猛兽，则极可信。余即由此臆度的。"亚电道："君以臆测之故，遽不设备，岂非大错么！余等此番旅行，实非为一身计，故不可再返故国，以报告全地球人民。若被食于野蛮猛兽，不是劳而无功，徒留笑柄么！"社长点首道："甚是甚是。余已无可言，此后惟听君之指挥。"亚电道："君言几窘杀我！余实不甚解旅行一切事，不能不求助于君。"社长道："余固有助君之志。"亚电道："余想防御器机，万不可缺，即鹤嘴锄、铁棍、大斧、手枪等是也。其他冬夏衣服，亦应完备。……又余等虽深恶蛇属，或虎、狮、豺、象等；而无牛、马、犬、羊诸家畜，则甚难生存，还该携去数匹才是。"社长大笑道："我良友亚电君乎！余前虽言听君指挥，今实不复能忍矣。君不知旅行弹丸的大小，与古时'爱克船'无异么？不知'爱克船'的幅员，却大于我等的旅行弹丸么？那有可携如许物品之理呢！不如让我选择罢。"亚电回想前言，也自失笑，遂托社长选择。社长于不急之物，尽行除去，加上臬科尔的爱犬，并纽芬兰种犬各一匹，又小树数株、种子数十包，以备在月界中辟地莳植。亚电又道："此种子必与月球的土性不宜，非另带地球上肥土不可。且数株灌木，应防其槁，须加土于根，缠以绳索才妙。"社长依言，安排妥洽。又买菜、汁、盐、肉、酒类等，足支一年之食物，均纳弹中，便将弹丸运上石丘，举起鹤颈称，吊入炮内。诸社员握手咽唾，恐酿巨灾，而渐入炮膛，毫无障碍。不一时，已达炮底，社长仰天呼了一声"上帝"，枭科尔却坐在远处出神，亚电跑过去笑说道："君的赌金，又输去了。余要拿去赠月世界国王的。"诸社员轰然大笑。枭科尔看了亚电一眼，默不发言。亚电又对熟识的友人道："余虽拜别诸公，而至月界，然并非诀绝的。诸公切勿视余为天人，余且拟报告月界的真态。"麦思敦笑道："不必愁，不必愁！余是断不肯以君为看³羽衣之天人的。"社员又大笑不已。连枭科尔也不觉失笑，橐橐的走过来了。……却说实验日期，越加切近，一转瞬间，已遇十二月朔日的良宵。当夜十点钟四十分四十六秒时，月球冉冉，正过天心，并最与地球相近，若错过机会，则会社的大试验，便不能不待至十八年以后了。是日天色蔚蓝，日光闪灼，不待黎明，石丘近傍，已来了无数观客。连天波市也车马如云，十分热闹。平原一带，有张天幕的，有建高楼的，有营小屋的，荒凉寂寞的所在，竟变了一大都府，各国人民，无不骈集，所操语言，若英，若法，若俄，若德，千差万别，不可究详，一片平原，竟与一个小地球无别。美国人则更不消说，自然农罢耕耘，商废贸易，不论贵贱、老幼、男女，皆忻喜欲狂。莆罗理窦地方，扰扰攘攘，宛如鼎沸。迨近发射时期，众人颇觉惶惧，那胆小的，不免战栗。私语渐绝，寂如无人。未几时限愈逼，人更不安，有逃遁之状，忽然摇动起来，如怒涛啮岸一般，汹汹然令人骇绝。又少刻，自鸣钟打了七下。众人奉⁴首看时，则明月一轮，冉冉而上，大千世界，骤放光明；便是直径尺余的金刚石，亦难比其价值。喝采之声，忽如雷动。此时栅门之内，倏见有许多同盟社员，排了行列，万足一步，直行向前；其后便是三个旅行的勇士，容貌庄肃，举止雍容，头戴礼冠，身披礼服，鱼贯而出。并有欧洲各国派来的天象台职员，

3　疑是"着"字之误。——编者
4　疑是"举"字之误。——编者

警卫于后。社长巴比堪，左右奔驰，指挥行列，枭科尔负手于背，昂然徐行。亚电着新制旅衣，喜色可掬，向麦思敦道："余将远行，与君离别。君若能以地球上新事相告，忻幸何如！"麦思敦道："余固欲以异闻奇事告君，然苦无良法耳。"亚电道："君不见世界上进化之状态么？必因人类以此事为不可为，而其事遂不能成；苟尽力为之，必无不成之理。即如此番旅行，当初谁不疑虑，虽以大学者自命如枭科尔先生，亦尽力反对，不留余地。幸社长不顾舆论，勇往直前，始有今日。君若待余启行以后，运用奇想，一切旁观者言，均视为狂吠，毫不措意，惟潜思壹志[5]，研究通信之良法，则到底必获成功。余于故国政府之变革，以及人民之进步等事，终有一日可以洞悉的。"时枭科尔正立亚电背后，闻历数其失，且含讥刺，怒不可遏，遽迈步上前，大声道："亚电君！……今所言者，固皆余之过失，然非君所应讪笑者也。君因将远行，乃大笑骂我，以损我之荣誉耶！"说毕擦掌磨拳，颇有争斗之势。麦思敦急握其腕，怒目道："君以私愤，遂想妨害大业么？然则为我等之大敌。我等之大敌，即阖地球人类之大敌也！为人类公敌者，天下虽大，不能容其身，居[6]将如何？"枭科尔不能答，含怒走开。此时自鸣钟已报十点，发射之期，切迫万分。炮旁起重机的铁索，摇荡有声，预备将三个勇士，垂入炮底。社员皆肃然正列，寂静无哗。麦思敦虽禀性刚强、从不屈挠，三岁以后，未曾哭泣一次，至此时也免不得两行老泪，沾湿衣衿；拭泪向社长道："尚可从容，君不偕余同去么？"社长大声答道："我老友麦思敦君乎！余实不能伴汝。不但弹丸狭小而已，君已颓龄，难受辛苦，不如居此地球，静候余等的报告罢！"麦思敦不能再说，含泪而退。旅行三勇士，遂诀别了朋友，垂入弹中，关

5　现代汉语常用"潜心致志""潜心笃志"。——编者注
6　疑是"君"字之误。——编者

上铝门，将螺旋捻紧。一轮璧月，渐近中天，天地无声，万众屏息，只听得机械师马起孙大呼道：

三十五秒——三十六秒——三十七秒——三十八秒——三十九秒——四十秒——放射！

轰的一声，天柱折，地维缺，无数的旁观者，如飓风摧稻穗一般，东倒西歪，七颠八倒，有目不能见，有耳不能闻，那里还有如许闲工夫，来看弹丸的进路。咄！

咄尔旁观，仓皇遍野；而彼三侠，泠然善也！

要知放射以后，这弹丸能否直达月球，不堕地上，且待下回再表。

第十四回　纵诡辩汽扇驱云
报佳音弹丸达月

却说旅行弹丸发射时，烈火如柱，矗立天外，宛如火龙张爪，蜿蜒上升，少顷蓬勃四散，照耀莤罗理窦地方，成一火焰世界。凡在三百英里以内，虽在深夜，而微虫蠕动，亦历历可见。致其震动之力，实为千古未有之大地震，而莤罗理窦适为震域之中心。由硝药所生之气体，以极大势力，震动空气，空中忽生人造之大暴风，数千万观客，不论何人，均被吹倒，纵横满地，卧不能起。其中的麦思敦，生来是胆大包身，不惧艰险，因欲细看弹丸进路，独立在一百五十码以内，谁料一发之后，竟如弩箭离弦一般，直掷出至百二十尺之外，头晕气绝，冥然如死，良久始醒，抚着腰大叫道："唉，余痛甚！唉，余痛甚！亚电君！巴比堪君！臬科尔君！君等已向月界启行了么？君等在地球时均与余善，而独于月界旅行竟不我许，余虽年老，然较之懒惰青年，却胜万倍，今居然掷余于百尺以外，苦痛欲死，何无情至此耶！"麦思敦大声疾呼，竟无应者。巨大弹丸，已飞行于太空万里之上了。其他众观客，因刹时之间，大受震动，惊怖气绝者，不计其数。少顷渐渐苏生，有抚腰的，有包头的，有络手的，因此耳聋者，亦约有三千左右，宛如大战以后一般，狼狈情形，不能言喻。静了一刻，呼痛之声，忽然大震，其音与弹丸发射时，竟不相上下。众人一面呼痛，一面昂首，想看弹丸的进路。岂知太空冥冥，一碧无际，那有弹丸的片影？仰首问天，天无耳目口舌，寂然不答，只得裹伤扶杖，慢慢回家，除静候轮庇克山望远镜视察者的报告外，别无希望了。此视察者，为侃勃烈其天象台司长，名曰培儿斐斯，既通天文，又精测算、穷理之学，更入蕴奥，为地球上第一天象名家，故托其视察弹丸，诚属妥当已极的。所惜者发射以后，天气骤变，黑云满空，宛如泼墨，加以二十万磅的引火棉，皆化细灰，和入空气，虽略一呼吸，亦不免大害于卫生。翌日更甚，烟雾蔽天，白日失色，虽咫尺亦不能辨。此黑烟渐散渐远，竟达落机山巅，视察者空对着大望远镜，束手痴坐，不能窥见一丝弹丸的影子。麦思敦终日提心吊胆，坐立不安，到第二日清晨，已不可耐，便骑了马，跑至望远镜建设处，见过司长，叹道："俗语说劳而无功，而余则劳而得祸，余自制造大炮，以迄研究弹丸，无不尽心竭力者，实出于旅行月界之热诚而已。岂料社长不仁，竟不许偕往，且掷之百二十尺以外，仅免于死。因是腰脊受伤，昔独立战争时击伤之脑骨，今复破损，真是不幸之至了！"司长笑道："君今年高龄几何了？"麦思敦道："只六十八岁耳。"司长大笑道："如此，则当以善保余生为第一义，何必侈想旅行呢！"麦思敦愤然作色，怒目道："这是什么话呢！凡人类者，苟手足自由，运动无滞，则应为世界谋利益，为己身谋利益，肉体可灰，精神不懈，乃成一人类之资格。君不知此理么？"司长道："诚然！然人类之孳孳汲汲，不遑宁处者，虽曰为世界谋公益，亦半为营菟裘计耳。故壮而逸居，老而劳动者，不能谓之智。君固矍铄，然已无劳动理，社长不令同行，殊非无意的。"麦思敦道："此事是非，今且勿论，人已仆地，何必再来觅杖呢。然不达余志，则甚有遗憾耳。"司长蹙额道："麦思敦君乎，黑云蔽天，虽昼亦晦，余等挥霍巨资以制造之望远镜，竟无微效，计自放射至今，已越三日，而太空间仍罩着无边的黑天幕。今日午后，社长等三人当达月界，故不可不视察其结果，报告全球；而天色仍如是，奈何？"麦思敦想了一会，说道："没有消散黑云的良法么？"司长道："作汽械巨扇，立空际，鼓动烈风，或可消散于万里之外。"麦思敦拍手道:"妙极,妙极!其大若干?"司长答道:"直径应大二千四百尺。"麦思敦愕然良久,大呼道:"司长先生,天下有造如此巨扇之法的么?余不信。"司长笑道:"君言误矣!以此与月界旅行相较,其难易何止天渊。月界旅行,今已告成,则区区汽扇,岂有不能制造之理!然至今日方才提议,则殊与获盗而后绚绳无异,君视为《天方夜谭》之诡论可耳!"麦思敦笑道:"余亦姑妄听之耳,并非信以为真的。"司长道:"总之,黑云不散,则难见弹丸;不见弹丸,则此望远镜便为赘物。奈何奈何!"麦思敦道:"余等惟待其消散而已,那里有他法呢……"计自十二月四日至六日,美洲虽烟雾涨天,不辨咫尺,而欧洲则晴空如洗,绝无微瑕。哈沙、罗德洛慈、福柯路得三大天象台,皆了望月球,不舍昼夜,无奈视力太弱,不能达极远之处,只得束手长叹罢了。至初七早晨,忽见旭日半轮,隐跃天末,司长及麦思敦两人,喜出望外,急至客堂商议夜间视察之法,岂知不到午后,黑云如磐,又堆满了空际。麦思敦不禁焦急,只是对着司长连呼:"奈何!"司长亦握手顿足,无法可施。麦思敦道:"噫,徒忧无益,不如小饮为佳!"司长道:"余亦喜饮酒,与君对酌何如?"两人遂行过望远镜旁,进了新筑室内,司长呼使丁取出许多酒类,问道:"葡萄、白兰地、香宾皆有,君生平好饮那一种的?"麦思敦道:"从汝所好。"司长点头,酾一盏葡萄酒,递给麦思敦,又自斟了一盏,且谈且饮,不觉尽醉。初八九两日,依然浓云密布,不能视察。司长及麦思敦两人,醉而醒,醒而歌,歌而饮,饮而醉,终日誊腾,不知朝夕。至初十日,麦思敦宿醒甫解,即忆及弹丸之事,大叫道:"天尚未晴,天帝何妨余之甚耶!彼三个勇士,不惜身命,冒险旅行,冀补助学术于万一,天帝岂可不眷佑之?然胡为使地球上人,不能知其所在耶!"司长醒来,推窗一望,亦默然无言,仰天长叹。幸十一日午后,烈风骤起，乱卷暗云，遥望长天，宛如斑锦。入夜，已空明如洗，不复有微云一点，渣滓太清，于是弹丸进路，遂得发现，自亚美利加全洲，以至欧洲诸国，均用电报通知，他人私信，因此阻止者，不知多少。司长即致一书于侃勃烈其天象台道：

迩日天色黯淡，浓云连绵，虽有巨鉴，不能远瞩，问天不语，引领成劳，如何如何！昨晚赖风伯之威，顽魔始退，并借麦思敦氏臂助，乃发现由司通雪尔地方哥仑比亚炮所发射弹丸之进路，再三思索，知因发射稍迟，遂与月球相左；所幸者距离非遥，必能受吸力而落于月界，然复非立时堕落，当随月球回转之速力，以环游月世界一周。

侃勃烈其天象台职员诸君阁下：

十二月十二日。

培儿斐斯

此时天下万国，既得电报，诸新闻杂志，皆细述颠末，作论祝贺。麦思敦忻喜过望，向司长雀跃不止。且说道："呜呼伟业，今已告成，彼等三人，正游月界；若余者，虽近若地球，亦未尝环游一次，对彼等大人物，能不羡煞妒煞么！"司长道："余亦甚羡之，然只得以老自解嘲耳。"麦思敦若无所闻，又说道："此时余之三良友，推窗凭眺，奇景殊物，来会目下，巴比堪氏必详记于手帖，将以报告余等，故余等宜静俟之。"司长道："然，余亦惟静俟巴比堪氏之报告而已。"

案：先生给杨霁云先生的信中有云："……《月界旅行》，也是我所编译，以三十元出售，改了别人的名字了。"查译本

《辨言》，译者时在日本古江户之旅舍。并于文前署明进化社译。想系"出售"之故。原译出版在光绪二十九年十月。书末，除署原著者外，又署为"中国教育普及社译印"，而进化社改为发行者了。印刷者为野口安治。旁注日本东京小石川区指ケ谷町百卅三番地。印刷所为翔鸾社，旁注日本东京牛込区神乐町一目丁二番地。这些印刷发行的关系，现在已无法查考，姑记其版本如上。

原译本在"八一三"前，幸承杨先生见借，使此书得以收入全集，特此致谢。杨先生来信并云："为纪念死者，并可观鲁迅先生早年文学工作的过程，全集中鄙意亦应将其编入为是。"我们亦深以为然。

广平识

地底旅行

[英]威男

第一回　奇书照眼九地路通
流光逼人尺波电谢

溯学术初胎，文明肇辟以来，那欧洲人士，皆沥血剖心，凝神竭智，与天为战，无有已时；渐而得万汇之秘机，窥宇宙之大法，人间品位，日以益尊。所惜天下地上，人类所居，而地球内部情形，却至今犹聚讼盈庭，究不知谁非谁是。从前有个学者工石力子，曾说："地球中心，全为液体。"一般学子，翕然从之。迨波灵氏出，竟驳击不留余地，其说道："设地球中心，是沸热的液体，则其强大之力必将膨胀，地壳难免有破裂之患。犹气罐然，蒸气既达极度，则訇然作声，忽至龟坼。然我等所居的地球，为甚至今还是完全的呢？"波氏之说出，这班随声附和的学士先生，也只得闭口攒眉，逡巡退去了。今且不说，单说地壳厚薄，仍然是学说纷纭，莫衷一是。有的说是十万尺，有的说是三十七万尺，有的说是十六万尺，而有名的英国硕儒迦布庚，则说是自百七十至二百十五万尺。唉，好了好了，不必说了！理想难凭，贵在实行。终至假电气之光辉，探地府之秘密者，其势有不容已者欤。

却说开明之欧土中，有技术秀出，学问渊深，大为欧、美人士所钦仰之国曰德意志。鸿儒硕士，蔚若牛毛。而中有一畸人焉，名亚蔫士，幼即居其叔父列曼家，研究矿山及测地之学。列曼为博物学士，甚有盛名，矿物、地质两科，尤为生平得意之学；故常屏绝家事，蛰居书斋，几上罗列着无数光怪陆离的金石，穷日比较研究，视为至乐。且年逾五十，体力不衰，骨格魁梧，精神矍铄，隆准班发，双眸炯炯有光。其明敏活泼的性质，便是青年，也不免要让他几步。

一日，独居书斋，涉猎古籍，不知有何得意，忽然大笑几声，虾蟆[1]似的四处乱跳。亚莪士正从对面走来，见如此情形，不觉惊甚。忙问傍边的灶下婢道："叔父何故如是？"灶下婢摇手答道："不知，主人没吃午餐，并命晚餐亦不必备；停了片刻，便跳跃起来，谅是不吃饭的高兴了。"亚莪士越加惊疑，暗想此必发狂无疑，惟呼洛因来，或可稍解其烦闷。仰首吐息，涉想方殷。不图列曼学士早经瞥见，大声叫道："亚莪士！亚莪士！来来！"亚莪士闻言，连忙入室，列曼命他坐下。徐说道："余顷读腊丁[2]奇书，知衣兰岬岛的斯捺勿黎山，有最高峰曰斯恺忒列。每年七月顷，喷火以后，其巅留一巨穴。余欢喜无量，不觉雀跃，余覃思大念，欲旅行地底者久矣。今幸获新知，可偿夙愿，故决计一行，汝将如何？行乎抑居乎？"这亚莪士，本有献身学术的牺牲之志，今闻列曼言，也不觉手舞足蹈，不待说完，便拍手大呼道："赞成！赞成！愿从愿从！"列曼笑道："事不深思，便呼赞成，迨欲实行，必至畏缩，尔须再三思维，不可如是草率。若一闻创论，想也不想，即满口答应，到后来却踌躇不进，是要贻笑于大方的。"亚莪士仔细一想，果然有点危险。然丈夫作事，宁惧艰危？为学术的牺牲，固当尔尔。便把决心之故，告知了列曼，起身辞出。万端感想，倏涌心头，意大地中心，必有无穷崤巇，或遇酷热，熔石为河；或遭沍寒，坚冰成陆，怕比风灾鬼难之域，更当艰辛万倍哩！唉！行路难，行路难！想去想来，那明月丽光，已辉屋脊。只见洛因已从门外款款而入，黛眼波澄，蜷发[3]金灿，微笑问道："君气色大恶，遮莫有烦恼么？"亚莪士道："洛因洛因！长为别矣，不及黄泉，不能相见。这人间界，是卿的领分了！"洛因见亚莪士如醉如狂，满口呓语，愕然道："君何故吓妾，今愿速闻其详。"亚莪士

1　现代汉语常用"蛤蟆"。——编者注
2　现代汉语常用"拉丁"。——编者注
3　现代汉语常用"卷发"。——编者注

道："我忧吾叔父狂耳。"洛因道："狂？妾今晨殊不见有狂态。"亚莴士道："真的！君试与谭，便知狂态。"洛因道："究因何事呢？"说毕双眸灼灼，促其速答。亚莴士便从虾蟆似的跳跃说起，自头至尾，细细讲了一遍。洛因且听且思，不觉乐甚，反安慰亚莴士道："叔父安排，必无错误，君可勿忧。"并说了许多闲话，从容而去。

原来这洛因，是列曼的亲戚。生得蕙心兰质，楚楚可怜，与亚莴士极相契合。然洛因虽是女子，却具有冒险的精神，敌天的豪气。所以得知此番地底旅行，却比亚莴士更为欢喜。而亚莴士，则自洛因去后，敛心抑气，徘徊房中，久之久之。洛因含笑入室，两道视线，直射亚莴士之面，说道："妾适聆叔父之言，极有义理，决无不虞，且知君当时极力赞成，今为甚背地里如此为难呢？噫！行矣男儿！亚莴士君！"雄赳赳的说了几句，返身归房去了。亚莴士转想，果然不错，大丈夫不当如么？便制定心猿，展衾就睡，无奈三尸作怪，梦中不是见熔岩喷溢的火山，便是遇怪石嵯峨的深谷，彷徨四顾，寂无一人，危哉危哉，悲声成嗄，及大呼出险，醒来才知是自己的声音。探首望玻璃窗，已有初日的美丽光线，闪闪然作红蔷薇色了。

亚莴士急推衾披衣，推窗一望，见已有许多人夫，蚂蚁似的盘旋中庭。列曼屹立其间，指挥收拾行李。亚莴士失声道："呀，迟了，这位老叔父，不知又要唠叨多少话哩！"便匆匆出房。这列老先生，果然大有嘲笑之色。冷笑道："哼！你真勤极，睡至此时，你是做什么的呢？此刻不是十点钟么？"亚莴士漫应道："是十点钟了，然叔父为甚匆促至是呢？"列曼道："你还不晓得么？我等是明天要动身的！"亚莴士闻言，惊其过速，问了一句，"为甚明天就要动身？"而列老先生又发起恨来了，他说道："我等是优游卒岁的人么？你怕死么？如此推托，你惜别么？同那洛因，有长图大念的人，是可以惜别的么？"列曼絮絮叨叨，说个不了。亚莴士没法，只得装着悠然的样子，强辩道："我是一无所惧的，有谁说我是怕事的，谅未必有罢。我的意思，不过以为从容办事，才能完善，后面又没催促的，何必像逃难一般汲汲如是呢。"列曼道："没有催促的么？这光阴不是么？"亚莴士还说道："今日是五月廿九，至六月杪，尚有……"列曼道："你开口便说尚有，这'尚有'两字，便足为你是懦夫之证了！须知我等往衣兰岬岛，是遥遥远道，与赴巴黎不同。你以为同往巴黎一样么？若非我昨日终日奔驰，你连那从可奔哈侃至雷加惠克（衣兰岬之首府）的汽船，只在每月廿二展轮一次的事情，还设 [4] 晓得呢！"亚莴士不能辩，期期答道："原来如此，我却未曾留神。"列曼又道："若待廿二，惟恐后时。我等须早往可奔哈侃才是。"此时一切行李，如绳梯、卷索、火绳、铁键、铁柄的木棍、铁锤等，都已停妥。重复细心调查了几遍，装入行箧中，把螺旋捻紧，只待翌日启行。亚莴士也神气发皇，奋力理事。盖自趋绝地，壮士或为逡巡，然死迫目前，懦夫亦能强项。亚莴士之奋迅雄毅，一变故态者，如是乎？抑非如是乎？

　　青年亚莴士，于一刹那顷，大悟彻底，舍身决志，以赴冥冥不测之黄泉。洛因亦来，百方慰藉，亚莴士为之奋然生踏天踔地之概。时长夜迢迢，更漏淅淅，雄风凛凛，私语切切，残月上窗，万籁俱绝，而亚莴士眠矣，而洛因去矣。不知何时，忽闻有弹窗以呼者曰："亚莴士君！亚莴士君！"亚莴士心中一跳，跃然而起。

4　疑是"没"字之误。——编者

第二回　割爱情挥手上征途
教冒险登高吓游子

　　却说亚薾士梦中听得叫声,吓了一跳,幸而仔细听去,是平日常来惊梦的洛因,在外扣窗说道:"亚薾士君,再不起来,又要讨叔父的骂了。"亚薾士连声称是。急忙起床,洗盥毕,已是朝餐时候。走进食堂,见叔父列曼,笑容可掬的,已吃得腹笥便便,还拿乳羔炙鸡,张着口大啖不止。瞥见亚薾士进来,招手命坐,满口含着食物,含糊问道:"你一切事都预备了没有?"亚薾士答道:"都妥当了,我本来没有预备的事。"列曼拍手笑道:"好好!既如此,你快吃朝餐,那驿马已在门外等久了!"遂回过首向洛因道:"亚薾士远行,你要寂寞了,然我望你善自摄卫,与时相宜。"洛因微笑道:"这自然,多谢叔父。"列曼点点头,又对灶下婢说了许多看守门户的要领,侍奉洛因的规矩。才说完,便把两目直注在亚薾士吃饭的口上,呆呆立着。亚薾士虽才半饱,然没奈何也只得投匕而起。列曼口里嚷道:"走罢走罢!"便囊囊的先自出去。亚薾士见叔父先行,便来同洛因握了一握手。洛因还说什么前途保重努力加餐这些话。亚薾士却说不出一句话来,装着笑容,返身便走,上了马车,在列曼对面坐下。驭者加上一鞭,黄尘拥轮,去如激箭。亚薾士眼中,惟仿佛见亭亭倩影,遥望车尘;而马车一转,正被列曼遮着,暗忖道:"予欲望洛兮,叔父蔽之……"然马车已抵迦修荆士汽车驿了。两人即换坐轿车中,未几汽笛一声,车动蠕蠕,既而如风行电掣一般,自驿间驰出。亚薾士检点过行李,列曼从怀中取出一封绍介[1]

1　现代汉语常用"介绍"。——编者注

信，说道："这是我故乡刚勃迦府的驻扎领事丁抹国的芬烈谦然氏写的。"便要读给亚蔼士听，什么"有博物学士列曼君"。又是什么"有地底旅行之大志"。亚蔼士虽随口答应，其实并没听得半分。只见四围景色，都如过眼烟云；一带高原，倏在辎车之后，不多时竟到吉黎海岸了。

列曼学士说一声："我觅汽船去！"早已执杖下车。亚蔼士招呼行李毕，急到船坞。见这老叔父，已面红耳赤，在汽船上乱跳，口里说道："其实可恨，你们总欢喜待，岂非浪费光阴么？我看你们待到什么时候！"原来这艘汽船，必待夜中方能出发，非静候九时间，不能启行。他性质本来褊急，越想越气，所以寻着船长，又在那里大加教训了。船长却悠然答道："阁下何必着急如是呢？荒村景色，处处宜人，策杖寻幽，岂不大佳么？"亚蔼士亦在旁笑道："终日奔驰，独未探得此事，此刻有什么法子呢？"列曼没法，只得走到平原，瞻眺风景。但见茅屋参差，远林如荠；晚禾黄处，小鸟欢鸣；乳羊成群，牧童偷睡。亚蔼士亦为之心旷神怡，大赏旅行的佳趣。渐而晚山争赭，慕[2]霭苍然，两人便入村中，饮了几瓶啤酒，徐步登舟，已将夜半。少顷，汽船埃雷，已吐烟排浪，向哥逐尔庐进发。翌日十点钟，到了可奔哈侃府郭外。遂舍舟登陆，在芬尼士旅亭解了行李，小憩片时，列曼呼使仆问道："此地的北方博物馆何在？"使仆答道："此去不远。"列曼遂偕亚蔼士出门，向博物馆而行。此博物馆，虽基础不宽，构造甚质，然经干事汤珊氏多年辛苦经营，故北方的名产古物，无不搜罗荟萃。每年观客，实繁有徒。汤珊闻二人来游，欢喜不迭，待遇极为优渥。列曼将调查往衣兰岬汽船的出发日期一事托了汤珊。汤珊道："六月二日，恰有丁抹国的华利吉猎舰，向雷加惠克府进发。"列曼大喜，谢了汤珊。又拉亚蔼士同去

2　疑是"暮"字之误。——编者

拜会舰长，说明来意。舰长拔伦道："二君可于礼拜五午前七时来此。"列曼也不再责他待时，唯唯作别，归了旅馆，预计行期，尚距数日。二人旅居大都，纵览名胜，还不至十分寂寞。惟亚蒻士虽历览雄都，终不免时生遐想，望伊人兮天一方；挑灯偶语，联袂游行，都如昨梦，不可得矣！亚蒻士方支颐驰思，怳若有亡，而好事的叔父，却偏惠然肯来，早立其侧，问道："亚蒻士！你想甚么[3]？想上这谯楼一游么？我陪你去。"一面说，一面向空中乱指，亚蒻士连忙答道："不是不是，我登高时，要昏眩的。"列曼笑道："晕眩这种事情，都不能习惯么？不行不行。"亚蒻士还不肯，无奈列曼苦劝不已，只得懒懒的同到谯楼，但见古壁图云，飞甍入汉，真好个所在。列曼令门守开了门，偕亚蒻士拾级而上，其中冷气森然，昏不见掌。亚蒻士已浑身寒栗，不能复耐，行了几百级，目眩头晕，几欲仆地。大叫道："我不上去了。"列曼怒叱道："你如此懦弱，是个支那[4]学校请安装烟科学生的胚子！能旅行地底的么？"亚蒻士不得已，缒着列曼衣襟，战战兢兢，竭力向上，不一时，竟达绝顶，开眸一望，则飞云如瀑，御风而驰，轻帆疑鸥，浮游波际。瑞士的海岸，正返照入两目之中，其景色之高尚伟大，为生平未曾梦见。约一时后，乃徐步下楼。亚蒻士才觉筋骨爽然，如释重负。然年龄方幼，未涉征途，受了一点钟的冒险教育，不免又生游子天涯之感。幸而得了一个朋友，是法国人，渐相契合。或探古迹，或游梨园，拿这人作了拄杖，始免羁旅之苦。盖丁抹梨园，华丽甲天下，优人之尊，世无其四，有入大学兼修数种学科而卒业者，有出入宫禁，王公大臣争来交欢，愿为其义子从仆而不可得者云。

3　现代汉语常用"什么"。——编者注

4　此为鲁迅原译，原文并无贬义。"支那"一词是古代印度梵文中支那（China）的音译，也是古代欧亚大陆诸国对中国最流行的称呼。一般认为，中日签订《马关条约》后，日本侵略者开始使用"支那"称呼中国，并带有蔑视和贬义。——编者注

第三回　助探险壮士识途
纾贫辛荒村驻马

前回说亚蔄士自得了法国朋友观剧探幽，颇免羁旅之苦。然华年易逝，不觉又过几时，行期益迫，汤珊氏便送了三封绍介书，一致雷加惠克府长官，一致大教正，一致府尹，嘱其善为招待。至初二日清晨，将所有行李，均搬入华利吉猎舰内，舰长引两人进了船室，虽小仅容膝，然种种装饰，却精美绝伦，颇堪娱目。少顷，汽笛碟碟然鸣了几声，飞沫激舷，遗烟如绠，已向茫漠海原间驶去。亚蔄士登高远眺，极目无垠，白云在天，波静成縠，景色伟大，嗒焉若忘。然偶入船室，则即闻老叔父猖猖然的声音，促膝相对，愈无聊赖。好容易过了两周间，已抵哈卹呵图港口，哈卹呵图者，衣兰岬首府雷加惠克之郊外也。其北有峰，上凌天末，积雪皑皑，绕以游云；列曼望见之大喜，指谓亚蔄士道："此即火山斯捺勿黎！斯捺勿黎也！！汝盍视之。"亚蔄士那有如许工夫，来看火山，只管招呼行李，舍舟上陆。又把三封绍介书，交了邮局，诸人知之，皆大欢迎，款待优渥。其中雷加惠克府的博物博士萧力克孙，与亚蔄士尤契。博士善腊丁语，负盛名，好宾客；而亚蔄士则寂寞寡俦，殆将匝月，略一跳荡，老叔父辄呵责随之。今不意得博士，一见如故，羁思为春，天涯游子，喜可知也。

雷加惠克府者，为火山脉地，以繁庶称。彼都人士，熙熙有古风。纪元八百六十一年顷，有海盗曰那独治者，漂流至此，遂率从卒与土蛮战，歼之。筚蒌褴褛[1]，以启山林，渐而占有全岛，名之曰

---

[1]　现代汉语常用"筚路蓝缕"。——编者注

衣兰岬。今之尽力以教岛民开文化为己任者，即茀力克孙博士。风土习俗，知之最深。列曼及亚蓠士就之请益者，日必涉数时间。一日，列曼乘间劝道：“君能从我作地底游乎？”茀力克孙怅然道：“固所愿也。无奈土人留余，逆之恐不利。”列曼道：“君隐遁于未辟之区，余深为君惜。”茀力克孙微笑不答，荐一猎师为两人作导者。列曼称谢而别。次日，果有一壮士，气象威猛，自称猎夫梗斯，踵门求见。亚蓠士见其仪表非凡，叹[2]喜不迭，忙出来应接。无奈这人操着丁抹语言，亚蓠士毫不能解，面面相觑，默然无言；只得请出老叔父来，咭咭唽唽的谭[3]了良久，才知雷加惠克府中，虽有水路，却无舟楫。欲至火山左近，必须陆行。此时送行之人，已拥挤了满屋，列曼也不暇应酬，只管摒挡一切，检了各种器械，及磁石、显微镜、轻便电光镫[4]等，并六个月的食物，装入马车，与诸人作过别，跨马登程。梗斯徒步向前，登山越岭，如履平地。然衣兰岬种的健马，也不劣于梗斯。无论积雪暴风，危岩峻坂，都无畏怖。三人两骑，如离弦的弩箭一般，蹴衰草，逾薮泽，沿寂寞之海岸，入阴郁之森林，渐与叫怀黎吉留的寺院相近。驰驱终日，大觉疲劳。然衣兰岬地方，与欧洲大都不同。每逢六七月间，则杲杲皎乌，终夜不没。故虽近午后七时，仍如白昼。惟烈风砭骨，渐觉肌肤生粟而已。少时，抵一古村，向民家借了宿。村中民情淳朴，古道犹存。款客者虽无非蔬食菜羹，而其意却十分周挚。小儿绕膝，驯不避人。女子行觞，嫣然劝客。亚蓠士睹此情景，疑入桃源，欢喜无量。叹道：“文明之欧洲，此风坠地久矣！”翌日，列曼报以金，拒不受。三人遂殷勤道谢，策马趱行。

列曼等一行三人，晓行夜宿，看看渐近火山，走路也十分艰

2 疑是“欢”字之误。——编者
3 现代汉语常用“谈”。——编者注
4 现代汉语常用“电灯”。——编者注

苦，沮洳没体，荆棘钩衣，人马皆为劳瘵；然都勇猛前进，不萌退心。又数日，竟到所谓四无人踪，惟石岩峣的所在。但见幽泉暗流，鸣禽巧啭。许多火石岩，更为奇绝：有似鬼怪的，有似美人的，有似动植的，有似刀斧的。怪章诡质，栩栩欲生。凡诸草木，诸金石，无不殊特珍奇，震骇心目。列曼鹗顾四面，不暇究详。口里说着什么："伟哉夫造化！"大有流连忘返之状。既而怀黎吉留寺院已在目前。寺中住持，衣垢衣，履敝舄，扶杖出迓，盖此寺中僧侣，皆或猎或佃，自食其力；与自称持斋念佛之混帐[5]行子不同，故衣履亦不遑修饰。然其性行却皆坚苦清白，迩于神人。道气盎然，现乎其面。昔衣兰岬岛有诗人曰大罗克逊者，曾幽栖于此。有诗云："我生七十年，未离乞者相。"力田自食，冲淡无为。至一千八百二十一年，溘然蜕化。四邻居民，亦均有遗世独立之概。其地之高尚可知。亚蔺士等三人，即驻马于此寺。雇了几个土人，令搬着行李，向火山口进发。途中列曼与梗斯两人，纵论火山诸事，渐涉危险。列曼笑问道："君能从我游乎？"梗斯大笑道："上穷碧落下黄泉，吾犹不惧！况区区火山口乎？吾往矣！"亚蔺士突然问道："叔父不怕失道么？此地险甚。"列曼道："胡说！你随我走！不必怕的！"亚蔺士默然，极目所见，除草木鹿豕外，几无别物，忧惧殊甚。只得又问道："火山喷火之前，是呈如何征候，须问明土人才是。"列曼怒叱道："你平日的学问都忘了么？不信我的话么？我已说过，不会错的。"两人且语且行，已至一峡。火山飞灰，漫山皆是。余气勃勃，蒸成白云。列曼道："这不是已经喷火过的凭据么？决无危险的！"亚蔺士口虽应是，心中终难释然。递夜息旅馆中，忧思过深，屡见噩梦，大呼而醒者数次，此六月二十三日事也。

5　现代汉语常用"混账"。——编者注

第四回　拼生命奋身入火口
择中道联步向地心

这斯捺勿黎火山，高五千仞，戴雪负云，每逢喷火时，照耀四方，虽深夜亦如白昼。亚蔼士及列曼两人，跟着梗斯，彳亍前进，路细如绠，不能容足。亚蔼士至此，始将物理及测地学之原则，参照所见，获益甚多。又察地质，知衣兰岬岛往古必潜海底，火力郁盘，一激而上，遂为陆地。更不知经几何的人治天行，乃成此境。点首太息，徘徊不前。此时路道大难，危险无匹。凝结的火石，光滑如玻璃一般，不能托足。二人口里呼着"滑！滑！"连爬带走，紧随梗斯，不肯稍退。无奈越高越滑，列曼一不留心，忽向下滚。幸而所持铁杖，钩住了火石阶级，始免坠至山脚之祸。到三点钟时，已抵三千二百仞的高处。冷气如冰，拂面欲裂。亚蔼士血色已失，寸步难移。连列曼的老好汉，也气喘不止，身如负重，大呼道："梗斯！梗斯！暂且歇息罢！"梗斯向前指道："将到绝顶了，略耐一刻，快走罢！"列曼无法，只得缒着梗斯拄着杖，佝偻再走。忽见尘埃石块，乘着旋风，如大铁柱一般，当面扑到。梗斯大惊，忙麾两人躲在山窈[1]里面，才能避出，旋风已蓬蓬然向前飞去。梗斯道："这是常有的，倘若躲避不迭，我等都不免化成齑粉。"亚蔼士闻言，心甚惊惧，预计行程，约须五个时间，始达绝顶，骑虎难下，暗自担忧。加之空气渐稀，呼吸亦迫，宛如失水的鱼，张着口喘息不已。幸而夜间十二点钟，竟至火口左近，向下一望，仅见浮云。足底的太阳，青光荧荧，不能普照。睹其阴森惨憺的情形，几疑非复

1　现代汉语常用"山坳"。——编者注

人间世界。梗斯取出面包，各饱餐了一顿，卧地歇息。岩石之冷，冰人欲僵。片刻后，又向南方进发。偶瞰下界，邃谷如盂，大河如丝，而广厦重楼，则已不可复辨。列曼遥指西方道："此格林兰角岛也。"亚蔺士抬头看时，果见西方仿佛有若云点者，闪闪天际。惊问道："这就是格林兰角岛么？"列曼道："正是。然与此处仅距三十五万尺而已。"亚蔺士再取望远镜细视，大喜道："果然！果然！我连在水边游泳的白熊，都看见了。"列曼指一高峰，从前曾由此经过者，问梗斯道："此峰何名？"梗斯端详了一会，答道："名曰斯恺忒烈者，即此是也。"

是时，斯捺勿黎火山，已在目前，光泽莹然，形如覆釜。周围直径凡五千尺，深约二万方尺。探首俯视，杳如黄泉。梗斯从囊中取出绳索，系在两人腰间，叫道："小心！小心！！"竟引入杳杳冥冥的黑狱之内。到十二点钟，已达中央，偶一举首，惟见青天一规，蔚蓝澄寂，寒星炯炯，微生芒角而已。洞中复分三岔，直径约各百"跌得"，深浅不知，昼夜莫辨。列曼站在中央的岩石上，放声大呼，四壁震应。亚蔺士骤闻之，疑其坠入深坑之内，高呼救命，战栗不知所为。列曼冷笑道："我好好的在此，你喊救做甚？"亚蔺士才觉放心，急走近列曼身傍，两手在列曼头上乱摸。列曼笑道："我说在此，你还不相信么？然梗斯如何了？"梗斯忽冷然答道："我倦欲眠，略纾辛苦，君等盍亦少安乎？"亚蔺士、列曼两人，便也摸索至梗斯身边，曲肱而卧。然洞穴之中，风声如啸。辗转终夜，难入睡乡。迨第二日，忽遇霖雨，淅淅不止，直至廿八日晌午，始见赫赫日光，射入洞穴之内。列曼忻然指着中央一穴，大声道："此即达地球中央之道也。亚蔺士乎，梗斯乎，其从我来！"于是两人亦摸索而行，到了洞口，测其直径，约百"跌得"，周围三百"跌得"，偻身一窥，深杳不知所届，毛发为之悚然。亚蔺士战战兢兢，捉着梗斯的手腕，暗自悔恨道:"余当初偶登谯楼,便生厌恶,早知如此,倒不如多登几次的好了。"列曼忽说道:"你们各把行李分开,负在背上,然后下降。"亚蔼士道:"若粮食诸物,则我能背负的。然衣服、绳索、梯子,将如何处置呢?"列曼道:"把他摔下去,就是了。"亚蔼士大惊道:"摔下去么?"列曼见他又发呆问,便大声道:"这何足为奇?你何必如此大惊小怪呢!你看,你看!"遂命梗斯,将粗重物件,都摔下洞去,刹时而尽。惟留下轻便的家伙、粮食,分作三包,各负于背。梗斯在前,列曼及亚蔼士后继,徐徐走入深奥。虽有电光镫,然发光如豆,仅足照见方寸,仍是黑魆魆的,不辨路径高低。渐走至百"趺得"的所在,则阴气萧森,竖人毛发,土石崩坠,悉率有声,嵁嶬不可言状。约半点钟,忽听得梗斯大呼道:"不要进来!诸君不要进来!!"

第五回　假光明造物欺人
大侥幸灵泉医渴

却说亚蔿士及列曼闻梗斯之言，慌忙立住，梗斯道："呵！你看前面是甚么东西？莫是妖魔窟么？"两人定睛看时，果见远处，仿佛有光，闪闪作怪。列曼大声道："莫慌，决不要紧的。明日一看，便知底细。"亚蔿士亦大声道："不是出路么？"列曼道："或者有之，亦难预料。今日姑休息于此。清晨再走罢。"梗斯遂取出食物，罗列地下，三人围坐而食。食毕就睡不表。次日醒来，越觉前途似有一线光明，照破黑暗世界。面目衣服，依稀可辨。心中皆甚愉快。列曼途中安慰亚蔿士道："你看幽寂如此，在家乡刚勃迦时，遇得着如此佳境么？"亚蔿士答道："幽寂果然幽寂，然未免有凄凉的样子。"列曼道："你怕么？以后不许再说这宗议论，前路正长，不可自伤锐气的！"亚蔿士道："叔父，你开口便说前路，究竟这前路何时能到？何时才息呢？"列曼傲然道："据理讲来，这洞穴之底，必与海面平行。故能探见蕴奥，便可遄返了。"列曼左手提着电镫[1]，右手执杖，且行且语，已出了一道长廊，大笑道："所谓出路，居然到了。"亚蔿士大失所望，狂叫道："唉！所见光明，乃即此物耶？"原来前面石壁间，排列着许多天然结晶的石片，棱角修整，如加琢磨；光怪陆离，互相掩映，宛然七宝装成的世界。加以映着电光，愈显得十色五花，缤纷夺目。三人赏观良久，复向前行，踏着从岩上坠落的疏土，足下苏苏有声，疑行秋径。到夜间五点钟，检一地方，预备安息。穴中虽空气颇稀，不够呼吸，然时有微风吹拂，披襟当

1　现代汉语常用"电灯"。——编者注

之，倒觉满身愉快。于不知不觉间，入了睡乡。次日临行，亚蒉士取出水囊，饮了几掬。忽然埋怨道："我久已说过，多带些水来，而叔父偏说地中必有石泉，不消携去。今我们已走了这许多日子，可有一滴石泉看见么？此番便不烧死，也一定要渴死的了。"列曼道："不消着急，你怕没水吃么？囊中的水，饮用五日，尚绰绰有余。那时更行向前，石泉不知多少，谅你还吃他不尽哩！"亚蒉士道："向前？前面难道与后面不同？未必有罢！"列曼道："再进深处时，觉温度渐增，必遇泉水。倘若没有，你回去就是了。"亚蒉士见列曼发怒，不敢再说，却曲而行；盖尔时已在深六千"跌得"之处矣。

至七月二日，忽遇十字隧道，三人毫不犹疑，仍向前进。其地既无微光，又甚狭窄，亚蒉士大惧，问道："毕竟往那一方走，才是？"列曼不答，折而东行，两人只得跟着。或伛偻，或匍匐，难易莫择，艰辛万状。盖地中旅行，既无先导，复无把握，不同在地面上，有地图罗盘，指示方向，只凭着列曼指挥，向前乱撞。倘偶然大意，不消说是难免有性命之忧。然梗斯是个猎夫，不晓得忧深虑远，惟亚蒉士思前想后，步步生愁，将四面石壁，端详了一会，对列曼道："观此洞穴的两傍岩石，大有渐近地面之状了。"列曼道："你莫乱想！我们极难的地方，已经过了不知多少，便是渐近地面，有何可怕呢？"亚蒉士大声道："真的！真的！我们此刻走路，不是像登山一般么？"列曼怒叱道："胡说！"亚蒉士争道："胡说？是山！一定是山！！"列曼置之不理，纵身飞跑。亚蒉士没法，也只得拼命疾走。忽见电镫的光，返照稍薄，知岩石之质，已与前者不同。便大叫道："啊！地球第二变革时代的岩石到了。"列曼道："你又来胡说！"亚蒉士道："我是在此考察学问！你莫听错了！"便提起电镫，照着岩上的石灰沙土，给列曼看。列曼默然。亚蒉士暗想道："你也有闭口的时候的么？"然终日说话不止，又觉口干，便向列曼要水。列曼道："囊中已无滴水，待前面觅得时再饮罢！"亚蔼士不语。过了半日，大叫道："口又渴，足又痠²，不能走了！"列曼大怒道："你故意纡滞，想回去么？已走了这许多路，能回去的么？"便来挽着亚蔼士的手，挽之前行。亚蔼士且走且说道："昔哥仑布之探亚美利加也，在舟中合掌誓神，以慰愤懑不平之麦多罗士曰：'汝姑忍之，若三日后不遇新洲，则誓归故国。'今我亦誓于神，告我叔父曰：'若一日之后，尚无泉水，我也只得回去的。'"列曼应道："甚好！甚好！若再无泉水，我亦偕汝言归！汝姑忍之！"此时疾行如飞，又进了一条隧道。久之久之，仍不见有泉水的形迹，连强项的列曼，也只可叹一口气，翻身卧倒，束手待毙了。三人张着口，渴不能耐，喉痛欲裂。亚蔼士伏在列曼身边，喘息不止。梗斯则四处乱钻，寻觅泉水，忽然不知所往。今也两人希望已穷，焦渴欲死。僵卧饮泣，惨不可言！倏见梗斯从对面跑来，尽平生之力，大呼道："域颠！域颠！！"列曼闻之，一跃而起，曳着亚蔼士，没命的飞奔。原来"域颠"为衣兰岬岛方言，即"水"的意思。所以列曼闻之，如得神托一般，欢喜无尽。忙问道："在那里！？"梗斯向前乱指，遂随之行。约二千"跌得"，已听得淙淙然的声音，料不在远。列曼大喜，额手道："此正石泉也！"亚蔼士至此，神色稍定，声嘶道："流水么？"列曼抚其背，答道："正是！正是！"然觅了良久，终不见石泉的所在。仔细听时，却在后面，越走越远，水声越微。三人十分忧闷，只得返身来。梗斯静听片时，忽从腰间取出铁锥，向石壁击去。亚蔼士大惊道："危险！危险！倘凿开石壁，积水涌出，我们不要溺死的么？"列曼道："不妨！不妨！……泉伏石中，我竟未曾想到，真昏瞆极了！"梗斯神色从容，穿了两"跌得"，已达泉脉。飞泉如弩箭一般，直向外射。亚蔼士急用手去掬，忽大叫一声，退

2　现代汉语常用"痠"。——编者注

了几步，滑倒在地。列曼大惊道："为何？为何？"亚葛士呻吟道："痛甚，这水是沸的！"列曼回头看时，则水中蒸气，已向上冒，袅袅如雾，弥漫穴中。梗斯取出器具，接了泉水，放在地上，尚未冷透。亚葛士已爬过来，牛饮而尽。三人又另饮了数盂。列曼道："此铁矿泉也。故臭味如此！"梗斯又将水囊装满，就近搬了土石，把孔塞住。然流水已汤汤遍地，复从穴间渗出不止。三人至此，始复人色，惘然久之。列曼道："此水任其自然就下之性，不必理会。亦无什么危险。我们权息于此，待明日再走罢！"于是检了一处干燥地面，一同休息。是日过于疲劳，一卧倒便都酣然睡去，虽水声潺潺，不复能惊梦寐了。

第六回　亚葛士痛哭无人乡
勇梗斯力造渡津筏

却说翌日醒来，都忘苦渴。亚葛士锐气勃勃，勇健如常，奋然在前，掉臂而进；且放声高歌，震得两傍石壁，皆嗡嗡作响。自励道："以后再不可却退了！"至八点钟，这一道长廊，仍然迂回纤曲，如卧长蛇。惟觉偏向东南，非一直线。溢出的泉水，亦汹汹下流，不舍昼夜，若追踪逐迹者然。列曼道："水必就下，迄于地心。我等随之行，终有达地底之一日。"三人晓行夜宿，不觉到了十二，仿佛已至雷加惠克东南方三十"迷黎"的所在。迨十七日，又下降了七"迷黎"。大约自斯捺勿黎火山直起，已在五十"迷黎"之下。亚葛士想及此，忽然拍手大笑。列曼在后，问道："你笑什么？"亚葛士道："我既居衣兰岬岛之直下矣，怎么不笑呢！"列曼道："正是！正是！你的话，一毫不错。"便取出磁针、测量器、寒温表等，将远近纵横，寒温方角，细细检查了一遍。说道："我们已过幡兰特岬，不消几时，即可在大海之下矣。"亚葛士道："正是！我们将到大海之下了。我们头上，必有悲风煽水，怒浪拂天，鲸鲵啸吟，鳄鱼蠕动的情景。旅客一叹，舟子再泣，诚足忧悲，不可说也。彼等岂知乃有忘人间世而生活于地球里之我辈哉！"三人跟着流水，又向前行。出长廊，经洞穴，遇崎岖之险道，攀峻嶒之危岩。转瞬之间，已将半月。虽然辛苦，然以较从前，则还算平安无事。一日，亚葛士居前，进了一个洞穴。岩石磊落，艰险无伦。偶不措意，忽跌倒于地，所提电镫，正磕在一块尖角石上，哗啷一声，碎为微尘。亚葛士躺了半日，爬得起来，列曼已不知所往。只得竭力大叫，摸索而行。

不料这个洞穴，竟是一条死路。愈走愈狭，渐难容身。四壁阒然，不闻人语。想列曼等两人，已从他道走远了，亚蓠士身上又痛，心里又愁，路径又暗，一步一跌的出了洞穴，仍然不见有一点镫光[1]。暗想追着流泉，或能相见。然无奈电镫既熄，流水无声，不知往那里走才是。一时万虑攒簇心头，忽目眩耳鸣，伏地不能起。忽觉身上冷汗沾衣，用手一摸，嗅之微有血腥，知皮肤已受擦伤。然窘急之余，竟不觉十分疼痛，定神细想，悲不自胜。恨列曼，骂梗斯，忆洛因，大声道："汝以谓我尚旅行地底乎？吾死久矣！"说毕，泪如雨下。停一会，只得又站起来，大叫道："叔父！梗斯！"仿佛似有应者。然侧耳细听，则无非四壁反应的声音，如嘲如怒而已。亚蓠士没法，按定了心神，匍匐而前，大呼不辍。耳畔忽有声道："亚蓠士！……"仔细听去，却又寂然！又忽见前途似有一点火光，荧荧如豆。自思道："莫不是我目中的幻觉么？"擦眼注视，果然还在。只听得又呼道："亚蓠士！亚蓠士！"亚蓠士至此，真如赤子得乳一般，止了哭，拚命向镫光跑去。果然见列曼提镫迎来，大呼道："吾亚蓠士，汝在此乎？"亚蓠士忙抢上前，追着列曼，又啜泣不已。列曼坐在地上，喘息道："我疲甚，汝其告我！"亚蓠士遂将失散情形，一一告知列曼。列曼也有凄怆之色。自责道："我过矣！我当初闻你叫唤，疑你在后撒娇，故置之不理，放步前行。孰料汝竟狼狈至是哉！呜呼！我过矣！迟了良久，你竟不来，倚耳壁间，亦不闻声息，我乃返身搜寻，不期相遇于是，此我之过也！苦汝甚矣！"握着手，惘然不知所为。时适梗斯踵至，看见亚蓠士，便说了一声："猗特台。"（译言佳日）亚蓠士道："唉，梗斯，此时何时？今日何日乎？"列曼道："汝惫甚矣！前面地方，较此稍好，再走几步，略为休息罢！这些话，明日再谭。"于是列曼及梗斯两人，搀着亚蓠士彳

1　现代汉语常用"灯光"。——编者注

宁前行，到一处宽阔地方，一同坐下。亚莪士又问道："今日究竟何日呢？"列曼道："今日八月十一日矣！"亚莪士点头，闭目静息，似闻有波涛汹涌，冲激断岸之声。心中大疑，暗想道："真耶梦耶？抑我脑病耶？"开眸看时，则又见有一道光线，与日光相似，不觉又甚惊疑。正拟定睛细看，则列曼已从对面过来，在旁边坐下，拿着一块面包，递给亚莪士道："你且吃此，善养精神。我们明日要泛海了！"亚莪士瞿然道："明日泛海？海在那里？船在那里？"列曼笑道："海么？名曰列曼海。"亚莪士问道："列曼海？这海难道是叔父的么？"列曼徐徐答道："发见此海，乃由我始，故名列曼，以志不忘。"亚莪士大喜，慌忙吃了面包，一跃而起，向前急行。不半日，其地忽然开豁，别有一天。苔菌繁生，青林欲滴。出了树林，已见大海如镜，微波鳞鳞。三人相视，喜色可掬。在海岸边，纵览植物，则奇草珍木，交互枝柯，多为世间有名植物学家所未经梦见。入夜，露宿海边。一夜无话。次日，亚莪士健康已复，游步荒矶，列曼劝道："此海水与地中海无异，设能游泳，颇益身体，汝盍为之！"亚莪士依言解衣入海，沐了浴起来，则梗斯已炊晨餐，罗列岸上，三人共食，觉芬芳甘美，与平日不同。食毕，梗斯收拾了器具，持斧自去。亚莪士及列曼两人，谈论了许多湖水成因的道理，及推测这大海之广狭，造船之方法，不一会，梗斯汗流满面，飞跑回来，向前指道："造船的树木，已砍来了。"两人忙走去看，树形甚奇。列曼道："此是什么树木？"梗斯道："这就是生在海底的枞松及其他之针叶树，正可以造船的。"便拿起斧来，或削或砍，无异一个大匠。至第二日，居然告成。亚莪士取出极韧的绳索，编了一艘大筏。长十"跌得"，宽五"跌得"，列曼见了，不胜叹²喜。择八月十四日晨，拖筏下海。上面立一支桅樯，挂着衣服，权作风帆之用。

2　疑是"欢"字之误。——编者

三人上了筏，列曼道："把此港立一佳名才是。"亚蕋士忙答道："名洛因港何如？"列曼看了亚蕋士一眼，拍手笑道："好极！好极！以后呼作洛因港就是了。"梗斯取起木篙，推筏离岸。此地空气稠密，压力大增。加以西北风，飘飘吹来，风帆饱孕，早已放乎中流，直指彼岸。列曼道："如此速率，二十四时间，可行三十'迷黎'。登陆之期，当不在远。"亚蕋士危坐筏首，仰视晴昊，俯听波声，叹[3]喜不尽。遂又拍手高歌起来，其歌道：

进兮，进兮，伟丈夫！日居月诸浩迁徂！曷弗大啸上征途，努力不为天所奴！沥血奋斗红模糊，迅雷震首，我心惊栗乎？迷阳棘足，我行却曲乎？战天而败神不痛，意气须学撒旦粗！吁嗟乎！尔曹胡为彷徨而踟蹰！呜呼！（撒旦与天帝战，不胜，遁于九地，说见弥儿顿《失乐园》。）

3　疑是"欢"字之误。——编者

第七回　泛巨海垂钓获盲鱼
　　　　入战场飞波现古兽

　　却说三人从洛因港解缆后，好风相送，一刹时已前进了许多路途。遥望洛因港，青如一发，隐约波间，既而竟不可辨。惟茫茫海原，与天相接，其中有一筏与三人而已。至八月十六日，西北风起，筏行更疾，知离岸已约三十"密黎"。加之晴空如洗，大海不波，其愉快诚不可言喻。梗斯乐甚，自语道："这海中有鱼没有？"便取出一支钓竿，用一粒面包作饵，垂入波间。少顷，向上一提，竟得小鱼一尾，泼剌筏面。列曼惊喜道："鱼么？"亚葛士道："此即'阿蓄蛰儿'鱼也。"两人仔细看时，却又不然。其头颇圆，其口无齿。鳍虽尚大，而尾则无。博物学家皆列之"阿蓄蛰儿"族中，实非真的"阿蓄蛰儿"鱼也。此鱼生于荒古，种类甚卑，又无双目。列曼指着鱼头，说道："此佛帖力鱼之属耳。"亚葛士道："正是！正是！合众国侃达吉州地下洞穴中的盲鱼，真可谓无独有偶了。"列曼道："不然，此种盲鱼，与地球上者异。即如澳国西南部卡拉纽赖州的地下洞穴中，栖有鲵鱼之一种，曰'布罗鸠士'，亦为盲鱼，然去其外皮，则内仍有发育不完之双目。试抉而检察之，知其幼时之构造，本与他种脊椎动物中之鱼类无殊。特水晶体欠缺，及网膜之色素层不完全而已。盖此鱼在荒古时，本具炯眼，后因栖息黑暗世界，视官无所为用，发育乃停。遗传久之，遂成此相。而此佛帖力鱼，则原与此种不同。"亚葛士点首受教，随问梗斯要了钓竿，一连钓了许多。大地之中，竟获海味以充庖厨，三人不胜忻喜。波路壮阔，彼岸难望，不觉又是几日。所见生物，类皆珍奇瑰怪，不可究详。亚葛士本好博物之学，际此几忘饥渴。尤奇者为飞鼍，像蝙蝠一般，生着两扇肉翅，颈修以[1]蛇，喙利于鸟；齿如编贝，凡六十四枚；足有锐爪，可以升木；若登陆时，则以前足步行。各国动物学家，尚无定论。有说是属鸟类的，有说是属蝙蝠类的，有说是属水陆并栖的飞族的。许多硕学鸿儒，终不能下一明确的见解。亚鬲士见了，又惊又喜，忙绘成图形，不免又同列曼讨论一番。议论虽皆新颖可听，惜此间不暇细表。

到了十七日，仍是弥望汪洋，毫无陆影。亚鬲士久居海中，渐觉怏怏。列曼亦有不乐之色。取出望远镜，向四方眺望了良久。忽把望远镜向额上一椎[2]，问道："你想什么？"亚鬲士道："我没有想。"列曼道："否！否！你颇有不乐之色！必定又动乡思了！你须晓得筏行虽速，海路甚遥，不能性急的。"说罢，面有怒色。亚鬲士暗想，不知他有何不悦，却来拿我出气？遂索性返问道："当离岸时，叔父说至地底不过三十'密黎'，今已经了两倍的路……"列曼大声道："走这小海，如在沼中作滑冰之戏一般，又何必怕呢！"亚鬲士只得低头不语。过了一日，也与往时无异，惟觉清风徐来，心地为爽。亚鬲士忍不住又问道："这海的大小，莫与地中海、波罗的海差不多么？"列曼点头。取出一条绳索，系了铁锥，垂入海面，意欲测其深率。孰料二百"赛寻"（度名），还不见底，想收回索子时，则如钉入海底一般，牢不可拔。遂呼梗斯相助，用尽气力，才收了上来。梗斯一看，向列曼咭咭哢哢说了许多话。亚鬲士虽不解衣兰岬方言，然察言观色，料知必有怪异。忙抢铁锤看时，则上有齿痕一排，历历可辨。大惊道："怪极！"梗斯随又取长衣当作风帆，疾行前进。亚鬲士暗忖道："设伦敦博物院所藏开辟前巨兽之遗骸，复生于今日，则或有如许魔力。然此种动物，灭迹已久，莫非刚勃迦府

1　疑是"似"字之误。——编者
2　疑是"推"字之误。——编者

博物馆所藏三十'跌得'大守宫一类的东西么？抑是潜伏海底的鳄鱼呢？"越想越怕，两目直注海面，不敢稍瞬。然至二十日，仍无变怪之事。三人颇为安心。是晚，波涛不兴，海面如镜，木筏悠悠进发，竟渐颠簸起来。飘风倏起，杂以微腥。梗斯远眺良久，忽向前一指，亚萳士忙举头一望，乃是两个黑青似的怪物。失声道："啊！大海豚！"列曼道："不是！不是！这是极大的海栖守宫。……"亚萳士大呼道："也不是。……这鳄鱼！妖怪!！"三人至是，不免心慌，再定睛细看，则一如牛头，一似蛇首，巨眼裂腮，露着白巉巉的尖齿，灿如列刃。那牛头上，忽喷出两道海水，若水晶柱一般，直射空际，还坠海面，溯湃[3]有声。亚萳士已吓得面如土色。忙叫道："脱帆！脱帆!！"梗斯摇摇手，仿佛说是听天由命的意思。亚萳士发恨道："天是靠不住的！快自己设法罢！"然此时木筏，已趁着顺风，愈走愈近。列曼忽道："这两兽争斗起来了。"亚萳士道："这来附和的，不是许多海龟、蜥蜴么？"梗斯道："海兽实止两匹，此外惟激浪而已。"列曼不语，取出望远镜看了一会，说道："原来这就是往日在僵石中所见的鱼鼍与蛇颈鼍两物。地球表面，虽久绝迹，而不意尚生活于无人之乡。我辈眼福，诚非浅鲜。"说时迟，那时快，木筏又前进了不少。两个怪物，分明如绘，鱼鼍长约百余"跌得"，运动敏捷，遍身浴血，怒目如镫。蹴着荒浪，狞猛不可言状。蛇颈鼍则身被坚鳞，把三十"跌得"的长颈，伸出水面。张开血盆巨口，奋力激战。颓波如山，直击筏舷，摇摇欲覆。列曼及亚萳士取了枪，装好弹药，瞄定两个怪物，以备不虞。少顷，两兽似已困惫，略一游泳，便悠然而逝。三人始喘过气来。停不一会，只见一条长颈，复伸出水面，向四围鹗顾。列曼忙取枪时，却又钻入波里，杳不可见，惟闻动水激筏、淙淙作声而已。

第八回 大声出水浮屿拟龙
怪火抟人荒天掣电

木筏箭激，忽脱战场。到八月二十二日，气候甚热，风力益加，每点钟竟能走至三"密黎"半。时近正午，酷暑如居热带中。水天而外，不复有物。三人正诧异间，忽訇的一声，把听觉最敏的亚薗士吓了一跳，便大嚷起来。梗斯忙升木樯，向四方眺望了良久。俯首说道："没有……没有东西！"列曼道："这不过波浪冲激暗礁而已，何足惊怪！"梗斯又仔细察看，仍无所见，始都放了心。约过三时，仍是訇的一声，宛如喷瀑。亚薗士道："言[1]一定是瀑布了。"列曼摇头道："未必，未必。"亚薗士还款[2]讶不止，木筏又进了二三"迷黎"。其声愈强，硏礚不绝，暗想道："天上耶？抑海底耶？"然仰视晴昊，则一碧无垠，浮云都拭。俯察大海，则细波如縠，更无旋涡。大讶道："毕竟从何处来的呢？"列曼不语，正欲取出望远镜，则梗斯已攀上樯头，昂首远眺。忽大叫道："不好！龙！！龙头！！！那边龙吸水了。"亚薗士忙道："快转舵避难罢！"列曼冷笑道："又来胡说。地球上有龙的么？"坚执不允。亚薗士纠缠不已，才把舵稍横，又前进了两"迷黎"左右。时已薄暮，暝色笼空。只听得大声轰然，较前更厉。三人忙向前看时，则正是一个怪物，形如浮岛，长千"赛寻"，其色黑黝，遍身窈凸，头上喷沫成柱，上接太空。往昔听取的，便是这喷水的声息。亚薗士大惊道："快回转罢！快回转罢！！"列曼尚未答应，梗斯忽笑道："哈！哈！原来是座浮岛，却来装着怪相吓人！"列曼问道："龙头呢？"梗斯道："就是喷火的所在，名叫'噶舌'的

1　疑是"这"字之误。——编者
2　疑是"疑"字之误。——编者

家伙了。"列曼闻言，觑着亚蔼士，拍手大笑。亚蔼士不免惭愧。自恨道："人说剑胆琴心，我为何偏生着琴胆。以此揣事，每陷巨谬，奈何！奈何！"想至此，又怕叔父嘲笑，愈觉刺促不安。幸而列曼也不再提及。渐行渐近，果然分明是座浮岛，吐火赫然。列曼命停了筏，三人登岛巡游。梗斯不肯，只执着长篙鹄立筏上，忻然在那里眺望。两人便跨上垂岩，循着花刚岩石前进，足下沙石疏松，著[3]履欲陷。少顷，见前有潴水，蒸气升腾。亚蔼士即取寒暑表，插入水中，知其热度，在百六十以上，游览既遍，甚为忻喜。便名此浮岛，曰亚蔼士屿。徐步回筏，则梗斯已预备妥洽，离岸首途，绕出南岸，顺风驶去。此时离洛因港既二百七十[4]黎。衣兰岬岛既六百二十"密黎"。一筏三人，正居英吉利之下。至八月二十三日，新发见的亚蔼士屿，已隐见筏后。未几，水气冥濛，阴云黯澹。那恃为性命的电光镫，已如浓雾里的秋萤，惨然失色。愈进愈暗，种种奇云，更不可缕述。或如乱缣，或如积絮。亚蔼士道："此暴风之朕也。从速准备！"说还未了，盲风骤来，大雾垂空，酿成电气。引着三人，毛发为之森立。至十时顷，黑云如磐，昏不见掌。亚蔼士急问道："恁好呢？"列曼口虽不言，心中也不免着急。命梗斯停了筏，泛泛波间。四面凄然，天地阒寂。亚蔼士忍不住又大叫道："叔父！快卸帆罢！"列曼怒道："莫慌，便触着岩石，筏沉了，能算什么？"说时迟，那时速，遥望天南，也生暗色，云奔风吼，白雨乱飞。三人如不倒翁一般，只在筏上乱滚。亚蔼士怕极，匍匐而行。正摸着列曼。列曼故意道："如此风景，好看极了！"亚蔼士没法，定睛偷觑梗斯，则黑暗丛中，横篙屹立。暴风吹面，虮髯蓬飞，其勇猛奇诡之形，宛若与鱼鼍蛇颈鼍[5]同时代的怪物。是时，风雨益剧，帆布紧张，木筏摇摇，几有乘风飞去之势。亚蔼士只是叫卸帆，列曼只是不肯。刹那间，电光煜

---

3 现代汉语常用"着"。——编者注
4 疑落一"迷"或"密"字。——编者
5 疑落一"为"字。——编者

然，飞舞空际。继而雷鸣轰隆，霰雹竞落。那波涛便如丘陵一般，或起或伏。亚蒉士已目眵神昏，力抱筏樯，不敢稍动，幸此日却尚无事。至二十五六日，险恶仍不逊从前，雷电行天，波涛过筏。三人耳膜垂破，眼帘比蒙。便想讲话，亦惟两颐翕张，更听不到片点[6]半语。亚蒉士觅得石笔，写了一篇，劝列曼卸帆。列曼知拗不过，始点一点头。方欲告知梗斯，则匔然一声，如鸣万炮。声中一团怪火，色带青白，向列曼劈面飞来。列曼只叫得一声："阿哟[7]！"已蒲伏梗斯足下！梗斯独岸然不惧，睁着怪眼，觑定火球。只见这火球晃了几晃，又向梗斯射去。此时连梗斯也不能不惊，倒退了数步，跌倒筏上。待亚蒉士喃喃呼天，则火球已不知何往。但觉空中淡气充塞，呼吸皆艰。意欲起身，而宛若吃了蒙汗药一般，手足竟不能自主。亚蒉士大诧道："阿哟！怪物禁住我了！……"列曼道："笨伯，这不是电气的作为么？"亚蒉士想了一会，果然有理，才得安心。迨二十七日，风雨尚不休止，一叶木筏，无翼而飞，莫知所届。三人也只得拼了性命，束手任之。惟风声雨声中，仿佛似有岩石当波，砰磕震耳。仔细推算，大约既[8]逾英吉利达法兰西的地下了。所憾者，眼前暗黑，彼岸难望。除了与筏沉浮，直想不到一万全的方法。亚蒉士身软神昏，似睡非睡，恍惚觉木筏正触着岸边，偶不留神，遽翻身落水。待呼救时，则海水汤汤入口，苦闷不可名言。幸梗斯颇善于泅水，忙跳入海中，抓住衣领，只一提，已提到筏间。避开了怒浪狂涛，觅得一平易的所在，停了筏，抱亚蒉士登岸，令静卧列曼身傍，默然相对。梗斯又上木筏，搬取什物。列曼不忍坐视，也来相挈。两人同在筏上，忽一个涛头，扑着海岸，那筏被浪一激，直向后退，刹时间离岸已远，人影模糊，不复可辨。亚蒉士独卧沙上，欲起无力，欲叫无音，只瞪着双睛，自观就死。挣扎了好一会，才放声哭叫道："叔父！"

6　疑是"言"字之误。——编者

7　现代汉语常用"哎哟"。——编者注

8　疑是"已"字之误。——编者

第九回　掷磁针碛间呵造化
拾匕首碣上识英雄

却说烈雨盲风，相继者三昼夜。亚蔼士体力微弱，竟坠海中，才得苏生，又遭大难，不免五内寸裂，悲极亡音。朦胧间，觉有人抚肩道："亚蔼士，你说甚？"睁眼看时，原来仍卧沙上。叔父列曼踞坐于旁，愀然道："你道甚？见了噩梦么？"亚蔼士定一定神，始如释了重负，揩去冷汗，放眼四观，则天色虽尚不放晴，而风雨却较前稍杀。梗斯取出石炭，煮些食物，劝亚蔼士加餐。然三日三夜，不得安息的亚蔼士，那里饮得半滴。只是唉声叹气，闭目不言。至第二日，仿佛天地五行，都商量妥协似的，云雨全收，暴风亦止。三人颇喜，气力渐增。亚蔼士自语道："前日暴风，竟不肯吹此筏到刚勃迦地底，可谓不近人情了！"列曼听得，忙问道："昨晚睡得着么？"亚蔼士道："正是，叔父想亦如此。"列曼道："我较平日更佳！"亚蔼士不语，停一会，忍不住又嗫嚅问道："叔父，还要旅行么？"列曼道："早得狠哩！走到地心，便告毕了。"亚蔼士道："究竟什么时候，才回去呢？……"说了半句，列曼遽道："你莫再说这宗话了。不到地底极点，能回去的么？"亚蔼士不能再问，改口道："果如此，则应先修缮了木筏。还有食物，也不可不先检点的。"列曼道："汝言诚然！梗斯于此种事情，颇能注意，我们去检点一遍就是。"两人遂徐徐起立，且说且行，不数百步，见梗斯已拖筏上陆，执着斧，补好了数处。许多物品，都挨次排列，有条不紊。列曼感极，走上前握着梗斯的手，说了许多致谢的话。梗斯只略点头，运斤自若。列曼历检什物，损失颇多。幸最紧要的火药与磁针等，却均无恙。亚蔼士问道："食物呢？"梗斯道："尚有鱼、肉、面包、酒类。四个月余，还吃不尽哩！"列曼大喜道："好极！好极！待我到过地底，然后回家，还可招亲戚故旧，饱餐这不可多得的珍物哩！不是么？亚蔼士？"说毕鼓掌大笑。亚蔼士暗忖道："此老倔强犹昔，大约是抵死不变的。"便随口问道："我们离亚蔼士岛既七十'密黎'，离衣兰岬岛该有六百'密黎'了？"列曼道："可恨这暴风雨，阻了我的行程。然走过的路，大略如此。我想列曼海，广必有六百'密黎'上下，同地中海大小相仿佛的。"亚蔼士道："叔父，我们可就在地中海的底下么？"列曼道："或正如是。"亚蔼士又道："据此算来，离雷加惠克已九百'密黎'了。"列曼张着口，半晌不答。良久，才说道："据实说，则我们是否在地中海或土耳其抑哀兰狄克海下，即我也莫名其妙了。烈风暴雨时，磁针变了方向，叫我有什么方法呢？"亚蔼士道："三昼夜间，风力虽强，方向却似不甚变换。必在洛因港的东南，一看磁针便明白了。"列曼称是不迭。忙取出磁针，注视长久，忽瞠目结舌，只看着亚蔼士不发一言。亚蔼士急问道："何如？"列曼道："你来！你来！"跑过去看时，则尖端已不指南方，变了北向。两人都大惊异，把磁针着实摇了一遍，放在地上，待其静定，仍指南方。亚蔼士只是发楞[1]，列曼却垂头默想。少顷，神色大变，仰首道："我们竟不得不归原路么？"说至此，又俯首不语，左思右想，终莫得其故。愤火骤炽，把磁针一掷，大叫道："天地五行，共设奸谋，宁能伤我！我惟鼓我的勇，何难克天！从此照直线进行，怕他作甚！天人决战，就在此时了！"又叹了一口气，突然起立说道："天地五行，我与你战一合罢！亚蔼士，你应晓得，竞名好胜，惟人界为然。我悬衣为帆，联木作筏，横行此杳不可测之黄泉；天地害我，五行阻我，叫我有什么方法呢！"

1　现代汉语常用"发愣"。——编者注

亚蔼士见他如醉如痴，不知所对，搭赸[2]着说道："久居于此，终非长策，总以前进为是。"列曼蹙着双眉，略一首肯，遽大踏步去寻梗斯，则木筏已修理整齐，拖入海南。一切什物，都搬运上筏，只待启行。列曼也不言语，呼了亚蔼士，同到岸边。梗斯本来是只听列曼命令的，即跳上筏，执了篙，鹄立以俟。时西北风起，空气澄清，呼吸爽然，较前数日有天壤之别。列曼忽挥手道："明天走罢！明天走罢！"亚蔼士惊疑道："这又何故呢？"列曼笑道："我平日只凭天运，遂得大祸。今日偏不走，要调查了这沿岸的形势，才得安心！权在此地宿一夜罢！"于是梗斯又跳上岸，系了筏，列曼等两人，徐步沙碛间，采了许多鳞介、草木，亚蔼士奔走方将，忽见短刀一柄，不觉称异。拾起看时，则土花陆离，似已废弃多日，急跑去告知了列曼。列曼亦大惊。想了良久，忽道："定是你瞒着我，从家里带来的。"亚蔼士道："如果是我的，此时又何必来对叔父说呢。"列曼道："然则必是梗斯的了。衣兰岬岛人好带短刃，不知如何遗落于此，呼来一问，便知端的！"遂即呼梗斯至，取刃示之。梗斯摇首道："不是！不是！敝处除士人而外，不能带刀，如我有此物，还来给君辈撑筏么？"列曼愈疑。以手拍额，遂恍然道："此必有先我至此者！亚蔼士，我们去搜索一过，何如？"亚蔼士连声应诺，逾岩降谷，各处搜寻，终不见有类乎人迹的所在。比至对面岸角，始得一穴，与平常不同；壁皆花刚（石名），深不可测。两人交口称异，没命的赶至洞口。……奇哉！奇哉！壁上竟挂着一方石造的匾额。石液浸渍，古色斑斓。亚蔼士拭了双目，仔细看时，原来其上勒有文字，而且是三百年前的文字。遂高声读道："亚仑……萨力耨山！"

2　现代汉语常用"搭讪"。——编者注

第十回　埋爆药再辟亚仑洞
遇旋涡共堕焦热狱

啊……亚仑萨力耨山！诸君知道欧洲古时的事迹么？世传往昔有个英雄，曾旅行地底者，便是这刻在石上的亚仑。可怜列曼舍命奋身，旅行多日，从此无量辛苦，都付逝波，只留下给我做小说的话柄。诸君，你想伤心不伤心呢？他摩挲老眼，凝视久之。终失声大叫道："这就是亚仑开的隧道么！"亚蔼士笑道："容或有之。"又向身旁一指道："叔父，你看，还有他的遗迹在这里呢！"于是手舞足蹈，向前便跑。列曼忙赶上前，一把抓住衣襟，一面伸着手招呼梗斯，命撑筏到了岸角，亚蔼士忻然道："幸而到了这里，否则不知怎样哩！不但亚仑遗迹莫得而知，恐还出不了地底呢！"又跳了几跳，向四方乱指道："此后到瑞典，至俄罗斯西伯利亚，又至亚非利加[1]，更到那里，到那里，……一直至地底。"列曼看着亚蔼士，也不答应，只是点头。时梗斯已登了岸，亚蔼士得空，复欲向洞中钻去，仍被列曼牵住。亚蔼士大呼道："壮士一去不复还，毁了筏罢！"列曼急禁止道："且慢！且慢！先把石壁查察一过才是。"遂系了筏，走近洞旁，审视良久，知广约五"跌得"，望之窅然。其深则不可知。惟推究形状，却确是一条隧道。三人放开胆，沿一直线进行，不数丈，便是石块碌砢，闭塞前途。先把向前飞跑的亚蔼士头上凿了一个栗暴。亚蔼士连声呼痛，回身便奔。列曼举起电镫，向前照去，则土花蔓碧，石骨撑青，更不见有可容一肢半节的微隙。列曼道："石块么？"亚蔼士一手抚头，一手摸壁，答道："不是！不是！崩解的土

1　现译"非洲"。——编者注

石罢了。屡易星霜，自然如此。唉！刚勃迦，我竟与你不能再一相见么？"列曼在后，擎着电镫，焦急道："说甚梦话，快用凿罢！"亚菉士道："这宗器械，能济甚事？唉！刚勃迦！"列曼道："莫慌！我用爆药！……"亚菉士惊道："爆药？"列曼道："轰去土石，便可进行。除了爆药，有方法么？"即招了梗斯，命他按法装置，加上引绳，至夜半已告完成。亚菉士上前道："叔父，你上筏去罢，待我来引火。"列曼答一声"危险"，便伸手抱亚菉士，拖入筏间。梗斯用力一撑，离岸已逾十丈。三人六目，齐注穴中。只听得轰然一声，爆药暴发；砂飞石走，激水成涡，海底污泥，都如黑云一般，盘旋上冒，余势卷筏，竟飞出丈余。三人以手抱樯，不敢稍动。一个电镫也訇的一声，乘势飞入海中去了。亚菉士尚欲有言，无奈水火战声，如奔万马。即叫破声带，也属枉然。说时迟，那时速，爆药裂处，忽生巨穴。穴中旋涡，奔跃如爆，其力极伟。看看已将木筏，引入涡中，三人惧甚，各握着手，以防坠水。目花耳窒，神魂飘摇，但觉两腋生风，飞涛沾发。一叶木筏，已以一点钟三十"密黎"的速率，飞渡盘涡，向穴中射去。亚菉士叫道："亚仑的……！亚仑的……！！"少时略定，伸手摸时，则电镫是不消说，即器械糇粮，也都孝敬了海若，所幸者，热度表及磁针犹依然嵌在木隙。亚菉士知失了食物，不胜担忧。两颐翕张了好一会，仍默不一语。梗斯摸出火种，造了篝火，然如幽林萤火，虽有若无，微光荧然，微照筏首。列曼等握手匍伏，不知所为。既而亚菉士道："叔父，食物呢？"列曼回头瞧了梗斯一眼，梗斯摇首道："完了！完了！"列曼大惊道："没有了吗？"梗斯道："只有干肉了。"列曼颇为沮丧，默默不言。未越一点钟，三人皆饥，遂取余剩干肉，各食少许。咀嚼未毕，炎燠渐增。汗出如浆，呼吸迫甚。亚菉士大呼道："溺死，烧死，抑是饿死，必不免的了！"列曼支颐冥想，闭目不答；良久，才道："我只能束手待死，那留下的干肉,索性也吃了罢。"亚萫士便分成三份,一分递给梗斯,一分与了列曼,自己则胸膈欲裂,不得沾唇。惟梗斯沉勇如常,脱了帽,满舀海水,交与两人。亚萫士静坐少刻,忽叹道:"这是最后的食物了!"便把干肉抛入口中,拼命咽下。时愈进愈热,如居热鏊。刚勇若列曼,也不觉潸然流泪。三人脱了外衣,又脱了裤,又脱了衬衣,仍是白汗如珠,滚滚入海。亚萫士跃起道:"啊!死了!我们到了矿物熔解的所在哩!"列曼且喘且说道:"岂有此理!"亚萫士道:"岂有此理!你说是那里呢?叔父!"一面说,一面伸手向石壁上去摩,忽呀的一声,指上早受了火创。忙缩回手,浸入海水,岂知海水亦热如沸油。又是呀的一声,忙把两指衔入口中,呼痛不止。耳中又听得爆药应声,传入穴底,隆隆不绝,若旋辘轳。加以石壁震动,土石交飞,蒸汽都在上面,凝成水滴,霏霏而下。一枚磁针,也发了狂,或左或右,飞舞自如,指无定向。亚萫士道:"死了!叔父!地震哩!"列曼道:"不是。"亚萫士道:"叔父,你没留心,真是地震了!"列曼微笑道:"这是喷火。"亚萫士大惊道:"阿,焦热地狱!!"列曼道:"岂不甚好么?"亚萫士道:"好?!"偷看列曼举动,颇似泰然,极少仓皇之状,大惑不能解,驰想久之,才遣诘道:"叔父,什么甚好?我门卷入火焰,化为死灰,好么?"列曼向眼镜边上射出眼光,注定亚萫士,大声说道:"唉!亚萫士!你竟不知,欲归故乡,舍是……尚有方法么?"

第十一回　乘热潮入火出火
堕乐土舍生得生

　　却说三人一筏，刹时已趁着盘涡，直入叫唤大地狱。血液内凝，烈焰外炽，焦热苦闷，不可名言。亚蓠士如死如生，忽觉化为死灰，散布六合。忽觉随了木筏，飞升九天。恍惚自思道："这是北方么？还是衣兰岬的地下呢？还是恺噶儿火山的下面呢？西边隔亚美利加西岸五百'密黎'，有火山山脉。至于东方，则纬八十度处，亦有央曼岛的爱士克火山。可怜这筏，不知向那边的火山去寻死哩！"想了一会，便又惘然。至翌朝，觉身体震荡更甚，挣起来向下一瞰，则木筏早已离海，惟见下皆立石，烟焰赫然，傍有略阔的两条隧道，色如泼墨，蒸汽盘旋，火光如金蛇，下照幽谷。亚蓠士惊极，只叫得一声："叔父！"列曼泰然道："这又何足为奇呢！火山喷火的时候，硫黄并燃，青光明灭，是常有的。"亚蓠士道："我固知道，然这烟焰如此利害，万一卷了筏……"列曼道："决不至此，你放心罢！"两人问答未终，火焰竟较前稍杀。惟筏下浓厚物质，滚滚如潮，寒暖计已升至百度。列曼道："啊！"亚蓠士忙道："怎了？"列曼道："筏停了！"亚蓠士道："喷火歇了么？"列曼笑道："哈！哈！正是！正是！我等也歇了。"亚蓠士再定神看时，则灰石乱飞，轻于蛱蝶。游烟缕缕，夭矫若神龙。亚蓠士又大嚷道："叔父！叔父！又上去了！"列曼道："你嚷作甚？你直想歇在这里么？"不过两分时，却又停止。列曼便从怀里掏出时表，看定指针，自语道："再有十分。"亚蓠士道："每过十分，停止一次么？"列曼点头道："正是！这火山喷火，是间歇的。故我等亦略得休憩。"话未毕，果然如弩箭离弦一般，又向上直射。亚蔼士深恐堕落，竭力抱定木筏，目眩头晕，如登云雾。那木筏忽止忽行，也不知几次。只在朦胧间，觉四体不仁，喉舌欲裂。时而闻雷音大震，时而见石液狂飞，几疑有牛首阿旁，将扇煽火，火化无量蛇舌，围着木筏，伸缩吓人。而面目奇魄的梗斯，却犹隐见于烟火盘旋之中，齿粲目圆，如怒如笑。尔时亚蔼士，怀无量恐怖苦闷，也不暇顾列曼，也不能看梗斯，双目复瞑，昏瞀罔觉。不知何时，忽闻有狮子吼，天地震荡，两耳亦自嗡嗡作声。欲待挣扎，却又如被梦魇，动不得分寸。少顷，又觉有人把左臂一提，才得苏醒，睁目看时，梗斯正屹立身旁。列曼欲立又伏，口中大嚷道："这是那里！这是那里!！"亚蔼士重定了神，张目四顾，知已僵仆山间。不远有一巨穴，便点首会意，叫道："我等喷出火口了，这是衣兰岬么？"梗斯笑道："不是，不是。"亚蔼士道："不是么？"随声仰首，则当初戴雪耀光的高山，更不可见。但有烈日光线，直射童岩，地底地表，不能辨识。亚蔼士沉思良久，忽道："必不是地底了！然又不是衣兰岬央曼岛么？还是息毕哈侃呢？"列曼道："总之不是衣兰岬。"亚蔼士道："央曼岛么？"列曼道："也不然。你看这火山，非与北方终年负雪，由花刚石所成立者不同么？啊！亚蔼士，你看，……你留心，……"便向上一指，亚蔼士的眼光，即随着列曼指尖，直向上射。但见绝顶的巨穴，每隔十五分时，辄火光赫然，火石烟灰，蓬蓬上舞。亚蔼士忆及前事，张口结舌，不知所云。三人静息良久，气力稍复，始放眼观察这火山的形势。原来此山形如覆釜，高约三百"赛寻"，山麓郁苍，有"阿黎夫卡""佛额"、葡萄诸植物，交柯结叶，复与沍寒的北方不同。数里以外，有湖水湛然，远树森森，如排青荠，仿佛是一座岛屿一般。再望东方，则飞甍参差，居然一大都会。后面有小船坞，奇形殊状的船舶，泛泛碧波间，樯棹成林，帆动疑蝶。

再向远处望去，又有无数小屿浅渚，簇然似蚁垤。西惟大海，一碧无垠；水天相接处，露出一座漏斗形的火山，时吐烟雾。北方则仅见沙渚一弯，轻帆几叶而已。亚蔺士喜极，顿忘劳苦，乱跑乱嚷道："这毕竟是什么所在！乐土！乐土！不是梦么?！"列曼、梗斯，皆不知所对。亚蔺士又独自跑了一个圈子，才见梗斯开口道："我虽不知是甚么地方，然炎热异常，震荡不息，恐必不是善地。走罢！走罢！免得给飞来的灰石打死了！"亚蔺士也不理会，又张着两手，跑了出去。远眺许久，忽见列曼等两人，已徐步下山。没奈何，也只得追踪而往。回思前事，不异梦游。四面景色，皆平生所未曾梦见。自忖道："入黄泉隔天日之我，为甚忽到如此乐土呢!？"且走且想，越想越奇。不一会，大声说道："是亚细亚！已经过印度海岸马拉斯几岛之下了！我等此时，不是正与在欧洲本国的同胞足迹相对么？"列曼愕然，只说得一句："磁针！"亚蔺士忙应道："磁针么？……磁针么？据磁针，是明明向北去的！"列曼道："今日何故却到了热带呢？那个磁针竟如此捉弄人么？"亚蔺士侧着头，默然不答。列曼又道："此地难道是北极！"亚蔺士大惊道："北极？不然……然是北极，倒也未可料的。"

第十二回　返故乡新说服群儒
悟至理伟功归怪火

　　且说一行且语且走，到了一片大平原，心神定后，渐觉劳瘁，渐觉炎热，渐觉饥渴，便都停住足，草卧了两小时，始向前进。未几，见远远里有一丛村落；前临清溪，翠竹白沙，明瑟如画。林中石榴粲血，葡萄垂房。三人见了，都垂涎千丈。忙摘取红熟果实，欲啖一饱；其傍恰巧是玲珑树荫，潺湲清泉，遂又脱帽解衣，濯了手足。亚萪士一昂首，骤见前面林中，显出一个童子，失声叹道："童子何幸，居此乐郊！仙乎！仙乎！"仔细看时，却又不然。但见他垢面敝衣，不异乞丐。张皇四顾，有惊异之状。列曼笑道："我等远来，容仪不饰，此地必无如是莽男子，惹人惊诧，亦理所应有的。"童子探望未久，返身欲行。梗斯忙大踏步上前，捉住衣袖。列曼等也都走去，先用德国语问道："这山叫甚么名字？"连问数次，童子不答。惟目不转睛的看定列曼，把头乱摇。列曼道："是了，这必不是我德国的地方，我德国境界中是没有火山的。"便又操英语问道："你晓得这火山的名字么？"童子仍是摇首，默然无言。亚萪士道："叔父，他是哑子。"列曼微笑，仿佛对着童子，买[1]弄博物学似的，又咕咕唧唧说了几句伊大利语。童子那里理会，又照例把头摇了两摇。到此时，任你博物大博士，也只得搔首攒眉，施不出别的本领。列曼闷极，伸手一推，大声道："你真不懂么？"童子也顺势一挣，只说一句："色轮不离！"便跑入"阿黎夫卡"林中去了。亚萪士大惊道："色轮不离么？"列曼也大惊道："啊！色轮不

---

[1]　疑是"卖"字之误。——编者

离……这青灰色山东边的，就是额拉布山么？在南方天末的，就是亚支拿山么？"原来这色轮不离，即古昔口碑所说极奇怪的囿力斯几群岛之一。昔有英雄，名雅耳者，曾锁风伯海若于此，传颂至今，几于无人不知的。三人听得"色轮不离"四字，便想起古事，忻喜不胜，口中乱嚷，没命的向山下奔去。伊大利人见了，疑从九幽地狱飞出来的魔鬼，便也大嚷起来。惟几个胆大的，却围着观看，列曼恐来加害，忙用伊大利语说道："我等遭风，漂流至此，别无他故的。诸君不必惊怪！"众人始渐散去，三人依旧趱行。列曼垂着首，只说："磁针！磁针！"反复不已。亚蔺士也明知磁针作怪，致今日不北而南，然以莫明其理，便不敢言语。两小时后，已过了村落，渐近圣威兼码头，购办衣冠，休憩两日；即雇了一叶扁舟，到密希拿地方。至九月十三，乘着法国邮船朴陆尔，三日后，抵马耳塞上陆，二十日晚，已归刚勃迦。洛因闻声，出门相迓，倒依然容色颇丰，腰围不减。行过礼，自然是休憩片刻，再说地底情形。岂知这旅行地底的奇事，早已传遍了远近，一刹时，亲戚故旧，未知已知，都蜂拥而至。即漠不相识的，亦一若向列曼点一点头，便大有荣誉也者。足恭卑色，缠绕不休。列曼也不暇一一理会，只择情不可却的，自去酬酢。又张了几日大宴，以报戚友之情。且留住梗斯，做个见证。草了几篇论说，痛斥地底剧热之说，缕述身历目击诸事，以证其前言之不诬。许多学者，都赞叹不迭。虽有几个反对的，说这种事迹，又似有理，又似无理，像小说一般，殊难深信。然不过如九牛一毛，既没人见信，见没人雷同。数日后，也只得索性随着众人，拍手大赞。众人甚喜，说他颇识时务。反对者既获美名，也就闭口不语了。于是有许多人说："列曼是伟人。"又说："是空前的豪杰！"其他奇士、英雄、冒险家等徽号，尚不一而足。德意志人，也从此都把两颗眼球，移上额角。说什么惟我德人，是环游地底的始祖！荣光赫赫，全球皆知！把索士译著的微劳，磁针变向的奇事，都瞒下不说。惟博士列曼，虽负着鼎鼎盛名，终觉于心有些未惬。每日只是磁针磁针的自语不止，一日，亚莴士走入书斋，偶在矿物堆中，检得一物，大惊道："便是这磁针……方向何尝误呢！"列曼熟视良久，笑道："是了！那时的磁针，必发狂无疑。"亚莴士也笑道："是了，我等过列曼海时，不是遇着飓风怪火么？那团怪火，吸着铁器，直奔筏中，磁针方向，便在此时变的。"列曼鼓掌大笑道："正是！正是！……噫！我知之矣！……伟哉电力！"

　　案：仍是先生给杨霁云先生的信："《地底旅行》，也为我所译，虽说译，其实乃是改作，笔名是索子，或索士，但也许没有完。"杨先生因之就《浙江潮》十期抄得二回见寄。以为是未完的译品了。嗣承阿英先生将单行本赐借，使成完书，不胜感谢！署名之江索士译演，似即先生所谓"改作"了。印刷，出版于光绪三十二年，发行者为南京东牌楼小学巷口启新书局，印刷者为榎木邦信，印刷所为日本东京浅草区黑船町廿八番地东京并木活版所，发行所为上海三马路昼锦里普及书局。

　　　　　　　　　　　　　　　　　　　　广平识

域外小说集

序言

《域外小说集》为书，词致朴讷，不足方近世名人译本。特收录至审慎，移译亦期弗失文情。异域文术新宗，自此始入华土。使有士卓特，不为常俗所囿，必将犁然有当于心，按邦国时期，籀读其心声，以相度神思之所在。则此虽大涛之微沤与，而性解思惟，实寓于此。中国译界，亦由是无迟莫之感矣。

己酉正月十五日。

谩

[俄]安特莱夫

一

吾曰:"汝谩耳!吾知汝谩。"

曰:"汝何事狂呼,必使人闻之耶?"

此亦谩也。吾固未狂呼,特作低语,低极茸茸然,执其手,而此含毒之字曰谩者,乃尚鸣如短蛇。

女复次曰:"吾爱君,汝宜信我。此言未足信汝耶?"遂吻我。顾吾欲牵之就抱,则又逝矣。其逝出薄暗回廊间,有盛宴将已,吾亦从之行。是地何地,吾又安知者。惟以女祈吾茝止,则遂来,观彼舞偶如何婆娑至终夜。众不顾我,亦弗交言,吾离其群,独茕然坐室隅,与乐工次。巨角之口,正当吾坐,自是中发滞声,而每二分时,辄有作野笑者曰:"呵——呵——呵!"

白云馥郁,时复近我,则彼人也。吾不知胡以能辟除众目,来贡媚于吾一人。顾一刹那间,乃觉其肩与吾倚。一刹那间,吾下其目,乃见颈色皎洁,露素衣华缝中。上其目,乃见辅颊,其白如象齿,发亦盛制。计惟天神,屈膝幽垄之上,为见忘于世之人悲者,始有之也。吾又视其目,则美大而靖,憬于流光,目睛蔚蓝,抱黑瞳子。方吾相度时,其为黑常尔,为深邃不可彻常尔。特能视者又止一时,恐且不逾吾心一跃,惟所感至悠之久,至大之力,皆不前经。吾为之恂栗痛苦,似全生命自化微光,见摄于眸子,以至丧我，——空虚无力，几死矣。而彼人复去，运吾生俱行。偕一伟美傲岸者舞，吾因得审谛其纤微，凡履之形，膊之广，以至鬈发回旋同一之状皆悉。时是人忽目我，初不经意，而几迫吾人于壁。吾受目，亦自平坦无有，若室壁也。

众渐灭火，吾始进就之曰："时至矣，请导君归。"女愕然曰："第吾偕斯人往耳。"随指一高华美丽，目不瞬及吾辈者相示。次入虚室，乃复吻我。吾低语曰："汝谩耳。"而女对曰："今日尚当相见，君其访我矣。"

及吾就归路时，碧色霜晨，已见屋山之背，而全衢止二生物，其一御者，一我也。御者坐而沉思，首前屈，吾坐其后，亦垂首至匈。御者自有其思，吾亦自有，而吾辈所过长衢垣后，睡者百千，又莫不自具所思，自见所梦。吾方思彼人，思彼人谩，复思吾死，时则若崇垣之浴曙色者，实已前见吾死，故其森然鹄立有如此也。吾殊不识御者何思，亦不识睡垣阴者何梦，而吾何思何梦，人亦弗能知。时经大道，既长且直，晨光登于屋脊，万物未动，其色皓然，有冷云馥郁，忽来近我，接耳则闻笑作滞声曰，呵——呵——呵！

二

彼人竟弗至，吾期虚矣，暮色降自旻天，而吾殊弗知如何自昏入夕，夕复入夜，一切特如一遥夜，思之栗然。吾惟运期人之步，反复往来，第又不敢近吾欢所居，仅往来相对地而止。每当面进，目必注琉璃小窗，退则又延伫反顾者屡。雪华如针，因刺吾面，而针复铦冷且长，深入心曲，以惩期之嗔恚苦恼，来伤吾心。寒风起于白朔，径趣玄南，拂负冰屋山，则挟雪沙俱下，乱打人首；复扑路次虚镫，镫方有黄焰荧荧，负寒而伏。伤哉焰也！黎明而死耳。以是则得吾怜，念彼乃必以孤生留此道上，况吾亦且去矣。居孤虚凛冽中，焰颤未已，而雪华互逐，正满天下也。

吾待彼矣，而彼乃弗至，时思孤焰与我，殆有甚仿佛者，独吾镫未虚已耳。前此往来大道，已见行人。往往窃起吾后，渐过吾前，状巨且黯，次忽没入白色大宅之隅，旋灭如影。而隔次行人复见，益益密迩，终又入缃色寒空而隐。人悉重裹，弗辨其形，且寂然，甚与吾肖。意往来者十余人，盖无不类我矣。皆有待，皆寒冻，皆寂然，又方深思，悲哀而阂。

吾待彼矣，而彼乃弗至！

吾不知陷苦恼中，胡为不泣且呼也！

吾不知胡以时复大乐，破颜而笑，指则拳曲如鹰爪，中执一小者、毒者、鸣者，——厥状如蛇，——谩也。谩蜿蜒夺手出，进啮吾心，以此啮之毒，而吾首遂眩。嗟夫，一切谩耳！——

既往方在，方在将来之界域泯矣。时劫之识，如吾未生，与吾生方始，其在我同然，无不似吾常生，或未生，或常生既者。——盖吾未生与吾生方始时，彼实已君我。而思之尤殊异者，乃以彼为有名与质，有始与终。然不也，彼安有名，彼特常谩，彼特常令人待而弗至耳。吾不知吾何忽破颜而笑，时雪镞方刺吾心，接耳则有笑作滞声者，曰，呵——呵——呵！

逮吾张目，乃见巨室明窗出青赤舌作微语曰："汝见诳矣。当汝孤行期待惆怅时中，彼方在是，妖冶谩诞，与伟美丈夫之侮汝者语。使汝能疾入杀之，则甚善，缘汝所杀，特谩而已。"吾力握匕首，莞尔答曰："诺，誓杀之。"而窗愀然目我，又愀然言曰："汝弗能杀，盖汝手中匕首，谩亦犹彼肠也。"时吾影已失，独小黄焰尚战栗于冽寒断望中，与吾并留道上。寺钟忽动，声泣且颤。雪华方狂踊，则排之直度皓气。吾计其数，乃哑然，钟凡十五击，盖萧寺已古，钟亦如之，其指时虽诚，击乃恒妄，每迫守伺者疾登，急掣其痉挛之槌止之。嗟此耇艾战栗悲凉之音，自且制于严霜，抑又为谁谩者？如是徒谩，不甚愚且惨耶！

末击已，宅门随辟，有华美者降阶，吾仅见其背，顾立识之，此骄骞之状，昨已视之审矣。吾又识其步，视昨益轻，且有胜态。因念昔者自出此门，步亦常尔，盖凡有男子，使方自善谩女子之唇，得其欹唳，则步之为状皆然矣。

<h1 style="text-align:center">三</h1>

吾切齿迫之曰："语我诚！"而面目依然如冰雪，惊扬其眉，顾盼亦复幽闶不可彻，曰："吾尝谩耶？"彼知吾不能示之谩，则仅以一言，——以一新谩，——摧吾覃思弘构，俾无子遗。吾固期之，彼亦终尔。其外满敷诚色，而内乃暗然，曰："吾爱君，——吾悉属汝，非耶？"

吾居遥在市外，大野被雪，进瞰幽窗，环野皆黯黯，此外亦惟黯黯屹立，茂密无声。野乃自发清光，如死人面目之在深夜。——巨室盛热，一烛方然，其红焰中，死野又投以碧采。吾曰："求诚良苦，苟知此，吾其死矣。顾亦何伤，死良胜于罔识。今在汝拥抱欹唳中，独觉谩存，……吾且见诸汝眸子，……幸语我诚，则吾亦从此别矣。"顾彼默然，目睒睒直贯吾心，斯裂吾神魂，第以探奇之心视我。吾乃呼曰："答之，不者杀汝。"曰："趣杀我，吾生亦太久矣。特汝以迫捘求诚，误亦甚哉。"吾闻言长跽，握其手，泣祈相感，——并以求诚，彼则加手吾顶曰："可怜哉！"吾曰："幸柔汝心，吾但欲知诚耳。"遂视其额，思此薄壁之后，诚乃攸居，因不觉作异念，顿欲披其头颅，俾得见诚于此。而跃然隐匈次者，心房也，——又安得以此爪裂其匈，俾一观人心何状。时红焰突发悲光，下然及跋，四壁渐入暗中，寂漠[1]悲凉，怖人欲绝。

女低语曰："可怜哉！"

黄焰忽转作青赤光，一闪而灭，全室黯然。吾已不见彼人颜色，特觉有纤手触肤，遂亦并忘其谩。吾阖目，去想离生，只觉其手，而手乃诚甚。在幽靖中，独闻私语怅然曰："君拥我，吾甚怖也。"——次复幽靖，次私语怅然又继之，——曰："君求诚耶？顾我岂知诚者？吾岂自不欲知诚耶？幸护我，吾甚怖也。"逮吾张目，而微黯已苍皇离罘罳，渐集垣上，继乃自匿于屋角。有巨物作死色，临窗来窥，似死人二目，冷如坚冰，来相踪迹。吾辈乃战栗互抱，女则低语曰："吁，吾甚怖也。"

四

吾杀彼矣。吾既杀彼，且目击其僵死，当窗横陈，白野外曜，则加足尸上，笑屑屑然。

咄，此笑岂狂人耶！吾所为笑，以匈肊朗然，呼吸顿适，且中心闿彻，蛊之啮吾心者亦坠耳。吾乃屈身临彼人之上，观其目，此巨而憬于流光者，时已洞辟，既大且浊，状如蜡人，吾能以指开阖之，绝不生怖。盖此幽黑瞳子中，已无复药叉，司谩訑疑忌，且啜吾血者寓之矣。比人牵我行，吾复失笑，众遂恂惧，多毕瑟退去，或则先来相吓，顾其目一与吾目大欢喜光遇，辄又变色止立，足若丁于大地者。

曰："狂人也！"吾知众作是言，盖自谓已解幽隐之半，而一人

1　现代汉语常用"寂寞"。——编者注

独不然。其人肥壮和易，颊如渥丹，乃以他辞目我。顾此辞也，则沉我九渊，目亦弗睹光曜矣。曰："此可怜人也！"言时至有情，不为恶谑，盖吾已前言之，是人固肥壮而和易者耳。

曰："此可怜人也！"

吾呼曰："否否，汝不当以是名我！"吾不知胡为狂呼，则自缘不欲令斯人怅恨耳。而众鲰生之谓吾狂者，乃又大怖而叫，吾视之咥然。

迨众牵吾出陈尸之室，吾即迹得此肥壮和易人，断断作大声曰："吾实福人！唯唯，福人也！"

而此诚甚……

五

吾幼尝见豹于动物苑中，致碍构思之力，且梗塞吾思久久。此豹甚异他兽，状不惘然，或怒目睨观者，特往来两隅间，由此涉彼，行迹反复相同，合于数术。胁黄金色，每行必触槛阑之一，不及他阑，其首下锐，颓而行，目不旁睐。槛前聚观者，或谈或笑，而豹往来自如，视众人蔑尔。众对此阴沉不可救之生象，哂者二三，其太半状乃甚虔，色甚闷，唶然径行，次复反顾而叹，若已悟世所谓自由人，阴实有类于柙兽者。迨吾长而读书，且闻人言无穷之事，则陡念此豹，似无穷暨其苦恼，吾已毕识之矣。

而今者己亦往来石柙中，弗殊此豹矣。吾行且思，……行两隅间，由此涉彼，思路至促，所思亦苦不能申，似大千世界，已仔吾肩，而世界又止成于一字，是字伟大惨苦，谩其音也。时则匍匐出四隅，蜿蜒绕我魂魄，顾鳞甲灿烂，已为巴蛇。巴蛇啮我，又纠结如铁环，吾大痛而呼，则出吾口者，乃复与蛇鸣酷肖，似吾营卫中已满蛇血矣。曰"谩耳"。

吾行且思，足次缁色之地，俄乃化为深渊，其底不可极，吾足若蹈虚，身亦越烟雾昏冥，出于天外。匈作一息，则深处徐起反响，闻之栗然。响既徐且嘶，似本历劫相传，而每一刹那，辄留其力少许于烟雾质点中者。吾知其物固如迅风，能拔大木，顾入吾耳，乃不过一低语，曰"谩耳"。

低语怒我，顿足叱之曰，"讵复有谩，吾杀之矣"。言已疾退，冀答不入吾耳，而答仍徐出深渊中，曰"谩耳"。

嗟夫，吾误矣！吾杀女子，而使谩乃弗死。吁，使未以祈求讯鞫，黏诚火于汝心，则慎毋杀女子矣！吾往来柙之两隅，由此涉彼，反复思且行。

六

彼人之判分诚谩也，幽暗而怖人，然吾亦将从之，得诸天魔坐前，长跪哀之曰："幸语我诚也！"

嗟夫，惟是亦谩，其地独幽暗耳。劫波与无穷之空虚，欠申于斯，而诚不在此，诚无所在也，顾谩乃永存，谩实不死。大气阿屯，无不含谩。当吾一吸，则鸣而疾入，斯裂吾匈。嗟乎，特人耳，而欲求诚，抑何愚矣！伤哉！

援我！咄，援我来！

默

[俄]安特莱夫

一

五月之夜，仓庚和鸣枝上，月光皎然，牧师伊革那支时则居治事之室。其妇趋进，色至惨苦，持小镫，手腕战动，比近其夫，乃引手触肩际，呜咽言曰："阿父，盍往视威洛吉伽矣！"

伊革那支不顾，惟张目上越目镜，疾视久之。妇断望，退坐于榻，徐曰："汝二人……忍哉！"其语至末辞，声乃甚异，颜色亦益凄苦，似以表父女忍心何似者。牧师微笑，渐起阖书，去目镜，收之匣内，入思颇深，黑髯丰厚，星星如杂银丝，垂匈次作波状，应息而动。已忽曰："诺，然则行矣。"其妇亦疾起，惴惴语曰："汝盖知彼何如者，阿父，汝幸勿酷也。"

威罗楼居。木阶至不宽博，曲为弓形，且受伊革那支足音，声作厉响。伊革那支体本修伟，因必屡颀以避抵，而阿尔迦·斯提斑诺夫那素衣拂其面，则辄复颦蹙，色至不平，盖已知今日之来，将不获善果如前此矣。

威罗袒其臂，引一手覆目，一则陈素衾之上，漫问曰："何也？"神气萧索，状亦漠然。母呼之曰："威洛吉伽……"顾忽呜咽而止。父则曰："威罗。"言次力柔其声曰："告汝父母，汝今何如矣？"

威罗默然。

父复曰："威罗，今其语我，诬尔母及我，尚弗足见信于汝耶？

汝试念之，孰则亲过我二人者？抑乃以爱汝未挚耶？汝其信我年齿阅历，直陈毋隐，……则忧思将立平。盍视尔母，其困顿亦已甚矣。"时母呼曰："威洛吉伽，……"而伊革那支仍曰："而我……"时声微战，似有物突然欲出者，曰："而我岂亦能堪者。汝有殷忧，顾殷忧何事，则乃父不之知，此当乎？"

威罗默然。

伊革那支轻拂其髯，用意至密，似恐不意中为指所乱者。既乃曰："汝逆吾意，自诣圣彼得堡，乃怨吾谯责太甚耶？汝不顺之子，或者以不畀汝多金，抑缘吾不喜汝，遂怅怅耶？汝胡乃默然者？吾知之矣，以汝圣彼得堡，……"伊革那支神思中，时仿佛见一博大不祥之市，飞灾生客，充实其间，而威罗又以是获疾，以是绝声，则立萌憎念，且又烈怒其女，盖以女终日湛默，而其默又至坚定也。

威罗恚曰："彼得堡何干我者。"已乃阖其目曰："不如睡耳，此何干我者，时晏矣。"母啜泣曰："威洛吉伽毋置我，……"威罗似不能忍，叹曰："嗟夫，母氏！"伊革那支就坐，微笑曰："汝终无言耶？"威罗略举其身以自理，曰："父，父盖知我尝挚爱父母，顾今兹已矣，不如归睡耳！……吾亦且睡，逮明晨或至后日，会当有时言之。"

牧师蹶起，撞几几触于壁，掣妇手曰："去之！"妇尚延伫，曰："威洛吉伽！"伊革那支遮之曰："去之，诏汝！彼忘明神，吾侪其能救耶。"遂力牵之出，妇故迟其步，低语曰："汝耳！父师，凡事悉起于汝，汝当自结此公案耳。嗟我苦人！"言已泪下，目几无见，临梯屡踬，如临深渊。

次日，伊革那支即不理其女，而女亦若弗知，时或独瞑，时或漫步，俱如往日，惟时必取帨拭其目，似是中满以尘埃者。其母性本乐易，嗜笑善谐，今遇默人，则大戚，左右不知所可。威罗平时好游眺，越七日，亦出游步如常，——顾其归也，——乃不以生返，已自投铁轨之上，軿车轹之，碎矣。

伊革那支自治葬礼，妇则弗临，当死耗达其家，骇震几绝，手足劲直，舌强不能声。比伽蓝钟动时，方挺然卧于暗室，第闻人陆续出寺，且作挽歌，欲举手作十字，而臂不之应，又迸力欲呼曰："威罗别矣！"而舌亦重滞如凝铅。使人见其状，必谓妇方偃息，否者盖入睡也。时观者大集寺中，伊革那支识者强半，莫不伤威罗夭折，第见牧师无悲色，则忼然。众咸弗爱牧师，以其人少矜恕，憎罪人，而礼拜者来，则虽赤贫亦力汲其润，殊不自憎。故人闻变大悦，竟欲睹其凌夷，亦俾自悟二恶，为牧师酷，为父凶，缘此罪障，乃不能自保其骨肉。顾众目聚瞩，而伊革那支之立屹然，时盖绝不为殇女悲，特力护神甫威棱，使勿失坠已耳。

木工凯尔舍诺夫曰："铁牧师也！"是人盖尝为制画棝，直五罗布而不获偿者。特伊革那支之立，则仍屹然，先就垄上，次过市而归家。比达其妇室外，始微屈，然此亦以户低，惧撞其首耳。入室发燧，见妇乃骇绝。其状靖谧无方，忧苦皆退，二目无泪，寂然默然，体则委顿无力，陈胡床之上。伊革那支进询之曰："若无恙耶？"而声亦寂然类其目。继抚额际，乃湿且寒，妇亦弗动，似绝不觉牧师之相抚者。比引手去，则无动又如故，惟二目厉张，是中更无人感。伊革那支渐怖而栗，曰："吾归吾室矣。"

伊革那支入客室，见全室整洁，弗殊平时，几衣纯白，卓立如死人临敛。呼其婢曰："那思泰娑。"则自觉声在虚室中，至复犷厉。窗外悬鸟笼，阑槛已启，其中虚矣。因复微呼曰："那思泰娑，鸟安在？"婢哀毁，鼻已赤如芦菔，嗫嚅对曰："自……自然去矣！"伊革那支蹙额曰："胡为纵之？"婢复泣失声，掣祓角拭其目，咽泪曰："此性命，……此女士性命，……何可留耶！"

伊革那支闻言瞿然，念此黄色小禽，终日伸首嘤鸣者，殆信威罗性命矣。假此鸟尚存，则威罗殆不云死。因大愤，厉声叱曰："去矣汝！"婢仓皇未得户，乃又继之曰："白痴人！"

二

威罗既葬，阖宅默然，而其状复非寂，盖寂者止于无声，此则居者能言，顾不声而口闭，默也。伊革那支如是思惟，每入闺，遇妇二目，目光艰苦，乃似大气俄化流铅，来注其背，——又若开威罗曲谱，叶中尚留故声，或视画像之得自圣彼得堡者，亦复如是。

伊革那支视像有常法，必先审辅颊，受光皓然，特颊际乃见微痕，与睹之威罗尸者密合，此殊弗知其故。使车轮践面而过，颅当糜矣，顾骸乃无损，殆必值移尸去轨，伤于靴尖，或偶创于指爪耳。伊革那支审谛久久，意渐怖，急越颊观其目，乃黑而美，睫毛甚长，投影至于颊际，映著目睛，光益炯炯。目匡似见黑缘，色至悲凉，且画师多能，施之殊采，凡目光所向地，辄作澄明薄膜间之，似夏日轻尘，集于琴台，以减髹木之曜。伊革那支欲去像弗视，而幽默之语，乃息息相从，其默又至昭明，几于入听。伊革那支际此，亦自信幽默为物，自能闻之矣。

每日晨祷已，伊革那支辄入客室，先眺虚笼，次及室中器具，乃据胡床而坐，闭目止息，谛听默然。时所闻至异，虚笼之默，微而柔，满以苦痛，中复有久绝之笑寓之。其妇之默，乃度壁微至，冰重如铅，且绝幽怪，虽在长夏，入耳亦栗然如中寒。若其悠久如坟，闷密如死，则其女之默也。第默亦若自苦，进力欲转他声，顾暗有机括之力，阻其转化，乃渐牵掣如丝缕，终至颤动且鸣，鸣低而晰，——伊革那支知有声将至，乃悦且怖，引手据胡床之背，屏息俟之。已而闻声益迩，顾忽复中绝，全宅默然。

伊革那支薄怒曰："音!"遂渐渐起立，则度窗见大道，满负日光，其平如砥，每石均作圆形。并有马厩石垣，浑沌无户牖，屋角立一御者，不动如石人。是人蠢立奚为，又乌能解，意者道绝行客，殆已久矣。

三

伊革那支他适时，颇多言议，如语法师，或对众述其勤修义务，亦时就识者，博塞以游。顾一返故家，乃若永日必绝其声息者，盖当长夜不眠，方思大故，而不能与家人言，思盖曰威罗何由死也。

伊革那支殊不悟时节已晏，尚欲寻绎因缘，且冀解其隐闷。深夜耿耿，每念往日自与其妇立威罗榻前，祈之曰："语我!"特幻想所造，乃与成事迥殊，见两目朗然，不同画象，威罗欢笑起立，进而陈辞。——顾其辞云何，似此无言之辞，能解大闷，且复密迩，使倾耳屏息，怳忽[1]愈益昭明，惟又迢远不可究极。伊革那支举皱敓之手出空中，挥而问曰："威罗乎?"然答之则幽默也。

一夕，伊革那支往视其妇，弗入闺已且七日矣，时乃就坐床头，思柔其目光，令勿冰重，乃曰："阿母，吾欲与汝谈威罗，愿闻之乎?"

妇目默然。伊革那支扬其声，使益威严，如语自忏者状，曰："吾知之，汝盖谓威罗之死，皆出我手。顾吾岂爱之不若汝耶? 汝想诡矣! ——吾严厉，顾实未尝妨彼，彼不纵行其欲耶? 逮其视吾呵责如无物，吾又不立弃威权，自俯其背乎? ……然汝何如者，汝不尝痛哭呼吁之乎? 微吾诏者，泣且无已，而威罗不悛，吾何当独任其罪。且吾又不屡面明神，诏之谦，教之爱耶?"言次疾窥妇目，

---

1 现代汉语常用"恍惚"。——编者注

又急避之曰："使不以苦恼相告，吾何能为？命之与？——吾命之矣。哀之与？——吾亦哀之矣。将必屈膝求婢子，哀号如媪耶？其心！吾乌知其心何蕴者？忍耳冷耳！"伊革那支遂举手击其膝曰："是人无爱，然也。人谓我奈何？……诚专制耳。顾汝乃号泣不惜自屈，彼终爱汝未？"

伊革那支忽失笑而无声曰："爱也，何以慰汝？则死耳！其死惨凶，轻如飞羽，……死于粪土，犹犬豕也，人蹑以足！"

伊革那支声渐低……

曰："吾自愧，——行途中自愧，——立祭坛前自愧，——面明神自愧，——有女贱且忍！虽入泉下，犹将追而诅之！"

伊革那支言已视其妇，已厥死矣，历时许方苏。比苏，而目旋默，闻其言或未尝闻，人莫能测也。

是日之夜，——晶煦宁靖，七月之夜也。伊革那支惧惊其妇及侍者睡，乃以趾点梯而升，入威罗之室。小窗自威罗逝后，即严扃不启，全室干晶，烈日贯铁叶屋山，长日照临，入夜留炎熇之气，人迹永绝，则颢气殊异懒散，遍于太空，室壁家具，久而朽败，亦有气蒸蒸涌出。月色度窗，投文至地，且以余光朗照室隅。卧榻雅素，上遗小大二枕，阴森欲动。伊革那支启窗，外气随辟而入，清新芬馥，来自近郊水次，且挟菩提树华香。远有歌声，似出艇内。伊革那支徒跣白衣，状如鬼物，行就威罗榻旁，长跽于地，投首枕上，引手向空而拥，曩日女首所在处也。如是久久，既而歌声顿辍，顾牧师伏如故，长发越肩分披，曼延及枕。少顷，月易其轨，小楼就昏，伊革那支始昂其首，随作微语，声至雄浑，更函不知之爱，如对所生，曰："威罗吾女！威罗，——汝知否此谊云何？吾女吾女！吾血吾生！……汝老父，颢首骈背，……"言次，两肩忽战，全身随之而动，发声甚柔，若诏孺子，曰："汝老父祈汝，……唯，威洛吉伽祈汝矣！——彼且泣，彼前此未尝泣也。孺子，汝有忧，忧亦属我，否否，且甚也。"伊革那支时摇其首，曰："且甚也。威洛吉伽，吾老矣，死则奚惧。然汝，……使汝自知荏弱娇小者，汝念之耶？幼时伤指见血，泣失声矣。孺子，汝爱我，吾深知之。汝实爱我。第语之！语我，胡为自苦？吾将以此手去其忧，此尚强也，威罗，此手！"

伊革那支遂起，复曰："言之！"随张目视四壁，伸其手，而小楼寂漠，远闻汽笛有声。伊革那支目益厉张，自顾身外，似见形残厉鬼。离榻徐起。渐举柴瘠之手自按其头。及门，尚微语曰："言之！"而为之对者，又独——幽默也。

四

一日，午食早已，伊革那支趋赴墓场，威罗葬后，此其初次矣。其地炎热靖谧[2]，杳无人踪，虽夏日如在月夜。牧师欲挺身徐行，肃然四顾，自意弗异往时，而不知二足已屡，风度亦变，须髯皓白，如被严霜。墓场前道路修坦，渐高如坡坂，其端墓门，幽黑有光，若张巨口，四周则白齿抱之。威罗葬于杪端，至是已无沙砾。伊革那支旁皇隘路中，左右悉为丘垄，遍长莓苔，久不得出。其间时见断碑，绿华斑驳，或坏槛废石，半埋土中，如见抑于幽怨。内则有威罗新坟，短草就黄，外围嫩绿，榛楛依枫树而立，胡桃柯干，交于墓顶，新叶蒙茸。伊革那支坐邻坟，吐息四顾，上见昊天，净无云气，日轮如如不动，乃初觉在幽宅中。每当风定，万籁辍声，则寂漠满其地。其寂至莫可比方，此刹那间，并起幽默，默似远涉幽宅之垣，且逾垣直至市集，终于目睛，是目则澄碧无声，永靖于默。伊革那支耸其肩，运目至威罗墓上，观纠结之草久久。草曼衍遍地，遥尽

---

2 现代汉语常用"静谧"。——编者注

于负雪之野，似无暇更被异域者。时乃观之而疑，思地下不六尺，乃为威罗所宅，四周缥缈，莫可执持，则俄有俶扰执迷，起于匈肊。盖往尝谓纵有物没深邃无穷中，顾得之实不在远，殊不知诚乃无有，且亦将终无有也。尔时陡有所念，似倘作一言，此言已冲唇且发，或作一动，则威罗将离墓起立，顾长妙好，一如生时，即四邻陈死人，方以坚冷之默感人者，亦将由是言动，辞其幽宅。伊革那支乃去广缘黑冠，自抚其发，微呼曰："威罗！"

言已，惧入人耳，则起登坟颠，越十字架外望，见绝无生人，于是复扬其音曰："威罗！"

此牧师伊革那支垂老之声也。其声干涸，如求如吁，异哉！祈求之切如是，而无应也。曰："威罗！"

时声朗而定矣。比默，怳忽有应者出于渊深，若复可辨。伊革那支复四顾屈其身，倾耳至于草际，曰："威罗答我！"则有泉下之寒，贯耳而入，嘬几为之坚凝。顾威罗则默，其默无穷，益怖益闳。伊革那支力举其首，面失色如死人，觉幽默颤动，颢气随之，如恐怖之海，忽生波涛，幽默偕其寒波，滔滔来袭，越顶而过，发皆荡漾，更击匈次，则碎作呻吟之声。伊革那支眙目愕顾，五体栗然，渐进力伸背而起，自肃其状，俾勿震越。又拂冠及膝际，以去沙尘，交臂三作十字，徐行而去。顾幽宅乃突呈异状，道亦绝矣。

伊革那支自哂曰："误矣！"遂止歧路间。顾不能俟，未一秒时，即复左折，默迫之耳。默出自碧色垄中，十字架亦各嘘气，地怀僵蜕，孔孔均吐幽波。伊革那支行益急，左右奔驰，越墓撞于阑槛，铁制华环，刺手见血，法服亦斯裂如鹑衣，第心中则止存一念，曰觅去路耳。

伊革那支尽其心力，跳跃往来，久乃益疾，长发散乱法服之上，而去路终不在前。其时状至怖人，张口垒息，色如狂醒，厉于幽鬼。

终乃奋力一跃，突出墓场。其地有伽蓝，垣下见一老人，方据榻假寐，状似远方行脚，旁有二匄妇，断断互争。比归家，闺中镫光已曛，牧师不及易衣冠而入，风尘零落，即跽其妇足下曰："阿母……阿尔迦，恕我！"言次啜泣曰："吾且狂矣！"遂撞首于几，泣至哀厉，如未尝泣者之泣也。

追举首，伊革那支盖信异事将见矣。妇且有语，恕其前愆。因曰："吾妇！"——则伸首就之，相其二目，而是中恕宥怨愤，两复无有。妇殆已恕其罪，寄之同情与？顾目乃一无所示，寂然默然耳。……而此荒凉萧瑟之家，则幽默主之矣。

安特莱夫生于一千八百七十一年。初作《默》一篇，遂有名；为俄国当世文人之著者。其文神秘幽深，自成一家。所作小品甚多，长篇有《赤笑》一卷，记俄日战争事，列国竞传译之。

四日

［俄］迦尔洵

吾辈趋经大野，铳丸雨集有声，树枝为动，复入棘林，宛延[1]而进，吾今兹犹记之也。射益烈，天陲时起赤光，隐见无定处。什陀洛夫者，少年军人，第一中队属也，——时吾自念，彼胡为妄入此战线耶？——陡仆于地，默不声，张目厉视吾面，血溢于口如涌泉。是诚然，吾今犹记之确也。且又记之，当大野尽处，丛棘之中，吾乃见……彼。彼巨而壮，突厥人也。顾吾直奔之，虽吾弱且瘠乎。有声霍然，似有物尔许大，飞经吾侧而去，耳为之鸣。吾自念曰："彼射我矣！"而彼遽大呼，急退走入丛棘。使绕道以出棘林，易易耳，顾惊怖时，乃思虑不能及此，其衣钩于棘枝。吾一击堕其铳，次举铳端利矛力刺之，似中其身，似闻呻吟声。吾遂奔而之他。吾军大呼，——或仆，或射，吾去野入田间时，则亦引机射一二次。

俄复大呼，其声加厉，吾辈皆疾走。顾此不能曰吾辈，当曰我军也。所以者何，缘吾独止于此耳。异哉！惟尤异者，乃觉一切顿失，如一切呐喊，一切铳声，莫不寂然。吾无所闻，第见少许苍苍者，殆天也，已而即此亦杳矣。

异境如是，昔未尝遇也。吾似伏地卧，当吾前者，有土一小片，草数茎，为去岁槁干，有蚁缘其一，蠕蠕而行，厥首向下，——目前全世界，如是而已。且能视者又止一目，其一乃有坚物阻之。物

盖枝柯，下障吾首，而首又加于枝，状至不适。吾欲动，然又不能。胡为不能耶？而如是者久之。吾第闻皁螽振羽及蜜蜂嘤鸣，舍此更无他事。终而奋力自曳右手，出于身下，乃并两手抵地，思踣而兴。

有锐而速者，——若电光然，——骤彻于全身，自膝至匈，匈而至首，——吾复仆，遂复惘然，遂复无觉。

吾觉矣。乃又胡以见星，见此灿然于勃尔格利亚[2]蔚蓝天宇者耶？讵吾非在穹庐中，且见弃于众者又何耶？时自动其身，乃骤觉剧痛发于足。

然夫，吾伤于战矣！惟创之轻重奈何耶？渐伸手抚痛处，则右足满以血污，如左足焉。且手之所触，痛乃加剧，其为痛如——龋齿，绵绵无止，彻于心曲。耳大鸣，首亦岑岑然，知两足皆创矣。第众置我于此者曷故？讵已见败于突厥耶？吾回念之，初殊恍忽，继乃了然，终知我军不北。缘吾仆——吾不知此，惟记众趋进，而青色物犹留我目前已耳。——甫田中，在小丘之上。大队长则指之大呼曰："儿郎，吾辈得此矣！"于是据甫田，然则我军固未败也。——顾众胡不将我俱去耶？原田坦荡，无物障其眼界，且敌军射极烈，伤者当不止吾一人也。盍且举首一审视乎？今滋适矣。盖前此更生，见草茎及到行蚁子时，曾进力欲起，继乃仰仆，故今者亦见明星也。

吾欲起而坐地，然两足皆创，綦难也。勉强久之，渐乃得坐，负痛甚，泪满于目矣。

临吾上者，有苍天一角，天半见一巨星，灿然作光，益以小星三四。四周何有，为暗为高，此棘丛也。吾卧棘林中，众遗我矣！

时觉毛发森然皆立。虽然，吾负伤于田，今何缘忽在丛薄中

2　现译"保加利亚"。——编者注

耶？意者受丸而后，因痛失神，遂自狂走入此与？惟今且不能少动其身，昔何能奔逸而至，乃思之殊不可解。是殆初仅一创，比至，始复受其一耳。

地面处处生白，朗而微红，巨星之光渐暗，小者皆隐，月上矣。嗟夫，倘在故乡，其佳胜当何如！……

有异声至吾耳际，如人呻吟。诚然，此呻吟声也！岂不远有伤人见弃，其足糜烂，抑铳丸入于腹耶？唯，否否！其声至迩，而吾侧复无他人。汝！呜呼，天乎！此我也！吾之微吟，吾之哀鸣也！岂痛剧乃至于此乎？然，痛固也，惟吾脑若笼以雾，若压以铅，故遂亦无觉。今良不如寐耳，寐哉寐哉！……第使终古不复觉者奈何！然此亦何惧为？

吾就卧，则月色苍凉，朗照四近，相距不五步，有巨物横陈，黯然而黑，月光所照，处处烂有光辉，殆衣结或兵刃也。此其死骸，抑伤人耶？

皆同耳！吾则且寐……

否否，此何能者？吾军未去，逐突厥遁矣，今方守伺于此，然胡为无人语声或篝火爆列[3]声耶？必吾疲敝既极，不之闻耳，顾吾军乃实在是。

曰："援我！援我！"其声野且嘶，突吾匈而出。顾无人声为之对，仅有反响发于夜气，其他寂然，独蚤吟如故，及满月在天，凄然临我已耳。

使卧者而为伤人，当闻吾声而觉矣，然则尸也！特不知其为火伴[4]，抑突厥人耳。咄，为仇为友，在今兹不皆同耶。……而吾浮肿之目，时已渐合于瞑卧矣。

3　现代汉语常用"爆裂"。——编者注
4　现代汉语常用"伙伴"。——编者注

　　吾虽早觉，然尚靖卧，阖其目，吾殊不欲张也。目虽阖，日光犹穿睊而入，比启，则受刺不可堪矣。且卧而不动，于我亦良适。……昨日——吾思殆昨日也，——负伤，至今一日已过，第二日且继之——吾当死矣。凡事皆同，不如弗动胜。人当弗动其身，尤善则弗动其脑，然不可得也，记念[5]思惟，交错于内，第此亦至暂矣，不久将终，仅留数行字于新报中曰："吾军损失极鲜，伤者若干。一年志愿兵伊凡诸夫战死。"否，不然，报纸且不举氏姓，第约略言之曰死者——一人已耳。兵一人，犹彼犬也。

　　时吾神思中，则全图昭然皆见，盖昔日事矣。——所谓昔者不止此，在吾一生中，当吾足未见创前，皆昔日事矣。——吾尝见众聚于市，遂延仁审视之，众乃默立，目注一白色物，方流血哀鸣，状至可闵，小犬也，轹于车轮，已垂死如吾今日。乃忽有执事者排众入，攫其领，提之他去，众则亦鸟兽散。今者孰提我去诸此乎？嗟夫，野死而已！……人生亦奇觚哉！……昔之日，——即小犬遭祸之日也，——吾生多福，消摇[6]以游，为状如酪酊，第此亦有其所由然也。——嗟汝古欢！其毋苦我，且趣离我矣！——昔日之福，今日之苦，……苦固不可逃，特愿不见窘于怀旧，与往日相仇比耳。呜呼，忧乎忧乎！汝困人良甚于创哉！

　　今热矣，日乃如炙也。吾启目，见同此丛薄，同此高天，特在昼耳，而邻人亦依然在是。突厥人，尸也！躯体又何伟哉！吾识之，斯人耳！……

　　见杀于我者，今横吾前。吾杀之何为者耶？

　　斯人浴血死，定命又何必驱而致之此乎？且何人哉？彼殆亦——如我——有老母与？每当夕日西匿，则出坐茅屋之前，翘首朔

5　现代汉语常用"纪念"。——编者注
6　现代汉语常用"逍遥"。——编者注

方，以望其爱子，其心血，其凭依与奉养者之来归也！

而吾何如者？皆同耳！……然吾甚羡之，斯人幸哉！其耳无闻，其伤无痛，不衔哀，不苦澉，……利矛直贯其心，……在是，——穴在戎衣，大而黝然，四周满以碧血，——此吾业也！

然此岂亦吾愿与？当吾出征，不怀恶念，亦无戕人之心，惟知吾当以匈肛为飞丸之桌，则遂出而受射已耳。

而今又何如者？咄，愚人愚人！然哀哉此荓罗！——斯人盖衣埃及戎衣者，——不较我尤无罪耶？有人令之，则如青鱼入筌，以汽船送之君士但丁堡[7]，为俄罗斯，为勃尔格利亚，两未有所前闻也。人复令之行，则遂行，使其不尔，则轻亦鞭箠[8]，其或有巴俟之铳，引火射其匈者矣。于是苦辛悠远，自君士但丁堡从军以至卢司曲克，我军进攻，彼则守御，比见吾曹健儿，虽当英国特制之庞波地或马梯尼铳，亦坦然径前，乃始恂惧思退走。此瞬息中，又不图突来一小丈夫，平日仅挥黑拳，击之可踣耳，而今乃举利矛刺其心。

则是人究何罪耶？

杀斯人者我，然吾亦何罪乎？吾何罪？……澉乃苦我至于此耶？澉也，人亦知澉之为事奈何耶？虽昔日过罗马尼亚时，酷热至四十度，日行五十威尔斯忒，其澉不若此也。吁，安得有人至乎！

天乎！彼人军持中不有水耶？惟必就而取之，不知痛当如何耳。

咄，同也，吾进矣。

吾匍匐前，曳足于后，两手失力，才足动垂僵之躯。屍距我不及二克拉式佗，而自吾视之，乃多，——不然，非多也，劳于十二威尔斯忒也。顾亦当勉之，咽且焦矣，如发烈火，汝即失水且死耳。虽然，万一……

---

7 现译"君士坦丁堡"。——编者注
8 现代汉语常用"鞭棰"。——编者注

吾匍匐前,二足为地所泥,每动辄作大痛,为之号叫,为之呻吟,而匍匐前不止。今终至矣,军持在斯,……其中有水,——水若干,似且越军持之半也。猗,水足用矣!——以至于死。

吾曰:"施主,汝救我矣!……"则以肘支体,解其军持,重心失,遂仆。吾面适触救主之匈,尸气已扑鼻矣。

吾得水狂饮之,水虽温,然尚不腐,且甚多也,可支数日。吾昔读生理易解,记书中有言曰:"人苟饮水,则虽无食亦能活逾七日以上。"次复举事实为证,谓尝有人绝粒图自杀,顾久之不死,即以不废饮也云。

咄,复次奈何?使更活五日——六日者,其后奈何?吾军已行,勃尔格利亚人亦遁,左近又非达道,终亦死而已矣。惟二昼夜濒死之苦,今则易以七日,殆不如自殊胜耳。邻人之侧,有铳在地,颇似英伦良品,仅劳一举手,——诸事毕矣。且铳丸亦累累满地,似当日用未尽也。

要而论之,吾宁自央,抑且——待耶?何也?待救,抑待死与?且待,待突厥来,更褫吾足负伤之革耶?则良不如自……

不然,人何当自失其勇气,在理宜力图活以至终也。有见我者,吾即得救矣。吾骨或无损,受治当瘥,于是乃复见故乡,复见吾母,复见玛萨……

嗟,幸毋令彼知实事矣!幸告之曰即死。假使知其实,知吾受殊苦历二日三日以至四日者……

吾目忽眩,邻右之游,膂力悉竭矣。复有异气,色亦渐益黝然……明日及又明日,更将如何?吾亦姑卧此,今无力,不能移也。且容少休,乃返故处,幸适有风,吹奇殠悉他向矣。

吾罢极而卧,日照吾手及头,又无物足以作障。使其顷刻入夜,则——吾自思——似已第二夜矣。

思绪忽乱，——遂复入忘。

吾寐久之。比觉，日已夕矣，见一切如故，足伤依然作剧痛，邻人庞然僵卧，亦复如前。

欲弗念是人，不可得也。何者？吾弃爱绝欢，跋涉远道，陵冻馁，忍炎热，终则陷于巨苦，——乃仅为戕杀斯人来耶？戕杀斯人而外，吾又尝有微利于战事耶？

杀人，杀人者……顾谁耶？

我也！

念吾自决志从征时，吾母及玛萨泣皆甚哀，顾不相泯。吾则眩于幻想，弗睹其泪，亦未尝知，——今乃知之，——将有忧患之加于眷属也。

然念之奚益，往事不可追矣。

当是时，有故旧数人，其为状亦至异耳。众皆曰："愚物，徒是扰攘，自且弗知后事，究何为者？"——然此何言？一则曰爱国，再则曰英雄，而此口乃亦能作如是语乎？在彼辈目中，吾非英雄与爱国者又何物？虽然，此固耳，而吾则——愚物也！

吾于是至契锡纳夫，众以革囊及此他武具相授，从军而行。众可千人，中之出自志——如我——者仅三四。他乃不然，假能免其役，皆愿遣返故乡者也，然仍力前，绝不逊自觉之吾辈，徒步至千威尔斯忒，临敌而战无慑，视吾辈或且胜也。倘放之归，固当投兵立散，惟今则服其义务不荒。

晨风徐来，棘枝摇动，惊睡鸟出林而飞，明星亦隐，天宇已见晓色，白云如毛羽，菱然蔽之，昏黄渐去大地，吾之第三日至矣。……将何以名？谓之生，抑谓之死乎？

第三日，……将更历若干日耶？谅不多矣。吾罢极，恐不能离此尸而去，且不久将类之，不相恶矣。

　　吾每日当三饮，——朝、午、夕也。

　　太阳已出，黑色棘枝，纵横分划巨轮，视之朱殷如人血。意今日者，天气其将酷热矣。吾之邻人，——今日汝当如何？汝已怖人甚矣！

　　诚然，彼滋怖人也。毛发渐脱，其肤本黎黑[9]，今则由苍而转黄，面目臃肿，至耳后肤革皆列，蛆蠕蠕行䏊隙中，足緘行縢，胫肉浮起成巨泡，见于两端钩结之处，全体彭亨若山丘。更历一日，乃将如何耶？

　　傍之卧，抑何可堪者，虽必出死力，吾亦迁矣。特不知能动否耳？吾固能自动其手，能启军持，能饮水，特未识运我重滞不动之体则何如？不也。姑试之，纵令动极微，阅一时而得半步与。

　　迁徙既始，终朝方已，足创固剧痛，然亦何有于我耶！吾尔时已不记常人感觉作何状，渐习于痛矣。阅一朝，乃迁地不及二克拉式佗，顾已至故处，昂首吐吸，将得新气以舒心神者暂耳。离腐尸不六步也。风向忽变，挟异殠正扑吾鼻，其殠至强，吸之欲哕，虚胃亦作痉挛且痛，五内如绞矣。而臭腐之气，则续续扑鼻无已时。

　　方术已穷，吾遂泣。

　　时困顿达于极地，乃颓然卧，识几亡，忽焉——此岂神守已乱，耳有妄闻耶？似闻……不然，否，诚也！——人语声也。马蹄声，人语声。吾欲号，顾力自制，万一其人为突厥，则将奈何？恐所遭惨苦，即就报纸诵之，亦毛发立矣。彼辈将生剥人肤，伤足则烙之以火，……善，且不止此，彼辈长于此道，未可测也。——然则见杀于彼，殆不如野死胜乎。顾使来者而为我军，嗟汝鬼棘，何事繁生若崇垣者，吾目不能透棘有所见也。仅得一处，在枝柯间若小

9　现代汉语常用"黧黑"。——编者注

窗，能就之少窥外状，远见平隰，其地似有小川，记战前曾饮之，诚然，亦有石片，横亘水之两斥如小桥，来者殆当过此也。——而人声默矣。众操何国语言，绝不能辨，讵吾耳亦已聩耶？天乎，使来者果为我军，……则吾呼号于此，众当能在桥上闻之，此良较见俘于黎什珂，见俘于巴希嶓支克优也。胡以不闻蹄声耶？不能忍矣。时尸气虽恶，顾已不之知。

忽而行人见桥上，珂萨克也。戎衣色青，赤绦在裤，持矛，数可五十。率之行者乘骏马，为黑髯军官，众方渡，即据鞍反顾，大声呼曰："疾走！"

吾亦呼曰："且止且止！嗟乎，援我来，兄弟！"顾马蹄佩剑声及珂萨克朗语，皆高出吾声之上，——众不我闻也。

吁，吾遂失力而伏，以面亲土，呜咽继之。军持仆，是中之水，——吾性命，吾援救，吾延生之药，乃忽外流。比扶之起，则所余已不及半盏，地面干涸，此他悉为所吸矣。

是举既空，吾已不复能振，惟微合其目，奄然僵卧耳。且风向屡变，时或贶清新之气，时或依然以腐殠来。邻人为状，今日亦益凶，不能尽以楮墨。吾偶启目微睨之，乃栗然。面肉已消，脱骨而去，槁骸露齿，吾虽多见髑髅，或制人体为标本，顾未睹凶厉怖人有如此也。骸著戎服，衣结作光烂然，令吾震慑，心乃作是念曰："所谓战事，——此耳，其象在是！"

酷热不少减，面与手皆且灼矣，乃饮余水尽之，初苦潋，仅欲饮其一滴，殊不图一吸尽之也。嗟夫，珂萨克自过吾旁，又胡不止之。纵为突厥，亦胜于此，彼苦我不过一二小时耳，今则辗转呻吟，殊不知当历几日也。呜呼吾母，使其知此，殆将自撝皓发，抵首于墙，以诅吾诞生之日，——且为此始作战斗以苦人群之全世界诅也。

然汝与玛萨，又胡能知吾之惨死耶？别矣吾母，别矣吾爱吾妻！嗟夫，此苦何可言者！有物填吾膺……又复此小犬也。忍哉执事人，就墙撞其首，投之尘屯，犬未死，故受楚毒至一日。顾吾之惨苦甚于犬，受楚毒者已三日矣，诘朝而为——四日，于是至五日，至六日。……死！汝安在？趣来前，趣来前，趣攫我矣！

顾死乃不来，亦不攫我。吾惟卧烈日之下，咽干且坼，而水无余滴，尸殠则弥曼[10]空气中，彼肉全尽矣，有无量数蛆，蠕蠕而坠，蠢动满地，既食邻人尽，仅余槁骨戎衣，——则以次及于我，而吾之为状，于是如前人！

白昼既去，深夜继之，亦复如是。比夜阑而东方作，亦复如是。又空过一日矣。……

棘枝动摇，有声如私语，右谓我曰："汝死矣，死矣，死矣！"左则应之曰："不复相见也，不复相见也，不复相见也！"

侧有声曰："伏藏于此，又何能见耶？"

吾忽归我，乃见二碧瞳，自棘枝内瞰，此雅各来夫，吾军之伍长也。曰："将锄来，此间犹有两人，其一，盖火伴也。"

曰："毋以锄来，亦勿瘗我，吾生也。"吾心欲号，而唇吻干涸，仅自其间扇微叹而已。

雅各来夫惊叫曰："嗟乎！彼诚生，伊凡诺夫也。儿郎，彼生也。速召医者！"

可十五分时，似有水注入吾唇，复有勃兰地酒及他物，次乃冥然。

篮舆徐动，其动爽神，吾似觉矣，而旋晕[11]。创伤既裹，痛苦皆失，四肢舒泰，至不可言。……

"止！降！卫者交代！举舆！走！"

10　现代汉语常用"弥漫"。——编者注
11　现代汉语常用"眩晕"。——编者注

施令者彼得·伊凡涅支，为摄卫队护视长，身顾长而瘠，和易善人也。虽舁舆者四人，体悉伟硕，而吾视其人，乃先见其肩，次见疏髯，渐乃见首。微呼之曰："彼得·伊凡涅支。"曰："何也？小友，"则屈身临我。吾曰："医何言？顷刻死耶？彼得·伊凡涅支。"曰："此何言，伊凡诺夫，——虽然，……汝安得死，汝骨皆无损，此幸事也。动脉亦无故，惟汝何能自活至三日，汝何所食耶？"吾曰："无之。"曰："然则何所饮？"吾曰："得突厥人军持，彼得·伊凡涅支。今兹不能言，尔后……"曰："诺，神相汝，小友，盍且寐矣。"

又复入寐，入忘。……

觉乃在医院中，医及护视者绕而立。此外更见名医，为圣彼得堡大学主讲，旧识其面，则俯而临吾足次，血满其手，似有所为。少顷，乃顾我言曰："神则右汝，少年，汝生矣。吾辈仅取汝一足，然此特——小事耳。今能言耶？"

今能言矣。遂具告之，如上所记。

迦尔洵 V. Garshin 生一千八百五十五年，俄土之役，尝投军为兵，负伤而返，作《四日》及《走卒伊凡诺夫日记》，氏悲世至深，遂狂易，久之始愈。有《绛华》一篇，即自记其状。晚岁为文，尤哀而伤。今译其一，文情皆异，迥殊凡作也。八十五年忽自投阁下，遂死，年止三十。

《四日》者，俄与突厥之战，迦尔洵在军，负伤而返，此即记当时情状者也。氏深恶战争而不能救，则以身赴之。观所作《屝头》一篇，可见其意。"萧罗"，突厥人俦埃及农夫如是，语源出阿剌伯，此云耕田者。"巴依"，突厥官名，犹此土之总督。尔时英助突厥，故文中云："虽当英国特制之庇波地或马梯尼铳……"

现代小说译丛

黯澹的烟霭里

[俄]安特莱夫

一

他到家已经四星期了，四星期以来，恐怖与不安便主宰了这家宅。凡是说话以及做事，大家都竭力的想要全照平常，也并未觉得，他们讲话的惨淡的响，他们眼睛的负疚的张皇的看，而且一见他的房，便大抵背转脸去了。但在这家里的别的处所，他们却不自然的大声的走，且又不自然的大声喧笑起来。只是倘若经过那几乎整天的从里面锁着，仿佛这后面并无生物一般的白的门，他们便放缓脚步，弯了全身，似乎预料着可怕的一击模样，惴惴的避向旁边去了。即使早已经过，已用了全脚踏地，但他们的行步还极轻低，仿佛只踮着脚尖在那里偷走。

人向来没有叫过他的名字，却只简单的称一个"他"，大家整日的悬念他，所以给了不定的称呼当作本名，也从没有人问是谁氏。人又觉得，也如指一切别人似的，这样的称呼他，未免太狎昵而且简慢了；然而"他"这一个字，却很能够将由他的高大阴沉的相貌所给与的恐怖，又完全又锋利的显现出来。只有住在楼上的老祖母，是叫他古略的；但是伊也感到了主宰全家的不幸的埋伏和紧张的情形，伊常常落些泪。有一回，伊问使女凯却说，为什么小姐长久不弹钢琴了。凯却单是诧异的看伊，全不答话，临走时摇摇头，——显出分明的表示来，伊对于这种问题是不对付的。

他的回来是在十一月的一个灰色的早晨，除了彼得已经到中学校去，大家正在家里围着晨餐的食桌的时光。屋外很寒冷，低垂的灰色云撒下雨点来，虽然有着阔大的窗，屋子里也昏暗，有几间并且点上灯火了。

他的拉铃是响亮而且威严，连亚历山大·安敦诺微支自己也战栗。他想，这是一个重要的宾客来访问了，于是他缓缓的迎将出去，在他丰满庄重的脸上含着和气的微笑。但这微笑立即消失了，当他在大门的半暗中瞥见一个可怜而且污秽的服饰的人的时候，这人的面前站着使女，苍皇的要拦住他的前行。他大概是从车站走来的，只坐了几小段的橇，因为他那短小古旧的外衣已经沾湿，裤的下半也溅污了，宛然是泥水做就的圆筒。他的声音又枯裂又粗毛，想因为受湿和中寒罢，否则便是长途中守着长久的沉默的缘故了。

"你为什么不答话？我问，亚历山大·安敦诺微支·巴尔素珂夫可在家。"那来客再三的问。

然而亚历山大要替使女回话了。他并不走到大门，只是望出去，半向着客人；他以为这无非是无数请托者之中的一个罢了，便冷淡的说道："你到这里来什么事？"

"你不认识我么？"这闯入者嘲笑似的问，然而声音有些发抖了，"我便是尼古拉，说起我的父名来是亚历山特罗微支。"

"怎么的……尼古拉？"亚历山大退后一步问。

但诘问时，他已经知道站在他面前的是怎么的尼古拉了。即刻消失了威严，刚死似的可怕的衰老的苍白色便上了他的脸；两手按着胸前，嘘一口气。接着便忽然的伸开这手，抱住了尼古拉的头，老年的灰白的胡须，触着温润的乌黑的短髭，那衰迈的久不接吻的嘴唇，也寻得了他儿子的年青[1]的鲜活的嘴唇，很热爱的接吻。

1　现代汉语常用"年轻"。——编者注

"且慢，父亲，我先得换衣服。"尼古拉柔和的说。

"你释放了么？"那父亲问，浑身发着抖。

"唉，可笑！"尼古拉将父亲送在一旁，阴郁的严厉的说，"这算得什么呢？释放！"

他们走进食堂去，巴尔素珂夫先生对于含着非常的情爱的自己的慌张，也觉得有些惭愧了。然而团聚的欢喜，中了毒似的在他心脏里奔腾，而且要寻出路；七年以来不知所往的儿子的再会，使他的态度活泼而且喜欢，他的举动忽略而且狼狈了。当尼古拉立在他妹子面前，搓着冻僵的手，问道"这位小姐该是我的妹子了——可是么？"的时候，他不由的发出真心的微笑来。

尼那，一个苍白消瘦的十七岁的姑娘，就在桌旁站起身，腼腆似的用指头弄着桌面，那大的吃惊的眼看着伊的哥哥。伊记得，这是尼古拉，这是比伊的父亲还记得分明的，但是伊不知道现在应当怎么办。待到尼古拉用握手来代接吻时，伊便将用力的一握去回答他，而且同时——弯一弯膝髁！

"还有，这是大学生安特来·雅各罗微支先生，彼得的家庭教师。"亚历山大又介绍说。

"彼得？"尼古拉诧异了，"已经上了学么？——呵，这么！"

其次又介绍到一个尖脸的女人，伊正在斟茶，单叫作安那·伊凡诺夫那。于是大家都新奇似的看他，他也正在四顾房中，看一切是否还是七年以前的模样。

他有些古怪，是捉摸不定的。高大的精悍的身躯，头的高傲的姿势，锐利的射人的眼睛在突出的险峻的眉毛下，教人想起一匹雏鹰。蓬松的乱发上弥满[2]着粗野和自由；沉著[3]轻捷的举动，宛然是

---

2 现代汉语常用"弥漫"。——编者注
3 现代汉语常用"沉着"。——编者注

伸出爪牙来的鸷兽的颤动的壮美。那手，倘有所求，也便要确实牢固的攫取似的。他仿佛全不理会自己地位的不稳，只是平静深邃的遍看各人的眼睛，即使他眼里浮出喜色来，人也觉得这里面藏着什么秘密和危机，如见那正施蛊惑的猛兽的眼。他的言语是严重而且简单；他并不管自己怎么说——仿佛这已不是那不知不觉的陷了迷谬和虚伪的人语的声音，却就是思想本身发着响。在这样人物的灵魂上，是不能有悔恨之情的位置的。

然而，假如他是一匹鹰，他的羽翼却显得因为战斗很受了伤损，他——算是胜利者——这才出了重围。证明的是他的衣裳，带着露宿的痕迹，污秽，不称他的身躯，而且在这衣裳上又留着一点难解的掠夺的不安的处所，能使穿着美服的人们发生一种漠然的恐怖的心情。而且每瞬间——那强壮的全身，因为特别的心忧发着莫名其妙的战栗，于是身体似乎缩小了，头发都野兽似的直竖起来，那眼光又快又野的向着在坐的人们都一瞥。他饮食的很贪婪，仿佛一个饥渴多时，或者久未吃饱的人，所以要在瞬息之间，卷尽桌上的一切了。饮食完，他说：“这很好。”便嘲弄似的摩一摩肚。他复绝了父亲的雪茄，取过大学生的纸烟来，——他自己从来没有纸烟，——于是命令道：“谈谈罢！”

尼那便说。伊说，刚在女学校毕了业，在校里是怎样的情形。伊最初怯怯的说，但是说了几回，便容容易易的记出所有滑稽的言语来，很满足的讲下去了。伊不甚了然，尼古拉可曾听过；他微笑，然而并不定在说得滑稽的时分，而且始终用了他那浮肿的眼睛四顾着房屋里。他有时又打断了讲说，问出全不相干的话来。

“你买这画要多少钱？”例如他忽然去问那默着的，而且含着一点嘲笑的父亲。

“二千卢布。”安那没有开过口，这时很惜钱似的回答了，又惝慑的一看亚历山大的脸。

"记不清楚了!"

父子都微笑。这微笑中,很带些拘谨,亚历山大已经不再慌张,变了不甚大方的严紧[4]了。

"事务怎么了?"尼古拉仍然简短的问他的父亲。

"做着。"

"买了一所意大利式的新房子,三层楼的,还有一所工场,"安那几乎低语一般的说。在巴尔索珂夫之前,伊本抱着战兢的尊敬,但又熬不住要说出财产来,因为伊日夜忘不掉的是伊的小积蓄——伊有五百五十六个卢布存在银行里——和这大宗钱财的比较。

"唔,尼那,讲下去。"尼古拉说。

然而尼那倦怠了。伊胁肋上又复刺痛起来,端正的坐着,很瘦弱,苍白,几乎透了明,但却是异样的动人的美女,像一朵要萎的花。伊发出一种微香,使人联想到黄叶的秋和美丽的死。胆怯的面麻的大学生目不转睛的对伊看,似乎尼那颊上的红色消褪下去时,他的脸色也苍白起来了。他是一个医学生,而且对于尼那又倾注着初恋的虔敬。

这时来了菲诺干——那老仆。他的相貌出现于推开的门,如一个初升的月:很圆,红而且光。菲诺干是到浴堂去的;他汽浴之后喝了一点酒,刚回家,听得使女说,他曾经一同骑着马游戏过的那小主人已经回来了。不知道因为醉是因为爱,他欷歔[5]的哭!他扯直了燕尾服,洒香了秃头——他的主人也这样做的——便兢兢业业的走向食堂去。他在门外站了片时,于是仿佛恭迎巡抚似的装着恭敬的吹胀的脸,出现在尼古拉的面前。

"菲诺盖式加!"尼古拉高兴的叫,他声音有些孩子似的了。

4　现代汉语常用"严谨"。"严紧"现指严格、严厉,或者严密。——编者注
5　现代汉语常用"唏嘘"。——编者注

"小主人!"菲诺干大声的叫,冲翻椅子,奔向尼古拉。他想要先在尼古拉肩上去接吻,[6]然而这面却给他一个用力的握手,他奉了军令似的一倒退,再用一握去回礼,重到要生痛了。他自己想,他不是仆人,却是尼古拉的朋友,而且很高兴给大家看出了这资格来。然而照老规矩,他总得在肩上一接吻!……

"而且还是喝!"尼古拉闻到酒气,对于菲诺干照旧的脾气,吃惊而且高兴的说。

"真的么?"家主也威严的夹着说。

菲诺干否认的摇摇头,温顺的倒退几步,斜过眼光去,想寻门口。然而他走过头了,便撞在墙壁上,于是摸索着到了门口,也颇费去不少的时光。菲诺干到得大门,立了片时,感动的看着尼古拉握过的手,然后仿佛是一件贵重的东西一般,极小心谨慎的带进下房去了。他各处都很自尊;但在这瞬间,他的右手是全体中最尊贵的部分。

这一天巴尔素珂夫先生不赴事务所,午膳之后,许是多喝了葡萄酒罢,他心情颇是柔软而且畅快了。他挽了尼古拉的腰,领到藏书室,点起一支雪茄,想作一回长谈,便和善的说道:"那个,现在讲罢,你先在那里,你在做什么?"

尼古拉没有便答。那异样的心忧的震动又通过了他的全身,眼睛向门口射出无意的神速的一瞥去,只有声音却还是沉静而且真诚。

"不,父亲。我恳请你,不提起我的经历的话罢。"

"我看见你有外国的钱币——你到过外国了么?"

"是的,"尼古拉简短的答,"然而我恳请你,父亲,就此够了。"

亚历山大皱了眉头,从软榻上站立来。他在外衣下面负着手,往来的踱;于是他问,并不看着儿子:

"你还是先前一样么?"

---

6 俄国仆役对于主人,只能在肩头接吻。

"就是这样。你呢，父亲？"

"就是这样。去罢，我事务多！"

尼古拉一出房外，巴尔素珂夫便合了门，走近火炉，默默的，然而用力的敲那光亮洁白的炉台的砖块，于是用手巾拭净了手上的白垩，坐下去办事了。在他脸上，又盖满了令人想起死尸来的，可怕的青苍……

和祖母的会见，并没有目睹的人，但他显着阴沉的脸相走出伊房外来，也似乎微微有些感动。当尼古拉关上他住房的白门之后，大家都暂时觉得舒畅了。从这一瞬间起，他便不再算作客人，而且从此又发生了异样的不安和忧虑，这骤然曼衍开去，立即充满了全家。似乎有谁混进了家里来，永远盘据[7]着，那是一个猜不透的危险的人，比路人更其全不相知，比伏着盗贼更可怕。只有菲诺干一人没有觉得，因为为了非常之欢喜他还有些酩酊，睡在厨子的床中；在睡眠中，他也还保着他那有价值的人格的尊贵的观瞻，右手略略的离开着身体。

在客厅里，尼那低声的说给大学生听，七年以前是怎样的情形。那时候，尼古拉和别的学生因为一件事，被工业学校斥退了，靠着父亲的联络，他才免了可怕的刑罚。激烈的互相争论中，易于发恼的亚历山大便打了他，这一夜他即离了家，直到现在才回了。那两人，讲的和听的，摇着头，放低了声息；而且为慰勉尼那起见，大学生取过伊的手来，给伊抚摩着……

二

尼古拉从不搅扰人。他自己少说话；他也不愿倾听别人的话，

7　现代汉语常用"盘踞"。——编者注

带着一种尊大的淡漠，仿佛人要和他怎么说，他早经知道的了。当别人说话的中途，他也会走了开去，脸上显出这神色，似乎他倾听着什么辽远的，只有他能够听到的东西。他不嘲笑人也不诘责人，但倘若他走出了那几乎整日伏在里面的图书室，到各处去徘徊，忽而到妹子那里，又忽而到仆役或大学生那里的时候，在他的所有踪迹上便散布了寒冷，使各人发生自省的心情，似乎他们做下了一点坏事情，并且是犯罪的事，而且就要审判和惩治了。

他现在服饰都很好了；但便是穿着华美的衣装，他与房屋的豪华的装饰也毫不融和，却孤另另 [8] 的有一点生疏，有一点敌意。假使陈设在房屋里的一切贵重的物件都能够感觉和说话，那么，倘他走近这些去，或者因为他那特别的好奇心，从中取下一件来看的时候，他们定将诉苦，说这可忧愁得要死了。他向来没有坠落过一件东西，全是照旧的放存原位上，但倘使他的手一触那美丽的雕塑，这雕塑在他走后便立即失了精神，全无价值的站着。成为艺术品的灵魂，全消在他的掌中，这就单剩了并无神魂的一块青铜或粘土了。

有一回，他走到尼那那里，正是伊学画的时间；伊从什么一幅图画中，很工的摹下一个乞丐的形象。

"画下去。尼那！我不来搅乱你。"他说着，便靠伊坐在低的躺椅上。尼那怯怯的微笑着，又临摹一些时，画笔上蘸了错误的颜色。于是伊放下画笔来，说：

"我也疲倦了，你看这好么？"

"是的，好。你也弹得一手好钢琴。"

这冰冷的夸奖很损毁了敏感的尼那的心情。伊想要批评似的侧了头，注视着自己的画，叹息说：

"可怜的乞丐！他使我很伤心！你呢？"

8　现代汉语常用"孤零零"。——编者注

157

"我也这样。"

"我是两个贫民救济所的会员,事务非常之多!"伊热心的说。

"你们在那里做些什么事?"尼古拉冷淡的问。

尼那于是说,开初很详,后来简略,终于停止了。尼古拉默默的翻着尼那的集册,上面保存着伊的朋友和相识者的诗文。

"我还想听讲义去,然而爹爹不许我。"尼那忽然说,伊似乎想探出他的注意的门径来。

"这是好事情。唔——那么?"

"爹爹不许,但是我总要贯彻我的意志的。"

尼古拉出去了,尼那的心里觉得悲痛而且空虚。伊推开集册,凄凉的看着刚画的图像,这似乎是很讨厌,全无用的恶作了;伊镇不住感情的偾张,便抓起画笔来,用青颜色横横直直的叉在画布上,至使那乞丐不见了半个的头颅。从尼古拉和伊握手的第一日起,伊对他便即亲爱了,然而他从来没有和伊接一回吻。倘使他和伊接吻,尼那便将对他披示那小小的、然而已经苦恼不堪的全心,在这心中,正如伊自己写在日记上似的,忽而是愉快的小鸟的清歌,忽而是乌鸦的狂噪[9]。而且连日记也将交给他了,这上面便写着伊如何自以为无用于人以及伊有怎样的不幸。

他想,伊只要有伊的绘画、伊的音乐、伊的会员便满足了。然而这是他的大误,伊是用不着绘画,用不着音乐,也用不着会员的。

倘他旁观着彼得到大学生那里受课[10]的时候,他却笑了,因为这笑,彼得嫌恨他,彼得反而很高的竖起膝髁来,至于连椅子几乎要向后倒,轻蔑的睒着眼,他虽然明知道万不可做,却用指头挖着鼻孔,而且当了大学生的面说出无礼的话来。这家庭教师的麻脸上

9　现代汉语常用"狂躁"。——编者注

10　现代汉语常用"授课"。——编者注

通红而且流汗了，他几乎要哭，待彼得走后，又诉苦说，他是全不愿意学习的。

"我真不解；彼得竟全不想学。我真不解，他将来怎样……先一会，使女来告诉，他对伊说些荒唐话。"

"他会成一个废物罢了。"尼古拉并不显出怎样明白的表示，断定了他兄弟的将来。

"人用尽了气力，为他用尽了气力，为他费了心神，有什么用处呢？"家庭教师一想起不是打杀彼得，便得自己钻进地洞里的，许多屈辱和惭愧的时候，便几于要哭的说。

"你不管他就是了。"

"然而我应当教导他呵！"大学生很惊疑的叫道。

"那么，你教导他就是，照人家所托付的那样！"

大学生竭力的还想发些议论，尼古拉却不愿了。尼那和安特来·雅各罗微支也曾研究多回，想阐明尼古拉的真相，但归结只是一个空想的图像，连他们自己也发笑起来。但两人一走开，他们却又以他们的失笑为奇，觉得他们那空想的推测又近于真实。于是他们怀着恐惧和热烈的好奇心，专等候尼古拉的出现，而且笑着，以为今天终于到了这日子，可以解决那烦难的问题了。尼古拉出现了，然而这谜的解决的辽远，今日却也如昨日一般。

特别的陆离，又不像真实的是仆役室里的猜测。而菲诺干站在所有论客的先头。他喝了一点酒，他的幻想便非常之精采[11]而汗漫了。连他自己也觉得吃惊而且疑惑。

"他是——一个强盗！"他有一回说，他那通红的脸，便怕得苍白起来。

"哪，哪……就是强盗么？"厨子不信的说，但惴惴的看着房门。

11　现代汉语常用"精彩"。——编者注

"是专抢富翁的。"菲诺干接着订正说。——当尼古拉还是孩子时候，曾经说过，他听得，有着这一种强盗的。

"他何必抢人呢，父亲这里就有这许多钱，他自己还数不清。"马夫说，这是一个很精细的人物。

"三个工场，四所房屋，天天结股票。"安那低语着，伊的积蓄，到现在已经加上四卢布，弄到五百六十卢布了。

然而菲诺干的假定也就推翻了。安那将尼古拉带来的一切，仔细的搜检了一番，除了一点小衫，却毫没有别样的物件，但正因为小衫之外没有别的，便愈加不安而且诡秘了。倘使他皮包里藏着手枪、子弹、刺刀，则他大约就要算是一个强盗。本体一定，大家倒可以安静，可以轻松；因为最可怕是莫过于不知什么职业的人，那容貌态度，样样迥异寻常，单是听，自己却不说，只对大家看，用了刽子手的眼光。于是这不安增长起来，终于变了迷信的恐怖，寒冷的水波似的弥漫了全家了。

有一次，泄漏了尼古拉和他父亲之间的几句话，但这并不消散家中的恐怖，却相反：使可怕的谜和疑惧的思想的空气更加浓厚了。

"你曾经说，你厌恶我们的一切生活法。"那父亲说，每个音都说得很分明，"你现在也还厌恶么？"

一样是缓缓的，而且明白的说出尼古拉的诚实的答话来："是的，我厌恶这些，——从根柢里到最顶上！我厌恶这些，也不懂这些。"

"你可曾发见了更好的没有？"

"是的，我已经发见了。"尼古拉确乎的答。

"留在我们这里罢！"

"这是无从想起的，父亲——你自己知道。"

"尼古拉！"亚历山大忿然的叫。暂时间紧张的沉默之后，尼古拉低声的悲哀的回答道："你永是这模样，父亲——又暴躁，又好心。"

这殷实的人家临近了圣诞节，也显得凄怆而且无欢。现有一个人，那思想和感情都不与家族相关联，阴沉的磐石似的悬在大家的头上，不独夺去了期望着的愉快的祭日的特征，并且连那意义也消灭了。这似乎尼古拉自己也明白，他怎样的苦恼着他人，他便不很走出他的房外去——然而不看见他，却更其觉得他格外的可怕了。

圣诞节前几天，巴尔素珂夫这里不期的来了若干的宾客。尼古拉向来不会那些无涉的人，也仍然不去相见了。他和衣躺在自己的床上，倾听着音乐的声音，这受了厚墙的浑融，柔软调匀的传送过来，宛如清净声的远地里的歌颂；而且这声音又极柔和的在他耳朵边响，仿佛便是空气本身的歌讴。尼古拉倾听着，他的孩子时候的远隔的时代，便涌现上他的心头来，那时他还小，他的母亲也还在；……那时也是来了客人，他也远远的听着音乐，而且一面做着梦……不是梦形象，也不是梦音响，却梦着别的东西，那形象和音响只是纠结起来，很明而且很美——这东西如一个美丽的唱歌的飘带，闪在天空中……他那时知道这闪闪的是什么，然而他不能对人说，也不能对自己说；他只是竭力的教自己尽力的醒着——但是睡着了。有一回也如此，并没有人留心，他睡在大门口的客人的皮裘上，至今还分明的记得那蒙茸的刺手的皮毛的气息。而且莫名其妙的恐怖的战栗，冷的针刺似的又通过了他的全身……但这回又奇特的同时有什么柔软的温暖的东西照着他的脸，有如温和的爱抚的手，来伸展他的愁眉。他的脸全不动，然而平静、温良、柔顺，仿佛是死人。人判不定他是睡还是醒，是生还是死。人只有一句话可以说：这人安息着……

到了圣诞节的前夜了。在黄昏时，菲诺干走到尼古拉的屋里去。他大概不算醉，沉了脸向着旁边，眼里闪闪的像是泪。

"祖母教请。"他在门口说。

"什么?"尼古拉惊疑的问。

菲诺干叹息,重复说:"祖母教请。"

尼古拉走到楼上,他刚刚跨进门槛,两条纤细的女儿的臂膊突然抱住他的头颈了;在他脸上,帖近[12]了一个柔弱的脸,带着睁大的湿润的眼睛,一种可怜的声音含着歔歟,低低的说:"哥哥,哥哥!——你为什么教我们吃苦!亲爱的,亲爱的哥哥,你和父亲和好了罢……也和我……并且留在我们这里……千万,千万,留在我们这里!"

渺小的、瘦弱的、全身的震动,在他手上也觉得了,而且这小小的无用的心却如是之伟大,将无限的,苦恼的全世界注入他的心中了。阴郁的皱了眉头,尼古拉向周围投了嗔恚的一瞥,从榻上又向他伸出祖母的手来,苍白枯瘦得可怕,更有一种声音,已经是那一世界的声响似的,枯裂歔歟的呻吟道:"尼古拉!孩子!……"

门槛上哭着菲诺干。他的谨严的态度都失掉了,鼻涕挥在空中,牵动着眉毛和嘴脸,而且他眼泪非常多!——流水似的淌下两颊来,这似乎并不像别人一样,从眼里出来的,而却出在枯皱的头皮上的所有的毛孔。

"我的朋友!尼古林加!"他低声的祈求,也向他伸出捏着冰块似的红手帕的手。

尼古拉孤独的微笑,又轻轻的说。他自己不知道,现在在阴暗的鹰眼里,也极难得的落下几滴眼泪来——于是从昏暗的屋角显在明亮处,是一个男人的花白的发颤的头,这是他的父亲,是他厌恶而且不懂他的生活的。

然而他忽然懂得了。

也如先前的狂督的厌恶一样,因为狂督的亲爱,他奔向他的父亲,尼那也很感动,三人拥抱着,像是活着的哭着的一团,都以毫

---

12 现代汉语常用"贴近"。——编者注

无隐蔽的心，发着抖，这瞬息间，融成了一个心和一个灵魂的强有力的存在了。

"他不走了，"老人声嘶的、胜利的叫喊说，"他不走了！"

"我的朋友尼古林加！"菲诺干低声的祈求。

"是啦！是啦！"尼古拉说，然而连他自己也不知道对着谁。"是啦！是啦！"他反复的说，一面接吻于默默的摩着他的头的老人的手上……

"……是啦！是啦！"他还是反复说，但他已经感到在他的精神上，弥漫了崛强[13]的奔腾的、短的、尖利的"不可"了。

已经入了夜，在这大宅子的全部里，从仆役室以至主人的房屋，都辉煌起愉快的灯光。人人喜孜孜的热闹的谈笑，那贵重的、脆弱的装饰品也失去了怯怯的忧愁；从高的位置上，傲慢的俯视着龌龊奔走的人间，坦然的恢复了他们的美丽；仿佛是，凡有在这里的一切，无不奉事他们，而且臣伏于他们的美丽似的。

亚历山大、尼古拉和大学生还都聚在祖母的屋子里，忽而叙说自己的幸福，忽而倾听尼古拉的谈论。菲诺干因为高兴了，又喝了一点酒，走出院子去，要凉快他火热的头；雪花消在他通红的秃头上，如在热灶上一般，他正在摸，他又吃惊的看着——尼古拉！手上提一个小小的行囊。尼古拉正走出屋角的便门的外面。当他瞥见菲诺干的时候，他也懊恼的吃了惊。

"阿[14]，菲诺干，老动物！"他低声说，"那么，送我到大门。"

"朋友……"菲诺干着了慌，窃窃的说。

"不要声张。我们到那边说去。"

街上完全没有人，两端都没在徐徐的、静静的飞下来的雪花的

13　现代汉语常用"倔强"。——编者注
14　现代汉语常用"啊"。——编者注

洁白的大海里。尼古拉忽然当菲诺干面前站住了，用了他那闪闪的突出的眼睛看定他，抬起手来搭在他肩上，而且缓缓的说，仿佛命令一个小儿："对父亲说去，尼古拉·亚历山特罗微支愿他安好，并且告诉他，说他去了。"

"那里去？"

"单说去了就是，保重罢。"尼古拉叩一下老仆的肩头，便走了。菲诺干省悟，尼古拉对他也没有说出那里去，于是尽其所有的力量拖住了他的手。

"我不放你！上帝很神圣，我决不放你！"

尼古拉推开他，又诧异的向他看。然而菲诺干拱了两手，如同祷告似的，吐出欷歔的声音，祈恳道："尼古林加！唯一的朋友！都算了……那里有什么呢？这里有钱、三个工场、四所房屋，我们天天结股票……"他无意识的背诵着老管家女人的成语。

"你说什么？"尼古拉蹙额说，大踏步便走。但那佳节模样的穿着全新的燕尾服的菲诺干却受了践踏一般瘫软了。他喘吁吁的只是不舍的追。终于抓住了他的手，祷告似的哀求道："现在，那么……我也……也带我去……这怕什么？你——做强盗去么？——好；那就做强盗！"

于是菲诺干做了一个绝望的举动，似乎他已经要决绝了这尊贵的人间。

尼古拉站住，默默的对着仆人看，而在这眼光里，闪出一点非常可怕的东西，冰冷的酷烈和绝望来，菲诺干的舌头便在运动的中途坚结了，两足都生根似的粘在雪地里。

尼古拉的后影小了下去，隐在莽苍里了，仿佛消融在灰色的烟雾的中间。再一瞬间，尼古拉便又没在他先前曾经由此突然而来的，那不可知的，怕人的，黯澹的烟霭里。寂寞的道路上已不见一个生物了，然而菲诺干还站着看。衣领湿软了粘在他脖子上；雪片慢慢的消释在他冻冷的秃头上，和眼泪一同流下他宽阔的刮光的两颊来⋯⋯

　　安特莱夫（Leonid Andrejev）以一八七一年生于阿莱勒，后来到墨斯科[15]学法律，所过的都是十分困苦的生涯。他也做文章，得了戈理奇（Gorky）的推助，渐渐出了名，终于成为二十世纪初俄国有名的著作者。一九一九年大变动的时候，他想离开祖国到美洲去，没有如意，冻饿而死了。

　　他有许多短篇和几种戏剧，将十九世纪末俄人的心里的烦闷与生活的暗淡，都描写在这里面。尤其有名的是反对战争的《红笑》和反对死刑的《七个绞刑的人们》。欧洲大战时，他又有一种有名的长篇《大时代中一个小人物的自白》。

　　安特莱夫的创作里，又都含着严肃的现实性以及深刻和纤细，使象征印象主义与写实主义相调和。俄国作家中，没有一个人能够如他的创作一般，消融了内面世界与外面表现之差，而现出灵肉一致的境地。他的著作是虽然很有象征印象气息，而仍然不失其现实性的。

　　这一篇《黯澹的烟霭里》是一九〇〇年作。克罗绥克说："这篇的主人公大约是革命党。用了分明的字句来说，在俄国的检查上是不许的。这篇故事的价值，在有许多部分都很高妙的写出一个俄国的革命党来。"但这是俄国的革命党，所以他那坚决猛烈冷静的态度，从我们中国人的眼睛看起来，未免觉得很异样。

　　一九二一年九月八日，译者记。

15　现译"莫斯科"。——编者注

书籍

[俄]安特莱夫

一

医生在病人的裸露的胸前，安上听诊筒，静心的听——大的、过于扩张的心脏，发出空虚的声音，撞着肋骨，啼哭似的响，吱吱的轧。这是表示活不长久的凶征候，医生"唔"的侧一侧他的头，但口头却这样说，——

"你应该竭力的避去感动的事才好。看起来，你是在做什么容易疲劳的事务的罢？"

"我是文学者，"病人回答说，微笑着，"怎样，危险么？"

医生一耸眉，摊开了两手。

"危险呵，自然说不定因为什么病……然而再十五年二十年是稳当的，这还不够么？"他说着笑话，因为对于文学的敬意，帮病人穿好了小衫。穿好小衫之后，文学者的脸便显出苍白颜色来，看不清他是年青还是很年老了。他的口唇上，却还含着温和的不安的微笑。

"阿，多谢之至。"他说。

胆怯似的从医生离开了眼光，他许多时光，用眼睛搜寻着可以安放看资的处所，好容易寻到了——办事桌上的墨水瓶和笔架之间，正有着合宜的雅避的好地方。就在这地方，他轻轻的放下了旧的褪色的打皱的三卢布的绿纸币。

"近时似乎没有印出新的来。"医生看着绿纸币，一面想，不知为什么，凄凉的摇一摇头。

五分钟之后，医生在那里诊察其次的病人；文学者却在路上走，对了春天的日光细着眼睛，并且想——为什么红毛发的人，春天走日荫，夏天却走日下的呢？医生也是一个红毛发的。这人倘若说是五年或十年，那还像，现在却说是二十年——总而言之，我是不久的了。这有些怕人，不不，非常怕人，然而……

他窥向自己的胸中，幸福的微笑。

阿阿，太阳的晃耀呵！这如壮盛者，又如含笑而欲下临地面者。

二

原稿非常厚，那页数非常多。每页上，都密密的填满了细字的行列，这行列，便全是作者的滴滴的精神。他用了瘦得露骨的手，慎重的翻书。纸面的反射，光明似的雪白的映着他的脸。身旁跪着他的妻，轻轻的接吻于他的那一只骨出细瘦的手上，而且啼哭着。

"喂，不要哭了罢，"他恳求说，"何必哭呢，岂不是并没有要哭的事么？"

"你的心脏，……而且我在世界上要剩了孤身了。剩了孤身，唉唉，上帝呵！"

文学者一手摩着伏在他那膝上的妻的头，并且说，——

"你看！"

眼泪昏了伊的眼力了，原稿的细密的横列在伊眼睛里，波浪似的动摇、断续、低昂。

"你看！"他重复说，"这是我的心脏！这是和你永远存留的。"

垂死的人想活在自己的著作上，是太可伤心的事了。妻的眼泪更其多，更浓厚了，伊所要的是活的心。一切的人们，——无缘无故的人们，冷淡的人们，没有爱的人们，这些一切人们无论谁何所读的死书籍，在伊是用不着的。

三

书籍交给印刷所了。这名曰《为了不幸的人们》。

排字匠们一帖一帖的拆散原稿来，他们各人单将自己所担任的一部分去排板[1]。拆散的原稿里，常有着一语的中途起首，不成意义的东西。例如"亲爱"这一字，"亲"留在这一人的手里，"爱"却交在别一个的手里了。然而这完全没有碍。因为他们是决不读自己所排的文句的。

"这半文不值的文人！这胡里胡涂[2]的字是什么！"一个絮叨着说，因为愤怒和讨厌装了嫌脸，用一手遮着眼睛。手指被铅色染得乌黑，那年青的脸上也横着铅色的影，而且一吐痰唾，这也一样的染着死人似的昏暗的颜色。

别一个排字匠，也是年青的男人，——这里是没有老人的，——以猿类的敏捷和灵巧，检出需用的文字来，便低声的开始了哼曲子，——

唉唉，这是我们的黑的运命么，

在我是铁的重担呵重担呵！……

以后的句子他不知道了。调子也是这人随意的捏造，——是一种单调的，吹嘘秋叶的风的低语似的，无可寄托的声音。

别的人都沉默，或者咳嗽，或者吐出暗色的唾沫。各人的上面，电灯发着光，前面的铁网栏的那边，模胡[3]的现出停着的机器的

1　现代汉语常用"排版"。——编者注
2　现代汉语常用"糊里糊涂"。——编者注
3　现代汉语常用"模糊"。——编者注

昏暗的形象，机器都等候得疲倦了一般伸出他漆黑的手，显一副沉重的烦难的模样，压着土沥青的地面。机器的数目很不少。而充满着含蓄的精力和隐藏的音响与力量的沉默的黑暗，怯怯的包住了这周围。

<h1 style="text-align:center">四</h1>

书籍成了杂色的列，站在书架上，看不见后面的墙壁了。书籍又堆在地板上，又积在店后的昏暗的两间屋子里，排得无容足之地了。而且迭在其间的人类的思想，在沉默里向外面颤动而且迸流，似乎在书籍的域中，是全不能有真的平安和真的寂静。

上等似的脸和留了颊须的男人立在电话口，和谁恭敬的交谈，于是低声的骂了"昏虫"，然后大叫道。——

"密式加！"

走进一个孩子来，他便突然间变了冷酷的厉害的严紧的脸，指斥说："你要叫几次才好？废料！"

孩子吃了惊，睐着眼，这时胡子的气也平下去了。他并用了手和脚，推出一个书籍的沉重的包来，本想单用手来提，但有点不如意，便摔在原处的地板上。

"拿这个送到雅戈尔·伊凡诺微支那里去。"

孩子用两手去捧包，但那包不听话。

"好好的拿！"那男人大声说。

孩子好容易捧起包来，搬出去了。

五

在步道上，密式加挤开了往来的行人。他泥沙似的涂满了雪，被赶到灰色的街心里。沉重的包压在他脊梁上，他趔趄了。马车夫呵斥他。他这时一想那路的远近；便觉得害怕，以为这就要死了。他将沉重的包溜下脊梁来。一面看，一面禁不住欷歔的哭。

"你为什么哭着的？"路过的人问。

密式加呜呜的哭了。群众立刻围上来，走到一个带着腰刀和手枪的性急似的巡警，将密式加和书籍都装在零雇马车上，拉到派出所去了。

"怎的？"当值的警官从正在写字的簿子上抬起脸来问。

"是背着太大的包裹的。"性急似的巡警回答说，将密式加推到前面去。

警官擎起一只手来，关节格格的响了；其次又擎起了那一只。于是交互的伸直了他登着宽阔的漆长靴的脚。斜了眼睛，从头到脚看一遍这孩子，他然后发出许多的问题，——

"你甚么人？那里来的？姓名呢？什么事？"

密式加一一答应了。

"密式加。百姓。十二岁。主人的差遣。"

警官走着，又复欠伸一回，迈开步，挺着胸脯，走近包裹，嘘一口气，然后伸手轻轻的去摸书籍。

"阿呵！"他用了满足似的口吻说。

包皮的一角已经破损了，警官拨了开来，读那书名——《为了不幸的人们》。

"那么，你，"他用手指招着密式加说，"读读瞧。"

"我认不得字。"

警官笑起来了——

"哈哈哈！"

走进一个络腮胡子的专管护照的人来，烧酒和洋葱的气息喷着密式加，也一样的笑——

"哈哈哈！"

此后他们便做起案卷来。而密式加在末尾押了一个小小的十字。

　　这一篇是一九〇一年作，意义很明显，是颜色黯澹的铅一般的滑稽，二十年之后，才译成中国语，安特莱夫已经死了三年了。

　　一九二一年九月十一日，译者记。

连翘

[俄]契里珂夫

阿阿，春天一清早，连翘花香得怎样的芬芳呵，当太阳还未赶散那残夜的清凉，从夜的花草上吸尽了露水的时候！

是年青时候的一个早晨。我和一个温文美丽的少女，正在野外散步之后的归途。愉快的小鸟的队伙似的，我们跳出小船，便两个两个的分开，各因为送女人回家去，都在街上纷纷走散了。

太阳才照着街市，那金色的光线，正闪闪的晃耀在教会的屋顶和十字架以及高的房屋的窗间。道路还静默而且风凉，人家的窗户里都垂着帷幔。……那窗后面的人们还都落在沉睡中。……我们的足音在早晨的寂静里便听得高声的发响……

从密密的攒着铁钉的长围墙上，沉钿钿[1]的垂着湿润的，盛开着紫的和白的球花的连翘。

阿阿，春天一清早，连翘花香得怎样的非常呵！当你才二十岁，和温文美丽的少女同了道，每一互相瞥视，互相微笑，便喜孜孜的发抖的时候。……

"给我拗一枝那连翘花罢。……"

我们立住了。围墙又高又滑。而且簇着钉。想用手杖钩下那著花最盛的枝条，终于不如意。下雨一般，在我们上，连翘洒下了香露的珠玑。……

"一枝也可以！……"

---

1 现代汉语常用"沉甸甸"。——编者注

"白的？"

"就是……不不，——紫的！……"

我为了温文美丽的少女，去偷连翘花，将自做了牺牲，爬上围墙去了。我被锈的钉刺破了手腕，然而我绝不留心；因为我丝毫没有觉得痛。香气很强烈，我的头便不由的转向了旁边。露滴从枝头直洒在我脸上，捏着的手杖唧唧的响，少女欣然的微笑着，我在伊头上，香雨似的降下了凌晨的清露。……我想将凡是著花的连翘，尽折给伊，白的，以及紫的。……

"已经够了！……"

我便勇士一般的跳下围墙来。那高兴快活的含着爱情的眼睛，以沉默的感谢向了我晃耀。

"这给你……做个……记念……"

伊不说了，而且将红晕起来的脸藏在连翘里。

"记念！什么的？"

"今朝的散步的记念呵！……连翘的……而且，一清早，这花怎样的香得非常的事。……"伊说着，向我的脸这一面，递过那润泽的连翘的花束来。

"你的手怎么了？那血？……"

这时我才知道，自己的腕上有着渗出鲜血的伤痕。

"痛么？"

"并不……这也是记念罢。……"

伊给我一块小小的绢手巾。我用这包了手。于是仿佛为了爱人的名誉的战斗，因而受伤的勇士似的前进了。我们站住，刚要话别的时候，伊讨回手巾去。……

"将这个还了我罢。……"

"不。这存在我这里……做记念。……"

我还给伊了，是让了步的。这手巾不是已经被我的血染得通红了的么？……

然而，唉唉，所谓人生这一种卑下的散文，……这常常干涉我们的生活，我们向着辽远的太空的莽苍苍的高处，刚刚作势要飞，正在这瞬间，这便来打断了我们的翅子了。

我在眼睛里，浮着心的弛放和幸福的颜色，捏着那纤细的发抖的少女的手，没有放，以为数秒钟也好，总想拖延一点离别的时光。我凝视着两颊通红的，一半遮在连翘的花束里的少女的脸；而且仿佛觉得酩酊了。但不知道，这是因为连翘的香气，还因为少女的红晕的两颊和娇怯的双眸。……睡得太多的懒洋洋的门丁出来了，而且搔着脑后说：

"唉唉，先生，裤子撕破了……得缝缝……这不好……"

我回头向背后看。少女挣出了捏着的手，高声笑着，跑进院子的里面去了。

"伊逃掉了，这是怎的？喂，管门的，你刚才怎么说？你没有怎么样？"

门丁委细的说明了理由：

"挂在钉子上了似的！……这不好……"

我一看自己的衣服。于是因为惭愧和屈辱和卑下，脸上仿佛冒出火来……全然，在我那白的连翘花上，似乎被谁唾了一口唾沫。……我向着家，静静的在街上走。早晨的祷告的钟发响了。虽然很少，却已有杂坐马车在石路上飞跑。大门的探望扉开合着，……现世的生活已经开始了。……

便到现在，我还记得那一个春天的早晨……攒着铁钉的围墙，垂下的连翘的盛开的枝条，馥郁的露水的瀑布，掩映在紫的和白的连翘花间的娇怯的少女的脸。……

而且便到现在，在我的耳朵里，也还听得赶走了幻想和春日清晨的香气的，那粗卤²的门丁的声音。

阿阿，一清早，连翘怎样的香得非常呵，在太阳还未从连翘上吸尽了露水的时候，而且你才二十岁，——一个温文美丽的少女和你并肩而立的时候！

契里诃夫（Evgeni Tshirikov）的名字，在我们心目中还很生疏，但在俄国，却早算一个契诃夫以后的智识阶级的代表著作者，全集十七本，已经重印过几次了。

契里珂夫以一八六四年生于凯山，从小住在村落里，朋友都是农夫和穷人的孩儿；后来离乡入中学，将毕业，便已有了革命思想了。所以他著作里，往往描出乡间的黑暗来，也常用革命的背景。他很贫困，最初寄稿于乡下的新闻，到一八八六年，才得发表于大日报，他自己说：这才是他文事行动的开端。

他最擅长于戏剧，很自然，多变化，而紧凑又不下于契诃夫。做从军记者也有名，集成本子的有《巴尔干战记》和取材于这回欧战的短篇小说《战争的反响》。

他的著作，虽然稍缺深沉的思想，然而率直、生动、清新。他又有善于心理描写之称，纵不及别人的复杂，而大抵取自实生活，颇富于讽刺和诙谐。这篇《连翘》也是一个小标本。

他是艺术家，又是革命家；而他又是民众教导者，这几乎是俄国文人的通有性，可以无须多说了。

一九二一年十一月二日，译者记。

2　现代汉语常用"粗鲁"。——编者注

省会

［俄］契里诃夫

我所坐的那汽船，使我胸中起了剧烈的搏动，驶近我年青时候曾经住过的，一个小小的省会的埠头去了。又温和又幽静，而且悲凉的夏晚，笼罩了懒懒的摇荡着的伏尔迦的川水，和沿岸的群山，和远远的隔岸的森林的葱茏的景色。甜美的疲劳和说不出的哀感，从这晚，从梦幻似的水面，从繁生在高山上的树林映在川水里的影，从没到山后去的夕阳，从寂寞的渔夫的艇子，以及从白鸥和远方的汽笛，都吹进我的灵魂中来……自己曾经带了钓鱼具，徘徊过，焚过火，捉过蟹的稔熟的处所，已经看得见了。自己常常垂钓的石厓[1]上，也有人在那里钓鱼呢。奇怪……而且正坐在自己曾经坐过的处所。我忽然伤心到几乎要哭了。我于是想，自己已经有了白发，有了皱纹，再不会浮标一摇，便怦怦的心动，或如那人一般，鱼一上钩，便跳进水里去捉的了。心脏为了一去不返的生涯而痛楚了……我所期待的是欢喜，但迎迓我的却是悲哀。一转弯，从伏尔迦的高岸间，又望见了熟识的教会的两个圆形的屋顶，和有着绿色和灰色屋顶的一撮的人家……我的眼眶里含了泪……从那时以来，这省会近于全毁的已有两回了。我们住过的家，还完全的留着么？我于是很想一见我和父母一同住过的，围着碧绿的树篱的老家。父亲已经不在，母亲也不在，便是兄弟也没有一个在这世上了。还是活着似的，记忆浮上眼前来。仿佛不能信他们都已不在这世上。

1　现代汉语常用"石崖"。——编者注

我下了汽船，走过那洼地的小路——那时因为图近，常在这地方走——再过土冈，经过几家的房屋，便望见我家的围墙，……这样的想……

"母亲，父亲！"

于是从门口的阶沿上，迸出了父亲和母亲和弟妹们的满是欢喜的脸来。……

"此刻到的么？"

"正是，此刻到的。……"

汽笛曼声的叫了。汽船画着圆周，缓缓的靠近埠头去。埠头上满是人。为要寻出有否知己的谁，一意的注视着人们的脸。然而没有，并无一个人。奇怪呵，那些人都到那里去了呢？阿，那拿着阳伞的女人，却仿佛有一些相识。不，伊又并不是那伊！倘若那伊，那时候已经二十五，所以现在该有五十上下了，而这人不到三十岁。当那时候，我在这里的时候，伊还是五六岁的孩子，我们决不会相识起来。这五六个年青的姑娘们……我在这里的时候，伊们一定还没有出世罢。

"先生，要搬行李么？……"

"唔，好好，搬了去。"

没有遇着什么人。也没有人送给我心神荡摇的事件。没有接吻的人，也没有问道"到了么"的人。单是敌对似的，不能相信似的，而且用了疑讶的好奇心，看着人们罢了。——"那人是怎么的！到谁的家里去？"

"我到谁的家里去么？我不知道。我现在是谁的家里都不去。曾经见过年青时候的我的这凄凉萧索的省会呵，我是到你这里来的，我们还该大家相识罢。"

我不走那通过洼地的小路，我现在早不必那样的匆忙，因为已没有先前似的抱了欢喜的不安的心，等候着我的了。……

"得用一辆马车……"

"不行，这镇里只有两辆，一辆是刚才厅长坐了去了，还有那一辆呢，不知道今天为什么没有来。不要紧，我背去就是。先生是到那里去的？"

"我么？唔，唔，有旅馆罢？"

"那自然是有的！体面得很呢。叫克理摩夫旅馆。"

"克理摩夫！那么，那人还活着么？"

"那人是死掉了，只是虽然死掉，也还是先前那样叫着罢了。"

"那么，他的儿子开着么？"

"不是，开的是伊凡诺夫，但是还用着老名字呵。他的儿子也死掉了。"

我跟在乡下人的后面走，而且想。市镇呵，你也还完全的活着么？也许还剩下一条狗之类罢？

"先生是从那里下来的？"

"我么？……我是旅客……从彼得堡来的。"

"如果是游览，先生那里不是好得多么？或者是有些买卖的事情罢？"

"没有。"

"不错，讲起买卖来，这里只有粉，先生是不见得做那样的生理的。那么，该是，有什么公事罢？"

"也不，单是来看看的。我先前在这里居住过。忽然想起来，要到这里来看看了。……"

"那么，不认识了罢。有了火灾，先前的物事也剩得不多了。"

我们在街上走。我热心的搜寻着熟识的地方。街道都改了新样了。新的人家并不欣然的迎迓我。

"这条街叫什么名字呢？"

"就叫息木毕尔斯克。"

"息木毕尔斯克！阿阿，真的么？"

"真的。"

在息木毕尔斯克街上，就有祭司长的住家。而且在祭司长这里，说是亲戚，住着一个年青的姑娘。伊名叫赛先加，极简单的一篇小传奇闪出眼前来了。带着钓鱼器具和茶炊的一队嚷嚷的人们，都向水车场这方面去……激在石质的河床上，潺潺作声的小河里，很有许多的鳑鱼。红帕子裹了黄金色的头发，手里捏着钓竿，两脚隐现在草丛中的赛先加的模样，唉唉，真是怎样的美丽呵！我们屹然的坐着，看着浮标。我们这样的等人来通报，说是"茶已经煮好了。"

这时的茶炊很不肯沸。那茶炊是用了杉球生着火的。我和赛先加早就生起茶炊来。赛先加怕虫，我给伊将虫穿在鱼钩上。唉唉，伊怎样的美丽呵，那赛先加是！……

"又吃去了……给我再穿上一个新的罢！"

"阿阿，可以，可以。"

我走过去，从背后给伊去穿虫。但是可恶的虫，一直一弯的扭，非常之不听话。赛先加回转头来，抬起眼睛从下面看着我。

"快一点罢！"

"这畜生很不肯穿上钩去呢！"

我坐在伊身边，从旁看着伊的脸，而且想——

"我此刻倘给伊一个接吻，不知道怎样？……"

我们的眼光相遇了。伊大约猜着了我的罪孽的思想，两颊便红晕起来。而我也一样。不多久，我穿好了虫，然而不再到自己的钓竿那里去了。我坐在赛先加的近旁，呼息吹在伊脖颈上。

"那边去罢。你的浮标动着呢。"

"我不去……去不成！……"

"为什么？"

"不，离开你的身边，是不能的。……"

默着。垂了头默着。不再说到那边去了。

"亚历山特拉·维克德罗夫那！"

"什么？"

"我在想些什么事，你猜一猜。……"

"我不是妖仙呵。你在怎么想，谁也不会知道的！"

"如果你知道了我在怎样想，一定要生气罢。……"

"人家心里想着的事，谁能禁止他呢。……"

"知道我在想着的事么？"

"不知道，什么事？"

"你会生气罢。……"

"请，说出来。……"

"你可曾恋过谁没有？"

"不，不知道。"

"那么，现在呢？"

"一样的事。"

伊牡丹一般通红了。

"那么，我却……"

"说罢！"

"我却爱的……"

"爱谁呢？"

"猜一猜看！"

"不知道呵……"

伊的脸越加通红，低下头去了。我躺在赛先加很近旁的草上。

伊并不向后退。啮着随手拉来的草，我被那想和赛先加接吻这一个不能制御的心愿，不断的烦恼着了。

我吐一口气。

"这是怎么一回事呢？"

"自己判断看。……"

伊的脸又通红了。不管他事情会怎样……我站起来，弯了身子，和赛先加竟接吻。伊用两手按了脸，没有声张。我再接吻一回，静静的问道：

"Yes 呢，还是 No 呢？"

"Yes！"赛先加才能听到的低声说。

"拿开手去！……看我这边！……"

"不。"

伊还是先前一样的不动弹……我坐在伊旁边，将头枕在伊膝上。伊的手静静的落在我的头发上了，爱怜的抚摩着。……

"茶炊已经沸了！"

赛先加忽然被叫醒了似的。伊跳起来，径向水车场这方面走。到那里我们又相会，一同喝着茶。但没有互相看；两人也都怕互相看。傍晚回到市上，告别在祭司长的门前，赛先加跨下马车的时候，我才一看伊的脸。伊露着惘惘的、不安的神情；伊向我伸出手来，那手发着抖。而且对于我的握手的回答，只是仅能觉得罢了。此后我每日里，渴望着和赛先加的相见，常走过祭司长的住宅的近旁。而且每日每日的，我的爱伊之情，只是热烈起来，然而伊像是沉在水里一般的没有消息了。不多久，我便知道那天的第二日，赛先加便往辛毕尔斯克去。因为得了电报，说伊的父亲亡故了。……

我此后没有再见赛先加。伊现在那里呢？伊一定嫁了祭司，现正做着祭司夫人罢……伊不是也已经上了四十岁么？……

"记得有一个叫尼古拉的祭司长，还在么？"

"死掉了。"

"那么，他的住宅呢？"

"烧掉了。你看，那住宅本来在这里……在那造了专卖局的地方。……"

房屋新了，但大门是石造的，还依旧。我一望那门，仿佛从那门里面，便是现在也要走出年青的美丽的赛先加来，头上裹着红帕子——到水车场去的时候这模样——红了脸说：

"你还记得我们在水车场捉鳊鱼时候的事么？"

专卖局里走出一个乡下人来；在门口站住了，拿酒瓶打在石柱上，要碰落瓶口的封蜡。……

"做什么？……这不是你这样胡闹的地方。……"

"和你有什么相干呢？"

诚然……二十年前，那赛先加曾经站在这里的事，正不必对这些乡下人说。唉唉，赛先加和我的关系，于他有什么相干呢！

然而教堂也依旧。这周围环绕着繁茂的白杨，那树上有白嘴鸟做着窠，一种喧闹的叫声，响彻了全市镇，简直是市场的商女似的。我只是想，镇不住伤感的神魂，彻宵祭的钟发响了。明天是日曜。也仍然是照旧的钟，殷殷的鸣动开去，使人的灵魂上，兴起了逝者不归的哀感，想起那人生实短，万事都在他掌握之中的事来……而且，又记起了为要看赛先加，去赴教堂的事来了……那时候，钟也这样响。然而那时候，还未曾看见人生的收场。而且那音响也完全是另外的。

"呵，到了。……"

孤单的在屋子里。死一般寂静而且阒然。时钟在昏暗的回廊下懒懒的报时刻。在水车场和赛先加接吻那时候的事，逃得更辽远了。很无聊。窗外望见警厅的了台，什么都依旧；连油漆也仍然是黄色，像先前一般。这一定是没有烧掉罢。这是烧不掉的。

"请进来！"

"对不起，要看一看先生的住居证书呢。"

"阿阿，证书！……这是无限期的旅行护照。无论到什么时候，可以没有期限的居住下去的。"

"我们这里，现在是非常严紧了。"

"连这里也这么严紧么？"

"对啦。有了革命以后，不带护照的就不能收留了。"

"那么，连此地也起了这样的革命么？"

掌柜的微微的一笑，招了不高兴似的说——

"那自然是有的！真的革命，什么都定规的做了。……"

"这个，那你说的定规，是怎样的事呢。"

"这就是，照通常一样……监察官杀掉了，大家拿着红旗走，可萨克兵也到了的。……"

他傲然的说，一面装手势。

"可萨克来了……那么，你们吃打没有呢？"

"吃打呵，那是打得真凶！"

他仍旧傲然的，很满足似的说。

"近来呢？"

"现在是平静了。这一任的厅长很严紧，是一个好厅长。"

"那么，前任呢？"

"前任的送到审判厅里去了。"

"何以？"

"他跟在红旗后面走啦。……"

全不懂是怎么一回事。我摇手。掌柜的出去了。我暂时坐在窗前，于是走到街上去。这里有一道架在满生着荨麻的谷上的桥梁。那谷底里，蜿蜒着碧绿的小河。那河是称为勃里斯加的。谷的那一岸的山上，就该有我们住过的房屋了。单是去看也可怕，怕心脏便立刻会抽紧罢。我在桥上站住了。连呼吸也艰涩。从桥的阑干²里，去窥探那谷中。这便是我的兄弟和荨麻打仗的处所。他用木刀劈荨麻，一个眼光俊利的、瘦削的、神经质的男孩子，立时浮到我的记忆上来了。

"摩阁！你在那里做什么？"

"打仗。……"

"用膳了，来罢！"

"不行，追赶了敌人之后，会来的！"

这全如昨日的事。现在这少年在那里呢？在这谷里，和荨麻曾作拟战游戏的那少年，难道便是被杀在跋凡戈夫附近的那摩阁么？我不信。我吐一口气，低了头前进了。我攀上山，幸而一切都还在。火灾和革命，全没触着这在我的回忆上极其贵重的地方。看呵，那边是墙！阿阿，连翘又怎样的繁茂呵，连窗门都看不见了。有谁在那里弹钢琴。我站在对面，侧耳的听。是旧的破掉的钢琴。我家也曾有这样的一个的。我仿佛回到青年的时代去，觉得那是母亲弹着钢琴了。我想着昨天在水车场接吻的赛先加的事。弹的是什么呢？阿阿，是了，是先前自己也曾知道的曲调。而且还吹来了那时的风。那是什么曲调呢？阿阿，是了，那是"处女之祈祷"呵！正是！正是……合了眼倾听着。将我和青年时代隔开了的二十年的岁月，渐渐的消失了。似乎我还是大学生，因为暑假回到家里来，团栾的很热闹，在院子里喝了许多果酱的茶。父亲衔着烟卷，坐在已经冷熄了的茶炊旁边看日报。母亲是在弹钢琴。我

2　现代汉语常用"栏杆"。——编者注

的竞争者，那神学科的大学生，也恋着赛先加的戈雅扶令斯奇来邀我游泳伏尔伽河去。他也想娶赛先加，常常准备着求婚。他和我来商量；他不信自己的趣味。我们在游泳时候，是专谈些赛先加的事的。他脱下一只长靴来，敲着靴底说：

"结婚的事，可不比买一双靴呵。"

"的确！"

"那么，你以为怎样？……你看来怎样？"

"对谁？"

"阿阿，赛先加呀！"

"我也没有别的意见在这里。"

"倘教我说，那是美人！什么都供献伊也还嫌少。就在目下开口呢，还等到毕业呢，那一边好，我自也决不定。但怕被别人抢去呵。因为伊是一个非常的美人。……"

他又脱下那一只长靴来，抛在旁边说：

"决定了。明天便求婚。……"

说着，他便从筏子上倒跳在河水里。

他今天也来邀游泳，而且谈赛先加的事。他竟绝不疑心，昨天在水车场上，他的赛先加已经失掉，不会回来的了。

"喂，游泳去罢！"

"求了婚没有？"

"不，还没有。也不是定要这样急急的事。"

"不行的。你以为伊爱你么？"

"伊？"

戈雅扶令斯奇气壮的点头；眅眼，叩我的肩头。

"那美的赛先加已经是我的了！"

我觉得可笑，也以为可憎。第一，是太唐突了赛先加了。我几乎想将昨天我们已经接了吻，以及赛先加对我说了 Yes 的事说给他。

"你去罢！我不想去游泳。还有赛先加的事，你好好的办，不要过于失败罢。你已经很自负着！……然而……"

"你说什么？"

"阿，还是看着罢。"

"看着什么，倘我得了许可，怎么样？"

"胡说！赛先加已经许了我了。……"

"阿阿，这真是干了惊人的事！……"

"走罢！不走，我就会打你的脸呢！"

"阿阿！……这可是不得了！……"

那戈雅扶令斯奇现在那里呢？一定和赛先加结了婚，做到祭司长了罢。而且伊已经告诉了他水车场的事罢？

钢琴停止了。我也定了神。我又想走进这家里去，一看那里面变换到怎样的情状。谁住在这家里，谁弹着钢琴，而且食堂和客厅和书室又成了什么模样了？倘我走进去说，——

"请你给我看一看这家里，我是年青时候住在这里的人。现在禁不住要一看这家，回到自己的少年时代去。"这却又甚不相宜似的。

我心里很迟疑；几次走过这家的门前，进了小路，从篱间去望院落。我在这院落里，曾经就树上吃过坚硬的多汁的果实。母亲煮果酱，将泡沫分给兄弟们的，也就在这地方。在这里，很有许多隐在连翘和木莓的丛莽之中的僻静的处所。我常在这里面，看那心爱的书信，而且想得出了神。

"故国呵！我为了你的幸福，奉献了我的生命罢。"

现在仿佛觉得那时的我，是这样一个渺小的无聊的人。唉唉，生命也就流去了，而你却依然如很远的往昔一般，还是一个渺小的无力的人物。而且你比先前更渺小更无力了。因为你在如今，对于自己的力，已没有先前那样的确信，并且在将来能够目睹那幸福的自己的祖国的一种希望，也已消亡了……记起了谈到革命的旅馆掌柜来……于是也想到了跟在红旗后面走的那厅长。……

"可怜的厅长呵！你是没有料到一切事全会这样悲哀的收场的。我也一样，厅长呵，也想不到那一件事竟如此……所以我和你，现在都到了这样的境地了，你去听审判，我受着警察的看守。……"

我在身体和精神上都抱了忧郁和颓唐，回到旅馆里。掌柜的端进茶炊来。不多时，他出去了。关上房门之后，他在那里悄悄的窥探情形，侧着耳朵听。……

"什么都照旧！只有我不照旧了……我已经不相信传单，手上也不再染那胶版的蓝墨。……喂，掌柜的，你大可以不必如此了。你疑心我到这省里来，还要再行革命么？……这省里现在是有着非常严紧的厅长的了。"

又是照样的事。大清早，警兵送了——本日前赴警厅——的传票来。

"唉唉，这种传票。我已经厌倦了。然而总比他们到我这里来好。到警察厅去罢，而且会一会那严紧的厅长罢。"

我到了警察厅，引向副厅长的屋里去。我装了和心思相反的不高兴的脸，进去了。

"请，请坐。特地邀了过来，很抱歉。就是想一问，为了什么目的，到这省里来。……"

"并没有目的。单是想到了，所以来的。只要目所能见的随便什么地方，莫非我没有自由行走的权利的么？"

"是呵，不错的。……你打算什么时候动身呢？"

"我倒还没有打算到这一件事。"

"过于好事似的，很失礼，请问你……你不是著作家么？"

"是著作家。不幸而是一个著作家。……"

"大家识了面，实在很愉快。"

"当真愉快么？"

副厅长惶惑了。

"我本来也是大学生。我和你同在大学里。我在三年级的时候，你已经在毕业这一级了。"

"阿阿，原来！"

"是的。吸烟卷么？我也在闹事的一伙里……就是和你在一起的时候……大概还记得的罢，我的姓是弇纯斯奇呵！"

"弇纯斯奇么？这有些记得似的。……"

"是的！那时候，我不是打了干事的嘴巴么！"

"那是你么？"

"对了……那是我！的确是我！"

"你就是！实在认不出了。……"

副厅长傲然的要使我确信他在闹事的那时候，打了干事的嘴巴，而且将现在做着警官的事，完全忘却了。他愈加活泼起来，详详细细的讲闹事。他脸上已没有近似警官的痕迹，全都变掉了。大学的闹事，在他一定算是最贵重的回忆罢。……我抱着不能隐藏的好奇心对他看，而且想。你怎么不被警察的看守，却入了警官的一伙呢？他似乎也明白了我的意思了。

"请你不要这样的看我，我只是穿着警官的制服呵。但是这样的东西是无聊的，随便他就是……"

于是他又讲起闹事的事来。有着狗一般的追蹑的脸的一个人来窥探了。一定是书记罢。副厅长皱了眉，怒吼说——

"没有许可，不要进我的屋里来。我忙得很。"

书记缩回去了。

"唉唉，我们那时候，各样的人都有呵。……"副厅长突然的说。而且他昂奋了似的，在屋子里往来的走。

"唉唉，你实在撕碎了我的心了。……还记得乌略诺夫么？那受了死刑的！我和这人是同级。……"

"总之，为了什么，你叫我到警察厅来的呢，可以告诉我么？"

"阿阿，就为此……记起了年青时候的，大学生时候的事来，不知道你已经怎么模样，就想和你见一面……因为我是在大学时代就知道你的，因此……"

"因为要略表敬意罢！"

"你生了气么？请你大加原谅罢！一想到我们的大闹的事，便禁不住，……况且我也看着你的著作，所以想和你见见了。"

他忽而沉默了。而且他向着窗门，不动的站着，我站起来咳嗽了，……他迅速的向我这边看。他的脸很惘然，而唇边漏着抱歉的微笑。

"我也不能再攀留你了。"他温和的说，微微的叹息；略再一想，伸出手来。

"那么，愿上帝赐你幸福！……大概未必再能见面罢，倘若……"

"倘若不再传到警厅里？"

他失笑了。他于是含着抱歉的微笑说——

"我们的生命实在短，什么都和自己一同过去了。"

我出了警察厅。而且许多时，我不能贯穿起自己的思想来。为要防止和扑灭那一切无秩序而设的警官，却回想起自己所做的无秩序的事来以为痛快，而且仿佛淹在水里的人想要抓住草梗似的，很宝贵的保存着这记忆，这委实是不可解的事。或者也如我一样，因为他也已经白发满头，在人生的长途上，早已失掉了生命之花的缘故罢？

幸福

[俄]阿尔志跋绥夫

自从妓女赛式加霉掉了鼻子,伊的标致的顽皮的脸正像一个腐烂的贝壳以来,伊的生命的一切,凡有伊自己能称为生命的,统统失掉了。

留在伊这里的,只是一种异样的讨厌的生存,白天并不给伊光明,变了无穷无尽的夜,夜又变作无穷无尽的苦闷的白天。

饿与冻磨灭伊的羸弱的身体,这上面只还挂着两个打皱的乳房与骨出的手脚,仿佛一匹半死的畜生。伊不得不从大街移到偏僻的地方,而且做起手,将自己献与最龌龊最惹厌的男人了。

一晚上,是下霜的月夜,伊来到一条新街,是秋末才造好的。这街在铁路后面,已经是市的尽头,一直通到遍地窟窿的荒凉的所在,在这里几乎没有人家。这地方绝无声响。街灯的列,混着平等静肃的落在死一般的建筑物上的月光,只是微微的发亮。

黑影,那从地洞里爬出来的,咄咄逼人的横在地上,还有电报柱,由电线连结着,白白的蒙了霜,月神一般闪烁。空气是干燥的,但因为严霜,刺得人皮肤烧热。

这宛然是,在这寒冷之下,全世界都已凝结,而且身上的各圆部都用着烧红的铁刺穿。于是身体碎了,皮肤的小片,全从身上离开。从口中呼出的气,像一片云,略略升作青色的亮光,便又凝冻了隐去。

赛式加已经是第五日没有生意了。在这以前,伊就被人从伊的旧寓里打出，并且扣下了伊的最末的好看的腰带。

　　缓缓的、怯怯的动着伊瘦小低弯的形体，在空虚的月下的路边；伊很觉得，仿佛伊在全世界上已经成了孤身，而且早不能通过这荒凉的境地了。伊的脚冻得一刻一刻的加凶，在索索作响的雪上，每一步都引起伊痛楚，似乎露出了鲜血淋漓的骨骼在石头上行走似的。

　　走到这惨澹[1]的区处中间，赛式加才悟到了伊的没意义的生存的恐怖，伊于是哭了。眼泪从伊的发红的冷定的眼睛里迸出，凝结在暗的烂洞里面，就是以前安着伊的鼻子的地方。没有人看见这眼泪，月亮也同先前一样在大野上亮晶晶的浮着，散布出一样的明朗的青色的光辉。

　　没有人到来。说不出的感情，在伊只是增高增强起来，而且已经达到了这境界，就是以为人们际此，便要陷入野兽的绝望，用了急迫的声音，狂叫起来。叫彻全原野，叫彻全世界。然而人是默着，只是痉挛的咬紧了牙关。

　　赛式加祈愿说："我愿意死，只是死。"但伊忽又沉默了。

　　这时候，在白色的路上，忽地现出一个男人的黑魆魆的形象，很快的近前，不久便听到雪野踏实的声音，也看见月亮照在他羔皮领上发闪。

　　赛式加知道，那是在道路尽头的工厂里的一个仆人。

　　伊在路旁站定，等候着他，用麻木的手交换的拽着袖口，将头埋在肩膀中间，脚是一上一下的顿着。伊的嘴唇似乎是橡皮做的了，只能牵扯的钝滞的动。伊很怕，怕要说不出一句话来。

　　"大爷～～[2]，"伊才能听到的低声说。

　　走来的人略略转过脸来，便又决然的赶快走了。赛式加奋起绝

1　现代汉语常用"惨淡"。——编者注
2　Kava-j-ier 本是 Kavalier，因为冷了，发不出 l 的音。～～表声音的引长。

望的勇气，直向前奔，伊跟住他走，一面逼出不自然的亲热的声音
劝他说：

"大爷〰……你同来……真的。……好罢，就去……我们
去罢。我给你看一件东西，会笑断你的肚肠的。……好，我们
去。……总之，一定，我什么都做给你看……我们去罢，爱的
人。……"

过客仍旧只是走，对伊并不给一点什么注意[3]。在他板着的脸上
圆睁着眼睛，很不生动，似乎是玻璃做的。

赛式加从他的前面跳到后面，又紧缩了双肩，声音里是钝滞的
呻吟，而且冷得只是喘气：

"你不要单看这，大爷〰〰，我现在这模样了……我的身子是
干净的。……我的住家并不远，我们去罢。……怎？……"

月亮高高的站在平野上，赛式加的声音在霜气的月光中异样的
微弱的响。

"好，我们去罢。"赛式加喘息着又踢绊着说，但还是用了跳步
在他前面走，"好，你不愿意……那就求你给两个格利威涅克[4]就是
了。买点面〰〰包，我整一日还没有吃呢。……你给罢。……好，
一个格利威涅克，大爷〰〰……爱的人。"

他们来到一处极冷静的地方的时候，那过客默默的和伊走近
了。他的异样的玻璃似的眼睛还是毫无生气的睁在月光里。

"好，你就只给一个格利威涅克，……我的好大爷〰〰……这
在你算什么呢。"

一个最末的绝望的思想，忽然在伊的脑里想到了。

"我做，什么你乐意的。……真的……我给你看这么一件东

3　现代汉语常用"主意"。"注意"现指把心思、思想放到某一方面。——编者注
4　Griwenik 是十戈贝克币的通称，一戈贝约值中国十文。

西……我是会想法儿的。……你愿意，我揭起衣服来……便坐在雪里；……我坐五分钟……你可以自己瞧着表……真的……我只要十戈贝克就坐了。……你真会好笑哩，大爷～～～"

这过客站住了，他的玻璃样的眼睛也因为一种感觉而生动起来，他用了短的断续的声音笑了。

赛式加正对他站着，冷得发抖，伊的眼睛紧紧的钉住他手上或脸上，竭力的陪笑[5]。

"但你可愿意，我却给五卢布，不是十戈贝克么？"过客四顾着说。

赛式加冷得发抖；不信他，也不开口。

"你……听着，……脱光了衣服站在这里。我打你十下。——每一下半卢布，你愿么？"

他不出声的笑而且发抖。

"这冷呢。"赛式加哀诉似的说，惊讶和饿极和疑惑的恐怖，也神经的痉挛的穿透了伊的全身。

"这算什么……你因此就赚到五卢布，就因为冷。"

"这也很痛罢，你的打。"赛式加含含胡胡[6]的并且十分苦恼的吞吐着说。

"唔，什么，什么——痛？你只要熬着，你就赚到五卢布。"

这过客往前走去了。

赛式加愈抖愈厉害：

"你……那就给五戈贝克罢。……"

这过客往前走去了。

赛式加想拉住他的手，但他擎上来便要打，而且忽然大怒起

5　现代汉语常用"赔笑"。——编者注
6　现代汉语常用"含含糊糊"。——编者注

来，吓得伊倒跳。

这过客已经走远了两三步了。

赛式加哀诉的叫道，"大爷∽……大爷∽……这就是了，大爷∽。"

那人站住了，回过身来。

他从齿缝里简截的说道："唔。"

赛式加迷迷惑惑的站着。于是伊慢慢的解了身上的结束。伊的冻着的手指，在伊仿佛是别人的了，而且自己也不知道，为什么缘故，伊的眼光总不能离开了那玻璃似的眼睛。

"喂，你……赶快……有人会来……"过客从齿缝里不耐烦的说。

寒气四面八方的包围了赛式加的裸体。伊的呼吸要堵住了，似乎有烧得通红的铁忽然粘着了伊的全身，冰冻的皮肤，都撕裂下来了。

"你快打罢。"赛式加喃喃的说，便自己转过背来向着男人；伊的牙齿格格的厮打。

伊一丝不挂的站在他面前，这精赤的小小的身体，在月光寒气和夜里的大野中间、皎洁的雪上，显得非常别致。

"喂，"他鸣动着喉咙喘吁吁的说，"瞧这……要是你能熬……在这里，五卢布；……要是不能，你叫了，那就到鬼里去！……"

"是了……你打。……"伊的冻坏的嘴唇喃喃的说；伊全身因为寒冷，都痉挛蜷缩起来了。

过客走到身旁便打，突然间举起他细的手杖，使了全力，落在赛式加的瘦削伶仃的脊梁上。刀割似的创伤从伊身上直钻到脑子里。伊的周围的一切仿佛都成了怕人的痛楚的感觉，合凑[7]着奔流。

"阿。"赛式加的嘴唇里迸出一个短的惊怖的声音来。伊前走了

7　现代汉语常用"合奏"。——编者注

两三步，用伊的两手痉挛的去按那遭打的处所。

"拿开手……拿开手！……"他跟在伊后面，喘吁吁的叫喊说。

赛式加抽回膊肘，第二下便忽然的又将一样的难当的痛楚烙着伊了。伊呻吟倒地，两手支拄着。正倒下去时，又在伊裸体上，加上了白热的刀剜似的打扑。伊的裸露的肚子便匍在地面，并且几乎失了知觉的咬着积雪。

"九。"有钝滞的喉鸣的声音计着数；同时在伊的身体上又飞过了新的闪电，发出一个新的湿的响声。有东西迸裂了，极像是冰冻的芜菁，于是鲜血喷在雪上。赛式加辗转着像一条蛇，翻过脊梁去，积雪都染了血；伊的洼下的肚皮，在月光底下发亮。正在这一刻，又打着伊左边的胸脯，噗的破了。

"十。"有人在远地里叫。于是赛式加失了神。

但伊又即刻苏醒过来了。

"喂，起来，你这死尸，拿去，"一个急躁不过的声音叫喊说，"我去了……唔？"

裸体的赛式加将发抖的手痉挛的爬着地面，跄跄踉踉的想站起身，鲜血顺了伊的身子往下滴。伊已经不很觉得寒冷，只在伊所有的肢节里，都有一种未尝经历过的衰弱、不快、苦闷的颤抖，和拉开。

伊惘惘的摸着打过的湿的处所，去穿伊的衣裳。待到伊穿上那冰着的褴褛衣服，很费却许多工夫；伊在月光皎洁的大原野上静静的蠢动。

当过客的黑影已经消灭，伊穿好了衣裳之后，伊才摊开伊捏着拳头的手来。在血污的手掌上，金圆像火花一般灿烂。

——五个，伊想，伊便抱了大的轻松的欢喜的感情了。伊迈开发抖的腿向市上走去，金圆在捏紧的手中。衣服擦着伊身体，给伊非常的痛楚。但伊并不理会这件事。伊的全存在已经充满了幸福的感情……吃，暖，安心和烧酒。不一刻，伊早忘却，伊方才被人毒打了。

——现在好了；不这么冷了——伊喜孜孜的想，向狭路转过弯去，在那里是夜茶馆的明灯，忽然在伊面前辉煌起来了。

阿尔志跋绥夫（Mikhail Artsybashev）的经历，有一篇自叙传说得很简明：

一八七八年生。生地不知道。进爱孚托尔斯克中学校，升到五年级，全不知道在那里教些甚么事。决计要做美术家，进哈尔科夫绘画学校去了。在那地方学了一整年缺一礼拜，便到彼得堡，头两年是做地方事务官的书记。动笔是十六岁的时候，登在乡下的日报上。要说出日报的名目来，却有些惭愧。开首的著作是 *V Sljozh*，载在 *Ruskoje Bagastvo* 里。此后做小说直到现在。

阿尔志跋绥夫虽然没有托尔斯泰（Tolstoi）和戈里奇（Gorkij）这样伟大，然而是俄国新兴文学的典型的代表作家的一人；他的著作，自然不过是写实派，但表现的深刻，到他却算达了极致。使他出名的小说是《阑兑的死》（*Smert Lande*），使他更出名而得种种攻难的小说是《沙宁》（*Sanin*）。

阿尔志跋绥夫的著作是厌世的，主我的；而且每每带着肉的气息。但我们要知道，他只是如实描出，虽然不免主观，却并非主张和煽动；他的作风，也并非因为"写实主义大盛之后，进为唯我"，却只是时代的肖像：我们不要忘记他是描写现代生活的作家。对于他的《沙宁》的攻难，他寄给比拉尔特的信里，以比先前屠格涅夫（Turgenev）的《父与子》，我以为不错的。

攻难者这一流人，满口是玄想和神闶，高雅固然高雅了，但现实尚且茫然，还说什么玄想和神闶呢？

阿尔志跋绥夫的本领尤在小品；这一篇也便是出色的纯艺术品，毫不多费笔墨，而将"爱憎不相离，不但不离而且相争的无意识的本能"，浑然写出，可惜我的译笔不能传达罢了。

这一篇，写雪地上沦落的妓女和色情狂的仆人，几乎美丑泯绝，如看罗丹（Rodin）的彫刻；便以事实而论，也描尽了"不惟所谓幸福者终生胡闹，便是不幸者们，也在别一方面各糟蹋他们自己的生涯"。赛式加标致时候，以肉体供人的娱乐，及至烂了鼻子，只能而且还要以肉体供人残酷的娱乐，而且路人也并非幸福者，别有将他作为娱乐的资料的人。凡有太饱的以及饿过的人们，自己一想，至少在精神上，曾否因为生存而取过这类的娱乐与娱乐过路人，只要脑子清楚的，一定会觉得战栗！

现在有几位批评家很说写实主义可厌了，不厌事实而厌写出，实在是一件万分古怪的事。人们每因为偶然见"夜茶馆的明灯在面前辉煌"便忘却了雪地上的毒打，这也正是使有血的文人趋向厌世的主我的一种原因。

一九二〇年十月三十日记。

医生

[俄]阿尔志跋绥夫

一

和一个沉默寡言的巡警做了伴，医生跨过了潮湿的边路，穿着空虚的街道走。他的高大的模样在这边路上，仿佛反映在破碎的昏暗的镜里一般。围墙后摇着干枯的树枝；大风一阵一阵的吹，冲着铁的屋山，而且将冷的水滴掷到人脸上。倘使他的怒吼停顿下来，那就暂时的寂静了，人便从远处听得隐隐的，然而十分清楚，忽而单响，忽而连发的枪声。在南边大教堂的黑影后面，交互的起伏着一道微弱的红色，从下面照着垂下的云；那云在熹微的光线中，宛然是一条大蟒的红灰色的蜿蜒的身体。

"在那里放枪呢？"医生探问说，两手深藏在袖子里，又看着自己的脚。

"这我不能知道。"巡警回答说，但医生在他音调上，就觉察出他是知道的，只是不愿意说。

"在坡陀耳么？"医生固执的问，其时他已经很嫌恶，几乎下颏要生痛了。

"那地方，我不知道，"巡警用了一样的声音答话，"我们该赶快了，先生……"

"这被诅咒的蠢物！"医生一面想，一面咬了牙，赶快的走。

风还是一阵一阵的吹；在间断时，还只是听得这一样的远的隐隐的射击。

"但是谁将警厅长[1]打伤了?"医生一面生病似的仔细听着射击,并且追问说。

"被犹太人,大约是那里面的谁……"巡警用了照样的毫无区别的声音回答;这神情,似乎无论谁伤了谁或者杀了谁,都于他全不相干,而且其时只是固执的想着一件全属于个人的事务。

"用了什么?"

"用一柄手枪……放了,据说,于是伤了他。"

"这为什么呢?"

"这我不能知道。"

在这单调的简短的回答里藏着些东西,就是各样详细的探问、请求、激昂,全都无用的事。

医生的胸脯里,沉重的不平只是升腾上来,几乎塞住了喉咙。他自己内中推定,那警厅长是被犹太人自卫团[2]的一个团员打伤的,据医生所知道,那哥萨克兵,曾经奉了他的命令,射击过他们。

他眼前浮出一幅图像来,是一群不整齐的人堆,都是没有好兵器的惊跳起来的气厥的人们,被他们的狂暓的激昂和他们的同情所驱使,奔向市区里去,那地方是在狞野的非人类的咆哮里,捣毁房屋,撕裂可怜的破衣,弄在污秽里,而且在绝望的恐怖中已经发了狂的人,正受着屠戮。他们闯过去,拿着不完全的兵器,凌乱的去突击那凶徒队,于是整齐的毫不宽容的一齐射击,便径射这人堆;在污秽的街道上面撒满了他们的死尸。医生在自己面前看得这图像非常分明,便这样反对起来,至于他以为最好是即时回去,并且对这巡警粗鲁的说:

1　一省中的最高警察官。
2　当虐杀犹太人的时候,犹太人民自己组织了一个武装的保护机关,名自卫团。

"哪，听他像一条狗子似的倒毙去！……生来是一条狗子便该狗子似的死！"但他又自己制住了。

"我没有这样做的道理……我是医生；不是法官！"

这根据在他已经觉得不可动摇。他却又从别的思路上，增加上去想：

"况且……倒在地上的人，不要去打他！"

这感想，是自己也以为含胡[3]，同时又不愿意来承认的感想，激动而且苦恼他。这内心的战争和在光滑的路角上被风的吹着，使他很不容易向前进。

巡警在后面不停的走，而在医生，对于这乌黑的单调的形相的跟随，渐渐耐烦不得了。一种苦恼的冤屈的感情，仿佛无端被人叱责似的，紧紧的钉住了他。

"我想，人可以给我送一匹马来！"他的声音生病似的发着抖；他对于他这无谓的抗议，自己也觉得奇异。

"马是都在路上了。在全市里寻医生，我本想给先生叫一辆马车，然而他们，这鬼，全都藏起来了。"巡警用了较为活泼的仔细想过的音调说。

"还是赶快罢，先生！……"

二

警厅长的住宅面前站着许多巡警和两个骑马的哥萨克，鞍上横着枪。那马时时摇头，风将他的尾巴向着一旁吹拂。哥萨克人全不动，似乎他并非活人，却是那马的没有灵魂的附加物；……如果马匹走到街心，也仿佛是，只是他自己的意思，将骑者从这地方驼到

3　现代汉语常用"含糊"。——编者注

别的地方去。巡警们默默的看着走来的医生，又默默的让给他路，灰色外套的沃珂罗陀契尼[4]恭恭敬敬的举手到帽檐。

"你得到了？……一个医士？……"他问。

"是的，医士！"巡警得胜似的回答，往前走去，开了通到楼梯的门。

"请，先生！……"

通到前房的门是开着的……这地方颇暗，但邻室却点着一盏灯，那光斜射到前房的地上，走出一个胖的区官[5]来；门口还现出许多别的警官和一个漂亮的宪兵官。

"一个医士？"区官一样的明晰的问。"得到了么？"

"得到了！"那跑在前面的，灰色外套的沃珂罗陀契尼开了门，才回答说。

医生不说话，勉强着态度，抱了屈辱的感想，似乎他意外的搅在不愉快的案件中间，不知道如何才能逃脱，他摸弄了许多时的领襟，脱去外套和橡皮鞋，于是又除下眼镜来，用手帕比平常格外长久的摩擦。

这瞬间他忽然想起了，怎样的当他还在学生时候，为着一件要事必须往一家人家去，而先前不久却因了误会被人从这里逐出的，而且那羞辱的感情怎样厉害的迫压于他，至使他肢节的每一运动都造成近乎天然的痛楚。这时他无端的咳嗽，皱了眉心，从眼镜边下放出眼光来，拙笨的踏着地板，走进那明亮的屋里去。

"病人在那里？"他烦恼的问，并不看人；他又努了力，不去注意那些正向他的专等的许多脸。他只看见，宪兵官便正是那一个，是近时来搜查过他的住所的。

"即刻，先生……请这边，这边……"区官急口的说，指着路。

4　Okolodotshnij 是最下级的警官。
5　一个警区的主任。

迎面匆匆的走出一个苗条的女人，衣裳缠着伊的脚。伊长着漆黑的，哭过的因此显得非常之大的眼睛；伊的柔软的脖颈全伸在衣领的花边镶条的外面。伊是这样美，至于连医生也吃惊的看了。

"柏拉通·密哈罗微支，医士么？"伊问，用了枯燥的，因为激动而迸散了的声音。

"医士，医士，安玛·华希理夫那……那就，你放心罢……现在一切都就好了。……现在——我们就使他站起来！……"区官急口的说，显出莽撞，男子常常对着标致的女人说的，不应有的家庭的亲切来。

伊抓住医生的两手，紧紧的一握，软软的，并且说，其时伊大开的两眼正看着他的脸："体上帝的意志，先生，请你帮助……你这边来，赶快……如果你看见他怎样的苦恼！……我的上帝呵，他们将他……打在……肚里了，……先生！"

于是伊歔欷起来，用伊的柔软的两手掩了脸，也如伊的胸脯一般，在又白又软的花边镶条下，露出嫩玫瑰的颜色来。

"安玛·华希理夫那，你不要这么急！现在，怎样了？"那胖区官抬起了短的两手。

"你镇静点，慈善的太太……这即刻……"医生也喃喃的说，同情使他软和了声音。但当说话时，他的眼光落在伊手上；他就记得了，今日一个相识的人怎样对他说：凶徒们撕开了怀孕的犹太女人的肚皮，塞进床垫的翎毛去。

"你为什么不另请一个别人呢？"他很含混的问，没有抬起眼来。

伊诧异的圆睁了眼睛。

"上帝呵，我们请谁去呢？合市里只有你是唯一的俄国的医生……却不能去请犹太人……他们现在对他都怀恨……先生！……"

区官走近一些了；医生懂得这举动。他满抱着嫌恶一瞥周围，却又制住了自己；只是红了脸，而且愤愤的一睐他近视的眼睛。

"唔，好，那就……病人在那里？"

"这边，这边，先生！……"伊慌忙大声说，提起衣裳，赶快的往前走。

"大约你要人帮忙……"区官急口说。

"我用不着人！"医生截断了话，自己得意着趁这机会的撒些野，跟了警厅长的妻走去了。

他们匆匆的经过了两间昏暗的房屋，大约是食堂和客厅；因为医生以为在昏黄中，看出一张白的桌上摆着还未撤去的茶炊、图画、一张翼琴，虽然漆黑，却在暗地里发光，以及一面镜。两脚互换的踏着坚硬的、砑蜡的地板和柔软的毛毡，一切东西上都带着不可捉摸的奢华的气味。医生因此又觉得非常苦闷起来，仿佛有一件不愉快的可耻的事的缠绕，使他自己堕落了。

在一个门后面响着在医生是听惯的、单调的、垂死的人的断续的呻吟，这音响却使他轻松了；他立刻明白，他什么应当做，和什么是搁下不得的了。这时他已经自己向前；他首先跨进了病人的屋里去。

这地方很明亮，嗅到撒勒蒉克精（Salmiakgeist）、沃度仿漠（Jodform），和一些更烈的气息；其中透出沉重的深邃的从内部发出的呻吟。慈善的看护妇胸前挂着红十字站在床边；那褥子上，血污的罩布挂在一旁，没有枕，伸开了全身，异样的挺了胸脯躺着的，是警厅长。他的蓝色的裤子解了钮扣[6]褪向下边，小衫高高的卷在胸上，而其间断续的、非常费力似的、起伏着精光的肚皮。

医生仔细的看定他，并且说：

"姊妹[7]，你给亮，请……"

---

6 现代汉语常用"纽扣"。——编者注
7 现代汉语常用"姐妹"。——编者注

但警厅长的妻便自己跳到桌旁去，拿过灯来，很俯向前，似乎驼着一个可怕的重负。这时火焰从下面向伊照着伊眼里含着异样的闪光；如果这从伊丈夫的肚子上移到医生脸上的时候，又显出伊那孩子似的，天真的恐怖的神色。

医生弯下身去，在这眩目的光线的范围中，于他只剩下发红的肚皮带着一个暗色的肚脐以及下面的乌黑的毫毛，抖抖的起落。受伤的人的脸正在阴影里，医生是完全忘却了。

"哦，这里……"他机械的对自己说。

那地方，当肋骨弓的尽处，是一个细小的、暗红色的窟窿。那周围非常整齐，已经有些青肿而且染了玫瑰色的血污了，这似乎很微细，至于使人全不能相信他的危机，但那苦痛的挣扎，仿佛全身尽了所有的力，都在伤处用劲一般的，却分明说出了这可怕的苦恼和逼近的危险。

"哦，哦……"医生重复说。

他伸出两个手指去按那伤口的周围，皮肉软软的跟着下去了，但这上面忽而轩[8]起一道可怕的波纹来，一种简单的不像人的狂呼，便在左近什么地方，医生的肘膊底下发喊。

玫瑰色衣服女人手里的灯，到了这模样了，至于医生即刻机械的接住他。他前面看见一个苍白的、可怜的而且极美的脸，于是他的心又起了热烈的同情，伊放下臂膊，无助的挂在身上。

"伊抽紧了！"医生想，——仔细的察看着伊这仓皇的举动。

"慈善的太太……你不要这样着急。……我们还是出去的好……在这里没有你的事。"他拘谨的试向伊去劝告，同时又抓住了伊的臂膊。

伊用了粗野的圆睁的眼睛看定他。

8　现代汉语常用"漾"。——编者注

"不，不……不用，不用……赶快，先生，赶快……体上帝的意志！"

但医生扶了臂膊只向外边送，伊也从顺的离开了房间。

使女在客厅上点了灯，那柔和的红光，便使弯曲的家具的圆面和画框的昏沉的金色，都从阴暗里显露出来了。门口是区官的红而且圆的脸，想问不问的往里看，医生将女人几乎勉强的引到这地方，给伊坐到躺椅上去。

"你不要到那边去……你停在这里！……那边看护妇就够了。我立刻去叫助手⁹来。你太着急了……你停着……"

"已经遣人到助手那里去了。"区官答应说。

伊听着，伊的黑而发光的眼并不离开了医生；似乎伊有点没有懂。医生刚一动，伊便敏捷的像猫一样，抓住了他的手。

"先生，体上帝的意志，你说实话……这不危险么？……他要死么？……"

言语间有什么阻碍了伊，最末的话伊努了力才能含胡的说。

医生愈加悟到，伊正感着怎样的忧愁；他的同情更其强盛了。

"唔，什么……"他想，是回答他自己的不分明的感情，"各有各的……这暴行也和那各种别的暴行一样可怕。……在伊自然是只有他在世界上最贵重，纵然有一切的……而在他便是他的性命最贵重，也如别的人。……我的职务是，救助一切……不应当……将病人分出有罪和无罪来！……"

"你镇静点，慈善的太太，"他弯了过于高大的瘦身子，柔和的向伊俯视下去，"一切，靠上帝保佑，将要有头绪了。伤是重的，的确，但你们邀我，还是这时候……真的，这幸而，邀我有这样快……"他反复的说，使他的话加起斤两来。

虽然一切全未妥当不异从前，他还没有动手，那黑眼睛却柔软

9　是一个诊治的助手，所有的教育程度，是经过了国家的考试，可以在乡间代理医生。

了，消失了伊的发热似的闪光；蕴藉而且感荷，伊忽然觉得很软弱，倒在躺椅里了。

"我谢你，先生！……"伊用了深信的、妩媚的调子低声说。

"你去就是，我不再搅扰了。……但如有事……那边……你便叫我。先生！"

医生违反了自己的意志，又将眼光瞥到洁白的花边工作的波纹，黑头发，玫瑰色的身体和瑟瑟发响的绢衣上面去。

"怎样的一个壮观的美呵！"他诧异的想。"而又是……女人……这凶徒的同衾的人！……希奇[10]，上帝在上！……是的，在这光明的世界上都这样！"———一面跨进房去，他转上了门的旋锁。先前一样的闻得药气味，先前一样的在床上笼着苦楚的、声嘶的呻吟。慈善的看护妇不动的坐在旁边，在伊胸前是惹眼的红十字。

"你听，姊妹，你叫助手去，并且给我取了器具来，此外的我写给他罢，他应该自己给我……他都知道。……"

"就是，"看护妇从顺的说，站起身，"但这已经遣人到各处去了，先生。……"

"你又说去，暂时不要有人来……受伤的人要安静……你止住了他的夫人。……"

医生独自留在受伤的人的床前，他小心的将灯安在几上，近些床，自己便坐在近旁的椅子上。

警厅长永远是不动的躺着。他的脸长着又多又美的胡子，他的手在指上戴着指环，他的腿登[11]着长统的漆靴，也一样的不动。只有那精光的发红的肚子，却用了紧张的摆动，异样的难熬的而且受逼似的动弹，筋肉都杂乱无章的抽向一边，似乎他正在枉然费力，

10　现代汉语常用"稀奇"。——编者注
11　现代汉语常用"蹬"。——编者注

想推出一件什么深入在他里面的作鲠的东西来。

每当枉然的费力之后，全身便发一回抖，又从蓬松的红须底下，迸出嘶嘎的声音，宛然是不自觉的病中的笑声，也像是极悲痛极恐怖的叹息。

医生知道，他能够怎样做，来助这有机组织对于苦痛的战胜；他第一眼先行看定，这警厅长的茁实的身体虽然重伤，倘其间不生变状，或疗治并不过迟，是担受得住的。他又照例的不耐烦起来了。

他拿过那满盖着金红色毫毛的手来，这先前确是很强壮，但现在却橡皮一般软了，于是便诊脉。

这刹时，呻吟停止了。医生忙向受伤的人看，知道他已经苏醒了。

"现在，你觉得怎样？"他问。

警厅长默着。他的肚子还照旧，艰难的高低。眼珠在低垂的眼睑底下昏浊的无生气的看。

医生已经相信他自己是看错了，但这瞬间胡子发了抖，一种异样的声音，似乎从身体的最里面的深处发出来的，轻微的而且分明的说：

"痛……先生……我要死了……安玛在那里呢……我的妻？"

"你的夫人由我送出去了。因为伊太兴奋。你不会死，没有的事。并没有这样重。……"医生回答说，安慰着，用了他常对病人说的，用惯的切实的声音。

"痛……"警厅长更低声的重复说，叹一口气。

"不要紧……我们将要一切理出头绪来了。……你只忍耐一点。"医生用了同样的声音回答说。

然而警厅长已经又昏过去了，从金红色的胡子底下，连续的迸出艰苦的呻吟来。

医生看了表，叹息，站起身，那伤口早经看护妇洗净了，暂时也没有事情做。他觉得烦躁的不安。房里面闷而且热，灯火点得太明。他混乱起来了，思想像烟之在风中一般环绕。他走近窗户；他开了眺望窗，[12]靠着冷玻璃向街上看；那清冷的洁净的空气，波涛似的从他头上流进房中，吹动他的头发，他觉得舒服了。

街上正寂静。寂寞的黄色的街灯俨然的无聊的点着，并且照着人家漆黑的窗户和沉默的招牌。许多屋脊上头，耸着大教堂里昏暗的钟楼的高轮廓；这后面是闪着才能辨认的远远的微红。

这提起了医生的坡格隆[13]的记忆了；他忽又含胡的失了主见，这正是整日的呕吐似的给他烦恼的事。他从眺望窗伸出头去，侧耳的听。确乎没有听到什么，但随后却风送了单发的远地里的枪声来。

……吧，……啪，……啪，……这隐隐的在空中飘浮，而在这短的钝的声响中，便跟着悲惨的运命。

"上帝呵，这何时有一个终局！……"医生想。

在房后面，对他回答似的发出提高的断续的呻吟。

迫压似的思想透过了医生的脑里了。

"上帝呵。他这里……他有着怎样一个又美又可爱的妻，他自己多少强壮而且健康，围绕着他是怎样的丰裕的奢华，他还该有怎样的健康而且活泼的孩子；……但他却并不满足这幸福，欢喜这生活，并且宝重这欢喜；他倒去干这等事！这在他是无须的，属于分外的，可怕的……他该明白罢。那是造了怎样的孽了。然而虽然……"

寒风更烈的吹着屋脊，床上又发了呻吟。

---

12 俄国的窗户上大抵有一个小半窗，可以开阖；那大窗框，在冬天往往用泥堵塞起来，不再动。
13 详见跋语。

医生靠着窗边不安的细听，他以为听得一声喊，但也不能辨别，是否并非他自己的疑心。在他脸上，本已通红而且汗湿的，下起不甚可辨的雨的细滴来了。伸开长颈子，他左右的看，在正对面认出一方大的白色的招牌："鱼栈。"

隐约的有一种东西来到他脑里了，但忽而用了极大的速率弥满了他的思想，又从这长成一幅鲜明的眩目的图像来。六七个月以前他应过一个商人的邀请，这人是得了轻的中风症了。

这胖东西躺在安乐椅子上像一匹新剥皮的母猪；他的脸是青的，宛然一个死人；他的呼吸又艰难又嘶嗄，他的手脚抽搐了许多回，人就知道，他有怎样的苦闷了。

医生那时用尽了方法，只要是学问所及的事；他不睡而且不倦的整夜的医治，终于使他站起来了。而这一个商人墨斯科蟠涅珂夫在三日之前，曾对着一群破烂而且酩酊，几乎不像人样的人们，在大教堂前，分给他们烧酒和做旗的花布。他那又红又胖的脸兴奋得发亮，又用了他的嘶嗄的声音乱嚷些胡涂话，这就化了这一次的残虐，杀人与强奸。

"那我曾……倘那时我不曾医好他，"医生想，"现在就许要多活出几十个人……我做了什么事？……"

他惘惘的离开了窗门，似乎自己要唤起一种记忆来，而却没有。他走到床边，对了警厅长的脸锋利的看。这很青，衰惫，有许多回，呻吟每一厉害，金红色的胡子下面便露出白而且阔的牙齿；于是全脸上现了狡猾的、动物的表情。

一个忿怒的嫌恶的大波动忽而冲着医生了，所有环象——这卧室的奢侈的陈设，夫妇床的显然的无耻的并列，和裸露的身子带着他红肿的皮肤……都成了难堪的实质的反感了。

"人应该自制……我没有这权利，没有依照一己的感情的权利!"他自己在思想中叫喊,"而且,我自然是不走的,不要舍弃了将死的人,"他想,用了假作的切实,分明的决定了表情。

"何以舍他不得?何以!——这却不能。……"

完全的无主失了他的气力了。他从礼服的后袋里很拙的扯出手巾来,那衣缝便不可收拾的开了裂,于是慢慢的接续的在那流着大粒的汗的脸上只是揩。

"呸,鬼!……但这是甚么事……终于没有人来呢?"他突然暴躁的想,已经忘却,是他自己禁止的了。但他自己又立时觉察,他之所以只指望什么地方有一个来人,便因为想靠一个别的人抱着别的感情,来替代和鼓舞他的固有的"我"。

"那真可怕呵,倘若一个人的神经坏掉了!这被诅咒的时间。"他很绝望,无声的说,徐徐回转身。他的举动又暧昧又游移,仿佛违反了一个别人的意志而行止,而且对于这反抗,又时时刻刻,必须战胜似的。

因为一种什么的原因,又只引他向窗口去了。

他刚向黑暗中一探望,他前面立刻现出一幅临末这几日的纷乱的悲惨的眩目的光景来。一个少年的尸体运到他的医院里来了。缺了脸,人已经不能推测,被害的是怎样的人,只在头颅所变的丑恶的一团,血污淋漓的质地上,现出那软头发的攒簇。随后他又记起一个高等女学生来,是年幼的犹太的闺女,他几于每天早上,和伊遇见在前往医院的途中,伊是苗条、快乐,以及伊干净的灰色的制服、黑的裙、高鞋,和黑头发围着玫瑰色的额角,在伊都见得很出色。对于这劳倦的医生,从伊姿态上,常常嘘出最初的女性青年的清新的吹息来;他愿意和伊遇见,正如愿意遇见每年中,还瑟缩,然而已经是光明快乐的春天。而伊也被害了。伊的死尸,是医生在这一日里所见的第二个。在一条巷内,一所门窗破碎的熏坏了的房子的近旁，末屑和污秽的破布中间，灰色的潮湿的步道上，他看见一点特别的鲜明的东西：凶徒们将伊在这房子里强奸了，剥光衣服，从窗洞摔在街石上，在那地方，据医生耳闻，人还拖着伊的一只脚，在泥泞里曳了许久的时光。在伊还未长成的胸脯上，挂着几片黑条，是被石头撕裂的皮肉，乌黑的解散的头发，在污泥中浆硬了，离头有一唉辛[14]之长，一条精光的折断的腿，无力的弯在石缝里。

这才在他合着的眼睑下含了热泪，流出眼镜边外来了。于是这说不尽的悲惨的光景，带着恶梦似的恐怖，骤然间变了商人墨斯科皤涅珂夫的不成样子的胀大的嘴脸了。生着走血的大眼睛，歪着阔嘴，而周围又鬼怪一般的跳着破烂的，因为烧酒而肿胀的人们的，发狂似的形相。

"不……这不是人！"忽而外观上很冷静，响亮而且坚决的，医生说。

在这恐怖中，那被害的闺女的脸消失了。

跄跄踉踉的，又喃喃的自己说些话，医生竭全力支撑起来，离开了窗门，又向警厅长的床这边走，但他刚到房子中央，又火急的转了向，做一个拒绝的手势，并不向病人一瞥，便出去了。

"我不能！"他很悲愤的说。

三

他在客厅里正撞着慈善的看护妇；他便闪在一旁，让给伊的路。这一瞬间，他是在一种异样的半无意识状态里了；他后来自己也不能记忆，其时正想些什么事。看护妇站住，安安静静的问他，从下面仰看了他的脸：

14　Arshin，俄国尺度名。一唉辛约中国二尺余。

"又遣人去了。先生……到谛摩菲雅夫和医院里。……"

医生似乎正在倾听什么别的东西，向着伊的额上，那白帽子下面露出一小团毛发的地方，沉思的看；于是他答应说：

"嗳，哦……是了。……"

"你许是要什么罢？我准备去。……水么？"看护妇又问。

"好……水！"医生愤怒的大叫，对于这鹘突和叫喊连自己也惊怖了。这刹那，他的眼光正遇到看护妇的诧异的眼，在伊眼光里，他看出了以为受侮的神情。

他想要说，给一个申明，自己是为着甚么事。但只是无力的一挥手，穿过客厅出去了。

他走，并不留心的，经过了一切的房屋，他觉得警厅长的妻的忧疑恐惧的眼光，那正从躺椅里站起来的，向着自己。但也并不对伊看，走进前房，便用那发抖的手穿起外套来。

伊跟在他后面，向他略伸开了一半露出的，裹着花边的手臂，不安的问道：

"你要到那里去，先生？什么事？"

在伊后面，拙笨的伸开了两手，站着区官，从他头上，探着宪兵官的脸。

医生转过身去，是已经穿好了橡皮鞋和外套的了，帽子拿在手里，不知何故的他经过他们的前面，进了食堂，并且说，看着地板，满脸发青：

"我不能……你另外叫别的人！……"

惑乱的惊怖睁大了伊乌黑的眼睛了。伊合了手。

"先生，你怎么了！我去邀谁呢？……我已经对你说过……到处……只有你是唯一的……为什么？你自己欠康健么？"

医生吐出不知怎样的一种声气，因为他不能即刻说出话来。

"呜……不的……我康健！我完全康健！"他大声说，激昂起来，全身发着抖。

死人似的青色骤然一律的盖了伊的脸。伊闭了口，注视着他，从这固定的玻璃一般的眼光上，医生忽然知道，伊也懂得他了。

"先生！"宪兵官恫吓的开口，但伊便用手阻止了他。

"你不肯医治我的男人，因为他……"伊低声说，伊只微微的动着发抖的松懈的嘴唇。

"是的……"医生想要简明的答复，但这话粘在喉咙里没有出来。他只抽动着肩膀和手指。

"请你听！"区官焦躁起来了；但不知何故的仍然吞住，迷惑的向各处看。

沉默了片时。那女人显出失据和无望的表情，紧紧的看定了医生的眼睛，医生是执拗的只看着加罩的食桌的桌脚。

"先生！"伊用了紧张的畏葸的哀求说。

医生骤然抬起眼来，但没有答话。他这里正起了一场苦闷的隐藏的战争：对一个垂死的人和伊，在无助的绝望里，舍弃了，这似乎全然不该，是犯罪和不法；一走，而且因为这一走便可以分明切实的说，竟是宣告了一个全无抵抗的困苦的人的死刑。

像一个回旋圈子的可怕的速率似的，他只想寻出一条出路来，而竟没有。他忽而相信，这是简单明白的事，进去，医治，慰安[15]，但紧接着觉得这也是简单明白的事，正应该——走。这样的缴绕了别的。

"先生！"伊又用了一样的紧张的哀求说。这时伊很屈向他，张开了臂膊。

医生突然感到了全在这思想串子以外的事，是他因为穿了外套

15　现代汉语常用"安慰"。——编者注

温暖了，倘他走到街上，便会受寒；于是他仿佛觉得，脱下外套来，到了病人那里，而当他面前又看见了这脸，带着金红色的美观的胡须和又白又阔的牙齿。

"不，这是不能的！"这通过了他的脑中。

在这思想之前他又恐怖起来了，他眼前又浮出那被杀的少年的打烂的脸的血粥，和高等学校女学生的裸露的腿来，他听得一个相识的人说："他们撕开了肚子而且塞进床垫的翎毛去。"而一种新的，几乎闷杀人的愤懑，又复抓住他了。他声嘶的叫道：

"我不能！"

于是他向伊略略弯身，做一个拒绝的手势，转向门口去，一声全出于意外的着急的大叫又从伊留住了他。

"你不应当这样！……你是有医治的责任的……我要控诉去，你要后悔的……柏拉通·密哈罗微支！……"

区官宪兵官和两个别的警官都一样的向前房走近一步来。似乎是，他们一伙，由玫瑰色衣服的女人率领着，要挡住他。他蹙了脸回过头去。

女人当面站着，伊的黑眼睛已经睁圆了；伊的纤手痉挛的捏了拳头，对他伸出了全体：

"你不应当！你知道，什么？我要强迫你！……"

"伊凡诺夫！"区官叫喊说，红着脸。

"嗳哈！伊凡诺夫么？"医生说，用了异样的声音，拖长着，将那门的把手，那已经用手捏住了的，放下了，"你恫吓我么？……那么，好！……如果我这样做，自己知道，为什么……我是有医治人的责任的？……谁说的？……如果我嫌恶，我就毫没有什么责任。……你的男人是野兽，他现在苦恼着，唔。虽然对不起，还是很少。……我医治他？救这人的命，这……你说的是什么，你懂么？……你倒不自己羞，亏你能说出口，替他哀求。……唉！不能……不～～能！他倒毙去，他倒毙去，狗似的，我连指头也不动。……拘留我！……我们瞧罢。……"

他那低的略带女性的声音嚷着说，他的细小的近视眼得胜而且毫不姑容的发了光。这刹时他尝着甜美的复仇的感觉，一切道德的苦痛的出路，以及从他全生涯中抢去了欢乐的，气厥的愤怒的出路，是寻到了。他不自觉的奇特的微笑，渐渐高声的咆哮，全不管周围要出什么事。

花边镶条的女人似乎要跌倒了；伊这变了可憎的凋萎的脸上，被苍白色扫尽了最后的颜色了。伊无助的跄踉，痉挛的动着嘴唇，而且无声的无力的哀求似的，向他伸着手。

"先——先生！"他终于在自己的叫喊里，听出伊的微弱的声音来。

他赶紧住了话，诧异似的向伊看，仿佛他完全忘却了当着伊的面了。

"我……我知道，先生……"伊涩滞的说，"先生……他自己有……先生！……"

医生骤然改变了神情。

"这……这不能算一个辩解，"他吃吃的说。

"我知道，先生……但这样他就要死。……"

"然而……"医生发话，又复愤恨起来。

伊一面抓住他外套的袖子，打断了他的话。

"是的，是的，先生……我并不这样想。……我懂……并不这样。……但我爱他。先生……没有他我就要死。……唔，我也难受的，我……先生，凭一切圣灵的名字。在你这里没有一滴的同情么？……我们有孩子！……"伊突然跪下了。

"安玛·华希理夫那，你做什么！"喊着，径奔向伊，是区官和宪兵官，但伊推开了他们。

这是非常之意外而且异样，至于医生也踉跄倒退了。伊膝行向他，后面拖着发响的玫瑰色的裙裾，而一个华美的弱女子的外表是这样动人，致使医生的精神上，又回来了一切的锋利的苦痛了。

汗珠成了大粒流在他脸上，手脚都颤动，几乎要破碎了。他暂时之间，觉得他已经不能反抗，自己觉得失了意志，但这时区官来捉住他的袖子，便涨满了愤恨的可怕的狂涛，将已经准备了的允许都破裂了，他掣回手，向门口直闯过去。

伊抓住他的袖子，对他叫喊，因为伊未经抓紧，两手落在地上了，不动的倒着，像一个玫瑰色衣服和乱头发的堆。

伊被搀起了，但当医生关门时候，他见伊还在地上；很使他有些难堪；人在他后面奔走，区官叫着兵们；他听得他们的脚步声已经在楼梯下震动。医生浑身抖着，胡乱的抓住了阑干，他急急的，逃走着，用那跨下去的脚尖探着楼梯。他眼前转着火光的圆圈，一种沉重的散漫的感情压住了他，如一座山之于一颗砂砾。

一九〇五至六年顷，俄国的破裂已经发现了，有权位的人想转移国民的意向，便煽动他们攻击犹太人或别的民族去，世间称为坡格隆。Pogrom 这一个字，是从 Po（渐渐）和 Gromit（摧灭）合成的，也译作犹太人虐杀。这种暴举，那时各地常常实行，非常残酷，全是"非人"的事，直到今年，在库伦还有恩琴对于犹太人的杀戮，专制俄国那时的"庙谟"，真可谓"毒逋四海"的了。

那时的煽动实在非常有力，官僚竭力的唤醒人里面的兽性来，而于其发挥，给他们许多的助力。无教育的俄人中，以歼灭犹太人为一生抱负的很多；这原因虽然颇为复杂，而其主因，便只是因为他们是异民族。

阿尔志跋绥夫的这一篇《医生》（Doctor）是一九一〇年印行的《试作》（Etivdy）中之一，那做成的时候自然还在先，驱使的便是坡格隆的事，虽然算不得杰作，却是对于他同胞的非人类行为的一个极猛烈的抗争。

在这短篇里，不特照例的可以看见作者的细微的性欲描写和心理剖析，且又简单明了的写出了对于无抵抗主义的抵抗和爱憎的纠缠来。无抵抗，是作者所反抗的，因为人在天性上不能没有憎，而这憎，又或根于更广大的爱。因此，阿尔志跋绥夫便仍然不免是托尔斯泰之徒了，而又不免是托尔斯泰主义的反抗者，——圆稳的说，便是托尔斯泰主义的调剂者。

人说，俄国人有异常的残忍性和异常的慈悲性；这很奇异，但让研究国民性的学者来解释罢。我所想的，只在自己这中国，自从杀掉蚩尤以后，兴高采烈的自以为制服异民族的时候也不少了，不知道能否在平定什么方略等等之外，寻出一篇这样为弱民族主张正义的文章来。

一九二一年四月二十八日，译者附记。

战争中的威尔珂　一件实事

［保］伐佐夫

　　人取他入营的时候，他藏在草料阁上的干草里……年老的父亲往镇里去了，为的是央求官府，不要取威尔珂[1]去，因为他是独养子，没有人能理生计，饲牛和布种的了。

　　留在家里的只有年老的母亲，是须得打发开那些问起威尔珂的人的。

　　“巴巴[2]维陀……叫威尔珂来！他应该上镇去……他是预备兵……他须得抗枪……”克米德[3]对伊说。

　　“威尔珂没有在家，我的小儿子。[4]”

　　“母亲维陀！……威尔珂大概是躲了罢？……”经过门旁的预备兵们问说。

　　“没有，小儿子！……我藏他在那里呢？……从前天起，我便不知道他在那里……他不是废物！……你们都知道他。……”

　　但此时来了伊凡摩利希维那，是预备兵的指挥者。他从头一直武装到脚。人知道他是一个狠毒的人，全村的人们在他面前都发抖。

　　“祖母！……倘若威尔珂在明天早晨我们开拔之前，还不来入伍，我一捉到他，立刻给他一百棍！……你要记取！……”

1　Velko，勃尔格利亚人的名字，和益尔伏忒与塞尔比亚的 Vuk 相同，意义是狼。（俄文称狼为 Volk，波兰文是 Wilk。）

2　Baba，斯拉夫语，意义是老人。

3　Kmiet，意义是村长。

4　斯拉夫种人相称，幼的对于老的常是父母或祖父母，长的便称他为儿子之类，不必定是亲属。

"但那是为什么呢！……你们寻到他，就立刻打死我！……他不是一个废物！你不知道么？……"吃惊的母亲维陀喃喃的说，而且挂念着坐在草料阁上的威尔珂。

"用骨樱树做的棍子一百下！……一下也不能少！……"伊凡重复说，走了。

那威尔珂呢？……他热病似的抖着，从他自己挖在屋顶上的窟窿里，窥探着他。他听到了可怕的摩利希维那的恐吓，而且更加害怕了。

他赶紧溜到顶篷上的一个角落里，爬向干草，自己埋在这里面一直到脖颈。

他这样的等到夜。

第二日一清早他从罅隙间往外看：村的空地上站着一群预备兵，都是他的伙伴，都高兴，都穿制服，而且他们用秋花装饰着的帽子上，在太阳里耀着小小的金狮子……他们嘴里衔着黄杨木的小枝条，他们也用这饰了枪口……子弹，珍珠一般的排着，交叉在他们的胸前……而且挂在他们身旁的铁叶的水瓶，又安排得怎样好……太阳反射在这上面！……

寂静笼罩了全群。预备兵们成了行列对着他的小屋子走。

伊凡摩利希维那从酒铺子走近这边来。他戴一顶帽高得像一条烟囱，这旁边插一支白羽。

他在队前面站住，向他们说了几句话，用手做一个信号……他们便缓缓的动作了，一律，整齐，而他在他们的前面。他们之后，在杂色的一大群里，是亲属和朋友，来和他们作别的。

歌是大声的唱起来了，很响亮。……

威尔珂倾听着……他听不饱这甜美的音节……而且歌将他的

声调弥满了全村落……天空和森林。……

他们走了……消失了。……

风时时送给他在空中反响的歌的声调来。

这真是战争的一点妙处呵！……

胡涂的威尔珂的心在胸膛里发了抖……他向下边看……从上到下满是尘土，挂着干草和蛛网。……围住他的是浑浊的气味，黑暗，鼠子弄剩的零星。……有几处，从罅隙间射进些微的太阳光线来……所谓偷偷的光亮。

而那边……开阔的平野，明朗的天，照耀着纯净的太阳……溪涧里的流水潺潺的响，鸟雀自由的腾上天空中……而他的伙伴向着碧绿的旷野里开步走而且歌唱。……

没有多想，威尔珂从阁上的四方口溜进房中，在壁上抓了枪，走过牛棚，抚摩了花牛，在那额上的星点上接了吻，不使母亲看见的跳过篱笆，便奔向平野去，仿佛有人追赶他似的。

预备兵们开步走而且歌唱……他们的刺刀在太阳下电光一般闪烁……他们的军旗像张开两翅的大鸟似的飞扬。……

众人之前走着伊凡摩利希维那。他时时转过身来，发些号令，于是又和他的大帽子向前大踏步的走。

威尔珂追到他们的时候，歌沉默了，队伍解散了，大家叫喊起来，因为威尔珂一光降，各人都得了愿意的人了。

"乌玛利丹……乌玛利丹！……你怎样了？……你是怎样的一个英雄呵！……你究竟先在那里呢？……"这一部分大声说。

"乌玛利丹来了！……"别一部分叫道，——"现在我们不怕什么了，而且要俘虏苏丹哩！……"

"开步走！……开步走！……而且高兴罢！……开步走！……开步走！……君士但丁堡是我们的！……"

预备兵们都欢笑而且纳罕的看着乌玛利丹的威尔珂，在他身上有几处还挂着蛛网。

威尔珂红了脸，也不作声。

伊凡摩利希维那微微的笑，但他便即皱了额，锋利的叫喊道："够了，这够了！……你们为什么这样笑？……好，威尔珂！……开步走！……"

预备兵们又成了行列向前走。

但在他们过第一个土冈以前，人已经将乌玛利丹的威尔珂改称"少尉"了。

晚上，他们到了菲列波贝尔。

人使他们歇在饥饿之野的新营里。

第二日早晨，兵官来巡逻，听过摩利希维那的报告，去了。

这于威尔珂都适意：有肉的汤、新的兵外套和伙伴，和军歌和愉快，——一切，只要是心里所希求的。他惯熟了新生活，同化了兵们的习惯和言语……他早没有一点再像先前的威尔珂了。

人来点名。

"有！"他尽力的叫，其时挺直的像一条弦，而且从从容容的一瞥长官的眼。

别的人戏弄他。

"威尔珂……"伊凡摩利希维那大声说，他已经任为军官了——"你将帽上的小狮子缀颠倒了！……野东西！……"

"遵命，您勃拉各罗提。[5]……"而且威尔珂很尊敬的看一看他的长官。

每瞬间都到来新兵的输送，是分给预备兵去教练的。

5　到塞尔比亚战争时，就是到俄国军官的解职时为止，兵们都用俄国式尊称他们的长官。现在是他们只说：中尉，大佐之类。

威尔珂分到了大约十个村人和五个市人。伊凡摩利希维那对于一个市人有些反对而且可怕的苛待他。

他现在寻到报仇的机会了。

"威尔珂！……"他将他的下属叫到旁边。

当威尔珂傍他站着的时候，他问，这时他用眼睛睃着站在队伍里的新兵："他们服从你？……"

"他们服从，您勃拉各罗提。……"

"你看见那边的那一个大个儿人么？……"

"我看见他，您勃拉各罗提。……"

"这是一个狗子……这是……你懂么？……好好的留心着……不准他动一动……倘若他走得坏，给他一脚……他看得不直，便一拳打在狗嘴上……不要宽容他……前面去，给我能看到……"

"遵命！……"

威尔珂回到他的新兵那里，少尉也背向了市人了。

威尔珂理会不得，何以少尉只吩咐打那大个儿人。村人中却有几个是练习的狮儿，按着号令，那大个儿走得最好，少尉大人不是错误了么？他的头脑不能捉摸这事，但自从那时以来，不知什么缘故，他在这大个儿人之前自己觉得慌张了。

晚上，摩利希维那叫他到官房里。

"威尔珂，对那驴子究竟怎样了？……"

"遵命，您勃拉各罗提。……"

"他那狗嘴肿了么？……"

"一点没有，您勃拉各罗提，他的事做得很合法。……"

少尉蹙了额。

"听着，你是一匹骆驼。明早操练的时候我来……无论他怎样，你便在我的面前将他大骂，否则鬼捉你！……"

威尔珂悚然的去了。

他觉得，自从那少尉升迁之后，更加坏了，到末后……谁知道呢……这大约是这样的风气。……

次日早晨，少尉到操练这里来，额上带着一道很深的皱。

威尔珂觉得滴下冷汗来。

刚发首先的号令："一，二！"威尔珂便立刻走向大个儿人，拉住他的制服，喊出钝的、低微的声音来，似乎是出在地底里："请……您！……"

此外他不能再说了，他单是哀求似的看着大个儿。

几个兵，是市人，不由的微笑起来，当他们看见威尔珂的可怜的地位，他自己不知道，他是在天上还在地上的时候。……

摩利希维那愤然的咬了牙，青了脸，跳向威尔珂并且打在他脸上，至于他鲜血直涌出鼻子来。

这使军官更加暴躁了，他喊道："威尔珂！……二十四小时的禁锢……没有面包！……"

威尔珂的罚是严重的。

他哭了一整夜，他全走进他的忧愁里了。他记起他的母亲，那伊如果想到他，便在那里欷歔的……他的父亲，那两脚已经不能做吃重的工作的……棚里的花牛，那此时正在四顾，看威尔珂来抚摩他与否的……他想的很久。雄鸡啼到第三回，最初的黎明开始了，暗暗的进了小窗子……全营立刻醒来，惩罚的期间过去了，他又去操练……而且又看见野少尉的颦蹙的脸了。

不……他今晚便跑开这里，只要一昏暗……出什么事，出来就是……

虽然，威尔珂却并不能实行了他的计画。人将伊凡摩利希维那调到不知什么地方去了，而他的位置上来了一个有理的像人的军官。

于是威尔珂留着。

第一个军官即刻看出了威尔珂的能干，他的服从和心的简单来。

有一天，他当着大队之前，因为一件任务的好成绩，大声的称赞他。

"好，威尔珂！……你是一个勇敢的汉子。……我希望大家，都像这样的兵士，像你似的。……"

威尔珂仿佛觉得，他有如回了天堂了，从这刹时起，他就准备定，只要有长官的一个眼色便拼死。这使他活泼起来了，而且他又开始问那伙伴，是否立刻便有对于土耳其人的战争，他有这样的兴致，要用他的刺刀刺死几个土耳其人，他日见其好战了。

"威尔珂……你在战争中真要打死一群土耳其人么？……"他的伙伴恶意的问他说。

"他们的娘要哭他们。……"

"你怎样打死他们呢？……你实在还没有战争过。……"

"什么……我？……"激昂的威尔珂回答说，他走到旁边，紧捏了枪，——看一看，用刺刀向空中便刺。

大家都躲闪，因为这赫怒的威尔珂，是真会将人刺在那刀尖在日光下发闪的刺刀上的。不意中有人拍他的肩膀。

他转过去。

他面前站着他的长官，而且一半微笑一半严厉的对他看。

威尔珂挺直的站着，羞得没有话。

"我愿意看见你对着真的敌人也有这样勇。……"长官说。

"遵命，您勃拉各罗提。……"

这是一八八五年。十一月二日（旧历，即新历的十五）人将全团运到饥饿之野去，并且排了队，不久，团长骑着马到来，晓谕大众，说那米兰，那塞尔比亚王，对勃尔格利亚宣告了不合理的战争，以及当晚这全团便向野外进军去对仗，防守祖国的边疆。

为了同塞尔比亚开战而起的，首先的无意识的快乐之后（普通的高兴是威尔珂也有份的），威尔珂的头里起了大扰乱了。他捉摸不到两件事：第一，塞尔比亚何以倒不向那又坏又非基督教徒的土耳其去出兵呢，此外，是人要到塞尔比亚，渡过海去，不可怕么？……

然而他没有工夫，打听这些事了；大家满手都是事，这边那边的跑而且匆匆的集起东西来，因为都要上火车去。

车站上塞满了人……母亲们哭着和兵们别离……女儿用树叶环绕他们的帽……另外的人又用松柏枝插在枪膛上。……单是和他作别的没有人……没有人诉说，说他出征的事……热情抓住了他，但没有时候了；他们要归队，音乐演奏起来，大众诀别他们，高叫一声"呼而啦！……[6]"而且列车走动了。

自两天以来，苏飞亚的旷野，已经被在高峻的连根震动的密朵式山发出反响来的炮声轰得烦厌的了……山将他愤怒的头角包在浓云里。……

旧苏飞亚[7]，勃尔格利亚的首都，也一样的恐怖……市街上是纷乱和拥挤……市街上是哀愁……而且人心——闷闷的。

白旗缀着红十字的到处飘扬，市镇变成一所医院了，车子载着伤兵不绝的到来……而且从战场上又永是传来暗淡的消息……大炮声愈加逼近，愈加怕人，空气激荡了，玻璃在窗户上发着抖。……

6 Hurra 是欢喜或激励的喊声，或者意译作万岁，不甚切合，现在就改为音译。

7 Sofia 勃尔格利亚语的 Sredec，就是罗马的 Ulpia Sredea。

　　苏飞亚后边，在斯理夫尼札这方面，大道全被军人掩得乌黑了，他们来：从罗陀贝尔沼泽的内地，从黑海和白海[8]的沿岸，从多瑙来的这些英雄们。他们将黑夜做成白天，他们一面走一面睡，他们没有一点食物到嘴里，而且这于他们是很适意的！

　　你听到么？……他们还唱歌当作大炮的轰声的答话，虽然他们直到唇边都溅满了泥污，只有他们的枪发着闪，而欢喜却主宰了他们的心。……他们知道，勃尔格利亚人看他们，谈论他们，期待他们什么事，他们知道，勃尔格利亚人为他们祷告。

　　向西方望过去，只见满路是拿着插上的刺刀的步兵……铁的车轮轧轧的响……他们曳着沉重的大炮和弹药车……倘他们一躲闪，困倦的骑兵便将他们溅上了泥污！……但是如何奇特的骑兵呵！……三个人骑在一匹马上，正如拉兑兹奇的兵，当他们驰向式普加去战争，帮助民军的时候似的。[9]

　　现在斯理夫尼札是第二式普加了，多一个兵一粒弹——便能救得祖国……我们的英雄们都知道这事，而且上帝所以将铁一般的力量和不可见的羽翼给他们。……

　　在一小时之前，斯理夫尼札后面的全线上，激起了可怕的战斗。三日以来，已经是大炮不住的怒吼，而且千万的枪弹嗯哨着的了。浓密的青色的烟雾罩着战场，不肯收敛了去。

　　敌人的集合的车垒从各方面奔突进来，又到处退了回去。前天他们比我们强三倍，昨天强两倍，今天是势力相等了。

　　战争在左翼发作起来了，在中军，以及在右翼，这是我们的威尔珂就在里面的。他战的以一当十，很骇人。

8　指 Aigaia 海。
9　俄土战争时，曾在式普加大战。拉兑兹奇是此时和民军反抗土军的人。

那坟山，勃尔格利亚人从这里射击出去的处所，昨天是属于塞尔比亚人的。经反抗袭击之后，我们的军队将塞尔比亚人从这阵地上逼走了，——敌人退到对面的土冈上，是他在夜间筑了堡垒的地方。……他向我们四面用了火来，又用枪弹的雹霰来震动比塞尔比亚较低的我们的阵地……塞尔比亚人是看不见的……在烟雾里，这边那边的出没着黑帽的尖顶，而刹时都又消灭了。

时间经过了，战斗永是继续着。每瞬间升起塞尔比亚人堡垒的那可怕的火来。

我们的队伍节省子弹，不再徒然的来开枪，他们等候着号令"前进！"以用刺刀去回报那射击……其时我们的少年静听着枪弹的嗯哨，或者那打在地面的钝滞的声音。……我们的大炮一发响，他们便将眼光跟着榴霰弹而且呐喊道"呼而啦！……"倘若这炮火命中了的时候。

只有威尔珂一个人没有停止开枪……他一个人定规的回答敌人，因此大抵的枪弹都落在他四近。大半是这事使他发怒，就是从昨天早上起没有一点食物到过嘴里……因为这不住的火，面包是不能运到堡垒的了。威尔珂的脏腑抽得如一条蛇的圆圈。他在牙齿间咒骂而且永是接连的射击。……

然而——饥饿克服了市镇。……

威尔珂站起身来，伸直了，并且开手向战友的背囊里去搜索，看可能发见一片面包……他全没有一回听到枪弹的嗯哨，那永是稠密的落在他四近的。

"你伏在地面上，乌玛利丹！……"众人都嚷，因为吃惊着威尔珂的鲁莽。

但威尔珂默着，站直了，又弯下去，遍摸所有的衣袋……他终于寻到一片霉了的饼干，于是他站得挺直的咬进去，对抗塞尔比亚人……一粒枪弹帖近了他的嘴直飞过去，将那饼干带得很远了。……

这是塞尔比亚人的一个大错：他使威尔珂狂怒了……为惩罚他们起见，他将臂膊擎在空中，并且用了死力叫喊起来道："呼而啦！……呼而啦！……呼而啦！……"

百数颗枪弹攒着这狂怒者呼呼的响……威尔珂不害怕，……"天使保佑无罪者"——谚语说……战友相信，威尔珂是发了疯了，但他们不能反对他，而且躺在地上跟着威尔珂的号令呐喊道："呼而啦！……"

队的指挥官惴惴的看着威尔珂的无畏，但这出戏是每瞬间都能变成悲剧的，而威尔珂是一个出类拔萃的兵。……

"威尔珂！……伏在地上！……"军官命令说。

但他似乎聋聩了，威尔珂只是不住的向塞尔比亚人挥着臂膊而且叫喊："呼而啦！……呼而啦！……呼而啦！……"

而且躺在地面上的伙伴们学着他的话："呼而啦！……呼而啦！……呼而啦！……"

希奇！……这愤怒的狂度是传染的，威尔珂的叫喊延烧了众人的心……几个人起来了，因为要照着威尔珂做……现在他是真的指挥官了。

排长将额蹙成皱襞，命令的叫道："乌玛利丹，我命令你……伏在地上！……大家都伏在地上！……我不愿无益的牺牲！"

"您勃拉各罗提……"威尔珂第一回说，——"他们逃走了！……呼而啦！……"

指挥官起来，用他的望远镜去照看塞尔比亚的阵地。

而且真的……塞尔比亚人逃走了……从这喊声"呼而啦"上，他们推想，以为勃尔格利亚人攻进来了。

二十分时之后，勃尔格利亚军占领了高的塞尔比亚的阵地，并没有开一回枪。

威尔珂躺在医院里三个月，因为左臂上一个伤，是他在札里勃罗特所受的，左手从此以来于工作便没有用。他以后还是在战地一般模样，而且永是成了这样的威尔珂乌玛利丹。伙伴们仍是玩笑的称他"少尉"，虽然他们忘不掉，他便是，在斯理夫尼札占领堡垒的一个人。他也并没有忘记这件事，他每遇机会便讲他战争的回忆。

倘若兵营是兵的学校，战争便是他的高等学校了。而且——事实上——威尔珂知道了领解了许多的事物。只有一件，这简单的农夫不能懂：人为什么和塞尔比亚人打仗呢？

我们的聪明的政治家对于这肤浅的幼稚的问题，立刻给我们一个准备妥帖的回答。……

然而我觉得，正如在我们这里一样，在我们的邻人那里也有百千的简单的农夫正如威尔珂的，直到现在，还不能懂得为了谁，这战争是必要而且不可免呢，因为他们是只用得着及时的太阳和雨泽的。……

简单的头脑！

勃尔格利亚文艺的曙光，是开始在十九世纪的。但他早负着两大害：一是土耳其政府的凶横，一是希腊旧教的锢蔽。直到俄土战争之后，他才现出极迅速的进步来。唯其文学，因为历史的关系，终究带着专事宣传爱国主义的倾向，诗歌尤甚，所以勃尔格利亚还缺少伟大的诗人。至于散文方面，却已有许多作者，而最显著的是伊凡·伐佐夫（Ivan Vazov）。

伐佐夫以一八五〇年生于梭波德，父亲是一个商人，母亲是在那时很有教育的女子。他十五岁到开罗斐尔（在东罗马尼亚）进学校，二十岁到罗马尼亚学经商去了。但这时候勃尔格利亚的独立运动已经很旺盛，所以他便将全力注到革命事业里去；他又发表了许多爱国的热烈的诗篇。

伐佐夫以一八七二年回到故乡；他的职业很奇特，忽而为学校教师，忽而为铁路员，但终于被土耳其政府逼走了。革命时，他为军事执法长；此后他又与诗人威理式珂夫（Velishkov）编辑一种月刊日《科学》，终于往俄国，在阿兑塞完成一部小说，就是有名的《轭下》，是描写对土耳其战争的，回国后发表在教育部出版的《文学丛书》中，不久欧洲文明国便几乎都有译本了。

他又做许多短篇小说和戏曲，使巴尔干的美丽，朴野，都涌现于读者的眼前。勃尔格利亚人以他为他们最伟大的文人；一八九五年在苏飞亚举行他文学事业二十五年的祝典；今年又行盛大的祝贺，并且印行纪念邮票七种：因为他正七十周岁了。

伐佐夫不但是革命的文人，也是旧文学的轨道破坏者，也是体裁家（Stilist），勃尔格利亚文书旧用一种希腊教会的人造文，轻视口语，因此口语便很不完全了，而伐佐夫是鼓吹白话，又善于运用白话的人。托尔斯泰和俄国文学是他的模范。他爱他的故乡，终身记念着，尝在意大利，徘徊橙橘树下，听得一个英国人叫道："这是真的乐园！"他答道："Sire，我知道一个更美的乐园！"——他没有一刻忘却巴尔干的蔷薇园，他爱他的国民，尤痛心于勃尔格利亚和塞尔比亚的兄弟的战争，这一篇《战争中的威尔珂》，也便是这事的悲愤的叫唤。

这一篇，是从札典斯加女士的德译本《勃尔格利亚女子与其他小说》里译出的；所有注解，除了第四第六第九之外，都是德译本的原注。

一九二一年八月二二日记。

疯姑娘

［芬］明娜·康特

人叫伊"疯姑娘"。伊住在市街尽头的旧坟地后面，因为人在那里可以付给较为便宜的房价。伊只能节俭的过活，因为伊的收入只是极微末：休养费二百八十马克和手工挣来的一点的酬劳。在市街里，每一间每月要付十马克，伊租伊的小房子只七个，这当然是不好而且住旧的了，火炉是坏的，墙壁是黑的，窗户也不严密。但伊在这里已经住惯，而且自从伊住了十年之后，也不想再搬动；于伊仿佛是自己的家乡了。

伊没有一个可以吐露真心的人，然而伊倘若沉思着坐在伊的小房子里，将眼光注定了一样东西，这房子在伊眼睛里便即刻活动起来，和伊谈天，使伊安静。伊现在和别的人们少有往来了。伊觉得躲在这里，伊因此只在不得已时才出外，只要伊的事务一完结，伊便用急步跑了回来，并且随手恨恨的锁了门，似乎是后面跟着一个仇敌。

人并非历来叫伊"疯姑娘"。伊曾经以伊的名字赛拉赛林出过名，而且有过一时期，这名字是使心脏跳动起来，精神也移到欢喜里。然而这久已过去了。伊现在是一个瘦削的、憔悴的老处女。孩子们，那在街上游戏的，倘看见伊，便害怕，倘伊走过了，却又从后面叫道："疯姑娘！疯姑娘！"先生们走过去，并不对伊看，还有妇女们，是伊给伊们做好了绣花帐幔的，使伊站在门口，而且慈善的点一点头，倘伊收过工钱，深深的行了礼。再没有人想到，伊也曾经年青过、美丽过的。在那时认识伊的，已经没有多少，而且即此几个，也在生活的迫压里将这些忘却了。

然而伊自己却记得分明，而且那时的记念品也保存在伊那旧的书架抽屉里。在那里放着伊那时的照相，褪色而且弯曲，至于仅能够看出模样来。然而却还能看出，伊怎样的曾经见得穿着伊的优美洁白的舞蹈衣服，并那曼长的螺发、露出的臂膊和花缘的绫衫。伊当这衣服的簇新的华丽时，在伊一生中最可宝贵而且最大成功的日子里，穿着过的。伊那时和伊的母亲在腓立特力哈文。一只皇家的船舶巡行市镇的近旁，一天早晨在哈泰理霍伦下了锚。人说，一个年青的大公在船上，并且想要和他的高贵的随员到陆地来。市镇里于是发生了活泼的举动了。家家饰起旗帜花环和花卉来，夜间又在市政厅的大厅上举行一个舞蹈会。

在这舞蹈会上赛拉得了一个大大的忘不掉的光荣：年青的大公请伊舞蹈而且和伊舞蹈！他只舞蹈了一次，只和伊——那夜的愉快是没有人能够描写。赛拉到现在，倘伊一看照相，还充满着当时享用过的幸福的光辉。伊当初似乎是昏愦了，但此后不久，大公离开宴会，众人都赶忙来祝贺伊的时候，伊的心灌满了高兴和自负。伊被先生们环绕着，都称伊为"舞蹈会的女王"，希求伊的爱顾，从此以后，伊便无限量的统治了男人的心了。

在这"记念品"中，又看见一堆用红绳子捆着的，从伊的先前的崇拜者们寄来的信札，而且满是若干平淡、若干热烈的恋爱的宣言。但当时伊对于这些现已变黄褪色的信札并不给以偌大的价值，伊只是存起来当作胜利的留痕。他们里面没有一个能够温暖了伊的心，伊对于写信者至多也不过有一点同情罢了。

"你究竟怎样想呢？"伊的母亲屡次说，"你总须选定一个罢！"

但赛拉惦着大公并且想："我已经选好了！"伊就是幻想，对于大公生了深刻的印象了。他何以先前只和伊舞蹈呢；这岂不能，他一旦到来而且向伊求婚么？这类的事不是已经常有么？有着怎样的自负，伊便不对他叙述伊的诚实的恋爱，只使他看伊的崇拜者的一切的信札，给他证明，伊已经抛掉了几多的劝诱了。

年代过去了，但大公没有来。赛拉读些传奇的小说而且等候。伊深相信，倘使大公能够照行他本身的志向，他便来了。然而人自然是阻挠他，所以他等着。赛拉是全不忧愁，虽然伊的母亲已经忍不下去了。母亲实在不知道，伊抱着怎样的大希望，打熬在寂寞里；这希望倘若实现出来，伊才更加欢喜的。

但有一回，母亲说出几句话，这在伊似乎剑尖刺着心坎了，当伊又使一个很有钱很体面的材木商人生了大气，给母亲一个钉子的时候："你便会看见了，你要成一个老处女！"

最初，赛拉过分的非笑这句话，但这便使伊懊恼起来；因为伊忽然觉得诧异，近来那些先生们并不专是成群的围在伊身边了。这因为这里钻出了两个小丫头来，人说，那是很秀丽，但据赛拉的意思是不见得的。那还是"全未发育的，半大的雏儿"，没有体统和规矩。而人以为这秀丽！这是一种不可解的嗜好！倘伊对于这事仔细的想，伊觉得是不至于的。男人们追随着女孩儿其实只是开玩笑，而伊们因为呆气却当作真实了；伊对于这些并不怕。但是伊决计，在其次的舞蹈会上伊因此要立起一个赫赫的证据来。为了这目的，伊便定好一件新的，照着最近的时装杂志做出来的衣裳，用白丝绸，没有袖子，前后面深剪截，使可以显出伊的腴润的身段。

满足着而且怀抱着伊的胜利，伊穿过明晃晃的大厅去。那些小女孩们可敢，和伊来比赛么？

还没有！伊们都逗留在大厅的最远的屋角里，互相密谈，瞥伊一眼，又窃窃的嬉笑[1]，用手掩着嘴，正是在这一种社会生活里没有

1　现代汉语常用"嬉笑"。——编者注

阅历的、很年青的女儿所常做的。伊们里面能有一个是"舞蹈会的女王"么？不会有的，只要伊在这里！——

但伊们的嘻笑激刺了伊，伊有这兴趣，要对伊们倨傲一回，而这事在舞蹈的开初便提出一个便当的机会了，当伊在圆舞之后走进梳装室去，整理伊的额发的时候。伊们在这里站立和饶舌，那时是最适当的。伊直向桌子去，并且命令的说："离开镜子罢，你们小女孩！"

人叫伊们"小女孩"的时候，不会怎样触怒的，这赛拉很知道。但是伊们不能反抗，该当服从，并且给伊让出一个位置来。在镜中伊能看见，那些人怎样的歪着嘴而且射给伊愤怒的眼光呵。这在伊都一样；然而伊看见一点别的东西，使伊苦痛起来了：伊看见一个金闪闪的卷螺发的头、澄蓝的眼睛和一副年少清新的脸——这该便是那个，是人所特别颂扬的那个了。赛拉转过身去，为要正对着伊看。伊实在不见得丑。在伊这里，对于赛拉确可以发生一个危险的竞争者，因为伊有一点东西是赛拉所不能再有的——最初的青年的魔力。一种忧惧的感情将伊威逼的抓住了，伊再受不住对着这面貌更久的看。伊们为什么站在门口，伊们为什么不让伊只剩一个人呢？或者伊还应该给伊们一个"钉子"罢。

"这间屋是专为着完全的成人的。"伊说，向伊们转过背去。

女孩子懂了，便开了门，为的是要出去。但伊们出去时喃喃的说，赛拉听到了这句话："伊多少大模大样呵，这老处女！"

其时伊追向伊们，闪电一般，而且不及反省，便给那金卷螺发的一个发响的嘴巴。这瞬间，从聚着许多女士们的邻室中，起了一种惊愕的叫喊。

那金卷螺发的啼哭了。赛拉推伊出去，跟着关了门。

老处女！她们敢于叫伊老处女！血液涌上伊的头，而且在伊血管里发沸。痉挛的紧握了伊的手。伊的心动悸，伊的颤颤，伊的脉突突的跳了。伊从官能里，寻不出一个明白的思想来。在伊耳朵里只是反复的响着这不幸的言语：老处女！

伊无意的走到镜前面。阿，怕人，伊什么模样了！脸色灰白，眼睛圆睁，眼光粗野，脖颈紫涨了。这一照又使伊发起反省来。这形相是伊不能回到舞蹈厅里去的。伊试使伊平静下去，喝些水，又在房里面往来的走。伊听到音乐的合奏了。

老处女！伊们对伊不得再是这样叫！伊的最近的求婚者，材木商人，现就在场的。伊赶紧决了意，再喝一杯水，再向镜里看一回伊的像，见得那形相已经回复伊的平常模样了。伊匆匆的从桌上取起伊的扇子来，用快步走进大厅去。那时正奏"法兰西"，而且伊还没有被邀请。

伊站在厅门口的近旁，用眼光向四处只一溜。这里站着材木商人。赛拉招呼他过来："我和你舞这'法兰西'，倘你有这兴致？"伊同时微笑，伊相信，这话是给他一个大大的印象了。

材木商人诚实的鞠躬，然而冷冷的："可惜我对于这娱乐定该放弃了，我这里已经约好了一位女士！"于是他退回去了。

对偶都排成了。许多先生们仿佛还没有女士，但没一个到伊这里来。这是什么意思呢？伊满抱了坏的猜疑向各处看。而且的确，现在伊觉得：女人都用了伊的眼光打量伊并且互相絮絮的说。人分明谈着梳装室里的事。但那些先生们也听到了这事么？这在伊，仿佛是绞住了伊的喉咙了。

人发一个信号，"法兰西"便开场。伊还是永远站在伊的地位上。伊内中满怀了忧惧。这能么？伊的确不被邀请么？这类的事在伊是未曾有过的！伊的眼前发了黑，伊仅能够支持了。各样变换的感情在伊这里回旋，被损的自负、气忿、苦痛、羞辱，最末是顾虑，怕伊的魔力会要永远过去了。这似乎一个重担子搁在伊身上。

当伊看见各对偶穿插的舞出变化多端的动作的时候，伊忽而觉得无力，至于怕要躺下了。女人们的近旁是一把空椅子，伊想走到那边去，但这瞬间又看到了乐祸的眼睛和叵测的微笑。伊缩住了，转向门口去。伊只得走了，出去，空地里！

伊穿上外衣，经过了整条的长路来到家里，自己并没有知道。待到进了伊的屋子里，这才慢慢的有起意识，能寻出清楚的思想来。伊究竟做了什么呢？不过惩治了一个崛强的女孩子。最先伊们又实在太不识羞了，但伊们自然不肯对人说。为什么大家相信伊们呢？为什么没有一个人来询问伊，究竟这事实是怎样的呢？唉，人们统统是这样之坏而且恶呵！

伊哭出来了，而且自己觉得平静点。伊觉得女人们统在伊的眼前，以及在伊们脸上的这高兴！人嫉妒伊，所以伊们喝着采。但那些向来先意承志的，伊的所有的崇拜家，伊的武士，在那里呢？他们也都是可怜的骗子，但伊要对他们报仇。伊决不再到宴会那里去，假使在街上遇到他们，伊也不看他们了，他们在这晚上还须想！

伊从此留在家里许多时。舞蹈会有了多次了；伊永是等候着，等人来通知，来约会，但是总没有这宗事。没有人到伊这里来，倘伊有时遇见了伊的旧相识，他们对伊也异常的冷淡而且拒绝。伊自然也不招呼了。

伊觉得不幸而且寂寞。伊未曾感受过，也并不知道，伊须怎样的救伊的忧愁。母亲是从早到晚管理着家务。赛拉不能帮助伊，这在伊觉得干燥、平常、没风韵！伊还不如坐在伊房里，做梦而且痴想，或者看些冒险的小说，借此忘却伊的生活的无聊。伊在这中间发见了伊的将来的新希望和新信仰。大公便是不来，也可以有一天有一个富足的高贵的旅客，看见伊而且即刻爱上伊的。他们即刻结了婚，而这富翁便携伊远走了去，这时市镇上的少年先生们可就要根本的懊恼了。

伊的避暑庄旁有一个小小的丘样的土堆，汽船在这前面经过。每逢好天气，伊便走到那里，白装束，披着长的卷螺发，头上戴一顶优美的夏帽子。伊躺在丘上面，用肘弯支拄起来，将衣服安排好许多的襞积，卷螺发的小圈子在肩膀周围发着光，而且那一只手，那支着脸的，是耀眼的白。在自己前面伊摊着一本翻开的书；但眼光并不在这里，却狂热的射在水面上。伊这样的等着伊的豪富的高贵的新郎，伊的幻想的目的。只要他在船上，他便应该看出伊在山上的了。他们看见而且感动而且赶到伊这里来，那只是一眨眼间的事。

船舶永远是驶过去，每天，望远镜和镜子正在照看伊；但伊仍然保着原模样，也不敢将眼光太向那边看；他该是狂热的在水面上远远地浮过去了。然而伊却也看，谁在船上，尤其是怎样的先生们；因为伊委实在他们中间搜寻着盼望者、预想者、不识者，在他全生涯中对伊眷爱、崇拜、仰慕的人。

然而日子过去了，伊的热望更加强。伊永是切实的候在山上。星期去的快，夏天消失，秋天近来了。伊早不半躺在那里了，捏了手端正的坐着。眼睛早不止在水面上，却向那边搜索汽船去了。倘这一出现，伊便抱了恐怖和希望迎头的看，一直到近来。伊满腔恐惧的看那些伊在舱面上寻出来的各旅客。难道他永久不来么？

没有人来。人都回市镇去了。冬天携了他的长串的宴会又开首，——这时节，是伊向来满抱了欢喜的盼望，而且总是给伊新的胜利的。但现在多少各别呵！伊和市镇的"社会"早没干系了。现在伊满装了愤恚，从外面眺望着这生活和活动；人并不缺少伊，人不愿意和伊在一处，而且伊也不愿意迁就，无论如何——不能，也不愿的！伊尽其所能之多，咒骂那意见有这样坏这样下等的人间，并且为自己领到一种安静的封锁的生活里去。一个孤独的老女人的无欢的日子横在伊面前，早已无可挽救了。这一天一天的向伊逼进来的，是一件确实的事。在男人们的冷淡的招呼里，女人们的轻视的眼光里，伊读出这话来：老处女！而且这话对于伊的效力是蛇咬一般了。

接着这些年只是形成了一长串的无效的希望。伊的生活是没有采色²的凄凉的灰色了，并没有发生一点事，来打断这单调，并没有高兴的印象来刷新伊的精神。伊当初是接连的瞒着自己的相信着，后来便不然，因为伊已经不希望了。然而又来了运命的一击，使伊的生活更加悲哀：伊的母亲死了，伊的唯一的扶助，伊的最末的朋友。伊没有一个可以申诉伊的忧患的人，没有一个为伊担心，没有一个问起伊的事。伊啼哭而且悲叹，伊不愿意饮食了。伊咒骂这嫌憎驱逐伊的，侮慢那除伊之外，对于一切全都大慈大悲的神明的世界。然而母亲躺着，又僵又冷，合着眼睛，死色盖了脸，没有听到伊的哀鸣。

终于是伊的气力耗尽了。伊再也不觉得悲哀或忧患。伊的心，伊的将来，一切啼哭和忧苦之后的伊的脑，是空虚了。伊并无感觉的坐在那里，而且向前看。债主到来，卖去伊的衣裳和家具，伊并不关心了。凡有不称心的事，都不能惹起伊的注意或愤激来。伊的房屋是荒凉而且空虚；但在伊也全一样。后来有人对伊说，伊应该搬走了。当初伊没有懂，人将这说给伊许多回；于是伊大声的笑了，歇了片时，凝视他们而且又是笑。

自此以后，伊便称为"疯姑娘"而且孩子们见伊便害怕。

最初，人给伊在蒸溜巷里备了一所住屋。伊搬到那边去，带着

2　现代汉语常用"彩色"。——编者注

一张床、一张桌子和一个旧书架，这抽屉里放着打皱的造花、花带、糖果说明书、伊少年时候的照相和信札，是伊一直后来收集起来并且捆在一处的。

当伊后来搬出市外的时候，伊也带了这些东西去。在这些的观览时，伊便想到伊一生中短期的欢乐，而且暂时之间，忘却伊现在是一个老处女和"疯姑娘"。

勃劳绥惠德尔作《在他的诗和他的诗人的影象里的芬阑[3]》（ *Finnland im Bilde Seiner Dichtung und Seine Dichter* ），分芬阑文人为用瑞典语与用芬阑语的两群，而后一类又分为国民的著作者与艺术的著作者。在艺术的著作者之中，他以明娜·康特（ Minna Canth ）为第一人，并且评论说：

"……伊以一八四四年生于单湄福尔，为一个纺纱厂的工头约翰生（ Gust. Wilh. Johnsson ）的女儿，他是早就自夸他那才得五岁，便已能读能唱而且能和小风琴的'神童'的。当伊八岁时，伊的父亲在科庇阿设了一所毛丝厂，并且将女儿送在这地方的三级制瑞典语女子学校里。一八六三年伊往齐佛斯吉洛去，就是在这一年才设起男女师范学校的地方；但次年，这'模范女学生'便和教师而且著作家康特（ Joh. Ferd. Canth ）结了婚。这婚姻使伊不幸，因为违反了伊的精力弥满的意志，来求适应，则伊太有自立的天性；但伊却由他导到著作事业里，因为他编辑一种报章，伊也须'帮助'他；但是伊的笔太锋利，致使伊的男人失去了他的主笔的位置了。

"两三年后，寻到第二个主笔的位置，伊又有了再治文事的机缘了。由伊住家地方的芬阑剧场的邀请，伊才起了著作剧

3　现译"芬兰"。——编者注

本的激刺。当伊作《偷盗》才到中途时，伊的男人死去了，而剩着伊和七个无人过问的小孩，但伊仍然完成了伊的剧本，送到芬阑剧场去。待到伊因为艰难的生活战争，精神的和体质的都将近于败亡的时候，伊却从芬阑文学会得到伊的戏曲的奖赏，又有了开演的通知，这获得大成功，而且列入戏目了。但是伊也不能单恃文章作生活，却如伊的父亲曾经有过的一样，开了一个公司。伊一面又弄文学。于伊文学的发达上有显著的影响的是布兰代斯（Georg Brandes）的书，这使伊也知道了丹纳、斯宾塞、弥尔和蒲克勒（Taine, Spencer, Mill, Buckle）的理想。伊现在是单以现代的倾向诗人和社会改革家站在芬阑文学上了。伊辩护欧洲文明的理想和状态，输入伊的故乡，且又用了极端急进的见解。伊又加入于为被压制人民的正义，为苦人对于有权者和富人，为妇女和伊的权利对于现今的社会制度，为博爱的真基督教对于以伪善的文句为衣装的官样基督教。在伊创作里，显示着冷静的明白的判断，确实的奋斗精神和对于感情生活的锋利而且细致的观察。伊有强盛的构造力，尤其表见于戏曲的意象中，而在伊的小说里，也时时加入戏曲的气息；但在伊缺少真率的艺术眼，伊对一切事物都用那固执的成见的批评。伊是辩论家、讽刺家，不只是人生观察者。伊的眼光是狭窄的，这也不特因为伊起于狭窄的景况中，又未经超出这外面而然，实也因为伊的理性的冷静，知道那感情便太少了。伊缺少心情的暖和，但出色的是伊的识见，因此伊所描写，是一个小市民范围内的细小的批评。……”

现在译出的这一篇，便是勃劳绥惠德尔所选的一个标本。康特写这为社会和自己的虚荣所误的一生的径路，颇为细微，但几乎过于深刻了，而又是无可补救的绝望。培因也说，“伊的同性的委曲，真的或想象的，是伊小说的不变的主题；伊不倦于长谈那可怜的柔弱的女人在伊的自然的暴君与压迫者手里所受的苦处。夸张与无希望的悲观，是这些强有力的，但是悲惨而且不欢的小说的特色"。大抵惨痛热烈的心声，若从纯艺术的眼光看来，往往有这缺陷；例如陀思妥耶夫斯基的著作，也常使高兴的读者不能看完他的全篇。

一九二一年八月十八日记。

父亲在亚美利加

[芬]亚勒吉阿

也像许多别的农夫和流寓的人们一样，跋垒司拉谛密珂忽然想起来了，到"亚美利加"去。这思想，不绝的烦劳他，于是他一冬天，即如正二月时节，全不能将他抛开了。现在这已经不只是时时挂在心上的想头了，却成了一种苦恼的真心的热望。他的思想，已经留连[1]于亚美利加的希望之山，而在那地方，访求着他时时刻刻所访求的幸福之石了。

他当初全不过自己秘密的想。但有一回，当他的女人悲伤的诉说，说是"穷苦总不会完"的时候，密珂便忍不住说了出来：

"这总有一个完，倘我春天到亚美利加去！"

"你！"女人叫着说，伊的眼便异样的发了光，这是欢喜呢还是惊愕呢？

这一日伊不再诉苦了。伊待遇伊丈夫，只是用了一种较深的敬畏和较大的留神，过于从前了。

这出行实在定在春天。密珂从他田庄的抵押，筹到了旅费。

出行的日期愈逼近，那女人也愈忧虑了。但如男人问道："你有什么不舒服呢？"伊也不说出特别的缘由来。

出行的日期正到了。女人从早晨便哭，——至于使伊那有病的眼睛再没有法子好。

"不要这样哭，"过了一会之后，男人说，"倘若上帝给我幸福，

---

1 现代汉语常用"流连"。——编者注

我们不至于长久分离的!"

"不是……但……"

"什么但……"

这在男人,似乎觉得其中藏着一种的疑感。但当告别的瞬间以前,女人凄楚的哭着,倒在他怀里,并且吃吃的说:

"不要忘却我,父亲……要想到孩子们。"

"忘却!你想到那里去了?……你用了你的猜疑,使我直到心的最里面也痛了!"

"不,爱的密珂,我不是这意思!但世界是这样坏……而我一人和三个小的孩子们留在这里……田庄是为了你的旅费,抵押出去了……不要生气,父亲,但我的心是这样的塞满了!"

密珂对于这话,几乎要给一句强硬的回答;但在他女人还只是拥抱着的时候,他的心柔软了。于是他将孩子抱在臂上,接吻他们,——挨次的个个接了吻,此后便是那母亲。……

是的,上帝知道,密珂全没有想到,撇下他们竟有这样的艰难。——只要有人肯来要他工作,他便不再出门去了——不,决不的。

然而现在他必须出门去!

女人哭了整两日。这是极凄楚的恐慌,是各样忧惧的想象的一个结果,这其间便要发现的。但伊的眼泪为了"道罗"(Dollars)这一个思想,也渐渐的干燥起来。孩子们也想着他,而且在村里说:"父亲寄亚美利加道罗给我们,我们便可以买点什么好东西了!"

最初密珂屡次的写信。他也时时寄一点钱。他常说:后来要寄一宗大款,这只是一点小零用。

年月过去了。书信的间隔愈加久长,银信的间隔也愈加不可靠。时候坏,他不能不换他的工作而且又生病了,他这样写。但是他盼望将来的嘱咐,是不绝的。

母亲的面容永是显得忧愁,而面包也永是紧缩起来了。

密珂已经去了五年。从三年多以来,他便没有写一封信给家里。

春天到了。

燕子又从南方回来了,造伊的巢在跋垒司拉谛的低矮的屋背下。伊每日对着孩子们,讲那丰饶的南方的土地,那里是葡萄已熟,圆的美丽的无花果弯曲了树上崛强的枝条。燕子讲些什么,孩子们没有懂;然而他们领会得,这是一点快活的事,即此一点,人就可以欢喜而且拍起他们那瘦的小手来。

"或者这燕子见过父亲?"有一天,中间的孩子质问说,是一个女儿。

"是的,倘能够知道这个。"最大的说。那最小的一个,是因此才引起他想到父亲,而于此却全不能记起的,问道:

"父亲强壮么?"

"是得,的确。"最大的保证说。

"如果父亲回家来。"那中间的又说。

然而人还是永远听不到父亲的事。

野草在茅屋周围渐渐的发绿了,土埂上的小果树丛也着起花来。母亲掘开了石质的屋旁的田地,栽下马铃薯去,孩子们都热心的帮伊。夏天将他们青白的两颊染得微红了……单是空气里有滋养料的! 母亲也觉得心里轻松些;夏季用了轻妙的画笔,在他色采[2]装饰上描出将来的希望,较为光明一点了。

伊晒出密珂的皮衣、皮帽和衣裳来,都挂在马铃薯田的篱柱上,——"倘他回来,他看见,我们并没有忘了他,也不使他的衣裳给虫子蛀坏呢。"

---

2 现代汉语常用"色彩"。——编者注

正是这瞬间来了那农人，是借给密珂旅费的："哪，人还没有听到你们的密珂么？"

那女人不安起来了。否认的回答，不是好主意，而承认也一样的危险："近时他没有……"

"这是一个坏人！倘没有从他便寄钱来，我就得卖了这草舍和一点田地。这快要不够了。"

这在女人，似乎心脏都停顿了，而且伊也全不知道，应该怎样的回答。当那农人许可，还等到明年春天的时候，伊才能够再嘘出一口气来。

秋天到了。

母亲哭的愈多了。伊的按捺的语气，往往当对待孩子的时候，在忍不住的愤激的话里，发表出来。于是他们便自己蹲在炉灶后面的昏黑的角里，而其中的一个偷偷的说道："倘若父亲永不回到家里来……"

别一个便说："回家！一定！倘若他有了别的女人……"

孩子们不很懂，这是什么意思，倘遇见人们说着这事，说那父亲在外面有了别的女人了，但他们倘看见他们的母亲，泪在眼里永没有干，他们便直觉的感得，父亲是很不好很不好，母亲是很艰难，而且他们是很饥饿。……

然而人还是永没有听到父亲的事！

芬阑和我们向来很疏远；但他自从脱离俄国和瑞典的势力之后，却是一个安静而进步的国家，文学和艺术也很发达。他们的文学家，有用瑞典语著作的，有用芬阑语著作的，近来多属于后者了，这亚勒吉阿（Arkio）便是其一。

亚勒吉阿是他的假名，本名菲兰兑尔（Alexander Filander），是一处小地方的商人，没有受过学校教育，但他用了自修工夫，竟达到很高的程度，在本乡很受尊重，而且是极有功于青年教育的。

他的小说，于性格及心理描写都很妙。这却只是一篇小品（Skizze），是从勃劳绥惠德尔所编的《在他的诗和他的诗人的影象里的芬阑》中译出的。编者批评说：亚勒吉阿尤有一种优美的讥讽的诙谐，用了深沉的微笑盖在物事上，而在这光中，自然能理会出悲惨来，如小说《父亲在亚美利加》所证明的便是。

现代日本小说集

挂幅

［日］夏目漱石

　　大刀老人决计在亡妻的三周年忌日为止，一定给竖一块石碑。然而靠着儿子的瘦腕，才能顾得今朝，此外再不能有一文的积蓄。又是春天了，摆着赴诉一般的脸，对儿子说道，那忌日也正是三月八日哩。便只答道，哦，是呵，再没有别的话。大刀老人终于决定了卖去祖遗的珍贵的一幅画，拿来做用度。向儿子商量道，好么？儿子便淡漠到令人愤恨的赞成道，这好罢。儿子是在内务省的社寺局里做事的，拿着四十圆的月给，有妻子和两个小孩子，而且对大刀老人还要尽孝养，所以很吃力。假使老人不在，这珍贵的挂幅，也早变了便于融通的东西了。

　　这挂幅是一尺见方的绢本，因为有了年月，显着红黑颜色了。倘挂在暗的屋子里，黯淡到辨不出画着什么东西来。老人则称之为王若水所画的葵花。而且每月两三次，从柜子里取了出来，拂去桐箱上的尘埃，又郑重的取出里面的东西，立刻挂在三尺的墙壁上，于是定睛的看。诚然，定睛的看着时，那红黑之中，却有瘀血似的颇大的花样。有几处，也还微微的剩着疑是青绿的脱落的瘢痕，老人对了这模糊的唐画的古迹，就忘却了似乎住得太久了的住旧了的人间。有时候，望着挂幅，一面吸烟，或者喝茶。否则单是定睛的看。祖父，这什么，孩子说着走来，想用指头去触了，这才记起了年月似的，老人一面说道动不得，一面静静的起立，便去卷挂幅。于是孩子便问道："祖父，弹子糖呢？"说道："是了，我买弹子糖去，只是不要淘气罢。"嘴里说，手里慢慢的卷好挂幅，装进桐箱，放在柜子里，便到近地散步去了。回来的时候，走到糖店里，买两袋薄荷的弹子糖，分给孩子道："哪，弹子糖。"儿子是晚婚的，小孩子只六岁和四岁。

和儿子商量的翌日，老人用包袱包了桐箱，一清早便出门去，到四点钟，又拿着桐箱回来了。孩子们迎到门口，问道："祖父，弹子糖呢？"老人什么也不说，进了房，从箱子里取出挂幅来挂在墙上，茫然的只管看。听说走了四五家骨董铺，有说没有落款的，有说画太剥落的，对于这画，竟没有如老人所预期的致敬尽礼的人。

儿子说，古董店算了罢。老人也道，骨董店是不行的。过了两星期，老人又抱着桐箱出去了。是得了绍介，到儿子的课长先生的朋友那里去给赏鉴。其时也没有买回弹子糖来。儿子刚一回家，便仿佛嗔怪儿子的不德义似的说道，那样没有眼睛的人，怎么能让给他呢，在那里的都是赝物。儿子苦笑着。

到二月初旬，偶然得了好经手，老人将这一幅卖给一个好事家了。老人便到谷中去，给亡妻定下了体面的石碑，其余的存在邮局里。此后过了五六天，照常的去散步，但回来却比平常迟了二时间。其时两手抱着两个很大的弹子糖的袋。说是因为卖掉的画，还是放心不下，再去看一回，却见挂在四席半的啜茗室里，那前面插着透明一般的腊梅[1]。老人便在这里受了香茗的招待。"这比藏在我这里更放心了。"老人对儿子说。儿子回答道："也许如此罢。"一连三日，孩子们尽吃着弹子糖。

克莱喀先生

［日］夏目漱石

　　克莱喀（W. J. Craig）先生是燕子似的在四层楼上做窠的。立在阶石底下，即使向上看，也望不见窗户。从下面逐渐走上去，到大腿有些酸起来的时候，这才到了先生的大门。虽说是门，也并非具备着双扉和屋顶；只在阔不满三尺的黑门扇上，挂着一个黄铜的敲子罢了。在门前休息一会，用这敲子的下端剥啄剥啄的打着门板，里面就给来开门。

　　来给开的总是女人。因为近视眼的缘故罢，戴着眼镜，不绝的在那里出惊。年纪约略有五十左右了，想来也该早已看惯了世间了，然而也还是只在那里出惊，睁着使人不忍敲门的这么大的眼睛，说道"请"。

　　一进门，女的便消失了。于是首先的客房——最初并不以为是客房，毫没有什么别的装饰，就只有两个窗户，排着许多书。克莱喀先生便大抵在这里摆阵。一见我进去，就说道"呀"的伸出手来。因为这是一个来握手罢的照会，所以握是握的，然而从那边却历来没有回握的时候。这边也不见得高兴握，本来大可以废止的了，然而仍然说道"呀"，伸出那毛氄氄的皱皮疙瘩的，而且照例的消极的手来。习惯实在是不可思议的事。

　　这手的所有者，便是担任我的质问的先生。初见面时，问道报酬呢？便说道是呵，一瞥窗外边，一回七先令怎么样，倘太贵，多减些也可以的。于是我定为一回七先令的比例，到月底一齐交，但

有时也突然受过先生的催促。说道，君，因为有一点用度，可以付
了去么等类的话。自己便从裤子的袋里掏出金币来，也不包裹，说
道"哦"的送过去，先生便说着"呀，对不起"的取了去，摊开那照
例的消极的手，在掌上略略一看，也就装在裤子的袋里面了。最窘
的是先生决不找余款。将余款归入下月分，有时才到其次的星期
内，便又说因为要买一点书之类的催促起来。

先生是爱尔兰人，言语很难懂。倘有些焦躁，便有如东京人和
萨摩人吵闹时候的这么烦难。而且是很疏忽的焦急家，一到事情麻
烦起来，自己便听天由命而只看着先生的脸。

那脸又决不是寻常的。因为是西洋人，鼻子高，然而有阶级，
肉太厚。这一点虽然和自己很相像，但这样的鼻子，一见之后，是
不会起清爽的好感情的。反之，这些地方却都乱七八糟的总似乎有
些野趣。至于须髯之类，则实在黑白乱生到令人悲悯。有一回，在
培凯斯试理德（Becker Street）遇见先生的时候，觉得很像一个忘了
鞭子的马夫。

先生穿白小衫和白领子，是从来没有见过的。始终穿着花条的
绒衫，两脚上是臃肿的半鞋，几乎要伸进暖炉里面去，而且敲着膝
头，——这时才见到，先生是在消极的手上戴着金指环的。——有
时或不敲而擦着大腿，教给我书。至于教给什么，则自然是不懂。
静听着，便带到先生所乐意的地方去，决不给再送回来了。而且那
乐意的地方，又顺着时候的变迁和天气的情形，发生各样的变化。
有时候，竟有昨日和今日之间搬了两极的事情。说得坏，那就是胡
说八道罢，要评得好，却是给听些文学上的座谈。到现在想起来，
一回七先令，本来没有可以得到循规蹈矩的讲义的道理，这是先生
这一面不错，觉得不平的我，却胡涂了。况且先生的头，也正如那
须髯所代表的一般，仿佛有些近于杂乱的情势，所以倒是不去增加

报酬，请讲更其高超的讲义的好，也未可知的。

先生所得意的是诗。读诗的时候，从脸到肩膀边便阳炎似的振动。——并非诳话，确乎振动了。但是归根究底，却成了并非为我读，只是一人高吟以自乐的事，所以总而言之，也还是这一面损失。有一次，拿了斯温伯恩（Swinburne）的叫作《罗赛蒙特》（Rosamond）的东西去，先生说给我看一看罢，朗吟了两三行，却忽而将书伏在膝髁上，说道，唉唉，不行不行，斯温伯恩也老得做出这样的诗来了，便叹息起来。自己想到要看斯温伯恩的杰作《亚泰兰多》（Atlanta）便在这时候。

先生以为我是一个小孩子。你知道这样的事么，你懂得那样的事么之类，常常受着无聊不堪的事的质问。刚这样想，却又突然提出了伟大的问题，飞到同辈的待遇上去了。有一回，当我面前读着渥忒孙（Watson）的诗，问道，这有说是有着像雪莱（Shelley）的地方的人和说全不相像的人，你以为怎样？以为怎样，西洋的诗，在我倘不先诉诸目，然后通过了耳朵，是完全不懂的。于是适宜的敷衍了一下。说这和雪莱是相像呢还是不相像，现在已经忘却了。然而可笑的是，先生那是照例的敲着膝头，说道我也这样想，却惶恐得不可言。

有一日，从窗口伸出头去，俯视着匆匆的走过那辽远的下界的人们，一面说道，你看，走过的人们这么多，那里面，懂诗的可是百个中没有一个，很可怜。究而言之，英吉利人是不会懂诗的国民呵。这一节，就是爱尔兰人了得，高尚得远了。——真能够体会得诗的你和我，不能不说是幸福哩。将自己归入了懂诗的一类里，虽然很多谢，但待遇却比较的颇冷淡，我于这先生，看不出一点所谓情投意合的东西来，觉得只是一个全然机械的在那里饶舌的老头子。

然而有过这样的事。因为对于自己所住的客寓很生厌了，就想寄居在这先生的家里看。有一天，照例的讲习完毕之后，请托了这一节，先生忽然敲着膝髁，说道："不错，我给你看我的家里房屋，来罢。"于是从食堂，从使女室，从边门，带着各处走，全给看遍了。本来不过是四层楼上的一角，自然不广阔。只要两三分时，便已没有可看的地方。先生于是回到原位上，以为要说这样的家，所以什么处所都住不下，给我回绝了罢，却忽而讲起沃尔特·惠特曼（Walt Whitman）的事来。先前，惠特曼曾经到自己的家里来，逗留过多少时，——说话非常之快，所以不很懂，大半是惠特曼到这里来似的，——当初，初读那人的诗的时候，觉得有全不成东西的心情，但读过几遍，便逐渐有趣起来，终于非常之爱读了。所以……

借寓的事，全不知道飞到那里去了。我也只得任其自然，哦哦的答应着听。这时候，似乎又讲到雪莱和谁的吵闹的事，说道吵闹是不好的，因为这两人我都爱，我所爱的两个人吵闹起来，是很不好的，颇提出抗议的话。但无论怎样抗议，在几十年前已经吵闹过的了，也再没有什么法。

因为先生是疏忽的，所以自己的书籍之类很容易安排错。倘若寻不见，便很焦急，仿佛起了火灾似的，用了张皇的声音叫那正在厨下的老妪。于是那老妪也摆着一副张皇的脸，来到客房里。

"我，我的《威志威斯》（Wordsworth）放在那里了？"

老妪依然将那出惊的眼，睁得碟子似的遍看各书架，无论怎样的在出惊，然而很可靠，便即刻寻到《威志威斯》了。于是 Here Sir 的说着，仿佛聊以相窘似的，塞在先生的面前。先生便掣夺一般的取过来，一面用两个手指，毕毕剥剥的敲着髒髒的书面，一面便道，君，威志威斯是……的讲开场。老妪显了愈加出惊的眼退到厨下去。先生是二分间三分间的敲着《威志威斯》。而且好容易叫人寻到了的《威志威斯》，竟终于没有翻开卷。

先生也时时寄信来。那字是决计看不懂的。文字不过两三行，原也很有反复熟读的时间,但无论如何总是决不定。于是断定为从先生来信,即是有了妨碍,不能授课的事,省去了看信的工夫了。出惊的老妪偶然也代笔,那就很容易了然。先生是用着便当的书记的。先生对了我,叹息过自己的字总太劣,很困窘。又说,你这面好得多了。

我很担心,用这样的字来起稿,不知道会写出怎样的东西来呢。先生是亚覃本《莎士比亚集》(*Arden Shakespeare*)的出版者。我想,那样的字,竟也会有变形为活版的资格么?然而先生却坦然的做序文,做札记。不宁惟是,曾经说道看这个罢,给我读过加在《哈谟列德[1]》(*Hamlet*)上头的绪言。第二次去的时候,说道很有趣,先生便嘱咐道,你回到日本时,千万给我介绍介绍这书罢。亚覃本《莎士比亚集》的《哈谟列德》,是自己归国后在大学讲讲义时候得了非常的利益的书籍。周到而且扼要,能如那《哈谟列德》的札记的,恐怕未必再有的了。然而在那时,却并没有觉得这样好。但对于先生的莎士比亚研究,却是早就惊服的。

在客房里,从门键这一边弯过去,有一间六席上下的小小的书斋。先生高高的做窠的地方,据实说,是这四层楼的角落,而那角之又角的处所,便有着在先生是最要紧的宝贝在那里了。——排着十来册长约一尺五寸阔约一尺的蓝面的簿子,先生一有空一有隙,便将写在纸片上的文句,钞[2]入蓝面簿子里,仿佛悭吝人积蓄那有孔的铜钱一般,将那一点一点的增加起来,作为一生的娱乐。至于这蓝面簿子就是《莎翁字典》的原稿,则来此不久便已知道的了。听说先生因为要大成这字典,所以抛弃了威尔士(Wales)某大学的文学的讲席,腾出每日到不列颠博物馆去的工夫来。连大学的讲席尚且抛弃,则对于七先令的弟子的草草,正不是无理的事。先生的脑

---

1 现译"哈姆雷特"。——编者注
2 现代汉语常用"抄"。——编者注

里，是惟此字典，终日终夜槃桓磅礴而已的。

也曾问过先生，已经有了施密特（Schmidt）的《莎翁字典》了，却还做这样的书么？于是先生便仿佛不禁轻蔑似的，一面说道看这个罢，一面取出自己所有的《施密特》来给我看。试看时，好个《施密特》前后两卷一叶也没有完肤的写得乌黑了。我说着"哦"的吃了惊，只对《施密特》看。先生其时颇得意。君，倘若做点和《施密特》一样程度的东西，我也不必这样的费力了。说着，两个手指又一齐毕毕剥剥的敲起乌黑的《施密特》来。

"究竟，从什么时候起，来做这样的事的呢？"

先生站起身，到对面的书架上，仿佛寻些什么模样，但又用了照例的焦躁的声音叫道："全尼（Jane），全尼，我的《道罩》（Dowden）怎么了？"老姬还没有出来，已经在问《道罩》的所在。老姬又惊的出来了。而且又照例的 Here Sir 的相窘一回，退了回去。先生于老姬的一下并不介怀，肚饿似的翻开书，唔，在这里，道罩将我的姓名明明白白的写在这里；特别的写着研究沙翁的克莱喀氏。这书是一千八百七十……年的出版，所以我的研究，还在一直以前呢……自己对于先生的忍耐，全然惊服了。顺序便问什么时候才完功。"谁知道什么时候呢，是尽做到死的呵。"先生说着，将《道罩》放在原处所。

我此后不久便不到先生那里去了。当不去的略略以前，先生曾说，日本的大学里，不要西洋人的教授么？倘我年纪青，也去罢。颇显着无端的感到无常的神色。先生的脸上现出感动，只有这一回。我宽慰说，岂不还年青么？答道那里那里，说不定什么时候有什么事，因为已经五十六岁了，便异样的入了静。

回到日本之后，约略过了两年，新到的文艺杂志上，载着克莱喀氏死掉的记事。是沙翁的专门学者的事，不过添写着两三行文字罢了。那时候，我放下杂志想，莫非那字典终于没有完功，竟成了废纸了么？

游戏

[日] 森鸥外

木村是官吏。

或一日，也如平日一样，午前六点钟醒过来了。是夏季的初头。外面是早就明亮了的，但使女顾忌着，单不开这一间的雨屏。蚊帐外是小小的燃着的洋灯的光，这独寝的闺，见得很寂寞。

伸出手去，机械的摸那枕边。这是寻时表，是颇大的一个镍表，有的说，这就是递信省买给车掌的东西。指针也如平日一样，恰恰指着正六点。

"喂，不开屏门么？"

使女一面拭着手，出来开雨屏。外边照旧是灰色的天空中，下着微细的雨，并不热，但是湿漉漉的空气触在脸上。

使女在单衫上，嵌进肉里去的绑了卷袖绳，将雨屏一扇一扇的装进屏箱去。额上沁出汗来了，这上面，紧帖[1]着缭乱的短头发。

心里想："哦，今天也是一运动便热的日子呵。"从木村的租住屋到电车的停留场为止，有七八町。步行过去时，即使出门时候以为凉，待走到却出汗了。就是想到了这件事。

走出廊下洗着脸，记起今天有须赶紧送给课长的文件的事来。然而课长的到来是在八点半，所以想，八点钟到衙门就是了。

于是显着颇高兴的快活的脸，看着阴气的灰色的天空。倘给不知道木村的人一看见，便要诧异他有甚有趣，却装着那样的脸的罢。

1　现代汉语常用"紧贴"。——编者注

出来洗脸的时候，使女便赶忙的迭[2]了蚊帐，卷起被褥来。走过这处所，开了纸障子，便是书房。

两个书几，拦成九十度角的摆着。这前面铺着垫子。坐在这里，擦着了火柴，吸一支朝日[3]。

木村做事，是分为立刻非做不可的事，和得闲才做的事的。将一张几收拾得精空，逢到赶紧要做的事，便拿到这上面去。而且这赶紧要做的事一完结，便将搁在那一张几上的物件，接着拿到这边来。搁着的物件总很多堆积着的。这是照了缓急积迭起来的，比较的急的便放在最上面。

木村拿起那搁在垫子旁边的《日出新闻》来，摊在空虚的一张几上，翻开第七面。这是文艺栏所在的地方。

将朝日的掉下的灰，吹落在几的那边，一面看。脸上仍然很快活。

从纸障子的那边，听得拂子和扫帚的声音很剧烈。是使女赶忙的在那里扫卧房。拂子的声音尤厉害，木村也常常发过话，但改了一日，便又照旧了，不用那扎在拂子上的纸条拂，却用柄的一头拂的。木村称这事为"本能的扫除"。鸽子孵卵的时候，用那削圆棱角的白粉笔兑换了鸽卵，也仍然抱着白粉笔。忘了目的，单将手段来实行。不记得为了尘埃而拂，却只是为了拂而拂了。

但这位使女，虽然躬行本能的扫除，躬行"舌战"，然而活泼，也还中用，所以木村是满足的。舌战云者，是罗曼主义时代的一个小说家所说的话，就是说使女一遇着主人出门，便跑到四近各处去饶舌。

木村看完了什么之后，略略皱一皱眉。大抵无论何时，凡是放下新闻的时候，若不是极 Apathique（漠然）的表情，便是皱一皱眉。

2　现代汉语常用"叠"。——编者注
3　纸烟的名目。

这就因为新闻的记载，是成不了毒也做不了药的东西，或者是木村以为不公平的东西的缘故。既如此，似乎不看也就是了，然而仍然看。看了之后，显出无动于中[4]的神色，或者略略皱一皱眉，便立刻回复了快活的脸。

木村是文学者。

在衙门里，办着麻烦的，没精打采的，增添补凑的那些事，快要成为秃头了，也历来没有阔，但在当作文学者这一面，却颇也为世所知的。并没有做什么好著作，而颇也为世所知。且不特为世所知而已。一旦为世所知，做官这一面便变了外放之类，被当作已经死了似的看待，一直到将成秃头之后，再回东京，才作为文学者而复活起来。实在是很费手脚的履历。

倘说木村看了文艺栏，觉得不公平是因为自利，被贬便怒，被褒便喜，那怕是冤枉的罢。不论我的事，人的事，看见称赞着无聊的东西，糟蹋着有味的东西，所以觉得不公平的。不消说：遇有说着自己的时候，便自然感得更切实。

罗斯福（Roosevelt）遍地的走，说着"见得不公平就战罢"的道要。木村何以不战呢？其实，木村前半生中，也曾大战过来的。然而目下正在做官，一发议论，便做不出著作了。自从复活以来，虽然坏，也在做著作，议论之类是不能发的。

这一日的文艺栏上，写着这样的事：

"在文艺上有所谓情调。情调是成立于 Situation（情况）的上面，然而是 Indéfinissable（不可言说）的。登在与木村有关系的杂志上的作品，无一篇有情调。木村自己的东西也似乎没有情调。"

约而言之，就是这一点。而且反之，还揭着所谓有情调的文艺的例，但这些也并不是木村——佩服的东西。这之中，连木村以为

4　现代汉语常用"无动于衷"。——编者注

体面的作家，不做那样的文章才好的东西之流，也举在例子里。

要之，写在那里的话，在木村是不很懂。即使看了"成立在 Situation 之上的情调"这话，也是什么都不能想清楚的。哲学的书，论艺术的书，木村也看得颇不少了，但看这句话，却是什么都不能想清楚。诚然，在文艺里，也有着要说是 Indéfinissable，便也可以说得似的，有趣的地方的。这能想。然而 Situation 是什么呢？不是说古来的剧曲之类，将人物分配了时候和处所而做成的东西么？这与巴尔（Hermann Bahr）以为旧文艺的好处，在急剧、丰富、有变化的行为的紧张这些话，岂不是没有差别么？说是单能在这样的东西上成立，在木村是不懂的。

木村也并非自信有如此之强的人，但对于这不懂，却不以为自己的脑力坏。其实倒反为记者想起了颇可悯而且失敬的事。一看那揭着的有情调的作品的例，便想到尤其失敬的事来了。

木村的颦蹙的脸，即刻快活起来了。而且因了单身人都整饬的脾气，好好的折了新闻，放在书房的廊下的角落里。这样放着，使女便拿去擦洋灯，有用剩的，卖给废纸担。

这写得颇长了，而实际是二三分间的事。吸一支朝日之间的事。

将朝日的烟蒂抛在当作灰盘用的石决明壳里，木村同时仿佛想到了什么似的，独自笑着，一捧就捧着积在旁边几上的十几本 Manuscripts（原稿）似的东西，搬到衣橱上去了。

这是日出新闻社所托付的应募剧本。

日出新闻社悬了赏，募集剧本的时候，木村是选者。木村有着连呼吸也运不过来的事务，没有看应募剧本的工夫。要匀出这样的工夫来，除了用那吸烟的休憩时间之外，再没有别的法。

在吸烟休憩时候，是谁也不愿意做不愉快的事的。应募剧本之流，看了觉得有趣的，是十之中说不定是否有一。

而竟答应了看卷者，是受了托，勉勉强强的答应下来的。

木村常常被《日出新闻》的第三面上说坏话。无论什么时候，总是用"木村先生一派的风俗坏乱"这一句话的。有一回，因为有一个剧场，要演西洋的谁所做的戏剧，用了木村的译本的时候，也写着这照例的坏话。要说起这是怎样的剧本来，却不但是在Censure（检阅）严到可笑的柏林和维也纳，都准印成书本去发行，连在剧场扮演，也毫不为奇的，颇为甜熟的剧本罢了。

然而这是三面记者所写的事。木村不明白新闻社里的事情，新闻社的艺术上的意见，没有普及到第三面也并不见怪的。

现在看见的却两样。在文艺栏，即使有着个人的署名，然而并不加什么案语，便已登载的议论，则也如政治的社说一般，便当作该社的文艺观来看待，也就无所不可罢。在这里，说木村所做的东西没有情调，木村参与选择的杂志上所载的作品也没有情调，那就是说木村是不懂文艺的了。何以教不懂文艺的人，来选剧本的呢？倘若没有情调的剧本入了选，又怎么好呢？这样做法，对得起应募的作者么？作者那边固然对不起，而于这边也对不起的，木村想。

木村是被称为坏的意义这一面的Dilettant（游戏于艺术的人）的，以此即使不落这样的难，来看并不有趣的东西，也还可以过活。总而言之，廓清这一大堆的事，是敬谢不敏了，这样想着，所以搬到衣橱上去的。

写起来长了，然而这是一秒间的事。

隔壁的屋子里，本能的扫除的声音停止了，纸障子开开了，搬出饭来了。

木村用那混着芋头的酱汤来吃早饭。

吃完饭，喝一杯茶，脊梁上便沁出汗来。夏天究竟是夏天哪，木村想。

　　木村换上洋服，将一个整包的朝日塞在衣袋里，走向大门去。这里已经摆着饭包和洋伞，靴子也擦好了。

　　木村撑了伞，橐橐的出去了。到停留场去的路，是一条店铺栉比的狭路，经过的时候，店主人要打招呼的店是大抵有一定的几家的。这里便留心着走。这四近，对木村怀着好意来打招呼之类的也有，冷淡的装着不相干的脸的也有，至于抱着敌对的感想的人，却仿佛没有似的。

　　于是木村先推察这些招呼的人是怀着怎样的心情。第一，他们确乎想，做小说的人是一种古怪人。以为古怪人的时候，立刻又觉得是可怜的人，所以来给一点 Protégé（惠顾）的。这在招呼的表情上可以看得出。木村对于这事，并不以为可憎，但不消说，自然也不觉得多谢。

　　正如邻近的人的态度一样，木村这人，在社交上也不很有什么对头。也只有当作呆子看，来表点好意的人，和全然冷淡，置之不理的人罢了。

　　加以在文坛上，又时时被驱除。

　　木村想，只要人们肯置之不理，这就好了。虽说置之不理惟有著作却要请准他做做的。心里想，不要看错了东西，便破口骂倒等等就好，倘和自己有着相同的感的人，那就运气了。这是在心的很深很深的地方这样想。

　　到停留场的路走了一半的时候，从横街里走出一个叫作小川的人来了。这人也在同衙门里办事，每三回里大约总有一回遇在路上的。

　　"自以为今天早一点，却又和你遇着了。"小川说，偏了伞子，并着走。

　　"这样的么……"

　　"平常不是总是你先到么。想着些什么似的。想着大作的趣向罢。"

木村每听到这样的话，便感着被搔了痒的心情。但仍旧摆着照例的快活的脸，不开口。

"近来，翻了一翻《太阳》，里面有些说你在衙门里的秩序的生活和艺术的生活，是正相矛盾，到底调和不得的这类话。见了么？"

"见过了。说的是坏乱风俗的艺术和官吏服务规则，并无调和的方法这等意思罢。"

"原来，是有着风俗坏乱这类字面的。我却没有这样的去解释。单当作艺术和官吏了。政治之流，倘尽着现状这样下去，是一时的东西，艺术是永远的东西呵。政治是一国的东西，艺术是人类的东西呵。"小川是衙门里的饶舌家，木村始终觉得讨厌的，但努力不教露出这颜色。他仿佛老病复发似的，响亮起来了。"然而，你看着罗斯福在各处讲演的演说罢。假使依了此公所说的来做，政治也就不是一时的东西了。不单是一国的东西了。再将这事高尚一点，政治便成为大艺术哩。我想，这和你们的理想倒许是一致的，怎样？"

木村以为很胡涂，极要皱一皱眉了，却熬着。

这之间，到了停留场。因为是末站，所以早出晚归，便正须坐在满座的车子上。两人在红柱子下，并撑了伞立候着，走过二辆车，好容易才挤上了。

两人都挽在皮带上。小川似乎饶舌还没有够。

"喂，我的艺术观如何？"

"我是不去想这些事的。"木村懒懒的答。

"怎样想，才动笔的呢？"

"并不怎样想。要做的时候便做。可以说，仿佛和要吃的时候便吃差不多罢。"

"本能么？"

"也并非本能。"

"何以？"

"意识了做的。"

"哼。"小川显了异样的脸色说，不知道怎么想去了，从此直到下电车，没有再开口。

和小川分了手，木村走到自己的房屋面前，将帽挂在帽架上，插了伞。挂着的帽子还只有二三顶。

门开着，挂着竹帘。经过了穿着白制服的听差的旁边，走到自己的桌前去。先到的人也还没有出手来办公，在那里摇扇子。也有交换"早上好"的。也有默默的用下颏打招呼的。所有的脸都是苍白的、没有元气的脸。这也无怪，每一月里没有一个不生一回病的。不生的，只有木村。

木村从帖着[5]"特别案卷"的签条的，熏旧的书架上，取出翻潮的文件来，在桌子上堆了两大堆。低的一堆，是天天办去的东西，那上面，有一套拖着舌头似的，帖着红签的文件。这就是今天必须交给课长的要紧的事情。高的一堆，是随时慢慢办去便成的公事。除了本分的分任事务之外，因为要订正字句，从别的局所里，也有文件送到木村这里来。那些东西，倘有并不紧急的，便也归在这里面。

取出了文件，坐在椅子上，木村便摸出那照例的车掌的表来看。到八点还差十分。等课长到来为止，还有四十分。

木村翻开那高的一堆的上面的文件来，看了一回，便用糊板上的浆糊[6]，帖上[7]纸条，在这里写上些什么去。纸条是许多张的用纸捻子穿着，挂在桌子旁边的。在衙门里，称之为附笺。

木村泰然的坐着，飒飒的办公，这其间，那脸始终很快活。这

5 现代汉语常用"贴着"。——编者注

6 现代汉语常用"糨糊"。——编者注

7 现代汉语常用"贴上"。——编者注

样的时候的木村的心情，是颇有些难于说明的。这人不论做什么事，总抱着孩子正在游戏一般的心情。同是游戏，有有趣的，也有无聊的。这办事，却是以为无聊的这一类。衙门的公事，并不是笑谈。那是政府的大机关的一个小齿轮，自己在回旋的事，是分明自觉着的。自觉着，而办着这些事的心情，却像游戏一般。脸上之所以快活者，便是这心情的发现。

办完一件事，就吸一支朝日。这时候，木村的空想也往往胡闹起来。心里想，所谓分业者，在抽了下下签的人，也就成了很无聊的事了。然而并没有觉得不平。虽然这样，却又并不怀着以此为己的命运的，类乎 Fataliste（运命论者）的思想。也常想，这样的事务，歇了怎样呢。于是便想到歇了以后的事。假定就目前的景况，在洋灯下写，从早到晚的著作起来罢。这人在著作时候，也抱着孩子正在闹心爱的游戏似的心情的。这并非说没有苦处。无论做什么 Sport（玩耍），都要跳过障碍。也未尝不知道艺术是并非笑谈。拿在自己手上的工具，倘交给巨匠名家的手里，能造出震惊世界的作品的事，是自觉着的。然而一面自觉，一面却怀着游戏的心情。甘必大（Gambetta）的兵，有一次教突击而气馁了，甘必大说吹喇叭罢，但是进击的谱没有吹，却吹了 Réveil（起床）的谱。意大利人站在生死的界上，也还有游戏的心情。总而言之，在木村，无论做什么都是游戏。同是游戏，心爱的有趣的这一种，比无聊的好，是一定不易的。但倘若从早到晚专做这一种，许要觉得单调而生厌罢。现在的无聊的事务，却也还有破这单调的功能。

歇了这事务之后，要破那著作生活的单调，该怎么办呢？这是有社交，有旅行。然而都要钱的。既不愿用旁观别人钓鱼一般的态度，到交际社会去；要做了戈理基（Gorki）那样的 Vagabondage（放浪）觉得愉快，倘没有俄国人这样的遗传，又仿佛到底不行似的。

于是想，也许仍然是做官好罢。而这样想来，也并没有起什么别的绝望似的苦痛的感想。

有时候，空想愈加放纵起来了，见了战争的梦，假设着想，喇叭吹着进击的谱，望了高揭的旗，快跑，这可是爽快呵。木村虽然没有生过病，然而身材小，又瘦削，不被选去做征兵，因此未曾上过阵。但听人说过，虽曰壮烈的进击，其实有时也或躲在土袋后面爬上去的，这时记起来了。于是减少了若干的兴味。便是自己，倘使身临其境，也不辞藏身土袋之后而爬的。然而所谓壮烈呀、爽快呀之类的想象稀薄了。其次又设想，即使能够出战，也许编入辎重队，专使搬东西。便是自己，倘教站在车前就拉罢，站在车后便推罢。然而与壮烈以及爽快，却愈见其辽远了。

有时候，见着航海的梦，倘凌了屋一般的波涛，渡了大洋，好愉快罢。在地极的冰上，插起国旗来，也愉快罢，这样架空的想。然而这些事也有分业的，说不定专使你去烧锅炉的火，这么一想，Enthousiasme（热诚）的梦便惊醒了。

木村办完了一件事，将这一起案卷，推向桌子的对面，从高的一堆上又取下一套案卷来。先前的是半纸的格子纸，这回的是紫线的西洋纸了。密密的帖在手掌上，宛然是和竹竿一同捏着了蜗牛的心情。

这时为止，已经渐次的走出五六个同僚来，不知什么时候桌子早都坐满了。摇过八点的铃，暂时之后，课长出来了。

木村当课长还未坐下的时候，便拿了帖着红签的文件过去了，略远的站着，看课长慢慢的从 Portefeuille（护书）里取出文件来，揭开砚匣的盖子，磨墨。磨完了墨之后，偶然似的转向这边来了。是比起木村来，约小三四岁的一个年青的法学博士，在眼鼻紧凑，没有余地，敏捷似的脸上，戴着金边的眼镜。

"昨天嘱咐的文件……"说了一半话，送上文件去。课长接了，大略的看完，说道："这就好。"

木村觉着卸了重担似的心情，回到自己的位子上。一回通不过的文件，第二回便很不容易直截了当的通过。三回四回的教改正。这之间，那边也种种的想，便和最先所说的话有些两样起来。于是终于成为无法可施。所以一回通过便喜欢了。

回到位子上一看，茶已经摆着了。八点到地的时候一杯，午后办公时候三点前后一杯，是即使不开口，听差也会送来的。是单有颜色，并无味道的茶。喝完之后，碗底里沉着许多滓。

木村喝了茶，照旧泰然的坐着，不歇的飒飒的办事。低的一堆的文件的办理，只要间或拿出簿子来一参照，都如飞的妥帖了。办妥的东西，加了检印，使听差送到该送的地方去。文件里面，也有直送给课长那里的。

这其间又送来新文件。红签的立刻办，别的便归入或一堆中；电报大抵照红签的一样办。

正在办事，骤然热起来了，一瞥对面的窗，早上看见灰色的天空的处所，已经团簇着带紫的暗色的云了。

看那些同僚的脸，都显着非常疲乏的颜色，大抵下颚弛缓挂下了，脸相看去便似乎长了一些了。屋子里潮湿的空气，浓厚起来，觉得压着头脑。即使没有现在这样特别的热的时候，办公时间略开头，从厕所回来，一进廊下，那坏的烟草的气息和汗的气味，也使人有要噎的心情。虽然如此，比起到了冬天，烧着暖炉，关上门户的时候来，夏天的此时又要算好得多了。

木村看了同僚的脸，略略皱一皱眉，但立刻又变了快活的脸，动手办公事。

过了片时，动了雷，下起大雨来了，雨点打着窗户，发出可怕的声音。屋里的人都放下事务向窗户看。木村右邻的一个叫山田的人说：

"正觉得闷热，到底下了暴雨了。"

"是呵。"木村向右边转过快活的照例的脸去说。

山田一见这脸，仿佛突然想到了似的，低声说道：

"你固然是迅速的办着事，但从旁看来，不知怎的总仿佛觉得在那里开玩笑似的。"

"那有这样的事呢。"木村恬然的答。

木村被人这么说，已经不知多少次了。说这人的表情、言语、举动，都催促别人说出这样的话，也无所不可的。在衙门里，先代的课长也说是欠恳切，很厌恶。文坛上，则批评家以为不认真，正在贬斥他。娶过一回妻，不幸而走散了，平生因为什么机会冲突起来的时候，说道"你只在那里愚弄我"，便是那细君的非难的大宗。

木村的心情，是无所谓认真认假的，但因为对于一切事的"游戏"的心情，致使并非哪拉（Nora）的细君，也感到被当作傀儡，当作玩物的不愉快了。

在木村呢，这游戏的心情是"被给与的事实"。和木村往还的一个青年文士曾经说："先生是欠缺着现代人的紧要的性质的。这是 Nervosité（神经质）呵。"然而木村也似乎并不格外觉得不幸。大雨之后，接着小雨，但也没有什么很凉。

一到十一点半，住在远处的人便进了食堂吃饭去。木村是办事办到放午炮，于是一个人再吃饭的。

两三个同僚走向食堂的时候，电话的铃响起来了。听差去听了几句话，说道"请候一候"便走到木村这里来。

"日出新闻社的人，说要请说几句话。"

木村走到电话机那里。

"喂，我是木村，什么事呢？"

"木村先生么？劳了驾，对不起的很了。就是那应募的剧本呵，不知道什么时候可以看了呢。"

"是呵。近来忙，还不能立刻就看呢。"

"哦。"怎么说才好，暂时想着似的，"那就再领教罢，拜托拜托。"

"再见。"

"再见。"

微笑的影，掠过木村的脸上了。而且心里想，那剧本，一时未必走下衣橱来哩。倘是先前的木村，就会说些"那是决定不看了"之类的话，在电话上吵嘴。现在是温和得多了，但他的微笑中，却有若干的 Bosheit（恶意）在里面。然而这样的些少的恶意，也未必能成为尼采主义的现代人罢。

午炮响了。都拿出表来对。木村也拿出照例的车掌的表来对。同僚早已收拾了案卷，一下子退出去了。木村只和听差剩了两人，慢慢的将案卷收在书架里，进食堂去，慢慢的吃了饭，于是坐上了汗臭的满员的电车。

沉默之塔

［日］森鸥外

高的塔耸在黄昏的天空里。

聚在塔上的乌鸦，想飞了却又停着，而且聒耳的叫着。

离开了乌鸦队，仿佛憎厌那乌鸦的举动似的，两三匹海鸥发出断续的啼声，在塔旁忽远忽近的飞舞。

乏力似的马，沉重似的拖了车，来到塔下面。有什么东西卸了下来，运进塔里去了。

一辆车才走，一辆车又来，因为运进塔里去的货色很不少。

我站在海岸上看情形。晚潮又钝又缓的，辟拍辟拍的打着海岸的石壁。从市上到塔来，从塔下到市里去的车，走过我面前。什么车上，都有一个戴着一顶帽檐弯下的，软的灰色帽的男人，坐在马夫台上，带了俯视的体势。

懒洋洋的走去的马蹄声，和轧着小石子钝滞的发响的车轮声，听来很单调。

我站在海岸上，一直到这塔像是用灰色画在灰色的中间。

走进电灯照得通明的旅馆的大厅里，我看见一个穿大方纹羽纱衣裤的男人，交叉了长腿，睡觉似的躺在安乐椅子上，正看着新闻。这令人以为从柳敬助的画里取下了服饰一般的男子，昨天便在这大厅上，已经见过一回的了。

"有什么有趣的事么？"我声张说。

连捧着新闻的两手的位置也没有换，那长腿只是懒懒的，将眼睛只一斜。"Nothing at all！"与其说对于我的声张，倒不如说是对于新闻发了不平的口调。但不一刻便补足了话："说是椰瓢里装着炸药的，又有了两三个了。"

"革命党罢。"

我拖过大理石桌子上的火柴来，点起烟卷，坐在椅子上。

因为暂时之前，长腿已在桌子上放下了新闻，装着无聊的脸，我便又兜搭说：

"去看了有一座古怪的塔的地方来了。"

"Malabar hill[1] 罢。"

"那是甚么塔呢？"

"是沉默之塔。"

"用车子运进塔里去的，是甚么呢？"

"是死尸。"

"怎样的死尸？"

"Parsi[2] 族的死尸。"

"怎的会死得这样多，莫非流行着什么霍乱吐泻之类么？"

"是杀掉的。说又杀了二三十，现载在新闻上哩。"

"谁杀的呢？"

"一伙里自己杀的。"

"何以？"

"是杀掉那看危险书籍的东西。"

"怎样的书？"

"自然主义和社会主义的书。"

"真是奇怪的配合呵。"

1　马剌巴（现译"马拉巴尔"）冈，马剌巴是地名，在印度。
2　派希（现译"帕西"）是一种拜火教徒。

"自然主义的书和社会主义的书是各别的呵。"

"哦，总是不很懂。也知道书的名目么？"

"——写着呢。"长腿拿起放在桌上的新闻来，摊开了送到我面前。我拿了新闻看。长腿装着无聊的脸，坐在安乐椅子上。

立刻引了我眼睛的"派希族的血腥的争斗"这一个标题的记事，却还算是客观的记着的。

派希族的少壮者是学洋文的，渐渐有些能看洋书了。英文最通行。法文和德文也略懂了。在少壮者之间，发生了新文艺。这大抵是小说；这小说，从作者的嘴里，从作者的朋友的嘴里，都用了自然主义这一个名目去鼓吹。和 Zola（左拉）用了 *Le Roman Expérimental*（《实验的小说》）所发表的自然主义，虽然不能说是相同，却也不能说是不相同。总而言之：是要脱去因袭，复归自然的这一种文艺上的运动。

所谓自然主义小说的内容上，惹了人眼的，是在将所有因袭、消极的否定，而积极的并没有什么建设的事。将这思想的方面，简括说来，便是怀疑即修行，虚无是成道。从这方向看出去，则凡有讲些积极的事的，便是过时的呆子，即不然，也该是说谎的东西。

其次，惹了人眼的，就在竭力描写冲动生活而尤在性欲生活的事。这倒也没有西洋近来的著作的色彩这么浓。可以说：只是将从前有些顾忌的事，不很顾忌的写了出来罢了。

自然主义的小说，就惹眼的处所而言，便是先以这两样特色现于世间；叫道：自己所说的是新思想，是现代思想，说这事的自己是新人，是现代人。

这时候，这样的小说间有禁止的了。那主意，便说是那样的消极的思想是紊乱安宁秩序的，那样的冲动生活的叙述是败坏风俗的。

恰在这时候，这地方发生了革命党的运动，便在带着椰瓢炸弹的人们里，发觉了夹着一点派希族的无政府主义者的事。于是就在这 Propagande par le fait（为这事实的枢机传道所）的一伙就缚的时候，也便将凡是和社会主义共产主义无政府主义之类有缘，以至似乎有缘的出版物，都归在社会主义书籍这一个符牒之下，当作紊乱安宁秩序的东西，给禁止了。

这时禁止的出版物中，夹着些小说。而这其实是用了社会主义的思想做的，和自然主义的作品全不相同。

但从这时候起，却成了小说里面含有自然主义和社会主义的事。

这模样，扑灭自然主义的火既乘着扑灭社会主义的风，而同时自然主义这一边所禁止的出版物的范围，反逐渐扩大起来，已经不但是小说了，剧本也禁止，抒情诗也禁止，论文也禁止，俄国书的译本也禁止。

于是要在凡用文字写成的一切东西里，搜出自然主义和社会主义来。一说是文人，是文艺家，便被人看着脸想：不是一个自然主义者么，不是一个社会主义者么？

文艺的世界成为疑惧的世界了。

这时候，派希族的或人便发明了"危险的洋书"这句话。

危险的洋书媒介了自然主义，危险的洋书媒介了社会主义。翻译的人是贩卖那照样的危险品的，创作的人是学了西洋人，制造那冒充洋货的危险品的。

紊乱那安宁秩序的思想，是危险的洋书所传的思想。败坏风俗的思想，也是危险的洋书所传的思想。

危险的洋书渡过海来，是 Angra Mainyu[3] 所做的事。

杀却那读洋书的东西！

---

3 （现译"安格拉·曼纽"），拜火教里的恶神。

因为这主意，派希族里便学了 Pogrom[4] 的样。而沉默之塔的上面，乌鸦于是乎排了筵宴了。

新闻上也登着杀掉的人的略传，谁读了什么，谁译了什么，列举着"危险的洋书"的书名。我一看这个，吃了惊了。

爱看 Saint-Simon（圣西蒙）一流人的书的，或者译了 Marx（马克思）的《资本论》的，便作为社会主义者论，绍介了 Bakunin（巴枯宁）、Kropotkin（克鲁泡特金）的，便作为无政府主义者论，虽然因为看的和译的未必便遵奉那主义，所以难于立刻教人首肯，但也还不能说没有受着嫌疑的理由。

倘使译了 Casanova（卡萨诺瓦）和 Louvet de Courvay（寇韦）的书，便被说是败坏了风俗，即使那些书里面含有文明史上的价值，也还可以说未免缺一点顾忌罢。

但所谓危险的洋书者，又并不是指这类东西。

在俄罗斯文学里，何以讨厌 Tolstoi（托尔斯泰）的几篇文章呢，便因为无政府党用了《我的信仰》和《我的忏悔》去作主义的宣传，所以也可以说没有错。至于小说和剧本，则无论在世界上那一国里，却还没有以为格外可虑的东西。这事即以危险论了。在《战争与和平》里，说是战争得胜，并非伟大的大将和伟大的参谋所战胜，却是勇猛的兵卒给打胜的，做这种观念的基础的个人主义，也是危险的事。这样穿凿下去，便觉得老伯爵的吃素，也因为乡下得不到好牛肉；对于伯爵几十年继续下来的原始生活，也要用猜疑的眼睛去看了。

Dostojevski（陀思妥耶夫斯基）在《罪与罚》里，写出一个以为无益于社会的贪心的老婆子，不必给伊有钱，所以杀却了的主人公来，是不尊重所有权；也危险的。况且那人的著作，不过是羊癫病的

4　俄国内部渐要破裂的时候，政府想出方法来，煽动国民去仇杀异民族和异教徒，以转移他们的注意，世间谓之坡格隆，Po 是逐渐，Gromit 是破灭。

昏话。Gorki（戈理奇）只做些羡慕放浪生活的东西，蹂躏了社会的秩序，也危险的。况且实生活上，也加在社会党里呵。Artzibashev（阿尔志跋绥夫）崇拜着个人主义的始祖 Stirner（施蒂纳），又做了许多用革命家来做主人公的小说，也危险的。况且因为肺病毁了身体连精神都异样了。

在法兰西和比利时文学里，Maupassant（莫泊桑）的著作，是正如托尔斯泰所谓以毒制毒的批评，毫没有何为而作的主意，无理想，无道德的。再没有比胡乱开枪更加危险的事。那人终于因为追蹑妄想而自杀了。Maeterlinck（梅特林克）做了 Monna Vanna 一类的奸通剧，很危险呵。

意大利文学里，D'Annunzio（邓南遮）在小说或剧本上，都用了色彩浓厚的笔墨，广阔的写出性欲生活来。《死的市5》里，甚至于说到兄妹间的恋爱。如果这还不危险，世间便未必有危险的东西了罢。

北欧文学里，Ibsen（易卜生）将个人主义做在著作中，甚而至于说国家是我的敌。Strindberg（斯特林堡）曾叙述过一位伯爵家的小姐和伊的父亲的房里的小使通情，暗寓平民主义战胜贵族主义的意思。在先前，斯特林堡本来屡次被人疑心他当真发了狂，现在又有些古怪起来了，都危险的。

在英国文学，只要一看称为 Wilde（王尔德）的代表著作的 *Dorian Gray*，便知道人类的根性多少可怕。可以说是将秘密的罪恶教人的教科书，未必再有这样危险的东西了罢。作者因为男色案件成为刑余之人，正是适如其分的事。Shaw（萧）同情于《恶魔的弟子6》这样的废物，来当作剧本的主人公，还不危险么？而况他也做社会主义的议论哩。

5　现译"死城"。——编者注
6　现译"魔鬼的门徒"。——编者注

在德国文学呢，Hauptmann（豪普德曼）著一本《织工》，教他们袭击厂主的家去。Wedekind（魏德金德）著了《春的觉醒》将私通教给中学生了。样样都是非常之危险。

派希族的虐杀者之所以以洋书为危险者，大概便是这样的情形。

从派希族的眼睛看来，凡是在世界上的文艺，只要略有点价值的，只要并不万分平庸的，便无不是危险的东西。

这是无足怪的。

艺术的价值，是在破坏因袭这一点。在因袭的圈子里彷徨的作品，是平凡作品。用因袭的眼睛来看艺术，所有艺术便都见得危险。

艺术是从上面的思量，进到那躲在底下的冲动里去的。绘画要用没有移行的颜色，音乐要在 Chromatique（音色）这一面求变化，文艺也一样，要用文章现出印象来。进到冲动生活里去，是当然的事。一进到冲动生活里，性欲的冲动便也不得不出现了。

因为艺术的性质是这样，所以称为艺术家的，尤其是称为天才的人，大抵在实世间不能营那有秩序的生活。如 Goethe（歌德），虽然小，做过一国的总理，下至 Disraeli（迪斯累里）组织起内阁来，行过帝国主义的政治之类，是例外的；多数却都要发过激的言论，有不检的举动。George Sand（乔治·桑）和 Eugène Sue（欧仁·苏），虽然和 Leroux（勒卢）合在一起，宣传过共产主义，Freiligrath、Herwegh、Gutzkow（弗赖利格拉特、海尔维格、古茨科）三个人，虽然和马克思合在一起，在社会主义的杂志上做过文章，但文艺史家并不觉得有损于作品的价值。

便是学问，也一样。

学问也破坏了因袭向前走。被一国度一时代的风尚一掣肘，学问就死了。

便在学问上，心理学也是从思量到意志，从意志到冲动，从冲动到以下的心的作用里，渐次深邃的穿掘进去。而因此使伦理生变化，使形而上学生变化。Schopenhauer（叔本华）是称为冲动哲学也可以。正如从那里出了系统家的 Hartmann（哈特曼）和 Wundt（冯特）一般，也从那里出了用 Aphorismen（警句）著书的 Nietzsche（尼采）。是从看不出所谓发展的叔本华的彼岸哲学里，生了说超人的尼采的此岸哲学了。

所谓学者这一种东西，除了少年时代便废人似的驯良过活的哈特曼，和老在大学教授的位置上的冯特之外，叔本华是决绝了母亲，对于政府所信任的大学教授说过坏话的东西。既不是孝子，也不是顺民；尼采是头脑有些异样的人，终于发了狂，也是明明白白的事实。

倘若以艺术为危险，便该以学问为更危险。哈德曼倾倒于 Hegel（黑格尔）的极左党而且继承无政府主义的施蒂纳的锐利的论法，著了《无意识哲学的迷惘的三期》。尼采说的"神死了"，只要一想施蒂纳的"神便是鬼"，便也不能不说旧。这与超人这一个结论，也不一样的。

无论是艺术，是学问，从派希族的因袭的眼睛看来，以为危险也无足怪。为什么呢？无论那一个国度，那一个时期，走着新的路的人背后一定有反动者的一伙觑着隙的。而且到了或一个机会，便起来加迫害。只有那口实，却因了国度和时代有变化。危险的洋书也不过一个口实罢了。

马刺巴冈的沉默之塔的上头，乌鸦的唱工正酣畅哩。

与幼小者

[日]有岛武郎

你们长大起来，养育到成了一个成人的时候——那时候，你们的爸爸可还活着，那固然是说不定的事——想来总会有展开了父亲的遗书来看的机会的罢。到那时候，这小小的一篇记载，也就出现在你们的眼前了。时光是骎骎的驰过去。为你们之父的我，那时怎样的映在你们的眼里，这是无从推测的。恐怕也如我在现在，嗤笑怜悯那过去的时代一般，你们或者也要嗤笑怜悯我的陈腐的心情。我为你们计，惟愿其如此。你们倘不是毫不顾忌的将我做了踏台，超过了我，进到高的远的地方去，那是错的。然而我想，有怎样的深爱你们的人，现在这世上，或曾在这世上的一个事实，于你们却永远是必要的。当你们看着这篇文章，悯笑我的思想的未熟而且顽固之间，我以为，我们的爱，倘不温暖你们，慰藉、勉励你们，使你们的心中，尝着人生的可能性，是决不至于的。所以我对着你们，写下这文章来。

你们在去年，永久的失掉了一个的，只有一个的亲娘。你们是生来不久，便被夺去了生命上最紧要的养分了。你们的人生，即此就暗淡。在近来，有一个杂志社来说，教写一点"我的母亲"这一种小小的感想的时候，我毫不经心的写道，"自己的幸福，是在母亲从头便是一人，现在也活着"，便算事了。而我的万年笔将停未停之际，我便想起了你们。我的心仿佛做了什么恶事似的痛楚了。然而事实是事实。这一点，我是幸福的。你们是不幸的，是再没有恢复的路的不幸。阿阿，不幸的人们呵。

从夜里三时起，开始了缓慢的阵痛，不安弥满了家中，从现在想起来，已经是七年前的事了。那是非常的大风雪，便在北海道，也是不常遇到的极厉害的大风雪的一天。和市街离开的河边上的孤屋，要飞去似的动摇，吹来粘在窗玻璃上的粉雪，又重迭的遮住了本已包在绵云中间的阳光，那夜的黑暗，便什么时候，都不退出屋里去。在电灯已熄的薄暗里，裹着白的东西的你们的母亲，是昏瞀似的呻吟着苦痛。我教一个学生和一个使女帮着忙，生起火来，沸起水来，又派出人去。待产婆被雪下得白白的扑了进来的时候，合家的人便不由的都宽一口气，觉得安堵了。但到了午间，到了午后，还不见生产的模样，在产婆和看护妇的脸上，一看见只有我看见的担心的颜色，我便完全慌张了。不能躲在书斋里，专等候结果了。我走进产房去，当了紧紧的捏住产妇的两手的脚忙[1]。每起一回阵痛，产婆便叱责似的督励着产妇，想给从速的完功。然而暂时的苦痛之后，产妇又便入了熟睡，竟至于打着鼾，平平稳稳的似乎什么都忘却了。产婆和随后赶到的医生，只是面面相觑的吐着气。医生每遇见昏睡，仿佛便在那里想用什么非常的手段一般。

到下午，门外的大风雪逐渐平静起来，泄出了浓厚的雪云间的薄日的光辉，且来和积在窗间的雪偷偷的嬉戏了。然而在房里面的人们，却愈包在沉重的不安的云片里。医生是医生，产婆是产婆，我是我，各被各人的不安抓住了。这之中，似乎全不觉到什么危害的，是只有身临着最可怕的深渊的产妇和胎儿。两个生命，都昏昏的睡到死里去。

大概恰在三时的时候，——起了产气以后的第十二时——在催夕的日光中，起了该是最后的激烈的阵痛了。宛然用肉眼看着噩

---

1 现代汉语常用"角色"。——编者注

梦一般，产妇圆睁了眼，并无目的的看定了一处地方，与其说苦楚，还不如说吓人的皱了脸。而且将我的上身拉向自己的胸前，两手在背上挠乱的抱紧了。那力量，觉得倘使我没有和产妇一样的着力，那产妇的臂膊便会挤破了我的胸脯。在这里的人们的心，不由的全都吃紧起来，医生和产婆都忘了地方似的，用大声勉励着产妇。

骤然间感着了产妇的握力的宽松，我抬起脸来看。产婆的膝边仰天的躺着一个没有血色的婴儿。产婆像打球一般的拍着那胸膛，一面连说道葡萄酒、葡萄酒。看护妇将这拿来了。产婆用了脸和言语，教将酒倒在脸盆里，盆里的汤便和剧烈的芳香同时变了血一样的颜色。婴儿被浸在这里面了。暂时之后，便破了不容呼吸的紧张的沉默，很细的响出了低微的啼声。

广大的天地之间，一个母亲和一个儿子，在这一刹那中忽而出现了。

那时候，新的母亲看着我，软弱的微笑。我一见这，便无端的满眼渗出泪来。我不知道怎样才可以表现这事给你们看。说是我的生命的全体，从我的眼里挤出了泪，也许还可以适当罢。从这时候起，生活的诸相便都在眼前改变了。

你们之中，最先的见了人世之光者，是这样的见了人世之光的。第二个和第三个也如此。即使生产有难易之差，然而在给与父母的不可思议的印象上却没有变。

这样子，年青的夫妇便陆续的成了你们三个的父母了。

我在那时节，心里面有着太多的问题。而始终碌碌，从没有做着一件自己近于"满足"的事。无论什么事，全要独自咬实了看，是我生来的性质，所以表面上虽然过着极普通的生活，而我的心却又苦闷于动不动便骤然涌出的不安。有时悔结婚。有时嫌恶你们的诞育。为什么不待自己的生活的旗色分外鲜明之后，再来结婚的呢？为什么情愿将因为有妻，所以不能不拖在后面的几个重量，系在腰间的呢？为什么不可不将两人肉欲的结果，当作天赐的东西一般看待呢？耗费在建立家庭上的努力和精力，自己不是可以用在别的地方的么？

我因为自己的心的扰乱，常使你们的母亲因而啼哭，因而凄凉。而且对付你们也没有理。一听到你们稍为执拗的哭泣或是歪缠的声音，我便总要做些什么残虐的事才罢手。倘在对着原稿纸的时候，你们的母亲若有一件些小的家务的商量，或者你们有什么啼哭的喧闹，我便不由的拍案站立起来。而且虽然明知道事后会感着难堪的寂寞，但对于你们也仍然加以严厉的责罚，或激烈的言辞。

然而运命来惩罚我这任意和暗昧的时候竟到了。无论如何，总不能将你们任凭保姆，每夜里，使你们三个睡在自己的枕边和左右，通夜的使一个安眠，给一个热牛乳，给一个解小溲，自己没有熟睡的工夫，用尽了爱的限量的你们的母亲，是发了四十一度的可怕的热而躺倒了。这时的吃惊固然也不小，但当来诊的两个医生异口同声的说有结核的征候的时节，我只是无端的变了青苍。检痰的结果，是给医生们的鉴定加了凭证。而留下了四岁和三岁和两岁的你们，在十月秒的凄清的秋日里，母亲是成了一个不能不进病院的人了。

我做完日里的事，便飞速的回家。于是领了你们的一个或两个，匆匆的往病院去。我一住在那街上，便来做事的一个勤恳的门徒的老妪，在那里照应病室里的事情。那老妪一见你们的模样，便暗暗的拭着眼泪了。你们一在床上看见了母亲，立刻要奔去，要缠住。而还没有给伊知道是结核症的你们的母亲，也仿佛拥抱宝贝似的，要将你们聚到自己的胸前去。我便不能不随宜[2]的支梧着，使你

2　现代汉语常用"随意"。——编者注

们不太近伊的床前。正尽着忠义，却从周围的人受了极端的误解，而又在万不可辩解的情况中，在这般情况中的人所尝的心绪，我也尝过了许多回。虽然如此，我却早没有愤怒的勇气了。待到像拉开一般的将你们远离了母亲，同就归途的时候，大抵街灯的光已经淡淡的照着道路。进了门口，只有雇工看着家。他们虽有两三人却并不给留在家里的婴儿换一换衬布。不舒服似的啼哭着的婴儿的胯下，往往是湿漉漉的。

你们是出奇的不亲近别人的孩子。好容易使你们睡去了，我才走进书斋去做些调查的工夫。身体疲乏了，精神却昂奋着。待到调查完毕，正要就床的十一时前后的时候，已经成了神经过敏的你们，便做了夜梦之类，惊慌着醒来了。一到黎明，你们中的一个便哭着要吃奶。我被这一惊起，便到早晨不能再闭上眼睛。吃过早饭，我红了眼，抱着中间有了硬核一般的头，走向办事的地方去。

在北国里，眼见得冬天要逼近了。有一天，我到病院去，你们的母亲坐在床上正眺着窗外，但是一见我，便说道想要及早的退了院。说是看见窗外的枫树已经那样觉得凄凉了。诚然，当入院之初，燃烧似的饰在枝头的叶，已是凋零到不留一片，花坛上的菊也为寒霜所损，未到萎落的时候便已萎落了。我暗想，即此每天给伊看这凄凉的情状，也就是不相宜的。然而母亲的真的心思其实不在此，是在一刻也忍不住再离开了你们。

终于到了退院的那一天，却是一个下着雪子，呼呼的吼着寒风的坏日子，我因此想劝伊暂时消停，事务一完，便跑到病院去。然而病房已经空虚了，先前说过的老妪在屋角上，草草的摒挡着讨得的东西，以及垫子和茶具。慌忙回家看，你们早聚在母亲的身边，高兴的嚷着了。我一见这，也不由的坠了泪。

不知不识之间，我们已成了不可分离的东西了。亲子五人在逐步逼紧的寒冷之前，宛然是缩小起来以护自身的杂草的根株一般，大家互相紧挨，互分着温暖。但是北国的寒冷，却冷到我们四个的温度，也无济于事了。我于是和一个病人以及天真烂熳[3]的你们，虽然劳顿，却不得不旅雁似的逃向南边去。

离背[4]了诞生而且长育了你们三个人的土地，上了旅行的长途，那是初雪纷纷的下得不住的一夜里的事。忘不掉的几个容颜，从昏暗的车站的月台上很对我们惜别。阴郁的轻津海峡[5]的海色已在后面了。直跟到东京为止的一个学生，抱着你们中间的最小的一个，母亲似的通夜没有歇。要记载起这样的事来，是无限量的。总而言之，我们是幸而一无灾祸，经过了两天的忧郁的旅行之后，竟到了晚秋的东京了。

和先前住居的地方不一样，东京有许多亲戚和兄弟，都为我们表了很深的同情。这于我不知道添多少的力量呵。不多时，你们的母亲便住在 K 海岸的租来的一所狭小的别墅里，我便住在邻近的旅馆里，由此日日去招呼。一时之间是病势见得非常之轻减了。你们和母亲和我，至于可以走到海岸的沙丘上，当着太阳，很愉快经过二三时间了。

运命是什么意思，给我这样的小康，那可不知道。然而他是不问有怎样的事，要做的事总非做完不可的。这年已近年底的时候，你们的母亲因为大意受了寒，从此日见其沉重了。而且你们中的一个，又突然发了原因不明的高热。我不忍将这生病的事通知母亲去。病儿是病儿，又不肯暂时放开我。你们的母亲却来责备我的疏远了。我于是躺倒了，只得和病儿并了枕，为了迄今未曾亲历过的高热而呻吟了。我的职业么？我的职业是离开我已经有千里之远

3　现代汉语常用"天真烂漫"。——编者注
4　现代汉语常用"背离"。——编者注
5　应作"津轻海峡"。——编者注

了。但是我早经不悔恨。为了你们，要战斗到最后才歇的一种热意，比病热还要旺盛的烧着我的胸中。

正月间便到了悲剧的绝顶。你们的母亲已经到非知道自己的病的真相不可的窘地了。给做了这烦难的脚色的医生回去之后，见过你们的母亲的脸的我的记忆，一生中总要鞭策我罢。显着苍白的清朗的脸色，仍然靠在枕上，母亲是使那微笑，说出冷静的觉悟来，静静的看着我。在这上面，混合着对于死的 Resignation（觉悟）和对于你们的强韧的执着。这竟有些阴惨了。我被袭于凄怆之情，不由的低了眼。

终于到了移进 H 海岸的病院这一天。你们的母亲决心很坚，倘不全愈，那便死也不和你们再相见。穿好了未必再穿——而实际竟没有穿——的好衣服，走出屋来的母亲，在内外的母亲们的眼前，潸然的痛哭了。虽是女人，但气象超拔而强健的你们的母亲，即使只有和我两人的时候，也可以说是从来没有给看过一回哭相，然而这时的泪，却拭了还只是奔流下来。那热泪，是惟你们的崇高的所有物。这在现今是干涸了，成了横亘太空的一缕云气么，变了溪壑川流的水的一滴么，成了大海的泡沫之一么，或者又装在想不到的人的泪堂里面么，那是不知道。然而那热泪，总之是惟你们的崇高的所有物了。

一到停着自动车的处所，你们之中正在热病的善后的一个，因为不能站，被使女背负着——一个是得得的走着——最小的孩子，是祖父母怕母亲过于伤心了，没有领到这里来——出来送母亲了。你们的天真烂熳的诧异的眼睛，只向了大的自动车看。你们的母亲是凄然的看着这情形。待到自动车一动弹，你们听了使女的话，军人似的一举手。母亲笑着略略的点头。你们未必料到，母亲是从这一瞬息间以后，便要永久的离开你们的罢。不幸的人们呵。

从此以后，直到你们的母亲停止了最后的呼吸为止的一年零七个月中，在我们之间，都奋斗着剧烈的争战。母亲是为了对于死要取高的态度，对于你们要留下最大的爱，对于我要得适中的理解；我是为了要从病魔救出你们的母亲，要勇敢的在双肩上担起了逼着自己的运命；你们是为了要从不可思议的运命里解放出自己来，要将自己嵌进与本身不相称的境遇里去，而争战了。说是战到鲜血淋漓了也可以。我和母亲和你们，受着弹丸，受着刀伤。倒了又起，起了又倒的多少回呵。

你们到了六岁和五岁和四岁这一年的八月二日，死终于杀到了。死压倒了一切。而死救助了一切了。

你们的母亲的遗书中，最崇高的部分，是给与你们的一节，倘有看这文章的时候，最好是同时一看母亲的遗书。母亲是流着血泪，而死也不和你们相见的决心终于没有变。这也并不是单因为怕有病菌传染给你们。却因为怕将惨酷的死的模样，示给你们的清白的心，使你们的一生增加了暗淡，怕在你们应当逐日生长起来的灵魂上，留下一些较大的伤痕。使幼儿知道死，是不但无益，反而有害的。但愿葬式的时候，教使女带领着，过一天愉快的日子。你们的母亲这样写。又有诗句道：

"思子的亲的心是太阳的光普照诸世间似的广大。"

母亲亡故的时候，你们正在信州的山上。我的叔父，那来信甚而至于说，倘不给送母亲的临终，怕要成一生的恨事罢，但我却硬托了他，不使你们从山中回到家里，对于这我，你们有时或者以为残酷，也未可知的。现在是十一时半了。写这文章的屋子的邻室里，并了枕熟睡着你们。你们还幼小。倘你们到了我一般的年纪，对于我所做的事，就是母亲想要使我来做的事，总会到觉得高贵的时候罢。

我自此以来,是走着怎样的路呢?因了你们的母亲的死,我撞见了自己可以活下去的大路了。我知道了只要爱护着自己,不要错误的走着这一条路便可以了。我曾在一篇创作里,描写过一个决计将妻子作为牺牲的男人的事。在事实上,你们的母亲是给我做了牺牲了。像我这样的不知道使用现成的力量的人,是没有的。我的周围的人们是只知道将我当作一个小心的、鲁钝的、不能做事的,可怜的男人,却没有一个肯试使我贯彻了我的小心和鲁钝和无能力来看。这一端,你们的母亲可是成就了我。我在自己的孱弱里,感到力量了。我在不能做事处寻到了事情,在不能大胆处寻到了大胆,在不锐敏处寻到了锐敏。换句话说,就是我锐敏的看透了自己的鲁钝,大胆的认得了自己的小心,用劳役来体验自己的无能力。我以为用了这力,便可以鞭策自己,生发别样的。你们倘或有眺望我的过去的时候,也该会知道我也并非徒然的生活,而替我欢喜的罢。

雨之类只是下,悒郁的情况涨满了家中的日子,动不动,你们中的一个便默默的走进我的书斋来。而且只叫一声爹爹,就靠在我的膝上,啜啜的哭起来了。唉唉,有什么要从你们的天真烂熳的眼睛里要求眼泪呢?不幸的人们呵。再没有比看见你们倒在无端的悲哀里的时候,更觉得人世的凄凉了。也没有比看见你们活泼的向我说过早上的套语,于是跑到母亲的照像面前,快活的叫道"亲娘,早上好?"的时候,更是猛然的直穿透我的心底里的时候了。我在这时,便悚然的在目前看见了无劫的世界。

世上的人们以为我的这述怀是呆气,是可以无疑的。因为所谓悼亡,不过是多到无处不有的事件中的一件。要将这样的事当作一宗要件,世人也还没有如此之闲空。这是确凿如此的。但虽然如此,我不必说,便是你们,也会逐渐的到了觉得母亲的死,是一件什么也替代不来的悲哀和缺憾的事的时候。世人说是不关心,这不必引以为耻的。这并不是可耻的事。我们在人间常有的事件中间，也可以深深的触着人生的寂寞。细小的事，并非细小的事。大的事，也不是大的事。这只在一个心。

要之，你们是见之惨然的人生的萌芽呵。无论哭着，无论笑着，无论高兴，无论凄凉，看守着你们的父亲的心，总是异常的伤痛。

然而这悲哀于你们和我有怎样的强力，怕你们还未必知道罢。我们是蒙了这损失的庇荫，向生活又深入了一段落了。我们的根，向大地伸进了多少了。有不深入人生，至于生活人生以上者，是灾祸呵。

同时，我们又不可只浸在自己的悲哀里。自从你们的母亲亡故之后，金钱的负累却得了自由了。要服的药品什么都能服，要吃的食物什么都能吃。我们是从偶然的社会组织的结果，享乐了这并非特权的特权了。你们中的有一个，虽然模胡，还该记得 U 氏一家的样子罢。那从亡故的夫人染了结核的 U 氏，一面有着理智的性情，一面却相信天理教，想靠了祈祷来治病苦，我一想他那心情，便情不自禁起来了。药物有效呢还是祈祷有效呢，这可不知道。然而 U 氏是很愿意服医生的药的，但是不能够。U 氏每天便血，还到官衙里来。从始终裹着手帕的喉咙中，只能发出嘶嘎的声气。一劳作，病便要加重，这是分明知道的。分明知道着，而 U 氏却靠了祈祷，为维持老母和两个孩子的生活起见，奋然的竭力的劳作。待到病势沉重之后，出了仅少的钱，计定了的古贺液的注射，又因为乡下医生的大意，出了静脉，引起了剧烈的发热。于是 U 氏剩下了无资产的老母和孩子，因此死去了。那些人们便住在我们的邻家。这是怎样的一个运命的播弄呢。你们一想到母亲的死，也应该同时记起 U 氏。而且应该设法，来填平这可怕的濠沟。我以为你们的母亲的死，便够使你们的爱扩张到这地步了，所以我敢说。

人世很凄凉。我们可以单是这样说了就算么？你们和我，都如尝血的兽一般，尝了爱了。去罢，而且为了要从凄凉中救出我们的周围，而做事去罢。我爱过你们了，并且永远爱你们。这并非因为想从你们得到为父的报酬，所以这样说。我对于教给我爱你们的你们，唯一的要求，只在收受了我的感谢罢了。养育到你们成了一个成人的时候，我也许已经死亡；也许还在拼命的做事；也许衰老到全无用处了。然而无论在那一种情形，你们所不可不助的，却并不是我。你们的清新的力，是万不可为垂暮的我辈之流所拖累的。最好是像那吃尽了毙掉的亲，贮起力量来的狮儿一般，使劲的奋然的掉开了我，进向人生去。

现在是时表过了夜半，正指着一点十五分。在阒然的寂静了的夜之沉默中，这屋子里，只是微微的听得你们的平和的呼吸。我的眼前，是照相前面放着叔母折来赠给母亲的蔷薇花。因此想起来的，是我给照这照相的时候。那时候，你们之中年纪最大的一个，还宿在母亲的胎中。母亲的心是始终恼着连自己也莫名其妙的不可思议的希望和恐怖。那时的母亲是尤其美，说是仿效那希腊的母亲，在屋子里装饰着很好的肖像，其中有米纳尔伐的，有歌德的和克灵威尔的，有那丁格尔女士的。对于那娃儿脾气的野心，那时的我是只用了轻度的嘲笑的心来看，但现在一想，是无论如何，总不能单以一笑置之的。我说起要给你们的母亲去照相，便极意的加了修饰，穿了最好的好衣服，走进我楼上的书斋来。我诧异的看着那模样。母亲冷清清的笑着对我说：生产是女人的临阵，或生佳儿或是死，必居其一的，所以用临终的装束。——那时我也不由的失笑了。然而在今，是这也不能笑。

深夜的沉默使我严肃起来。至于觉得我的前面，隔着书桌便坐着你们的母亲似的了。母亲的爱，如遗书所说的一定拥护着你们。

好好的睡着罢。将你们听凭了所谓不可思议的时这一种东西的作用，而好好的睡着罢。而且到明日，便比昨日更长大更贤良的跳出眠床来。我对于做完我的职务的事，总尽全力的罢。即使我的一生怎样的失败，又纵使我不能克服怎样的诱惑，然而你们在我的足迹上寻不出什么不纯的东西来这一点事，是要做的；一定做的。你们不能不从我的毙掉的地方，从新跨出步去。然而什么方向，怎样走法，那是虽然隐约，你们可以从我的足迹上探究出来罢。

幼小者呵，将不幸而又幸福的你们的父母的祝福带在胸中，上人世的行旅去。前途是辽远的，而且也昏暗，但是不要怕，在无畏者的面前就有路。

去罢，奋然的，幼小者呵。

一九一八年一月《新潮》所载

阿末的死

〔日〕有岛武郎

一

阿末在这一晌，也说不出从谁学得的，常常说起"萧条"这一句话来了：

"总因为生意太萧条了，哥哥也为难呢。况且从四月到九月里，还接连下了四回葬。"

阿末对伙伴用了这样的口吻说。以十四岁的小女孩的口吻而论，虽然还太小，但一看那伊假面似的坦平的，而且中间稍稍窃进去的脸，从旁听到的人便不由的微笑起来了。

"萧条"这话的意思，在阿末自然是不很懂。只是四近的人只要一见面，便这样的做话柄，于是阿末便也以为说这样的事，是合于时宜的了。不消说，在近来，连勤勤恳恳的做着手艺的大哥鹤吉的脸上，也浮出了不愉快的暗淡的影子，这有时到了吃过晚饭之后，也还是粘着没有消除。有时也看见专在水槽边做事的母亲将铁餐（鱼名）的皮骨放在旁边，以为这是给黑儿吃的了，却又似乎忽然转了念，也将这煮到一锅里去。在这些时候，阿末便不知怎的总感到一种凄凉的，从后面有什么东西追逼上来似的心情。但虽如此，将这些事和"萧条"分明的联结起来的痛苦，却还未必便会觉到的。

阿末的家里，从四月起，接着死去的人里面，第一个走路的是久病的父亲。半身不遂有一年半，只躺在床上，在一个小小的理发店的家计上，却是担不起的重负。固然很愿意他长生，但年纪也是年纪了，那模样，也得不到安稳，说到照料，本来就不周到，给他这样的活下去，那倒是受罪了，这些话，大哥总对着每一个主顾说，几乎是一种说惯的应酬话了。很固执，又尊大，在全家里一向任性的习惯，病后更其增进起来，终日无所不用其发怒，最小的兄弟叫作阿哲的这类人，有一回当着父亲的面，照样的述了母亲的恨话，嘲弄道："咦，讨人厌的爸爸。"病人一听到，便忘却了病痛，在床上直跳起来。这粗暴的性气，终于传布了全家，过的是互相疾视的日子了。但父亲一亡故，家里便如放宽了楔子。先前很愿意怎样的决计给他歇绝了的，使人不得安心的喘息的声音，一到真没有，阿末又觉得若有所失了，想再给父亲搔一回背了。地上虽然是融雪的坏道路，但晴朗的天空，却温和得爽神，几个风筝在各处很像嵌着窗户一般的一天的午后，父亲的死骸便抬出小小的店面外去了。

其次亡故的是第二个哥哥。那是一个连歪缠也不会的，精神和体质上都没有气力的十九岁的少年，这哥哥在家的时候和不在家的时候，在阿末，几乎是无从分辨的。游玩得太长久了，准备着被数说，一面跨进房里去的时候，谁和谁在家里，怎样的坐着，尤其是眼见似的料得分明，独有这一位哥哥，是否也在内，却是说不定的。而且这一位哥哥便在家，也并无什么损益。有谁一颦蹙，便似乎就是自己的事似的，这哥哥立刻站起来，躲得不见了。他患了脚气病，约略二周间，生着连眼睛也塞住了的水肿，在谁也没有知道之间，起了心脏麻痹死掉了。那么瘦弱的哥哥，却这样胖大的死掉，在阿末颇觉得有些滑稽。而且阿末很坦然，从第二日起，便又到处去说照例的"萧条"去了。这是在北海道也算少有的梅雨似的长雨，萧萧的微凉的只是下个不住的六月中旬的事。

二

八月也过了一半的时节，暑气忽而袭到北地了。阿末的店面里，居然也有些热闹起来。早上一清早，隔壁的浴堂敲打那汤槽的栓子的声音，也响得很干脆，摇动了人们的柔软的夜梦。写着“晴天交手五日”的东京角抵的招帖，那绘画的醒目，从阿末起，全惊耸了四近所有的少年少女的小眼睛。从札幌座是分来了菊五郎[1]班的广告，活动影戏的招帖也帖满了店头，没有空墙壁了。从父亲故去以来，大哥是尽了大哥的张罗，来改换店面的模样。而阿末以为非常得意的是店门改涂了蓝色，玻璃罩上通红的写着“鹤床”[2]的门灯，也挂在招牌前面了。加以又装了电灯，阿末所最为讨厌的擦灯这一种职务，也烟尘似的消得没有影。那替代便是从今年起，加了一样所谓浆洗[3]的新事情，阿末早高兴着眼前的变化，并不问浆洗是怎么一回事。

“家里是装了电灯哩。这很明亮，也用不着收拾的。”阿末这样子，在娃儿们中，小题大做的各处说。

在阿末的眼睛里，自从父亲一去世，骤然间见得那哥哥能干了。一想到油漆店面的，装上电灯的都是哥哥，阿末便总觉很可靠。将嫁了近地的木匠已经有了可爱的两岁的孩子了的，最大的大姊[4]做来送给他的羽缎的卷袖绳，紧紧的束起来，大哥是动着结实的短小的身体，只是勤勤恳恳的做。和弟兄都不像，肥得圆圆的十二岁的阿末的小兄弟力三，伶俐的穿着高屐齿的屐子，给客人去浮

---

1 尾上菊五郎是明治时代有名的俳优之一人。
2 日本的理发店多称床，犹如中国的多称馆。
3 将布帛之类洗过，加了浆糊，帖在板上晾干，他们谓之张物。
4 现代汉语常用“大姐”。——编者注

皮，分头发。一到夏天，主顾也逐渐的多起来了。在夜间，店面也总是很热闹，笑的声音，下象棋的声音，一直到深更。那大哥是什么地方都不像理发师，而用了生涩的态度去对主顾。但这却使主顾反欢喜。

在这样光彩的一家子里，终日躲在里面的只有一个母亲。和亡夫分手以前，嘴里没有唠叨过一句话，只是不住的做，病人有了絮烦的使唤的时候，也只沉默着，咄嗟的给他办好了，但男人却似乎不高兴这模样，仿佛还不如受那后来病死了的儿子这些人的招呼。或者这女人因为什么地方有着冷的处所罢，对于怀着温情的人，像是亲近暖炉一般，似乎极愿意去亲近。肥得圆圆的力三最钟爱，阿末是其次的宝贝。那两个哥哥之类，只受着疏远的待遇罢了。

父亲一亡故，母亲的状态便很变化，连阿末也分明的觉察了。到现在为止，无论什么事，都不很将心事给人知道的坚定的人，忽然成了多事的唠叨者、轻躁者，爱憎渐渐的剧烈起来了。那谯呵长子鹤吉的情形，连阿末也看不过去。阿末虽然被宠爱，比较起来却要算不喜欢母亲的，有时从伊有些歪缠，母亲便烈火一般发怒，曾经有过抓起火筷，一径追到店面外边的事。阿末赶快跑开，到别处去玩耍，无思无虑的消磨了时光回来的时候，大哥已经在店门外等着了。吃饭房里，母亲还在委屈的哭。但这已不是对着阿末，却只是恨恨的说些伊大哥尚未理好家计，已经专在想娶老婆之类的事了。刚以为如此，阿末一回来，忽而又变了讨好似的眼光，虽然便要吃夜饭，却叫了在店头的力三和伊肩下的跛脚的哲，请他们去吃不知先前藏在那里的美味的煎饼了。

虽然这模样，这一家却还算是被四邻羡慕的人家。大家都说，鹤吉既驯良，又耐做，现就会从后街店将翅子伸到前街去的。鹤吉也实在全不管人们的背地里的坏话和揄扬，只是勤勤恳恳的做。

三

八月三十一日是第二回的天长节，因为在先是谅阇，没有行庆祝，所以鹤吉便歇了一天工，而且将久不理会的家中的大扫除，动手做去了。在平时，只要说是鹤吉要做的事，便出奇的拗执起来的母亲，今天却也热心的劳动。阿末和力三也都一半有趣的，趁着早凉，勤快的去帮忙。收拾橱上时候，每每忽然寻出没有见过的或是久已忘却了的东西来，阿末和力三便满身尘埃的向角角落落里去寻觅。

"唅，看哪，末儿，有了这样的画本哩。"

"那是我的。力三，正不知道那里去了，还我罢。"

"什么？"力三一面说，顽皮似的给伊看着闹。阿末忽而在橱角上取出满是灰尘的三个玻璃瓶来了。大的一个瓶子里，盛着通明的水，别一个大瓶和小瓶里是白糖一般的白粉。阿末便揭开盛着白粉的大瓶的盖子来。假装着将那里面的东西撮到嘴里去，一面说：

"力三，看这个罢。顽皮孩子是没分的。"

正说着，哥哥的鹤吉突然在背后叫出异常之尖的声音来了：

"干什么，阿末胡涂东西，要吃这样的东西……真吃了没有？"

因这非常的威势，阿末便吐了实，说不过是假装。

"那小瓶里的东西，耳垢大的吃一点看罢，立刻倒毙，好险。"

说到"好险"的时候，那大哥仿佛有些碍口，凝视着什么可怕的东西似的，装了吓人的眼睛，向屋里的各处看。阿末也异样的悚然了，便驯顺的下了踏台，接过回来帮忙的大姊的孩儿来，背在脊梁上。

日中之后，力三被差到后面的丰平川洗神堂的东西去了。天气只是热，跟着也疲倦起来了的阿末，便也跟在后面走。仿佛在广阔的细沙的滩上，抛着紫绀色的带子一般，流下去的水里面，玩着精赤的孩子们。力三一见，这便忍无可忍似的两眼发了光，将洗涤的东西塞给阿末，呼朋引类的跑下水里去了。而阿末也是阿末，并不洗东西，却坐在河柳的小荫下，一面眺望着闪闪生光的河滩，一面唱着护儿歌给背上的孩子听，自己的歌渐渐的也催眠了自己，还是不舒畅的坐着，两人却全都熟睡了。

不知受了什么的惊动，突然睁开眼。力三浑身是水，亮晶晶的发着光站在阿末的前面。他的手里，拿着三四支还未熟透的胡瓜。

"要么？"

"吃不得的呵，这样的东西。"

然而劳动之后，熟睡了一回的阿末的喉咙，是焦枯一般干燥了。虽然也想到称为札幌的贫民窟的这四近，流行着的可怕的赤痢病，觉得有些怕人，但阿末终于从力三的手里接过碧绿的胡瓜来。背上的孩子也醒了，一看见，哭叫着只是要。

"好烦腻的孩子呵，哪，吃去！"阿末说着，将一支塞给他。力三是一连几支，喝水似的吃下去了。

四

这晚上，一家竟破格的团聚起来，吃了热闹的晚饭。母亲这一日也不像平时，很舒畅的和姊姊[5]说些闲话。鹤吉愉快似的遍看那收拾干净的吃饭房，将眼光射到橱上，一看见摆在上面的那药瓶，便记起早上的事，笑着说：

"好危险，好怕人，对孩子大意不得。阿末这丫头，今天早上几乎要吃升汞哩……将这吃一点看罢，现在早是阿弥陀佛了。"

5　现代汉语常用"姐姐"。——编者注

他一面很怜爱似的看着阿末的脸。这在阿末，是说不出的喜欢。无论从哥哥，或是从谁，只要从男性过来的力，便能够分辨清楚的机能渐渐成熟了，那虽是阿末自己也是无可奈何的事。不知是害怕，还是喜欢，总之一想到这是不能抗的强的力，意外的冲过来了，阿末便觉得心脏里的血液忽然沸涌似的升腾，掤破一般的勃然的脸热。这些时节的阿末的眼色，使鹤床连到角落里也都像是成为春天了。倘若阿末那时站着，便忽而坐下，假如身边有阿哲，就抱了他，腻烦的偎他的脸，或者紧紧的抱住，讲给他有趣的说话。倘若伊坐着，便突然想到了什么似的站上来，勤恳的去帮母亲的忙，或者扫除那吃饭房或店面。

阿末在此刻，一遇到兄的爱抚，心地也飘飘然的浮动起来了。伊从大姊接过孩子来，尽情纵意的啜着面颊，一面走出店外去。北国的夏夜，是泼了水似的风凉，撒散着青色的光，夕月已经朗然的升在河流的彼岸。阿末无端的怀了愿意唱一出歌的心情，欣欣的走到河滩去。在河堤上到处生着月见草。阿末折下一枝来，看着青磷一般的花苞，一面低声唱起《旅宿之歌》来了。阿末是有着和相貌不相称的好声音的孩子。

"唉唉，我的父母在做什么呢？"

这一唱完，花的一朵像被那声音摇起了似的，懵腾的花瓣突然张开了。阿末以为有趣，便接着再唱歌。花朵跟着歌声，但不出声的索索的开放。

"唉唉，我的同胞和谁玩耍呢？"

忽而有微寒的感觉，通过了全身，阿末便觉得肚角上仿佛针刺似的一痛。当初毫不放在心上，但接连痛了两三回，便突然记起今天吃了的胡瓜的事来了。一记起胡瓜的事，接着便是赤痢的事，早晨的升汞的事，搅成一团糟，在脑里旋转，先前的透激的心地，毁坏得无余，为一种预感所袭，以为力三不要也同时腹痛起来，正在给大家担忧么，又为一种不安所袭，以为力三莫不是一面苦痛着，将吃了胡瓜的事，阿末和孩子也都吃了的事，全都招认出来了么，于是便惴惴的回家来。幸而力三却一副坦然的脸，和大哥玩着坐地角抵或者什么，正发了大声在那里哄笑呢。阿末这才骤然放了心，跨进房里去。

然而阿末的腹痛终于没有止。这其间，睡在姊姊膝上的孩子忽而猛烈的哭起来了。阿末又悚然的只对他看。姊姊露出乳房来塞给他，也并不想要喝。说是因为在别家，所以不行的罢，姊姊便温顺的回家去了。阿末送到门口，一面担心自己的腹痛，一面侧着耳朵，倾听那孩子的啼声，在凉爽的月光中逐渐远离了去。

阿末睡下之后，想起什么时候便要犯着赤痢的事来，几乎不能再躺着。力三虽然因为玩得劳乏了，睡得像一个死人，但也许什么时候会睁开眼来嚷肚痛，连这事都挂在心头，阿末终夜在昏暗中，睐着伊的眼。

到得早上，阿末也终于早在什么时候睡着了，而且也全然忘却了昨天的事。

这一天的午后，突然从姊姊家来了通知，说孩子犯了很厉害的下痢。疼爱外孙的母亲便飞奔过去。但是到这傍晚，那可爱的孩子已不是这世间的人了。阿末在心里发了抖，而且赶紧惴惴的去留心力三的神情。

从早上起便不高兴的力三，到傍晚，偷偷的将阿姊叫进浴堂和店的小路去。怀中不知藏着什么，鼓得很大，从这里面探出粉笔来，在板壁上反复的写着"大正二年八月三十一日"这几个字，一面说：

"我今天起，肚子痛，上厕到四回，到六回了。母亲不在家，对大哥说又要吃骂……末儿，拜托你，不要提昨天的事罢。"

他成了哽咽的声音了。阿末早不知道怎样才好，一想到力三和自己明后天便要死，那无助的凄凉便轰轰的逼到胸口，早比力三先行啼哭起来。而这已被大哥听到了。

阿末虽如此，此后可是终于毫不觉得腹痛了，但力三却骤然躺倒，被猛烈的下痢侵袭之后，只剩了骨和皮，到九月六日这一日，竟脱然的死去了。

阿末仿佛全是做着梦。接续的失掉了挚爱的外孙和儿子的母亲，便得了沉重的歇斯迭里[6]病，又发了一时性的躁狂。那坐在死掉的力三的枕边，睁睁的看定了阿末的伊的眼光，是梦中的怪物一般在依稀隐约的一切之中，偏是分明的烙印在阿末的脑里。

"给吃了什么坏东西，谋杀了两个了，你却还嘻嘻哈哈的活着，记在心里罢。"

阿末一记起这眼睛，无论什么时候，便总觉得仿佛就在耳边听得这些话。

阿末常常走进小路去，一面用指尖摸着力三留下来的那粉笔的余痕，一面满腔凄凉的哭。

五

靠着鹤吉的尽力，好容易才从泥途里抬了头的鹤床，是毫不客气的溜进比旧来尤其萧条的深处去了。单是不见了力三的肥得圆圆的脸，在这店里也就是致命的损失。虽然医好了歇斯迭里病，而左边的嘴角终于吊上，成了乖张的脸相的母亲，和单在两颊上显些好看的血色，很消瘦，蜡一般皮色的大哥，和拖着跛脚的，萎黄瘦小的阿哲，全不像会给家中温暖和繁盛的形相[7]。虽然带着病，鹤吉

---

6 现代汉语常用"歇斯底里"。——编者注
7 现代汉语常用"形象"。——编者注

究竟是年青人，便改定了主意，比先前更其用力的来营业，然而那用尽了能用的力的这一种没有余裕的模样，实在也使人看得伤心。而阿姊也是阿姊，对阿末尤易于气恼。

这各样之中，在阿末一个人，没有了力三尤其是无上的悲哀，然而从内部涌溢出来的生命的力，却不使伊只想着别人的事。待到小路的板壁上消失了粉笔的痕迹的时候，阿末已成了先前一样的泼剌[8]的孩子了。早晨这些时，在向东的窗下，背向着外，一面唱曲一面洗衣，那小衫和带子的殷红，便先破了家中的单调。说是只会吃东西，没有法，决定将叫作黑儿这一只狗付给皮革匠的时候，阿末也无论怎样不应承。伊说情愿竭力的做浆洗和衲抹布来补家用，抱着黑儿的颈子没有肯放。

阿末委实是勤勤恳恳的做起来了。最中意的去惯的夜学校的礼拜日的会里，也就绝了迹，将力三的高屐子略略弄低了些，穿着去帮大哥的忙。对阿哲也性命似的爱他了。即使很迟，阿哲也等着阿末的来睡。阿末做完事，将白的工作衣搭在钉上，索索的解了带子，赶紧陪阿哲一同睡。鹤吉收拾着店面而且听，低低的听得阿末的讲故事的声音。母亲一面听，装着睡熟的样子暗暗地哭。

到阿末在单衫上穿了外套，解去羽纱的垂结男儿带，换上那幸而看不见后面，只缠得一转的短的女带的时候，萧条萧条这一种声音，烦腻的充满了耳朵了。应酬似的才一热便风凉，人说这样子，全北海道怕未必能收获一粒种子，而米价却怪气的便宜起来。阿末常常将这萧条的事，和从四月到九月死了四个亲人的事，向着各处说，但其实使阿末不适意的，却在因为萧条，而母亲和哥哥的心地，全都粗暴了的事。母亲哩哩的呵斥阿末，先前也并非全然没有，而现在母亲和哥哥，往往动不动便闹了往常所无的激烈的口角。阿末

8　现代汉语常用"泼辣"。——编者注

见母亲颇厉害的为大哥所窘，心里也曾觉得快意，刚这样想，有时又以为母亲非常之可怜了。

六

六月二十四日是力三的末七。在四五日之前，过了孩子的忌日的大姊，不知为了缝纫或是什么，走到鹤床来，和哥哥说着话。

阿末今天一起床，便得了母亲的软语，因此很高兴。伊对于姊姊，也连声大姊、大姊的亲热着，又独自絮叨些什么话，在那里做洗脸台的扫除。

"这也拜托——这只有一点，请试一试罢。"

阿末因这声音回头去看，是有人将天使牌香油的广告和小瓶的样本分来了。阿末赶忙跑过去，从姊姊的手里抢过小瓶来。

"天使牌香油呢，我明天要到姊姊家里托梳头去，一半我搽，一半姊姊搽罢。"

"好猾呵，这孩子是。"姊姊失笑了。

阿末一说这样的笑话，在吃饭房里默默的不知做着甚事的母亲，忽然变了愤怒了。用了含毒的口吻，说道赶紧弄干净了洗脸台，这样好天气不浆洗，下了雪待怎样，一面唠叨着，向店面露出脸来。哭过似的眼睛发了肿，充血的白眼闪闪的很有些怕人。

"母亲，今天为着力三，请不要这样的生气了罢。"大姊想宽解伊，便温和的说。

"力三，力三，你的东西似的说，那是谁养大的，力三会怎样，不是你们能知道的事。阿鹤也是阿鹤，满口是生意萧条、生意萧条，使我做得要死，但看看阿末罢，天天懒洋洋的，单是身体会长大。"

大姊听得这不干不净的碎话，古怪的发了恼，不甚招呼，便自回去了。阿末一瞥那正在无可如何的大哥，便默默的去做事。母亲永是站在房门口絮叨。铅块一般的悒郁是涨满了这家的边际。

阿末做完了洗脸台的扫除，走出屋外去浆洗。还寒冷，但也可以称得"日本晴"的晚秋的太阳，斜照着店门，微微的又发些油漆的气味。阿末对于工作起了兴趣了，略有些晕热，一面将各样花纹的布片续续贴在板上。只有尖端通红了的小小的手指，灵巧的在发黑的板上往来，每一蹲每一站，阿末的身躯都织出女性的优雅的曲线的模样。在店头看报的鹤吉也怀了美的心，无厌足的对伊只是看。

在同行公会里有着事情。赶早吃了午饭的鹤吉走出店外的时候，阿末正在拼命做工作。

"歇一会罢，喂，吃饭去。"

他和气的说，阿末略抬头，只一笑，便又快活的接着做事了。他走到路弯再回头来看，阿末也正站直了目送伊的哥哥。"可爱的小子呵！"鹤吉一面想，却匆匆的走他的路。

也不管母亲叫吃午饭，阿末只是一心的工作。于是来了三个小朋友，说园游地正有无限轨道的试验，不同去一看么。无限轨道——这名目很打动了阿末的好奇心了。阿末想去看一回，便褪下了卷袖绳，和那三个人一同走。

在道厅和铁道管理局和区衙署的官吏的威严的观览之前，稍有些异样的敞车，隆隆的发了声音，通过那故意做出的障碍物去，固然毫没有什么的有趣，但到久违的野外，和同学放怀的玩耍，却是近来少有的欢娱。似乎还没有很游玩，便骤然觉得微凉，忙看天空，不知什么时候早就成了满绷着灰色云的傍晚的景色了。

阿末愕然的站住了，朋友的孩子们看见阿末突然间变了脸色，三个人都圆睁了双眼。

七

阿末回家看时，作为依靠的哥哥还没有回，只有母亲一个人在那里烈火似的发抖：

"饭桶，那里去了。为什么不死在那里的，喂。"给碰过一个小小的钉子之后，于是说，"要他活着的力三偏死去，倒毙了也不打紧的你却长命。用不着你，滚出去！"

阿末在心里，也反抗起来，自己想道："便杀死，难道就死么。"一面却将母亲揭下来迭好了的浆洗的东西包在包袱里，便出去了。阿末这时也正觉得肚饥，但并没有吃饭的勇气，然而临出去时，将搁在镜旁的天使牌的香油，拿来放在袖子里的余裕，却还有的。阿末在路上想道："好，到了姊姊家里，要大大的告诉一通哩，便教死人，谁去死。"伊于是走到姊姊的家里了。

平时总是姊姊急忙的迎出来的，今天却只有一个邻近寄养着的十岁上下的女孩儿，显着凄清的神气，走到门口来，阿末先就挫了锐气，一面跨进里间去，只见姊姊默默的在那里做针黹。因为样子不同了，阿末便退退缩缩的站在这地方。

"坐下罢。"

姊姊用了带刺的眼光，只对着阿末看。阿末既坐下，想要宽慰伊的姊姊，便从袖子里摸出香油的瓶来给伊看，但是姊姊全没有睬。

"你被母亲数说了罢。先一刻也到姊姊这里来寻你哩。"

用这些话做了冒头，里面藏着愤怒，外面却用了温和的口吻，对阿末说起教来。阿末开初，单是不知所以的听，后来却逐渐的引进姊姊的话里去了。哥哥的营业已经衰败，每月的实收糊不了口，因此姊夫常常多少帮一点忙，但是一下雪，做木匠的工作也就全没有了，所以正想从此以后，单用早晨的工夫，带做点牙行一般的事，然而这也说不定可如意。力三也死了，看起来，怕终于不能不用一个徒弟，母亲又是那模样，时时躺下，便是药钱，积起来也就是一大宗。哲是有残疾的，所以即使毕了小学校的业，也全没有什么益。单在四近，从十月以来，付不出房租，被勒令出屋的有多少家，也该知道的罢。以为这是别家的事，那是大错的。况且分明是力三的忌日，一清早，心里怎想，竟会独自无忧无愁的去玩耍的呵。便是不中用，也得留在家里，或者扫神堂，或者煮素菜，这样的帮帮母亲的忙，母亲也就会高兴，没人情也须有分寸的。说到十四岁，再过两三年便是出嫁的年纪了。这样的新妇，恐未必有愿意来娶的人。始终做了哥哥的担子，被人背后指点着，一生没趣的过活的罢，像心纵意的闹，现就讨大家的嫌憎，就是了。这样子，姊姊一面褶迭东西，一面责阿末。而且临了，自己也流下泪来：

"好罢，向来说，心宽的人是长寿的，母亲是不见得长久的了，便是哥哥，这么拼命做，说不定什么时候会生病。况且我呢，不见了独养的孩子之后，早没有活着的意味了，单留下你一个，嘻嘻哈哈的闹罢。……提起来，有一回本就想要问的，那时你在丰平川，给孩子没有吃什么不好的东西么？"

"吃什么呢。"一向默默的低着头的阿末，赶散似的回答说，便又低了头，"便是力三，也一起在那里。……我也没有泻肚子的。"暂时之后，又仿佛分辩一般，加上了难解的理由。姊姊显了十分疑心的眼光，鞭子似的看阿末。

这模样，阿末在缄默中，忽然从心底里伤心起来了；单是伤心起来了。不知怎的像是绞榨一般，胸口只是梗塞起来，虽然尽力熬，而气息只促急，觉得火似的眼泪两三滴，轻微的搔着痒一般，滚滚的流下火热的面庞去，便再也熬不住，不由的突然哭倒了。

阿末哭而又哭的有一点钟。力三的顽皮的脸，姊家孩子的东舐西啜的天真烂熳的脸，想一细看，这又变了父亲的脸，变了母亲的脸，变了觉得最亲爱的哥哥鹤吉的脸了。每一回，阿末感得那眼泪，虽自己也以为多到有趣的奔流，只是不住的哭。这回却是姊姊发了愁，试用了各样的话来劝，但是没有效，于是终于放下，听其自然了。

阿末哭够了之后，偷偷的抬起脸来看，头里较为轻松，心是很凄凉的沉静了，分明的思想，只有一个沉在这底里。阿末的脑里，一切执着消灭得干干净净了。"死掉罢，"阿末成了悲壮的心情，在胸中深深的首肯，于是静静的说道，"姊姊，我回去了。"便出了姊姊的家里。

八

因为事务费了工夫，点灯之后许多时，鹤吉才回到家里来。店面上电灯点得很明，吃饭房里却只借了这光线来敷衍。那暗中，母亲和阿末离开了，孑然的坐着。橱旁边阿哲盖了小衾衣，打着小鼾声。鹤吉立刻想，这又有了口角了罢，便开口试说些不相干的闲话来看，母亲不很应答，端出盖着碗布的素膳来，教鹤吉吃。鹤吉看时，阿末的饭菜也没有动。

"阿末为什么不吃的？"

"因为不想吃。"

这是怎样的可怜可爱的声音呵，鹤吉想。

鹤吉当动筷之前站起身来，走向神堂前面，对着小小的白木牌位行过一个单是形式的礼，顿然成了极凄凉的心情。因为心地太销沉了。便去旋开电灯，房里面立刻很明亮，阿哲也有些惊醒了，但也就这样的静下去，只是添上了凄凉。

阿末不开口，将哥哥的碗筷拿到水槽旁，动手就洗。说明天再洗罢，也不听，默默的洗好了。回来时经过神堂面前，换了灯心[9]，行一个礼，于是套上屐子，要走出店外去。

鹤吉无端的心动了，便在阿末后面叫。阿末在外面说道：

"因为在姊姊家里有一件忘了的事。"

鹤吉骤然生起气来：

"胡涂虫，何必这样的夜晚去，明天早上起床去，不就好么？"正说着，母亲因为要表示自己也在相帮，便接着说：

"只做些任性的事。"

阿末顺从的回来了。

三个人全都躺下之后，鹤吉想起来，总觉得"只做些任性的事"这一句话说得太过了，非常不放心。阿末是石头似的沉默着，陪阿哲睡着，脸向了那边。

在外面，似乎下着今年的初雪，在销沉一般的寂静里，昏夜深下去了。

九

果然，到第二日，在雪中成了白天。鹤吉起来的时候，阿末正在扫店面，母亲是收拾着厨房。阿哲在店头用的火盆旁边包着学校的书包。阿末很能干的给他做帮手。暂时之后，阿末说：

"阿哲。"

"唔？"阿哲虽然有了回答，阿末并不再说什么话，便催促道。"姊姊，什么呢？"然而阿末终于不开口。鹤吉去拿牙刷的时候，看

---

9 现代汉语常用"灯芯"。——编者注

那镜子前面的橱，这上面搁着一个不会在店头的小碟子。

约略七点钟，阿末说到姊姊那里去，便离了家。正在刮主顾的脸的鹤吉，并没有怎样的回过头去看。

顾客出去之后。偶然一看，先前的碟子已经没有了。

"阿呀，母亲，搁在这里的碟子，是你收起来了么？"

"什么，碟子？"母亲从里间伸出脸来，并且说，并不知道怎样的事。鹤吉一面想道："阿末这鸦头，为什么要拿出这样东西来呢？"一面向各处看，却见这摆在洗面台边的水瓮上。碟子里面，还粘着些白的粉一般的东西。鹤吉随手将这交给母亲收拾去了。

到了九点钟，阿末还没有回家，母亲又唠叨起来了。鹤吉也想，待回来，至少也应该嘱咐伊再上点紧，这时候，寄养在姊姊家里的那女孩子，气急败坏的开了门，走进里面来了。

"叔父，现在，现在……"伊喘吁吁的说。

鹤吉觉得滑稽，笑着说道：

"怎么了，这么慌张……难道叔母死了么？"

"唔，叔父家的末儿死哩，立刻去罢。"

鹤吉听到这话，异样的要发出不自然的笑来。他再盘问一回说：

"说是什么？"

"末儿死哩。"

鹤吉终于真笑了，并且随宜的敷衍，使那女孩子回家去。

鹤吉笑着，用大声对着正在里间的母亲讲述这故事。母亲一听到，便变了脸相，跕着脚走下店面来。

"什么，阿末死？……"母亲并且也发了极不自然的笑，忽而又认真的说："昨晚上，阿末素斋也不吃，抱了阿哲哭……哈哈哈，那会有这等事，哈哈哈。"一面说，却又不自然的笑了。

鹤吉一听到这笑声，心中便不由的异样的震动。但自己却也被卷进在这里面了，附和着说道：

"哈哈，那娃儿说些什么呢。"

母亲并不走上吃饭房去，只是憬然的站着。

其时那姊姊跳着脚跑来了。鹤吉一看见，突然想到了先刻的碟子的事——仿佛受了打击。而且无端的心里想道"这完了"，便拿起烟袋来插在腰带里。

十

这天一清早，阿末到过一回姊姊这里来。并且说母亲服粉药很难于下咽，倘还剩有孩子生病时候包药的粉衣，便给几张罢。姊姊便毫不为意的将这交给伊了。到七点钟，又拿了针箒来，摊在门口旁边的三张席子的小房里。这小房的橱上是放着零星物件的，所以姊姊常常走进这里去，但也看不出阿末有什么古怪的模样，单是外套下面倒似乎藏着什么东西，然而以为不过是向来一样的私下的食物，便也不去过问了。

大约过了三十分，阿末站起来，仿佛要到厨下去喝水。没了孩子以来，将生水当作毒物一般看待的姊姊，便隔了纸屏呵斥阿末，教伊不要喝。阿末也就中止，走进姊姊的房里来了。姊姊近来正信佛，这时也擦着白铜的佛具。阿末便也去帮忙，而且在三十分左右的唪经之间，也殊胜的坐在后面听。然而忽然站起，走进三张席子的小屋里去了。好一会，姊姊骤然听得间壁有呕吐的声音，便赶急拉开纸屏来看，只见阿末已经苦闷着伏下了。无论怎样问，总是不说话，只苦闷。到后来，姊姊生了气，在脊梁上痛打了二三下，这才说是服了搁在家里橱上面的毒。而且谢罪说，死在姊姊的家里，使你为难，是抱歉的事。

跑进鹤吉店里来的姊姊，用了前后错乱的说法，气喘吁吁的对鹤吉就说了这一点事。鹤吉跑去看，只见在姊姊家的小房里铺了床，阿末显着意外的坦然的脸，躺着看定了进来的哥哥。鹤吉却无论如何，不能看他妹子的脸。

想到了医生，又跑出姊姊家去的鹤吉，便奔到近地的病院了。药局和号房，这时刚才张开眼。希望快来，再三的说了危急，回来等着时，等了四十分，也不见有来诊的模样。一旦平静下去了的作呕，又复剧烈的发动起来了。一看见阿末将脸靠在枕上，运着深的呼吸，鹤吉便坐不得，也立不得。鹤吉想，等了四十分，不要因此耽误了罢，便又跑出去了。

跑了五六町之后，却见自己穿着高屐子。真胡涂呵，这样的时候，会有穿了高屐子跑路的人么，这样想着，就光了脚，又在雪地里跑了五六町。猛然间看见自己的身边拉过了人力车，便觉得又做了胡涂事了，于是退回二三町来寻车店。人力车是有了，而车夫是一个老头子，似乎比鹤吉的跑路还慢得多，从退回的地方走不到一町，便是要去请的医生的家宅。说是一切都准备了等候着，立刻将伊带来就是了。

鹤吉更不管人力车，跑到姊姊的家里，一问情形，似乎还不必这般急。鹤吉不由的想，这好了。阿末一定弄错了瓶子的大小，吃了大瓶里面的东西了。大瓶这一边，是装着研成粉末的苛性加里的。心里以为一定这样，然而也没有当面一问的勇气。

等候人力车，又费了多少的工夫。于是鹤吉坐了车，将阿末抱在膝上。阿末抱在哥哥的手里，依稀的微笑了。骨肉的执着，咬住似的紧张了鹤吉的心。怎样的想一点法子救伊的命罢，鹤吉只是这样想。

于是阿末搬到医生家里，楼上的宽广的一间屋子里，移在雪白的垫布上面了。阿末喘息着讨水喝。

"好好，现就治到你不口渴就是了。"

看起来仿佛很厚于人情的医生，一面穿起诊察衣，眼睛却不离阿末的静静的说。阿末温顺的点头。医生于是将手按在阿末的额上，仔细的看着病人，但又转过头来向鹤吉问道：

"升汞吃了大约多少呢？"

鹤吉想，这到了运命的交界了。他惴惴的走近阿末，附耳说：

"阿末，你吃的是大瓶还是小瓶？"

他说着，用手比了大小给伊看。阿末张着带热的眼睛看定了哥哥，用明白的话回答道：

"是小瓶里的。"

鹤吉觉得着了霹雳一般了。

"吃，……吃了多少呢？"

他早听得人说，即使大人，吃了一格兰的十分之一便没有命，现在明知无益，却还姑且这样问。阿末不开口，弯下示指去，接着大指的根，现出五厘铜元的大小来。

一见这模样，医生便疑惑的侧了头。

"只是时期似乎有些耽误了……"

一面说，一面拿来了准备着的药。剧药似的刺鼻的气息，涨满了全室中。鹤吉因此，精神很清爽，觉得先前的事仿佛都是做梦了。

"难吃呵，熬着喝罢。"

阿末毫不抵抗，闭了眼，一口便喝干。从此之后，暂时昏昏的落在苦闷的假睡里了。助手捏住了手腕切着脉，而且和医生低声的交谈。

大约过了十五分，阿末突然似乎大吃一惊的张开眼，求救似的向四近看，从枕上抬起头来，但忽而大吐起来了。从昨天早晨起，什么都未下咽的胃，只吐出了一些泡沫和粘液。

"胸口难受呵，哥哥。"

鹤吉给在脊梁上抚摩，不开口，深深的点头。

"便所。"

阿末说着，便要站起来，大家去扶住，却意外的健实起来了。说给用便器，无论如何总不听。托鹤吉支着肩膀，自己走下去。楼梯也要自己走，鹤吉硬将伊负在背上，说道：

"怎么楼梯也要自己走，会摔死的呵。"

阿末便在什么处所微微的含着笑影，说道：

"死掉也不要紧的。"

下痢很不少。吐泻有这么多，总算是有望的事。阿末因为苦闷，背上像大波一般高低，一面呼呼的嘘着很热的臭气，嘴唇都索索的干破了，颊上是涨着美丽的红晕。

十一

阿末停止了诉说胸口的苦楚之后，又很说起腹痛来了。这是一种惨酷的苦闷。然而阿末竟很坚忍，说再到一回便所去，其实是气力已经衰脱，在床上大下其血了。从鼻子里也流了许多血。在攫着空中撕着垫布的凄惨的苦闷中，接着是使人悚然的可怕的昏睡的寂静。

其时先在那里措办费用的姊姊也到了。伊将阿末的乱麻一般的黑发，坚牢不散的重行梳起来。没有一个人不想救活阿末。而在其间，阿末是一秒一秒的死下去了。

但在阿末，却绝没有显出想活的情形。伊那可怜的坚固的觉悟，尤其使大家很惨痛。

阿末忽然出了昏睡，叫道"哥哥"。在屋角里啜泣的鹤吉慌忙拭着眼，走近枕边来。

"哲呢？"

"哲么，"哥哥的话在这里中止了，"哲么，上学校去了，叫他来罢？"

阿末从哥哥背转头去，轻轻的说：

"在学校，不叫也好。"

这是阿末的最后的话。

然而也仍然叫了哲来。但阿末的意识已经不活动，认不得阿哲了。——硬留着看家的母亲，也发狂似的奔来。母亲带来了阿末最喜欢的好衣裳，而且定要给伊穿在身上。旁人阻劝时，便道，那么，给我这样办罢，于是将衣服盖了阿末，自己睡在伊身边。这时阿末的知觉已经消失，医生也就任凭母亲随意做去了。

"阿阿，是了，是了，这就是了。做了，做了，做了呵。母亲在这里，不要哭罢。阿阿，是了。阿阿，是了。"母亲一面说，一面到处的抚摩。就是这样，到了下午三点半，阿末便和十四年时短促的生命，成了永诀了。

第二日的午后，鹤床举行第五人的葬仪。在才下的洁白的雪中，小小的一棺以及与这相称的一群相送的人们，印出了难看的污迹。鹤吉和姊姊都立在店门前，目送着这小行列。棺后面，捧着牌位的跛足的阿哲，穿了力三和阿末穿旧的高屐子，一颠一拐高高低低的走着，也看得很分明。

姊姊是揉着念珠默念了。在遇了逆缘的姊姊和鹤吉的念佛的掌上，雪花从背后飘落下来。

大正五年（一九一六年）一月《白桦》所载

峡谷的夜

[日]江口涣

就现在说起来，早是经过了十多年的先前的事了。

当时的我，是一个村镇的中学的五年生，便住在那中学的寄宿舍里，一到七月，也就如许多同窗们一般，天天只等着到暑假。这确凿是，那久等的暑假终于到来了的七月三十一日的半夜里的事。

被驱策于从试验和寄宿生活里解放出来的欢喜，嚷嚷的像脱了樊笼飞回老窠的小鸟似的，奔回父母的家去的朋友们中，我也就混在这里面，在这一日的傍晚匆匆的离了村镇了。我的家乡是在离镇约略十里的山中。那时候，虽然全没有汽车的便，然而六里之间，却有粗拙的玩具似的铁道马车。单是其余的四里，是上坡一里下坡三里的山路。若说为什么既用马车走六里路，却在傍晚动身的缘由，那自然是因为要及早的回去，而且天气正热，所以到山以后的四里，是准备走夜路的。这是还在一二年级时，跟着同村的上级生每当放假往来，专用于夏天的成例。此后便照样，永远的做下去了。

托身于双马车上的我，虽然热闷不堪的夹在涌出刺鼻的汗和脂和尘土的气味的村人们，和尽情的发散着腐透的头发的香的村女们的中间，但因为总算顺手的完了试验的事，和明天天亮以前便能到家的事，心地非常之摇摇了。已而使人记起今天的热并且使人想到明天的热的晚霞褪了色，连续下来的稻田都变了烟草和大豆的圃田，逐渐增加起来的杂木林中，更夹着松林的时候，天色在不知不觉之间已经入了夜了。教人觉到是山中之夜的风，摇动着缚起的遮阳幔，吹进窗户中来，不点一灯的马车里，居然也充满了凉气。先前远远地在晚霞底下发闪的连山，本是包在苍茫的夜色中的，现在却很近，不是从窗间仰着看，几于看不见了。一想到度过那连山的鞍部，再走下三里的峡谷路，那地方便是家乡，便不由的早已觉得宽心，不知什么时候将头靠着窗边，全然入了睡。

蓦然间，被邻人摇了醒来，擦着睡眼，走下铁道马车终点的那岭下的小小的站，大约已在九点上下了罢。叫马夫肩着柳条箱，进了正在忙着扫取新秋蚕的休憩茶店里，我才在这里作走山路的准备。用三碗生酱油气味的面条和两个生鸡子果了腹，又喝上几条石花菜，并且为防备中途饥饿起见，又买了四个生鸡子。休息一回之后，将柳条箱交给茶店里，托他明天一早教货车送到家里来，我是浴衣和鞋，裹腿，草帽的装束，将应用的东西用两条手巾担在肩头，拖着阳伞代作手杖，走出休憩茶店去了。

从扑人眉宇的耸着的连山的肩上，窥望出来的二十日左右的月，到处落下那水一般的光辉。层层迭迭的许多重排列着的群山的襞积，都染出非蓝非黑的颜色，好几层高高的走向虚空中。缀在那尖锐的襞积间的濡湿的夜雾，一团一团的横流着青白。那亘在峰腰的一团，是反射着下临的月光，白白的羽毛一般闪烁。仰看了这些的我，似乎觉得久违的触着了洁净的故乡的山气了。

到岭头的上行的一里，是一丈多宽的县道。因为要走货物车，所以道路很迂曲，然而因此上坡也就不费力了。既有月亮，又是走惯的路，我凭着沁肌的夜气不断的凉干了热汗，比较的省力的往上走。经过了不知什么时候已经关门睡觉的岭头的茶店前，到开始那三里的下坡路的时候，大抵早是十一点以后了。下坡的路，是要纡回于崭绝的相薄的峡谷中间，忽而穿出溪流的左岸，忽而又顺着那右岸的，因此自然也走过了许多回小桥。夹着狭窄的溪，互相穿插的两岸的山襞上，相间的混生着自然生长的褐叶树林和特意栽种的针叶树林，那红黑和乌黑的斑纹，虽在夜眼里也分明的看见。这中间，也许是白杨的干子罢，处处排着剔牙签似的，将细小的条纹，在月光里映出微白。路旁的野草，什么时候已被夜气湿透了。早开的山独活模样的花，常从沾湿了的茂草中间，很高的伸出头来，雪白的展着小阳伞似的花朵。加以不知其数的虫声，比起溪流的声音来，到耳中尤其听得清彻，然而使峡谷的夜，却更加显得幽静了。

这之间，我看见雾块一团一团的在头上的空中，静静的动着走。撕碎了白纱随流而去似的雾气的团簇，逐渐增加起来了。或者横亘了溪流，软软的拂着屹立的笋峰的肩头，或者在乌黑的塞满着溪的襞积的针叶树林上，投下了更其乌黑的影，前进的前进的走向狭的峡谷的深处。每一动弹，雾的形状也便有一些推移，照着烟雾的月光，因此也不绝的变换着光和影的位置。于是许多雾块，渐变了雾的花条，那花条又渐次广阔厚实起来，在什么时候，竟成了一道充塞溪间的雾的长流了。以前悬在空中的月，披了烟雾来看流水，露面有许多回，但其间每不过只使烟雾的菲薄处所渗一点虹色的光辉。终于是全然匿了迹。和这同时，我的周围便笼上了非明非暗的颜色，只有周身五六尺境界，很模糊的映在眼里罢了。因此我便专心的看着路，只是赶快的走。

这么着，转过右边，跨向左边的，走着长远的峡谷，大约有一小时，雾气忽而变成菲薄，躲了多时的月的面，在虹霓一般闪动的圆晕中央，虽然隐约，却已看得见了。那时候，我无意中从对面的山溪那边，透了烟雾，听到一种异样的声音。虽然低，是抖着发响的声音。那声音，倒并没有可以称为裂帛的那样强，而且，也不如野兽卧地吼着的那样逼耳，单是，微微的有些高低，凄凉的颤抖着，描了波纹流送过来。而这时时切断似的杜绝了，却又说不出什么时候起，仍然带着摇曳。我暂时止了步，侧耳的听，然而竟也断不定是什么的声音。

这之间，道路正碰着一个大的山襞[1]，声音便忽而听不见了。我想，这大半是宿在山溪里的什么禽鸟的夜啼罢，便也并不特别放在心上，还是照旧的在雾底下走。待到转出了那山襞，声音又听到了。比先前近得多，自然比先前更清楚。那声音只是咻咻的不绝的响。比喻起来，可以说是放开了喉咙的曼声的长吟，也可以说是用着什么调子的歌唱。而在其间，又时时夹着既非悲鸣也非呻吟的一种叫，尖而且细，透过烟雾响了过来。假使是鸟声，那就决不是寻常的夜啼了。或者是猴子罢。但如果是猴子，就应该是比裂帛尤其尖锐的声音，短促的发响。况且夜猿的叫，一定是要压倒了溪水的声响，发出悲痛的山谷的反应来的。而这不过是不为水声所乱罢了，决没有呼起谷应的那么强大。倘使是鸟兽的声音，总得渐次的换些位置，然而那声音却始终在同一处所的山溪中间。我五步一次十步一次的止了步，许多次想辨别这声音。这样的夜半，这样的山中，不消说不会有人在唱歌，况且也没有唱歌的那样优婉，是更凄凉、更阴惨的声音。我被这有生以来第一回听到的异样的声音所吓，不安的阴影，渐渐在心上浓厚起来了。

这其间，道路又正当着一个山襞，就这样的转了弯，像先前一样，那声音又暂时听不见了。不知道绕出这山襞，是否要更近的听到刚才的声音？倘若隔溪，那倒没有什么，但不知道是否须听得接近的在路侧？倘这样，那么……这样一想，压不下的惨凛，便一步一步的增加上来。而一方面，则想要发见那本体的好奇心，也帮着想要从速的脱出了那威胁的希冀的心，使我全身都奇特的抽紧了。

1　现代汉语常用"山壁"。——编者注

将搭着的什物从右肩换到左肩，捏着阳伞的中段的我，渐近山襞的转角时，也就渐渐的放轻了脚步走。

惴惴的转出了那山角的时候，从初收的烟雾间，月光又是青白的落在溪上了，然而这回却毫没有听到异样的声音。折出山襞，便是一丛郁苍的森林，从林的中途起，是三丈左右的并不峻急的坂。下了这坂，路便顺着溪流，不多时，即可以走到一个村落了。

总而言之，只要平安的出了这树林，以后便不会有这样吓人的事。什么都看没有声音的现在了。

这样的想着的我，捏好了阳伞，向了那漆一般黑的森林，用快步直踏进去。在坂上，路旁的略略向里处有一所山神的或是什么的小祠堂。向着这祠堂的半倒的牌坊的净水[2]里，不绝的流下来的水笕的水声，对于此时的我的心，也很给不少的威吓。然而我仍然决了意鼓勇的一气走下坂去。待到走了大半，脱了森林的黑暗，我望见沿溪的对面的道路，浴着月光，白皓皓向前展开，这才略觉宽心，逐渐的放慢了脚步。

这怎么不出惊呢，还未走完坂路的中途，那声音突然起于眼前了。起于眼前，而且是道路的上面的树里。我被袭于仿佛忽被白刃冰冷的砍断了似的恐怖，单是蓦地发一声惊怖的呻呼，便僵直了一般的立着。以为心脏是骤然冻结似的停止的了，而立刻又几乎作痛的大而且锐的鼓动起来。和这同时，从脚尖到指尖，也不期然而然的发了抖。

试一看，相隔不到三丈的道路上，从左手的崖间，横斜的突出着一颗[3]大树。这树的中段正当道路上面的茂密里，站着一个六尺上下的白色的东西。在掠过树梢的烟雾的余氛，和苍茫的下注的月光

2　在神社之前，用以清净口与手的水。

3　现代汉语常用"棵"。——编者注

中，能看见那大的白东西，从阴暗的叶阴里，正在微微的左右的摇动。声音确乎便是从这里来的。崖上的左手，是接着山腰，高上去的一级一级的坟地，坟地之后便连着急倾斜的森林。路的右手呢，不消说是啮了许多岩石而奔流的溪水，一面给月光游泳着，一面到处跳起雪白的泡沫，向对面远远地流行。当看着那树上的白色的东西，和连到山上的一级一级的坟地，和冲碎月亮的溪中的流水时，推测着那声音的本体，我竟全然为剧烈的恐怖所笼罩，至于连自己也不能运用自己了。其实是，向前不消说，连退回原路也做不到了。单是抖着发不出声音的嘴唇，屏住呼吸，暂时茫然的只立着。

于是先前的悲泣一般细细的发抖的那声音，突然间变了人的，而又是女人的耸人毛骨的嘻笑了。很像是格格的在肚底里发响的声音。宽阔的摇动着大气似的那笑反复了五六回，什么时候却又变了被掠一般的低声的啜泣。那呜咽的末尾又歌唱似的变了调，逐渐细长的曳下丝缕来。

那声音，自然是全不管我站在三丈左右的面前，却总在同一处所摇曳。为激动所袭的我的心，又跟着时间的经过渐次镇静下去了。跳得几乎生痛的心脏的鼓动也略略复了原，全身的筋肉便慢慢的恢复了先前的柔软和确实。然而膝髁的颤抖很不肯歇。定神看时，捏着阳伞的中段的手掌，什么时候早被油汗沾濡了。然而明知道不至于顷刻之间便有危难临头的我，却终于决了心，从下面望进树的茂密里去。

在流进丛中去的月光里，分明看出了，那大的白东西，确乎是一个活着的女人。缠着白衣的裸体上，衣服几乎没有附体，欹斜的埋了青苍的前额的头发，解散了披在肩头。那女人用弯着的左手将一件东西紧紧抱在怀中，并且不住的摇动，右手却攀住树枝，站在横斜的干子上。而一面站着，一面左右的摆动身子，始终反复着一样的声音。

这时女人忽然看见我，右手便静静的离了树枝，雪白的伸开，从上面向我招手了。苍白骨出的两颊上，既浮着雕刻一般的锋利的笑，而弓形的吊上的眼梢，和几于看见眼窠的圆圈的陷下的眼，以及兜转似的突出的嘴唇，接连的动个不住，都使那站在深夜中的树上的白衣的女人见得更其是凄厉的东西。女人仿佛是逗弄孩子一般，暂时摇动着抱在左手的物件，低微的发出也不像歌唱的叫声，终于又将脸压在抱着的东西上，呜呜咽咽的放声哭起来了。而且一面哭，一面又诉说似的，滔滔的说些没有头尾的事。刚这样，却忽而侧了脸，锋利的望着月亮；接着便撮了嘴唇，只向月亮吐唾沫。后来，又是，阴森森的格格的笑倒了。但是无论怎样发笑似的笑，而嘻笑时候现在颊上的深的皱襞，却总是生硬到近于伤心。从脸相和身样看来，衰惫是衰惫了的，然而年纪似乎并不大。

暂时之间，我仰望着那女人，但还没有很推敲怎样决定自己的态度。最初，想就回到原路的岭头的茶店去，只是已经到了再走一里多路便到家乡的地方，终不愿在这深夜中，倒回将近二里的山路，去宿在那不干净的茶店里。虽这样说，便能就此平平稳稳的前进么？那是一个狂人，所以经过下边的时候，说不定会跳下树来，拼死命的来扑取。即使进了坟地，绕过山腰去，而倘在坟地里被追着，那又怎么办呢？或者也许只能这样的互相注视着到天明罢。我将这些事，成串的想得要到劳乏，用同一处所颇站了不少的工夫。

无论过了几多时，也并没有得到好主意，我于是决了心，一定要突过那树下。只要平安的闯出，到村庄便不上二町了。这样的想定了的我，终于奋起了最后的勇气，一点一点的向前走。而且是一步一歇，一步一歇的。这样子，将阳伞和搭在肩头的物件都用力的捏得铁紧，整好了什么时候都能战斗的准备，我几乎看不出前进模样的，惴惴的走过去。

然而那女人，自然也不能不留心着我的态度。但最初，便走近些，也不过诧异的凝视我。待渐渐的进了大约不到二丈路，便又放下了捏着的树枝，招起手来了。就近处看见的女人的脸，比先前见得更阴森。不知道是因为两颊深陷的缘故，还是下颏像刀削似的尖着的缘故呢，女人的脸竟显得完全是一个青白的三角。加以凌乱纷披的头发从左边的颞颥挂到肩上，拖作异样的旋涡。那发的黑色很强的映着月光，使脸的全部愈显出凄厉的形相。

这样的接近了的两人的距离，已不过一丈远近的时候，女人便一转那伸出的手，骤然间猛烈的摇起附近的枝条来。先前的雕出一般的笑脸，忽而变了喷火似的忿怒和憎恶的形状，仿佛是锁着的猿，现给那着了投石的看客的，很可怕的容貌了。而且，极端的突出了尖形的下颏，那雪白的外露的齿牙，上下格格的相打，发了尽着咙喉的呻唤，一面抖抖的摇头。又尖利的说些话，而且时时威吓似的尽力的顿足。然而我并不理会的只走去，女人便忽而停了呻唤。刹时之间，用两手捧了先前抱在左边的什么东西，很高的擎到头上，就要向我掷过来了。

我不由的吃惊，又跳回了五六尺。跳回之后，我便暂时蹲在地上，静静的看着情形。这时女人，似乎早已忘了适才自己所做的事，又复锋利的望着月亮，吓吓的狂笑起来。至于先前擎到头上去的东西，也早就抱在原来的胁肋里。此后暂时之间，也仍是照旧一样，悲凉的唱些歌，又说些什么话，而终于又将脸帖在抱着的东西上，呜呜咽咽的出声哭起来了。"在此刻了，失了这一瞬息，就完了。"这样想了的我，便弯腰俯首，将全身的力都聚在两脚里，咄嗟间，直进过去，闯过了那女人的下面。那时候，仿佛是从女人的全身里迸涌出来似的惊骇和忿怒和憎恶的呻唤，用了吐血一样的猛烈，由头上的树里崩颓下来。刚这样想，就在这顷刻，我的领头发了一声沉重的响，有比冰还冷的一块，又大又重的落在颈子上面了。"着了手了。"刚这样想，心脏的鼓动和呼吸也就忽然的停留，我便不知不识的听凭身子向前倒。也竭力的想要支住身体，而膝髁却仿佛已经脱了节，所以我只将两手动扰了两三回，便脸向着下，扑通的倒在地上了。

此后几秒，几十秒，或者几分时，躺在那地方，我自己不知道。忽而醒来，在头上再听到先前一样的声音的时候，我已经全然身不由己，不得不直奔村庄里去了。最初的十五步或二十步，膝髁没了力，总不能如意的奔走。没有法，便只好使手和脚都动作，我似乎确凿像兽类一样，在道路上飞跑。待到觉得伸着腰，仰着头，总算单用了两条腿在那里专心致志的走的时候，是已经因了猛烈的苦痛，呼吸就要塞住了。

走到村口时，比较的还算快，于是放了心，这才转向逃来的那方面看。然而也并没有什么追赶过来。而且，便是以前所见的一级一级的坟地和崖上的树，也不知是因为隐在山荫里呢，或是包在雾的余氛的夜霭里呢，无论在什么处所，连看也看不见了。仰面看时，只见得愈深愈狭的折迭着的山溪的襞积，浴了水一般的月光，莽苍苍的重重迭迭的耸着。

我跌倒了的时候，抛了阳伞和搭在肩上的物件，是总须拾取回来的，加以想讨一杯水，来沾润这将近焦枯的喉咙，便去寻曾经见过的守望所。疏朗朗排着人家的细长的村庄，全都入了沉睡，连犬吠声也寂然。我用手巾拭着粘粘的[4]流满了全身的油汗。走向村的中间，便在夜眼里，也屹然耸着的了火梯直下的守望所去。然而无论怎样的敲门，却总不容易起来。这之间，既有着深怕先前的女人

4　现代汉语常用"黏黏的"。——编者注

重行追来的不安，而渐次又听得各处起了历乱的犬吠，我便更用了力，激剧的敲打了。每打一回，因了月光，在板门上照出自己的影的动弹，虽自己，也见得是拼命的模样。大约又叩了二三分，这才从深处发出很渴睡似的巡警的回答来：

"谁呀？这时候，胡乱叫人起来。"

"很劳驾，千万来一来罢。有了不得了的事情哩。"

"什么？有不得了的事情？你是谁？什么地方，有了什么事。强盗么？……"

因为不得了的事情这一句话，才受了激刺似的，巡警阁阁的响着，好容易抽了门闩。接着听得推开玻璃门的声音，又拉开一扇板门，巡警这才只穿一件寝衣，带一副瞌睡的脸，出现在昏暗里。但一看见学生模样的毫不相识的我，便显出似乎莫名其妙的眼色，目不转睛的凝视起来。

"所谓不得了的事是什么？这时候。……"

重行讯问的巡警，颇有些不以为然的神情了。

"所谓不得了的事，是狂人。刚才，在那边的坟地里。"

"什么？这时候，狂人。……"

"是的。是女的狂人。"

"唔，女的……那女的狂人在坟地里怎样？"

这样回问了的巡警的脸上，已消去了先前的不高兴，却渐次添出不安的影子来。我便简短的说了刚才遇到的事的一切，巡警默默的听，到末后，略略将头一歪，说道：

"那么，一定是糕饼店的阿仙了。这怎么好呢。这样的深夜里，给跑到坟地这类地方去……"他很有为难的情形了，但也便接着说，"所以我对着那里的男人和老婆子，不知道叮嘱过多少回。那样的性质不好的狂人，倘若不小心，说不定会做出什么事，如果不是好好的严重的监禁起来，是不行的，我几次三番的说。谁料男人还是全不管，老婆子又吝啬，虽然造了房牢，也不过用些竹栅栏之类来搪塞，所以终于出了这样的事了。"

这么说着的巡警的态度，宛然是抓住了绝不相干的我，在那里责备糕饼店的粗疏。我耐不住再等巡警说完话，一到这里，便插下话去了：

"总而言之，像刚才说过一样，因为是不意中跌倒的，所以我，将阳伞和东西都掉在那地方了，这可能请想一点法么？"

"教我替你拾去么？"

"不，自然一同去。"

没有法，我也只得这样说了。然而巡警还装着非常迟疑的脸，暂时不回答，只是想，但终于开口道：

"那是，比行李，比什么，都更要紧的是，第一，自然是捉住阿仙。因为就此放着，是不知道会做出什么事来的。可是真糟，这么晚的时候。"

"这实在很费神，但总要请劳一回驾。"

"自然，去是一定给你去一回的，但便是两人去，因为对手是狂人呵。说不定会做出什么事来呢。"

巡警非常之逡巡，任凭过了多少时，总不肯轻易说出一同去，我因此郑重的弯了腰，恳愿了许多回。这结果，竟涩涩的答应同去了，重复走进暗的里面的屋里去的巡警，便点起提灯来，脱下寝衣，换了制服。趁这时候，我便请他放进便门去，用那剩在铁釜里的温水，这才沾润了早就干到焦枯了一般的喉咙。

于是两人一先一后的走出带些村气的守望所去，巡警忽又站住了。

"两个人固然也不碍，但另外多带三四个少年去，一定愈加捉得快，就这么办罢。因为狂人这东西，是跑得飞快的。"

他独自说着既非解释也非商议的话，向着我那来路的反对方向走去了。我也默默的跟着走，不多时，巡警便走进一所大库房后面的一间守夜的小屋去。这守夜的小屋，是邻近各村中的少年们各尽义务的组织起来的。我在外面等，不多久，和里面的人们絮絮的说了些话的巡警，便带了四个少年出来了。少年的两个拿着提灯和细绳，别的两个是拿着颇长的棍子。这就一共有了六个人，我和巡警都才有了元气，使四个少年居中，我们分在两旁。这样子，六人作了一横排，在夜的兰山村的道路上，迈开快步，奔向先前的坟地去。

在途中，听着大家交互的谈话，对于刚才，在坟地旁边吓了我的叫作阿仙的，那女人的身世，渐渐明白起来了。

阿仙者，便是可以称为"山间之孤驿"的，这村中的一家小糕饼店里的媳妇。两年以前，才从离此大约三里左右的川下的村庄里，嫁到这里来，但刚做新妇，便因为男人的不规矩，很吃了许多苦。加以男人的懒散和家计的艰难，又不断的受着生活的忧虑。既这样，自然和那住在一处的姑，也不合式起来了。这之间，去年的秋天可是怀了孕。倘若生了孩子，这便引转男人，静了心，同时和姑的关系，也就会变好罢，阿仙这么想着，只管将那将来生下来的孩子当作靠山，什么都熬着。于是到这六月里，平安的生了男孩子了，然而男人对付阿仙的态度，却丝毫没有改。不但没有改而已，在临产时候的前后，那男人，和他结婚以前曾有来往的也是这村里的女人，又有了各样的新闻了。而这些事，又常常传到在产褥上的阿仙的耳朵里。一结婚，便和那女人干干净净分手，这是男人曾经坚誓的，而竟再出了新闻，这从由外村嫁来的阿仙看来，实在比嫖妓更有猛烈的苦痛。这时候，阿仙仿佛是决计百事再不管，专为一个孩子活着自己的命似的。然而便是那孩子，也因为营养坏，终于在这七日前死掉了。那结果，可怜的阿仙便在下葬这一夜里，忽然发了狂。发狂之后的阿仙的态度，不但说不定什么时候会自杀，而且每日许多次，无法可想的乱闹。因了村医的注意，终于造了房牢，监禁起来了。这到了正当首七的今夜，或者想到了要上孩子的坟了罢，便偷偷的破了栏槛，跑出来了。

大家走出村外时，月亮比先前又稍稍东下了。且走且看的经过了涨满着如雨的虫声的大豆田，到了前回的溪谷的所在，那阿仙的阴森的声音的丝缕，又和先前一样，仍然在溪水上横流。于是转出一个不甚峻急的山襞去，坟地便在右手的眼前了。路的正前面，阿仙的上着的树，也受了月光，见得漆黑而且硕大。阿仙的声音不消说，便是阿仙的白色的形状，也能在枝条间看得分明。六个人走到坟地边，或者因为看见了三个排着的提灯的灯光了罢，在树上的阿仙的形相，便如白色的影子一般，急急的溜下横干来，以为飘然的轻轻的站在崖上了，却又直奔坟地中间去。

“呵，跑了。趁没有走进山里去，捉住伊！”

有人这样说，而大家都遵了接到崖间的小径，纷纷的走向坟地了。这时阿仙的形相，却如淡白的布或是什么飘在风中似的，浴着月光，跳上了斜面。待到大家走到阿仙所走的宽约三尺的坂下的时候，那已经走了七成的白色的形相，却忽地转了左，在墓碑间往来。大约走了五六丈，又突然失了踪影。

“躲了呵。喂，这回是说不定会从那里出来，小心罢。”

巡警正这样说，少年们已经纷纷散开，对着不见了阿仙的方向，各人随意的穿过墓碑间，许多回曲曲折折的寻上去。我也跟在后面，竭力赶快的走。

不多时，大约大家已经走近了不见阿仙的地方的时候，从前面的排得宽约丈余的一堆坟荫里，忽然站起一个淡白的形相来；并且发出野兽似的很有底力的呻吟，一面胡乱的抓了泥土往外摔。然而不知道为什么，全没有想要逃走的情形。

"原来，逃进了自家的坟地里了。大约怕被人抢去了死孩子罢。"

有谁说着这些话的时候，大家便渐渐的将阿仙据守着的坟地包围起来。但阿仙毫不怕，无论是石，是泥，是木片，什么都随手的掷出来，待到知道自己完全被围住了，便忽而坐在一角的地面上。而且将全力用在两手上，不住的按地面，一面又如将捉住的饵食藏在腹下的豹一般，高耸的双肩里埋着紧缩的头，翻了眼，锋利的光溜溜的尽对大家看。颜色比先前更苍白，头发是抓乱似的披着，而且无论脸上，无论唇上，脸的全部都不住的凛凛的发着抖。这是从这之间，正在夹杂着涌出恐怖和憎恶和愤怒来。暂时之间，大家简直无从下手，单是这样的默默的注视着阿仙的模样。

"阿呀，阿仙这东西，刨了孩子的坟了。看罢。泥土掘得这样。"

因为非常吃惊似的，巡警这样的叫喊了，便望进坟地里去，只见大约是送葬用的白灯笼和白旗，以及花朵和花筒，都和掘开的泥土散得满地。此外则白木的冥屋和塔婆的断片，也被摔出一般的飞散着。而且，阿仙蹲着的处所仿佛很低洼，膝髁的大部分是埋在泥土里的。忽而阿仙像是得了机会似的，偷偷的拿过旁边的一个碗来，立刻舀了眼前的泥土，飞快的塞到膝髁底下去，而其时也毫不大意，不绝的看着周围，时时用了絮语一般的低声，接连的说道：

"不行，不行，不行。"

然而倘有谁想略略走近，便发出尽力的叫喊，或者格格的磨着雪白的露出的齿牙，显了现就会扑过来，咬住喉咙的态度。大家无法可想，又是暂时之间，任其自然的只是看。

其时有一个在阿仙背后的少年，趁机会跳过了低低排着的墓碣，突然从胁下插进臂膊去，向上一弯，便捺下阿仙的领头，竭力的抱住了。一抱住，阿仙也同时站起来，骤然发了吐血一般的大声，哭着叫喊，而且拼命的挣扎。然而无论怎样叫喊，怎样挣扎，已经都无效。巡警当先，还有此外的三个少年，也都去帮忙，不管手上，脚上，身上，都密密的缚了细索子。

虽如此，也还要尽力挣扎的身体，好容易被三个少年协了力，前后提着运去了。于是巡警将提灯插在地面上，仔细的调查那掘开了的坟洞的周围。

"阿呀，这是棺桶呵。盖子全打破了。"

巡警这样的絮说着，用靴尖一踢墓碣下的一个蜜柑箱一般的箱子，这却意外的轻，在土上滑开去了。其中不消说，不像有孩子的尸体。这时候，我忽而想，以先被那女人从树上掷下来的沉重的东西，或者便是掘出了的孩子的尸体罢。这样一想，剧烈的恐怖便突然坌涌上来，立刻觉得指尖和脚尖都栗栗的发了古怪的冷。然而接着便看见那详细的检查着的坟洞的底的巡警说：

"虽然掘了出来，却又就地埋了似的。很像这样。"一面又用棍子的头捣着洞底，我这才能够略嘘一口气。

那三个少年运了叫喊挣扎的女人，径下那中间坂路去，暂时又顺着崖上的小路走，此后便由眼底下的道路，回到村庄里去了。我和巡警和别一个少年，留在后面，去寻我那落掉的什物和阳伞，于是从中间的坂路，走到崖根，又略向右，走下道路去，不多时便到了先前的大树下。什物和阳伞，自然是毫无异状的落在路旁的草窠中。我将这拾了起来，因为听得巡警很怪的声音说：

"啊呀，孩子的死尸！"

便不由的回过头去，只见那女人曾经上去过的树干的几乎直下的道路上，照在巡警的提灯里，横着一个乌黑的块。走近一看，正是生得不久的婴儿的死尸。既然很腐烂，又粘着许多泥，几乎辨不出眼鼻。然而我先前被掷着的，却的确是这东西了。事情一经分明，我便觉得脊梁的两边，有什么又冷又痛的东西，锋利的爬上去。同时从胁肋向了胸脯，又是那照例的讨厌的寒冷，刹时扩张开去了。我全身仿佛坚固的包着冰一般的东西，暂时毫不能动弹，单是默默的挺立着。

"总而言之，阿仙是将这掷了你了。背后没有怎样么？"

少年这样说，借了巡警的提灯，走到我的背后去。他即刻用了大声，说道："呀，脏得很呢！"我不由的将手伸到领头，便有说不出是油是脓的东西，粘粘的沾满了指上了。因此我又感到了剧烈的战栗。这之间，又觉得从地上的黑块里，渐次强烈的涌起闭气似的可厌的臭味来。谁也不再说什么话。只是仁立在渐渐淡下去的月光，和浅浅的流着的溪水声和如雨的虫声中，三人都暂时没有动。

我在这时候，仿佛就在眼前，分明的看见了被弃于男人死别了孩子的女人，可以活下去的希望全被夺尽了的女人的，对于人类对于运命的可怕的复仇心，很以为阿仙的心，实在是非常惨痛的了。而和这同时，对于那复仇心偶然选我做了对象的恐怖，却还不如对于这样的虐待了阿仙的运命这一件东西的恐怖，尤为强烈的打动了我的心。

"这东西究竟怎么办才好呢。"

过了许久才开口的巡警的声音，很带些难于处置的模样了。

三浦右卫门的最后

[日]菊池宽

是离骏河府不远的村庄。是天正末年[1]酷烈的盛夏的一日。这样的日子，早就接连了十多日了。在这炎天底下，在去这里四五町[2]的那边的街道上，从早晨起，就一班一班的接着走过了织田军。个个流着汗。在那汗上，粘住了尘埃，黑的脸显得更黑了。虽然是这样扰乱的世间，而那些在田地里拔野草踏水车的百姓们，却比较的见得沉静。其一是因为弥望没有一些可抢的农作物，即使织田军怎样卑污，也未必便至于割取了恰才开花的禾稼，所以觉得安心。其二，是见惯了纷乱，已经如英国的商人们一般，悟通了 business as usual（买卖照常），寂然无动于中了。

府中的邸宅已经陷落的风说，是日中时候传播起来的，因为在白天，所以不能分明听出什么，但也听得呐喊，略望见放火的烟。百姓们心里想，府邸是亡了，便如盖在自己屋上的大树一旦倒掉似的，觉到一种响亮的心情，但不知怎样的又仿佛有些留恋。然而大家都料定，无论是换了织田或换了武田，大约总不会有氏康的那样苛敛，所以对于今川氏盛衰的事，实在远不及田里毛豆的成色的关心。那田里有一条三尺阔狭的路。沿这路流着一道小沟，沟底满是污泥，在炎暑中，时常沸沸的涌出泡沫。有泥鳅，有蝾螈，裸体的小孩子五六个成了群，喳喳的嚷着。那是用草做了圈套，钓着蝾螈的。不

---

1 天正止于十九年，即西纪一五九一年。
2 三百六十尺为一町，合中尺三十四丈；三十六町为一里。

美观的红色的小动物一个一个的钓出沟外来，便被摔在泥地上。摔一回，身子的挣扎便弱一点，到后来，便是怎样用力的摔，也毫没有动弹了。于是又拔了新的草，来做新的圈，孩子们的周围，将红肚子横在白灰似的泥土上的丑陋的小动物的死尸，许多匹许多匹的躺着。

有俨然的声音道："高天神城是怎么去的？"孩子们都显出张惶的相貌，看着这声音的主人。那是一个十七岁左右的少年。在平分的前发下，闪看美丽的眼睛，丈夫之中有些女子气，威武气之中有些狡猾气，身上是白绢的衬衣罩着绫子的单衫，那模样就说明他是一个有国诸侯的近侍。再一看，足上的白袜，被尘埃染成灰色了。因为除下了裹腿而露出的右腓上，带一条径寸的伤痕，流着血。

"高天神城是怎么样去的？请指教。"少年有些心焦了，重复的说。然而孩子们都茫然。这时的孩子们，是还没有因为义务教育之类而早熟的，所以谁也不能明白的说话；倘若不知道，本来只要说不知道就是了，然而便是这也很不能够说。都茫然，少年连问了三回，其中一个年纪最大的孩子才开口，说道：

"天神老爷？"一听到这声音，少年立刻觉得便是暂时驻足问路的事，也很不值得了，于是向孩子们骂一声"昏虫"，抽身便要走。不凑巧一个孩子却又仓皇的塞了少年的路，少年就踢了他。这孩子便跄跄踉踉的倾跌过去，坐在沟里面，哇的哭了。似乎并不怎样痛，又是裸体，也不会脏了衣服，原不必这样号咷[3]的大哭，然而颇号咷大哭了。孩子们都愤然了。这时的孩子们，是与一切野蛮人的通性全一样，怯于言而勇于行的。一到争闹，势派便不同，蝎子似的直扑那少年。少年也一作势，要拔出腰间的刀来。这意志，当这时候，原是很适当的，然而竟不能实现。因为一个孩子猛然跳向前，将那捏着刀柄的少年的手，下死劲咬住了。别的孩子们也各各

3　现代汉语常用"号啕"。——编者注

攻击他合宜的部位，少年便全不费力的被拖倒在这地方。孩子们都很得意，有如颠覆了专制者的革命党。

少年挣扎着想逃走。然而孩子们的数目，将近十人，而且都是有机的活动着的，所以毫没有法子想。

"给他吃蝾螈啵。"一个孩子说出意见来，孩子们都嘻的交换了含着恶意的笑脸。但有一个老人来到这里，少年便没有吃蝾螈的必要了。一看见这老人，孩子们都异口同声的告状，说是"踢了安阿弥哩"。老人只一瞥，便知道这少年是今川的逃亡人。对于现在的今川氏，固然不能没有恨，但对于先代的仁政的感谢，又总在什么处所还有留遗，而况既为美少年，又是逃亡人呢。老人便自然同情于落在孩子掌中的这少年，突然叱责了那些孩子了。这是和凡是自己的孩子，一与他人开了交涉的时候，即不问是非直曲，便将孩子叱责一顿的现在的父母们所取的手段，是一样的。少年显了羞愧和气忿的相貌，站起来了。这时候，孩子们怕报仇，都聚在五六丈以外的圆叶柳树下，准备着逃走；但却另换了村里的年青人五六个，围住这少年。站在最先头，眼睛灼灼的看着少年的，名叫弥总次，是一个专门弋获逃亡人的汉子。这汉子一听得有战事，一定从本村或邻村里觅了伙伴，出去趁着混乱，抢些东西，或者给逃亡人长枪吃。这回本也要去的，无奈一月以前受了伤，还没有好，至今左手还络着哩。他在早一刻，已经估计了这少年横在腰间的东西。那是金装的极好的物品，他到现在为止，虽然偷过二三百柄刀，但单是装饰便值银钱三四十枚的奇货，却从来没有见过。

少年不知道这样捣乱的人物就在面前。从他眼睛里淌下几滴恚恨的眼泪，声音发了抖，说出一句致命的独白来：

"竟使府里的三浦右卫门着了道儿了。"

"你便是右卫门么！"在那里的人们一齐张口说。他是这样的驰名。世间都说他是今川氏的痈疽；说氏康的豪奢游荡的中心就是他；说比义元的时候增加了两三倍的诛求，也全因为他的缘故；说义元恩顾的忠臣接连的斥退了，也全因为他的缘故。今川氏的有心的人们，都诅咒他的名字。他的坏名声，是骏河一国的角落里也统流传。没有听到这坏名声的，恐怕只有他自己了。其实是右卫门本没有什么罪恶，只是右卫门的宠幸和今川氏的颓废，恰在同时，所以简单的世人，便以为其间有着因果关系的了他其实不过一个孩子气的少年；当他十三岁时，从寄寓在京都西洞院的父母的手里，交给今川家做了小近侍，从此只顺着主人和周围的支使，受动的甘受着，照了自己的意志的事，是一件也没有做的。但是氏康对于他的宠幸，太到了极端，因此便见得他是巧巧的操纵着主人似的了。

弥总次一听到右卫门的名字，心里想，这等候着的好机会已经到了。料来无端的劫夺，旁人是不答应的，所以先前没有敢动手。他忽而大发其怒，骂道："倘是右卫门，为甚么不殉难？"右卫门听到这话，便失了色，他委实是舍了主人逃走的；遁出府邸走了二三里，望见追赶他们的织田军的兜鍪，在四五町之后的街上发光的时候，他除了恐怖心之外，再没有别的思想了。他骑马是不熟手的，早就跟不住同伴，一想到倘被敌人赶上，最先给结果了的一定是自己，便觉得敌人的枪尖似乎已锋刺透了背脊，不像是活着的心情了。他迟疑了几回，待到骑进左方的树林里，便下了马，只是胡乱的跑。因为他有这一点隐情，所以开不得口。

"剥下衣裳来示众罢！"弥总次怒吼说，这虽然是一个不通的结论，但在战国时代，则这般的说法，却还要算是讲理的了。于是三四个村壮，都奔向右卫门去。被孩子尚且拖倒，现在便自然更容易：兔一般的剥了皮。他的美艳的肉体，在六月的太阳底下，洁白到似乎立刻要变色。

"倘是右卫门，杀却也可以！"弥总次怒吼说。那时候，强者杀却弱者，是当然的事情。

"给百姓吃苦的便是这东西，绞一回！"弥总次说。一个村壮便扼住了倒在泥土里的右卫门的嗓子。右卫门很吃苦，大咳起来。这时老人又来拦阻了，说道：

"还不至于要他性命哩，饶了他罢。"村壮也没有什么不谓然；弥总次却上前一步，抬起右脚，搁在右卫门的肩头说：

"说来：要命，单是饶了命罢。不说，便不饶！"年青的村人们，以为即使怎样的稚弱，也应该吐一句武士相当的舍身的口吻了。然而右卫门低声说：

"要命，单是饶了命罢。"

"叩头还欠低！"弥总次大声说。

右卫门低下头去，几乎触到泥土上。先前又已聚集了的孩子们都笑了。

"去，快滚罢！"被两三人推搡着，右卫门蹡蹡踉踉的站起身来，哭肿着美丽的脸，身上只穿着一条犊鼻裈，在夕阳之下，蹒跚的向西走去了。那些百姓们，都嗤笑这怯弱者。

右卫门的到高天神城，是第二日的晚间了。城将天野刑部，三年前在今川氏为质的时候，右卫门曾经给他许多回的好意。那时候，刑部是两手抵了地，说这恩惠是没齿不忘的。右卫门信了这话，所以远远地投奔高天神城来。他到城的时候，自然已经不是裸体了；不知道他受了谁的帮助，虽然是粗恶的，却已穿着衣服。刑部一见这佳客的到来，仿佛起了多少兴味似的。况且，氏康的生死还未分明，倘使北条和武田都和氏康协了力，则克复骏河一国是十分容易的事。他想：倘如此，则于救了氏康宠臣的自己的位置，就该颇为有利的了。右卫门也能说普通的人们所说的谎。他用了巧妙的措辞，先叙述他在乱军之中和主人散失的不幸，以至因为要掩人耳目，所以自己抛去了东西。刑部对于这些也没有起疑的材料，便招在一间房子里，按照一到万一的时机不至于会被抱怨的程度，款待起来。

刑部是介在织田和今川之间的，也如欧洲战争中的希腊一般，乖巧的办得各不加入那一面。他既然养着三浦右卫门，却又另去探听氏康的消息。于是便知道氏康遭了织田军的穷追，已经切腹[4]而死的事。这报告中还添着一段插话，说那氏康之宠萃于一身的三浦右卫门，当府中陷落这一日，早就弃了主君逃走了。一得到这报告，刑部所想到的政策，却是颇为常识的，就是斩右卫门头，献于织田氏，以明自己之无二心，他想，要杀右卫门，只要说是背主忘恩之罚，作为口实就是了。

右卫门忽然被绑上了。那时代，只要有绑人的力，是无须乎理由的。右卫门被牵到刑部的面前。刑部也如战争初起时候的欧洲文明国一般，暂借了正义来说：

"右卫门！你还记得背弃了府邸么？要砍下不忠不义者的头来，献向府邸去。"

这样冠冕的理由，在战国时代的杀人，是一件希有[5]的事。然而无论含着几多的理由，被杀者的苦痛总一样。有理由的被杀，有时候或反比无端的被杀更苦痛。总之，右卫门是不愿意被杀的，他很利害的发抖了，两三日以前几乎被村人所杀的时候，那些人虽然也曾加一点恫吓，但今日的宣言却真实而带着确乎的现实性了。他无论怎样想，对于死总觉得嫌恶。他的过去的生活，是充满了安逸与欢娱。他以为再没有别的地方，能比这世上更有趣了。他全身嫌恶

4　用刀横剖腹部的自杀。

5　现代汉语常用"稀有"。——编者注

死，当刑部说出"总八郎拿刀"的时候，他放声啼哭起来了。

"右卫门！要命么？"刑部嘲笑的说。

思索这一句答话的必要，在他是无须的，因为早就受了弥总次的教了。

"要命的，单是饶了命罢。"他说。刑部的家将们，看见人类中有这样贪生的东西，都意外的诧异。奋然而死的事，在他们算是一种观瞻；所以从幼小时候起，便如飞行家研究奇技一般，专研究着使别人吃惊的死方法。这时的武士道的问题，是只在怎样便可以轻轻的送命这一点。在他们，凡有生命以外的东西，是什么都贵重的；只有这生命，是无论和什么去交换，都在所不惜的。所以右卫门的哀诉，从他们看来实在是奇迹。他们一齐失笑了。刑部便想再来嘲笑一回看，说道：

"右卫门！要命么？倘要，便两手抵了地，说道要！"众人都想，既然是武士，未必会受了这样的侮辱还要命。然而想的却错了，右卫门淌着眼泪，两手抵地说：

"要命呵。"于是又引起了主从的嘲弄的笑声。刑部的心里，听了右卫门的哀诉，又生出再加玩弄的恶魔的心来。

"既然这样的要命，饶了也罢。只是不能就饶。得用一只手来兑命。倘愿意，便饶你的。"他说。刽手走近右卫门，说道：

"听到了大人的吩咐没有？愿意么？回答罢！"右卫门不开口，动一动缚着的左手。

"那就砍左手！"刑部说。刽手的刀只一闪，右卫门的手，便如在铃之森的舞台上，被权八砍掉的云助的手一般，切下来了。

"一只手也还要命么？"刑部重复讯问说。右卫门将可怕的苦闷显在脸上，点一点头。刑部主从又笑了。刑部又开口说：

"一只手也太便宜了，砍下两手来，便饶罢。"右卫门似乎懂得这话的意思了。刽手问他说：

"愿意么?"右卫门略略点头;刽手再扬声,他的右手,便带着血浆,飞向二丈远的那边了。

右卫门这模样,从我们看来,觉得颇也残酷了,但在战国时代,见了只这样的光景便生怜悯的人,却并无一个。刑部又大声说:

"便是两手也还太便宜哩。要右脚。砍下右脚来,便单给饶了命罢。"

活土偶似的坐在血泊中的右卫门的脸,虽然全苍白了,却还是不住的哭。然而紧张了的神经,大抵是懂了刑部的话了。他断续的说道:

"单是饶了命罢。"

刑部主从又发了哄堂的嗤笑,侮辱了这人的崇高而且至纯的欲求。刽手伸出左手,抬起右卫门的身体,便削下他的右脚来;刀锋太进了,又截断了左脚的一半。

"右卫门,这样了也还要命么?"刑部说。但右卫门似乎已经无所闻了,刽手将嘴凑近他的耳边,说道:

"要命么?"右卫门翕翕的动着嘴。其时刑部使了一个眼色;刽手便第四次举起钢刀,咄的砍下头颅来。这头颅在沙上辗转的滚了二三尺,在停住的地方翕翕的动着嘴。倘使没有离了肺脏,还说道"单是饶了命罢"是无疑的了。

一读战国时代的文献,攻城野战的英雄有如云,挥十八贯[6]铁棒如芋梗的勇士,生拔敌将的头的豪杰,是数见不鲜的,但常 Miss(觉得有缺少)于"像人样的人"的我,却待到读了浅井了意的《犬张子》[7],知道了"三浦右卫门的最后"的时候,这才禁不得 "Here is also a man"(这里也有一个人)之感了。

6　一贯约中国六斤四两。

7　本是玩具的名字,著者取为志怪的书名,元禄四年(一六九一年)印行。现译"狗张子"。

复仇的话

[日]菊池宽

铃木八弥当十七岁之春，为要报父亲的夙仇，离了故乡赞州的丸龟了。

直到本年的正月为止，八弥是全不知道自己有着父亲的仇人的。自己未生以前便丧了父，这事固然是八弥少年时代以来的淡淡的悲哀，但那父亲是落在人手里，并非善终这一节，却直到这年的正月间，八弥加了元服为止，是全然没有知道的。

元服的仪式一完毕，母亲便叫八弥到膝下去，告诉他父亲弥门死在同藩的前川孙兵卫手里的始末，教八弥立了复仇的誓词。八弥看见母亲的通红的眼；而且明白了自己的身上是负着重大的责任了。

从九岁时候起，便伴着小侯，做了将近十年的小近侍的八弥，这时还是一个不知世事的稚气的孩子。况且中了较大一岁的小侯的意，几乎成了友人，他一无拘忌，和小侯比较破魔弓的红心，做双陆的对手，驱鸟猎和远道骑马，也都一同去。至于和小侯共了席，听那藩中的文学老儒的讲义，坐得两脚麻痹之后，大家抱腹相笑的时候，那就连主从关系也全然消灭了。八弥住在姓城中的一个大家族里；他是比较的幸福，而且舒服的。直到十七岁加了元服时，这才被授与了一件应该去杀却一个特定的人的，又困难又紧张的事业。

宽文年号还不甚久的或一年的三月间，八弥穿起不惯的草鞋来，上了复仇的道了。在多度津的港里作为埠头的金比罗船，将八弥充了坐客的数，就那吹拂着濑户内海的春风张了满帆，直向大阪外，溜也似的在海上走去了。

他靠着船的帆樯，背着小侯所赐的天正祐定的单刀，一个人蹲着。渐渐的离了陆地，他的心中的激动也就渐渐的平稳起来，连母亲的严重的训戒，小侯的激励的言语，那效果也都梦一般的变了微漠，在他心里，只剩了继激昂之后而起的倦怠和淡淡的哀愁。他对于那与自己绝不相干的生前的事故，也支配着自己的生涯这一件事实，不能不痛切的感到了。他在先前，其实并没有很想着父亲的事。因为他的母亲既竭力的不使他觉得无父的悲哀，又竭力的在他听觉里避去"父亲"这词句，而且他自从服侍小侯以后，几乎感不到对于父亲的要求，因为他的生活是既幸福，又丰裕的。然而一到十七，却于瞬息中，应该对于先前不很想到的父亲有人子之爱，又对于先前毫不知道的前川谁某有作为敌人的大憎恶了。这是他的教养和周围，教给他对于父母的仇人须有十分的敌意的。

八弥曾经各样的想象那敌人的脸，因为他的母亲是不甚知道这敌人前川的。前川和八弥的父亲，本来是无二的好朋友，但是结婚未久的新家庭，前川不敢草率，便少有来访的事了。

于是八弥不得不访问些知道前川的人，探问他的容貌去。恳切的人们便各样的绞出十七八年前的记忆来，想满八弥的意。然而这些人们所描的印象，无论怎样缀合，八弥也终于想不定仇敌的形容。于是八弥没有法，只好从小侯的藏书中，取了藩中画师所画的《曾我物语》里的工藤的脸作为基本，再加一些修改，由此想象出敌人的脸相来。他竭力的从可恶这一面想；因为他以为觉得可恶，便容易催起杀却的精神。但那脸相的唯一的特征，却只知道右脸上有一颗的黑痣。

船舶暂时循着赞岐的海岸走，但到高松港一停之后，便指了浪华一直驶去了。

敌人有怎样强，八弥是不知道。但他从幼小时候以来，便谨守着母亲的"修炼武艺，比什么都紧要"的教训，于剑法一端，是久已专心致志的。他那轻捷而大胆的刀路，藩中的导师早就称扬。八弥的母亲教他负了复仇的事情，也就因为得了这导师的保证。

他对于复仇这一件事，也夹着些许的不安，但大体却觉得在绚烂的前途中，仿佛正有着勇猛的事、美善的事。所谓复仇，固不测有怎样的难，然而这是显赫的不枉为人的事业，却以为是确凿的。他的心，也很使自己的事务起了狂热了。

一到安治川，他歇在船寓里，再出去一看浪华的街。所有繁华的市街，他都用了搜求仇敌的心情看着走。

大约一月之后到了京都的八弥，便历访京都的宏丽的寺院，走过了室町和乌丸通这些繁华的市街；每天好几回，经过那横在鸭川上面的四条五条三条桥，听得拟声游戏的笛音和大鼓。然而京都的名胜古迹处，并没有敌人。没有敌人的祇园和岛原和四条中岛，从他看来，都不过是干燥无味的处所罢了。

他从京都动身，是初夏的一日里。舍了正在鲜活的新绿的清晨中的京都，他向江户去了。

从京都经过大津，在濑田的桥边，他因为要午餐，寻到了一个茶店。到正午本来还略早，但他觉得有些口干，所以想要歇息了。他吃些这里有名的鲗鱼。不管那茶店使女含着爱娇的交谈，他只是交了臂膊，暗忖着怎样才可以发见他的仇敌。忽而听到什么地方有和自己一样的带些赞岐口音的说话了。他早就感了轻度的兴奋，便向声音这方面看。这是从正对琵琶湖的隔离的屋子里出来的。照说话的口吻，总该是武士。赞岐口音的武士，这正是他正在搜寻的敌人的一个要件。他不由的将放在旁边的祐定的单刀拉近身边了。这其间，那武士骂着使女，莽撞的从离开的屋子来到店面里。已颇酩酊的武士用了泥醉者所特有的奇妙的步法，向着门外走，一面又忽然和八弥打了一个照面。武士的心里，便涌起轻微的恶意来。

"看起来，还是年青的武士，大约是初出门哩。哈哈哈……"他嘲笑八弥似的笑了。八弥愤然了扬起那美秀的眼睛，不转瞬的看着对手。

八弥不能不憎恶这武士了。颧骨异常之高；那鼻子，也如犹太人一般，在中途突出鼻梁来；而且那藏着恶意的眼色，尤其足够唤起八弥的嫌恶的心情。他想，自己的敌人也是这样的男子才好；他又想，倒不如这人便是前川孙兵卫就更好了。其实从口音上，已经很可疑。他用冷静的意志来镇定了激昂，他想试探这武士看。

"实在是的。初出门，总有些不便可。"他驯良的回答说。

"一看那肩上带着木刀，该是武者修业罢，哈哈……也能使么？"他对于稚弱的八弥，要大加嘲弄的意志，已经很分明了。

八弥因为要知道对手的生平，格外忍了气。

"很冒昧，看足下像是赞岐的人……"八弥淡然的问。

"诚然是生驹浪人呵，因为杀人，出了国的。虽然是有着仇敌的身子，脑袋却还连在颈子上，即使有父母之仇，目下的武士倒也仿佛很安闲哩。这真是天下太平的世界了。哈哈哈……"他漏出侮辱一切有着仇敌的人们的嘲笑来。八弥想，若是生驹浪人，则也许便是自己的仇敌，用着这样的假名字。但对于出去复仇的人们的侮辱，却更其激动了他的心了。要将作为一种手段的沉静，更加继续下去，则八弥还是太年少。他看定对手，双瞳烂然的发了光。

"哈，脸色变了，看来你也有仇人罢，哈哈哈……用那细臂膊，莫说敌人，也未见得能砍一条狗。"一面说，武士在自己任意的极口的痛骂里，觉着快感似的，又大声哈哈的笑。

八弥已经不能忍了。他忘却了有着敌人的紧要的身体了。这男子，并不是自己的仇雠的孙兵卫，那是只一看颊上没有痣，早就知道了的，然而还缺乏于感情的节制的他，却不能使怒得发抖的心，归到冷静里去了。他左手拿了刀，柱起来叫喊说：

"哪，怎么说！一条狗能砍不能砍，那么，请教罢。"他的声音上，微微的带些抖。

那武士以为八弥的战栗因为恐怖，便愈加嗤笑了。

"有趣！领教罢。"他不以为意的答了话，一面从茶店里，跄跄踉踉的走到大路的中央。将那长的不虚发的佩刀，叫一声咄，便出了鞘。

好个八弥，居然很沉静。在檐下卸了背上的行囊，缚好了草鞋的纽，濡湿了祐定的刀的柄上的钉，就此亮着，走向敌手了。

那武士，最初是以微笑迎敌的，但八弥砍进一刀去的时候，那武士分明就狼狈了。他吃惊于这少年的刀风的太锐利。他后悔自己的孟浪了。而这样的气馁的自觉，又更使这武士陷入不利的地位去。他渐渐被八弥占了上风，穷追到濑田的桥的栏边，已经没有后退的余地了。感到了性命的危急的他，耸起身来，想跳过栏干[1]，逃到河里去；但实行了他的意志的，却只有他的头颅。因为乘着要跳的空，八弥便给了从旁的一劈。

八弥完结了这杀人的事，回到故我的时候，他便已后悔起来。而对于敌人已想逃入水中，还要穷追落手的血气，尤其后悔了。但远远的立着旁观的人们却都来祝八弥的成功，其中几个怀着好意的人还来帮八弥结束，劝他乘村吏未到，事情还未纠缠之前，先离开

1　现代汉语常用"栏杆"。——编者注

了这处所。

八弥离开了濑田桥，走到草津的时候，最初的悔恨早经消失了。他很诧异杀人有这样的容易。他觉得先前以为重负的复仇，忽而仿佛是一件传奇的冒险了。因为觉得不过是上山打猎，追赶野猪似的，血腥的略带些危险的冒险。而且他对于自己的手段，也因此得了自信。他涌起灿烂的野心来，以为在路上再加修炼，则无论怎样的强敌，也可以唾手而得的了。他于是比先前更狂热于复仇，指着江户，强烈的走着东海道的往来的土地。

然而复仇的事，却并非如八弥最先所想象的灿烂的事情；这是一件极要忍耐的劳作。在这年的盛夏里，上了江户的他，一直到年底，留在江户，访求敌人的踪迹，但都不过是空虚的努力。第二年，下了中仙道到大阪，远眺着故乡的山，试进了山阳道向长州去。然而这些行旅，也只是等于追逐幻景的徒劳。第三年的春天，他连日在北陆的驿路中，结他客枕的夜梦，但到处竟不见一个可以疑是仇敌的人。他在仙台的青叶城下迎了二十岁的春季，已经是第四年了。他也常常记起故乡，想赶急报了仇，早得了归乡的欢喜。他看那杀却敌手，已没有些许的不安。四年间的巡行修业，早使他本领达了名人之域了。况且在冒险的旅行中，也有过许多斩夜盗杀山贼的事迹。他觉得无论敌人如何强，帮手怎样多，要取那目的的敌人，只是易于反掌的事罢了。

在具备了杀敌的资格的他，虽然想，愿早显了体面的行动，达到他的本怀，但有着唯一的问题，便是与那仇雠的邂逅。

二十一岁的春天的开头，八弥想从中仙道入信越，便离开江户，在上洲间庭的樋口的道场里，勾留了四五天，于是进了前桥的酒井侍从的城下。报仇的费用，是受着本藩的充足的供给的，所以他大抵宿在较好的客寓里。这一夜，也寓在胁本阵上野屋太兵卫的家中。

晚饭之后，他写了习惯了的旅行日记，然后照例是就寝。他刚要就寝，搁下日记的笔来，向着廊下的格子门推开了。回头去看，俯伏在那里的是一个按摩。

"贵客要按摩么？"他一面说，一面又低了头。这一天，八弥在樋口的道场里，和门人们交了几十回手，他的肩膀颇觉重滞了。

"阿阿，按摩么，来得正好，教揉一揉罢。"八弥说。盲人将他非常憔悴的身子，静静的近了八弥，慢慢的给他揉肩膀。指尖虽没有什么力，但他却很知道揉着要点的。而且这按摩，又和在各处客寓里所见的不相同，沉默得很特别。在主客的沉默中，盲人逐渐的揉得入神了。八弥有些想睡觉，因为祛睡，便和这盲人谈起话来。

"你很像是中年盲目似的。"

"诚然，三十三岁失明的。因为感觉钝，什么都不方便哩。"他用了分明的声音，极低的回答。八弥一听这，对于盲人的口音觉得诧异了。

"你的本籍是那里呢？"八弥的声音有些凛然了。

"是四国。"

"四国的那里？"

"是赞岐。"

"高松领么，丸龟领么？"八弥焦急起来了。

"丸龟领。"

"百姓，还是商人呢？"

"提起来惭愧煞人，本来也还是武士哩。"盲人在他的话里，闪出几分生来带着的威严来。

"是武士，那便是京极府的浪人了。"一面说，八弥仰起头，看定了盲人的脸。虽然是行灯的光，但在盲人的青苍的脸上，却清清楚楚的看见了仇敌唯一的目标的黑痣。

八弥伸出右手,攫住了盲人的手腕。

"你不叫前川孙兵卫么?怎的?"他说,用力一拉,盲人毫没有什么抵抗,跄跄踉踉的跌倒了。

"怎么,你不叫前川孙兵卫么,是罢?"他又焦急起来。

盲人当初有些吃惊,但也就归于冷静了。

"惭愧,你说的是对的。那么,你呢?"他的声音丝毫没有乱。

"招得好。我是,死在你手里的铃木弥门的独子,名叫八弥。觉悟罢,已经逃不脱了!"

盲人很惊骇,他暂时茫然了。在那灰色的无所见的眼睛里,分明可以见得动着强烈的感情。但是那吃惊,又似乎并不在自己切身的危险。

"怎么怎么,弥门君却有一个儿子么?那么,那时候,八重夫人是正在怀孕的了。……既这样,你今年该是二十一岁了罢。……要对我来复仇,我知道了。正是漂泊的途中,失了明,厌倦了性命的时候。我也居然要放临死的花了。"盲人断断续续的说出话来,临末又添了凄凉的一笑。他那全盘的言语里,觉得弥满着怀旧的心绪,以及平稳的谦虚的感情。

八弥一切都出了意外。他愿意自己的敌手,是一个濑田桥畔所遇到一般的刚愎骄傲的武士的。愿意是一个只要看见这人,那憎恶与敌忾便充满了心中的武士。然而此刻在眼前访得的仇敌,却是一个半死的盲人。他不由的觉着非常之失望了。况且这盲人说到八弥父母的名字时,声音中藏着无限的怀念。他从来没有听到过称他父亲的名字时候,有人用了这样眷念的声音。八弥对着仇敌,被袭于自己全未预料的感情,没有法,只是续着沉默。于是盲人又接下去说:

"死在弥门君的遗体的你手里，也就没有遗憾了。然而，在这里，却怕这照顾我多年的旅店要受窘；很劳驾，利根川的平野便在近旁，我就来引导罢。请，结束起来。"

盲人很稳静。八弥仿佛发了病似的，茫然的整了装束，茫然的跟着盲人。寓中的人们都抱着奇妙的好奇心，默送这两人的出去。到街上，两人暂时都无言。走了几步，盲人问讯道：

"冒昧得很，敢问令母上康健么？"

"平安的。"八弥回答说，那声音已不像先前一般严峻了。

"弥门君和我，是世间所谓竹马的朋友。什么事都契合，真好到影之与形一样的，然而时会招魔罢，而且那一夜，我们两人都酩酊了。有了那一件错失之后，我本想便在那地方自己割了腹，但因为家母的劝阻，只好去国了，这实在是我的一生的失策。直到现在，二十一年中，无一夜不苦于杀了弥门君的悔恨。弥门君没有后，以为复仇是一定无人的了，谁知道竟遇到你，给我可以消灭罪愆，那里还有此上的欣喜呢。……身为武士，却靠着商人们的情来度日，原也不是本怀。……这笛子也就无用了。"他说着，将习惯上拿在右手带来的笛子抛在空地里。

八弥在先前，便努力的要提起对于这盲人的敌忾心来，但觉得这在心底里，什么时候都崩溃了。他也将那转辗的遇着杀父之仇却柔软了的自己的心，呵斥了许多回。然而在他，总不能发生要绝灭这盲人的存在的意志。他想起自己先前在各样景况之下，杀人有那样的容易，倒反觉得奇怪了。

盲人当未到河畔数町的时候，说些八弥的父亲的事情。他似乎在将死时，怀着青年时代的回想。八弥从这盲人的口里，这才知道了父亲的分明的性格，觉得涌出新的眷慕来，但对于亡父怀着新的眷慕，却决不就变了对于盲人的恶意。而且盲人最后说，不能一见八弥，这是深为遗憾的。

于是在这异样的同伴之前，现出月光照着的利根川的平野来了。盲人又抛下了他的杖，并且说：

"八弥君，很冒昧，请借给你的添刀罢。我辈也是武士，拱手听杀，是不肯的。"他借了八弥的添刀，摆出接战的身段。这只是对于八弥的好意的虚势，是明明白白的。

八弥只在心里想。杀一个后悔着他的过失，自己也否定了自身的生存的人，这算是什么复仇呢，他想。

"八弥君胆怯了么？请，交手罢！"

盲人大声的叫喊，这叫喊在清夜的河原上，传开了哀惨的声音。八弥是交叉着两腕沉在思想里了。

第二天的早晨，河原附近的人们在这里看见了一个死尸。然而这是盲人孙兵卫的尸体，却到后来才知道，因为那死尸是没有头的。而且那死尸，肚子上有一条挺直的伤，又似乎是本人的自杀。

八弥提着敌人的首级还乡了。而且还得了百石的增秩。但因为他在什么地方报仇，在什么时候报仇，没有说明白，所以竟有了敌人的首级是假首级的谣言。甚而至于毁谤他是不能报仇的胆怯者。不知是就为此，或者为了别事，他不久便成为浪人了。延宝年间，江户的四谷坂町有一个称为铃木若狭的剑客，全府里都震服于他的勇名。有人说，这就是八弥的假名字。

鼻子

[日]芥川龙之介

　　一说起禅智内供的鼻子，池尾地方是没一个不知道的，长有五六寸，从上唇的上面直拖到下颏的下面去。形状是从顶到底，一样的粗细。简捷说，便是一条细长的香肠似的东西，在脸中央拖着罢了。

　　五十多岁的内供是从还做沙弥的往昔以来，一直到升了内道场供奉的现在为止，心底里始终苦着这鼻子。这也不单因为自己是应该一心渴仰着将来的净土的和尚，于鼻子的烦恼，不很相宜；其实倒在不愿意有人知道他介意于鼻子的事。内供在平时的谈话里，也最怕说出鼻子这一句话来。

　　内供之所以烦腻那鼻子的理由，大概有二，——其一，因为鼻子之长，在实际上很不便。第一是吃饭时候，独自不能吃。倘若独自吃时，鼻子便达到碗里的饭上面去了。于是内供叫一个弟子坐在正对面，当吃饭时，使他用一条广一寸长二尺的木板，掀起鼻子来。但是这样的吃饭法，在能掀的弟子和所掀的内供，都不是容易的事。有一回，替代这弟子的中童子打了一个喷嚏，因而手一抖，那鼻子便落到粥里去了的故事，那时是连京都都传遍的。——然而这事，却还不是内供之所以以鼻子为苦的重大的理由。内供之所以为苦者，其实却在乎因这鼻子而伤了自尊心这一点。

　　池尾的百姓们，替有着这样鼻子的内供设想，说内供幸而是出家人；因为都以为这样的鼻子，是没有女人肯嫁的。其中甚而至于还有这样的批评，说是正因为这样鼻子，所以才来做和尚。然而内供自己，却并不觉得做了和尚，便减了几分鼻子的烦恼去。内供的自尊心，较之为娶妻这类结果的事实所左右的东西，微妙得多多了。因此内供在积极的和消极的两方面，要将这自尊心的毁损恢复过来。

第一，内供所苦心经营的，是想将这长鼻子使人看得比实际较短的方法。每当没有人的时候，对了镜，用各种的角度照着脸，热心的揣摩。不知怎么一来，觉得单变换了脸的位置，是没有把握的了，于是常常用手托了颊，或者用指押了颐，坚忍不拔的看镜。但看见鼻子较短到自己满意的程度的事，是从来没有的。内供际此，便将镜收在箱子里，叹一口气，勉勉强强的又向那先前的经几上捧《观世音经》去。

而且内供又始终留心着别人的鼻子。池尾的寺，本来是常有僧供和讲论的伽蓝。寺里面，僧坊建到没有空隙，浴室里是寺僧每日烧着水的，所以在此出入的僧俗之类也很多。内供便坚忍的物色着这类人们的脸。因为想发见一个和自己一样的鼻子，来安安自己的心；所以乌的绢衣、白的单衫，都不进内供的眼里去；而况橙黄的帽子，坏色的僧衣，更是生平见惯，虽有若无了。内供不看人，只看鼻子，——然而竹节鼻虽然还有，却寻不出内供一样的鼻子来。愈是寻不出，内供的心便渐渐的愈加不快了。内供和人说话时候，无意中扯起那拖下的鼻端来一看，立刻不称年纪的脸红起来，便正是为这不快所动的缘故。

到最后，内供竟想在内典外典里寻出一个和自己一样的鼻子的人物，来宽解几分自己的心。然而无论什么经典上，都不说目犍连和舍利弗的鼻子是长的。龙树和马鸣，自然也只是鼻子平常的菩萨。内供听人讲些震旦的事情，带出了蜀汉的刘玄德的长耳来，便想道，假使是鼻子，真不知使我多少胆壮哩。

内供一面既然消极的用了这样的苦心，别一面也积极的试用些缩短鼻子的方法，在这里是无须乎特地声明的了。内供在这一方面，几乎做尽了可能的事，也喝过老鸦脚爪煎出的汤；鼻子上也擦过老鼠的溺。然而无论怎么办，鼻子不依然五六寸长的拖在嘴上么？

但是有一年的秋天，内供的因事上京的弟子，从一个知己的医士那里，得了缩短那长鼻子的方法来了。这医士，是从震旦渡来的人，那时供养在长乐寺的。

内供仍然照例，装着对于鼻子毫不介意似的模样，偏不说便来试用这方法；一面却微微露出口风，说每吃一回饭，都要劳弟子费手，实在是于心不安的事。至于心里，自然是专等那弟子和尚来说服自己，使他试用这方法的。弟子和尚也未必不明白内供的这策略，但内供用这策略的苦衷，却似乎感动了那弟子和尚的同情，反驾而上了。那弟子和尚果然适如所期，极口的来劝试用这方法；内供自己也适如所期，终于依了那弟子和尚的热心的劝告了。

所谓方法者，只是用热汤浸了鼻子，然后使人用脚来踏这鼻子，非常简单的。

汤是寺的浴室里每日都烧着。于是这弟子和尚立刻用一个提桶，从浴室里汲了连手指都伸不下去的热水来，但若直接的浸，蒸汽吹着脸，怕要烫坏的。于是又在一个板盘上开一个窟窿，当作桶盖，鼻子便从这窟窿中浸到水里去。单是鼻子浸着热汤，是不觉得烫的。过了片时，弟子和尚说：

"浸够了罢。……"

内供苦笑了。因为以为单听这话，是谁也想不到说着鼻子的。鼻子被汤蒸热了，蚤咬似的发痒。

内供一从板盘窟窿里抽出鼻子来，弟子和尚便将这热气蒸腾的鼻子，两脚用力的踏。内供躺着，鼻子伸在地板上，看那弟子和尚的两脚一上一下的动。弟子常常显出过意不去的脸相，俯视着内供的秃头，问道：

"痛罢？因为医士说要用力踏。……但是，痛罢？"

内供摇头，想表明不痛的意思。然而鼻子是被踏着的，又不能如意的摇。这是抬了眼，看着弟子脚上的皲裂，一面生气似的说：

"说不痛。……"

其实是鼻子正痒，踏了不特不痛，反而舒服的。

踏了片时之后，鼻子上现出小米粒一般的东西来了。简括说，便是像一匹整烤的拔光了毛的小鸡。弟子和尚一瞥见，立时停了脚，自言自语似的说：

"说是用镊子拔了这个哩。"

内供不平似的鼓起了两颊，默默的任凭弟子和尚办。这自然并非不知道弟子和尚的好意；但虽然知道，因为将自己的鼻子当作一件货色似的办理，也免不得不高兴了。内供装了一副受着不相信的医生的手术时候的病人一般的脸，勉勉强强的看弟子和尚从鼻子的毛孔里，用镊子钳出脂肪来。那脂肪的形状像是鸟毛的根，拔去的有四分长短。

这一完，弟子和尚才吐一口气，说道：

"再浸一回，就好了。"

内供仍然皱着眉，装着不平似的脸，依了弟子的话。

待到取出第二回浸过的鼻子来看，诚然，不知什么时候已经缩短了。这已经和平常的竹节鼻相差不远了。内供摸着缩短的鼻子，对着弟子拿过来的镜子，羞涩的怯怯的望着看。

那鼻子，——那一直拖到下面的鼻子，现在已经诳话似的萎缩了，只在上唇上面，没志气的保着一点残喘。各处还有通红的地方，大约只是踏过的痕迹罢了。既这样，再没有人见笑，是一定的了。——镜中的内供的脸，看着镜外的内供的脸，满足然的眨几眨眼睛。

然而这一日，还有怕这鼻子仍要伸长起来的不安，所以内供无论唪经的时候、吃饭的时候，只要有闲空，便伸手轻轻的摸那鼻端去。鼻子是规规矩矩的存在上唇上边，并没有伸下来的气色。睡过一夜之后，第二日早晨一开眼，内供便首先去摸自己的鼻子，鼻子也依然是短的。内供于是乎也如从前的费了几多年，积起抄写《法华经》的功行来的时候一般，觉得神清气爽了。

但是过了三日，内供发见了意外的事实了。这就是，偶然因事来访池尾的寺的侍者，却显出比先前更加发笑的脸相，也不很说话，只是灼灼的看着内供的鼻子。而且不止此，先前将内供的鼻子落在粥里的中童子那些人，若在讲堂外遇见内供时，便向下忍着笑，但似乎终于熬不住了，又突然大笑起来。还有进来承教的下法师们，面对面时，虽然恭敬的听着，但内供一向后看，便屑屑的暗笑，也不止一两回了。

内供当初，下了一个解释，是以为只因自己脸改了样。但单是这解释，又似乎总不能十分的说明。——不消说，中童子和下法师的发笑的原因，大概总在此。然而和鼻子还长的往昔，那笑样总有些不同。倘说见惯的长鼻，倒不如不见惯的短鼻更可笑，这固然便是如此罢了。然而又似乎还有什么缘故。

"先前倒还没有这样的只是笑……"

内供停了唪着的经文，侧着秃头，时常轻轻的这样说。可爱的内供当这时候，一定惘然的眺着挂在旁边的普贤像，记起鼻子还长的三五日以前的事来，"今如零落者，却忆荣华时"，便没精打采了。——对于这问题，给以解释之明，在内供可惜还没有。

——人类的心里有着互相矛盾的两样的感情。他人的不幸，自然是没有不表同情的，但一到那人设些什么法子脱了这不幸，于是这边便不知怎的觉得不满足起来。夸大一点说，便可以说是其甚者且有愿意再看见那人陷在同样的不幸中的意思。于是在不知不觉间，虽然是消极的，却对于那人抱了敌意了。——内供虽然不明白这理由，而总觉得有些不快者，便因为在池尾的僧俗的态度上，感到了这些傍观者的利己主义的缘故。

于是乎内供的脾气逐渐坏起来了，无论对什么人，第二句便是叱责。到后来，连医治鼻子的弟子和尚，也背地里说"内供是要受法悭贪之罪的"了。更使内供生气的，照例是那恶作剧的中童子。有一天，狗声沸泛的噪，内供随便出去看，只见中童子挥着二尺来长的木板，追着一匹长毛的瘦狗在那里跑。而且又并非单是追着跑，却一面嚷道"不给打鼻子，喂，不给打鼻子"，而追着跑的。内供从中童子的手里抢过木板来，使劲的打他的脸。这木板是先前掀鼻子用的。

内供倒后悔弄短鼻子为多事了。

这是或一夜的事。太阳一落，大约是忽而起风了，塔上的风铎的声音，扰人的响。而且很冷了，在老年的内供，便是想睡，也只是睡不去。展转[1]的躺在床上时，突然觉得鼻子发痒了。用手去摸，仿佛有点肿，而且这地方，又仿佛发了热似的。

"硬将他缩短了的，也许出了毛病了。"

内供用了在佛前供养香花一般的恭敬的手势，按着鼻子，一面低低的这样说。

第二日的早晨，内供照例的绝早的睁开眼睛看，只见寺里的银杏和七叶树都在夜间落了叶，院子里是铺了黄金似的通明。大约塔顶上积了霜了，还在朝日的微光中，九轮已经眩眼的发亮。禅智内

1　现代汉语常用"辗转"。——编者注

供站在开了护屏的檐廊下，深深的吸一口气。

几乎要忘却了的一种感觉，又回到内供这里，便在这时间。

内供慌忙伸手去按鼻子。触着手的，不是昨夜的短鼻子了；是从上唇的上面直拖到下唇的下面的，五六寸之谱的先前的长鼻子。内供知道这鼻子在一夜之间又复照旧的长起来了。而这时候，和鼻子缩短时候一样的神清气爽的心情，也觉得不知怎么的重复回来了。

"既这样，一定再没有人笑了。"

使长鼻子荡在破晓的秋风中，内供自己的心里说。

罗生门

[日]芥川龙之介

是一日的傍晚的事。有一个家将，在罗生门下待着雨住。

宽广的门底下，除了这男子以外，再没有别的谁。只在朱漆剥落的大的圆柱上，停着一匹的蟋蟀。这罗生门，既然在朱雀大路上，则这男子之外，总还该有两三个避雨的市女笠和揉乌帽子[1]的。然而除了这男子，却再没有别的谁。

要说这缘故，就因为这二三年来，京都是接连的起了地动[2]、旋风、大火、饥馑等等的灾变，所以都中便格外的荒凉了。据旧记说，还将佛像和佛具打碎了，那些带着丹漆，带着金银箔的木块，都堆在路旁当柴卖。都中既是这情形，修理罗生门之类的事，自然再没有人过问了。于是趁了这荒凉的好机会，狐狸来住，强盗来住；到后来，且至于生出将无主的死尸弃在这门上的习惯来。于是太阳一落，人们便都觉得阴气，谁也不再在这门的左近走。

反而许多乌鸦，不知从那里都聚向这地方。白昼一望，这鸦是不知多少匹的转着圆圈，绕了最高的鸱吻，啼着飞舞。一到这门上的天空被夕照映得通红的时候，这便仿佛撒着胡麻似的，尤其看得分明。不消说，这些乌鸦是因为要啄食那门上的死人的肉而来的了。——但在今日，或者因为时刻太晚了罢，却一匹也没有见。只见处处将要崩裂的，那裂缝中生出长的野草的石阶上面，老鸦粪粘

---

1 市女笠是市上的女人或商女所戴的笠子。乌帽子是男人的冠，若不用硬漆，质地较为柔软的，便称为揉乌帽子。
2 现代汉语常用"地震"。——编者注

得点点的发白。家将将那洗旧的红青袄子的臀部，坐在七级阶的最上级，恼着那右颊上发出来的一颗大的面疱，惘惘然的看着雨下。

著者在先，已写道"家将待着雨住"了，然而这家将便在雨住之后，却也并没有怎么办的方法。若在平时，自然是回到主人的家里去。但从这主人，已经在四五日之前将他遣散了。上文也说过，那时的京都是非常之衰微了；现在这家将从那伺候多年的主人给他遣散，其实也只是这衰微的一个小小的余波。所以与其说"家将待着雨住"，还不如说"遇雨的家将，没有可去的地方，正在无法可想"，倒是惬当的。况且今日的天色，很影响到这平安朝[3]家将的Sentimentalisme上去。从申末下开首的雨，到酉时还没有停止模样。这时候，家将就首先想着那明天的活计怎么办——说起来，便是抱着对于没法办的事，要想怎么办的一种毫无把握的思想，一面又并不听而自听着那从先前便打着朱雀大路的雨声。

雨是围住了罗生门，从远处洒洒的打将过来。黄昏使天空低下了；仰面一望，门顶在斜出的飞甍上，支住了昏沉的云物。

因为要将没法办的事来怎么办，便再没有工夫来拣手段了。一拣，便只是饿死在空地里或道旁；而且便只是搬到这门里来，弃掉了像一只狗。但不拣，则——家将的思想，在同一的路线上徘徊了许多回，才终于到了这处所。然而这一个"则"，虽然经过了许多时，结局总还是一个"则"。家将一面固然肯定了不拣手段这一节了，但对于因为要这"则"有着落，自然而然的接上来的"只能做强盗"这一节，却还没有足以积极的肯定的勇气。

家将打一个大喷嚏，于是懒懒的站了起来。晚凉的京都，已经是令人想要火炉一般寒冷。风和黄昏，毫无顾忌的吹进了门柱间。停在朱漆柱上的蟋蟀，早已跑到不知那里去了。

3　西历七九四年以后的四百年间。

　　家将缩着颈子，高耸了衬着淡黄小衫的红青袄的肩头，向门的周围看。因为倘寻得一片地，可以没有风雨之患，没有露见之虑，能够安安稳稳的睡觉一夜的，便想在此度夜的了。这其间，幸而看见了一道通到门楼上的，宽阔的，也是朱漆的梯子。倘在这上面，即使有人，也不过全是死人罢了。家将便留心着横在腰间的素柄刀，免得他出了鞘，抬起登着草鞋的脚来，踏上这梯子的最下的第一级去。

　　于是是几分时以后的事了。在通到罗生门的楼上的，宽阔的梯子的中段，一个男子，猫似的缩了身体，屏了息，窥探着楼上的情形。从楼上漏下来的火光，微微的照着这男人的右颊，就是那短须中间生了一颗红肿化脓的面疱的颊。家将当初想，在上面的只不过是死人；但走上二三级，却看见有谁明着火，而那火又是这边那边的动弹。这只要看那昏浊的黄色的光，映在角角落落都结满了蛛网的藻井上摇动，也就可以明白了。在这阴雨的夜间，在这罗生门的楼上，能明着火的，总不是一个寻常的人。

　　家将是蜥蜴似的忍了足音[4]，爬一般的才到了这峻急的梯子的最上的第一级。竭力的帖伏了身子，竭力的伸长了颈子，望到楼里面去。

　　待看时，楼里面便正如所闻，胡乱的抛着几个死尸，但是火光所到的范围，却比预想的尤其狭，辨不出那些的数目来。只在朦胧中，知道是有赤体的死尸和穿衣服的死尸；又自然是男的女的也都有。而且那些死尸，或者张着嘴或者伸着手，纵横在楼板上的情形，几乎令人要疑心到他也曾为人的事实。加之只是肩膀、胸脯之类的高起的部分，受着淡淡的光，而低下的部分的影子却更加暗黑，哑似的永久的默着。

　　家将逢到这些死尸的腐烂的臭气，不由的掩了鼻子。然而那

4　现代汉语常用"脚步声"。——编者注

手，在其次的一刹那间，便忘却了掩住鼻子的事了。因为有一种强烈的感情，几乎全夺去了这人的嗅觉了。

那家将的眼睛，在这时候，才看见蹲在死尸中间的一个人。是穿一件桧皮色衣服的，又短又瘦的，白头发的，猴子似的老妪。这老妪，右手拿着点火的松明，注视着死尸之一的脸。从头发的长短看来，那死尸大概是女的。

家将被六分的恐怖和四分的好奇心所动了，几于暂时忘却了呼吸。倘借了旧记的记者的话来说，便是觉得"毛戴"起来了。随后那老妪，将松明插在楼板的缝中，向先前看定的死尸伸下手去，正如母猴给猴儿捉虱一般，一根一根的便拔那长头发。头发也似乎随手的拔了下来。

那头发一根一根的拔了下来时，家将的心里，恐怖也一点一点的消去了。而且同时，对于这老妪的憎恶，也渐渐的发动了。——不，说是"对于这老妪"，或者有些语病；倒不如说，对于一切恶的反感，一点一点的强盛起来了。这时候，倘有人向了这家将，提出这人先前在门下面所想的"饿死呢，还是做强盗呢"这一个问题来，大约这家将是，便毫无留恋，拣了饿死的了。这人的恶恶之心，宛如那老妪插在楼板缝中的松明一般，蓬蓬勃勃的燃烧上来，已经到如此。

那老妪为什么拔死人的头发，在家将自然是不知道的。所以照"合理的"的说，是善是恶，也还没有知道应该属于那一面。但由家将看来，在这阴雨的夜间，在这罗生门的上面，拔取死人的头发，即此便已经是无可宽恕的恶。不消说，自己先前想做强盗的事，在家将自然也早经忘却了。

于是乎家将两脚一蹬，突然从梯子直蹿上去，而且手按素柄刀，大踏步走到老妪的面前。老妪的吃惊，是无须说得的。

老妪一瞥见家将，简直像被弩机弹着似的，直跳起来。

"呔，那里走！"

家将拦住了那老妪绊着死尸跟跄想走的逃路，这样骂。老妪冲开了家将，还想奔逃。家将却又不放伊走，重复推了回来了。暂时之间，默然的叉着。然而胜负之数，是早就知道了的。家将终于抓住了老妪的臂膊，硬将伊捺倒了。是只剩着皮骨，宛然鸡脚一般的臂膊。

"在做什么？说来！不说，便这样！"

家将放下老妪，忽然拔刀出了鞘，将雪白的钢色，塞在伊的眼前。但老妪不开口。两手发了抖，呼吸也艰难了，睁圆了两眼，眼珠几乎要飞出窠外来，哑似的执拗的不开口。一看这情状，家将才分明的意识到这老妪的生死，已经全属于自己的意志的支配。而且这意志，将先前那炽烈的憎恶之心，又早在什么时候冷却了。剩了下来的，只是成就了一件事业时候的，安稳的得意和满足。于是家将俯视着老妪，略略放软了声音说：

"我并不是检非违使[5]的衙门里的公吏；只是刚才走过这门下面的一个旅人。所以并不要锁你去有什么事。只要在这时候，在这门上，做着什么的事，说给我就是。"

老妪更张大了圆睁的眼睛，看住了家将的脸；这看的是红眼眶，鸷鸟一般锐利的眼睛。于是那打绉的，几乎和鼻子连成一气的嘴唇，嚼着什么似的动起来了。颈子很细，能看见尖的喉节[6]的动弹。这时从这喉咙里，发出鸦叫似的声音，喘吁吁的传到家将的耳朵里：

"拔了这头发呵，拔了这头发呵，去做假发的。"

5　古时的官，司追捕、纠弹、裁判、讼诉等事。
6　现代汉语常用"喉结"。——编者注

家将一听得这老妪的答话是意外的平常，不觉失了望；而且一失望，那先前的憎恶和冷冷的侮蔑，便同时又进了心中了。他的气色，大约伊也悟得。老妪一手仍捏着从死尸拔下来的长头发，发出虾蟆叫一样声音，格格的，说了这些话：

"自然的，拔死人的头发，真不知道是怎样的恶事呵。只是，在这里的这些死人，都是，便给这么办，也是活该的人们。现在，我刚才，拔着那头发的女人，是将蛇切成四寸长，晒干了，说是干鱼，到带刀 [7] 的营里去出卖的。倘使没有遭瘟，现在怕还卖去罢。这人也是的，这女人去卖的干鱼，说是口味好，带刀们当作缺不得的菜料买。我呢，并不觉得这女人做的事是恶。不做，便要饿死，没法子才做的罢。那就，我做的事，也不觉得是恶事。这也是，不做便要饿死，没法子才做的呵。很明白这没法子的事的这女人，料来也应该宽恕我的。"

老妪大概说了些这样意思的事。

家将收刀进了鞘，左手按着刀柄，冷然的听着这些话；至于右手，自然是按着那通红的在颊上化了脓的大颗的面疱。然而正听着，家将的心里却生出一种勇气来了，这正是这人先前在门下面所缺的勇气，而且和先前跳到这门上，来捉老妪的勇气，又完全是向反对方面发动的勇气了。家将对于或饿死或做强盗的事，不但早无问题；从这时候的这人的心情说，所谓饿死之类的事，已经逐出在意识之外，几乎是不能想到的了。

"的确，这样么？"

老妪说完话，家将用了嘲弄似的声音，复核的说。于是前进一步，右手突然离开那面疱，捉住老妪的前胸，咬牙的说道：

"那么，我便是强剥，也未必怨恨罢。我也是不这么做，便要饿

----

7 古时春官坊的侍卫之称。

死的了。"

家将迅速的剥下这老妪的衣服来；而将挽住了他的脚的这老妪，猛烈的踢倒在死尸上。到楼梯口，不过是五步。家将挟着剥下来的桧皮色的衣服，一瞬间便下了峻急的梯子向昏夜里去了。

暂时气绝似的老妪，从死尸间挣起伊裸露的身子来，是相去不久的事。伊吐出唠叨似的呻吟似的声音，借了还在燃烧的火光，爬到楼梯口边去。而且从这里倒挂了短的白发，窥向门下面。那外边，只有黑洞洞的昏夜。

家将的踪迹，并没有知道的人。

关于作者的说明

夏目漱石

夏目漱石（Natsume Sōseki, 1867—1917）名金之助，初为东京大学教授，后辞去入朝日新闻社，专从事于著述。他所主张的是所谓"低徊趣味"，又称"有余裕的文学"。一九〇八年高滨虚子的小说集《鸡头》出版，夏目替他做序，说明他们一派的态度：

> "有余裕的小说，即如名字所示，不是急迫的小说，是避了非常这字的小说。如借用近来流行的文句，便是或人所谓触著不触著之中，不触著的这一种小说。……或人以为不触著者即非小说，但我主张不触著的小说不特与触著的小说同有存在的权利，而且也能收同等的成功。……世间很是广阔，在这广阔的世间，起居之法也有种种的不同：随缘临机的乐此种种起居即是余裕，观察之亦是余裕，或玩味之亦是余裕。有了这个余裕才得发生的事件以及对于这些事件的情绪，固亦依然是人生，是活泼泼地之人生也。"

夏目的著作以想象丰富，文词精美见称。早年所作，登在俳谐杂志《子规》（*Hototogisu*）上的《哥儿》（*Bocchan*）、《我是猫》（*Wagahaiwa neko de aru*）诸篇，轻快洒脱，富于机智，是明治文坛上的新江户艺术的主流，当世无与匹者。

《挂幅》(*Kakemono*)与《克莱喀先生》(*Craig Sensei*)并见《漱石近什四篇》(1910)中,系《永日小品》的两篇。

森鸥外

森鸥外(Moil Ogai, 1860—1922[1])名林太郎,医学博士又是文学博士,曾任军医总监,现为东京博物馆长。他与坪内逍遥上田敏诸人最初介绍欧洲文艺,很有功绩。后又从事创作,著有小说戏剧甚多。他的作品,批评家都说是透明的智的产物,他的态度里是没有"热"的。他对于这些话的抗辩在《游戏》这篇小说里说得很清楚,他又在《杯》(*Sakazuki*)里表明他的创作的态度。有七个姑娘各拿了一只雕著"自然"两字的银杯,舀泉水喝。第八个姑娘拿出一个冷的熔岩颜色的小杯,也来舀水。七个人见了很讶怪,由侮蔑而转为怜悯,有一个人说道:"将我的借给伊罢?"

> 第八个姑娘的闭著的嘴唇,这时候才开口了。
> "Mon verre n'est pas grand, mais je bois dans mon verre."
> 这是消沉的但是锐利的声音。
> 这是说,我的杯并不大,但我还是用我的杯去喝。

《游戏》(*Asobi*)见小说集《涓滴》(1910)中。

《沉默之塔》(*Chinmoku no tō*)原系"代《札拉图斯忒拉》译本的序",登在生田长江的译本(1911)的卷首。

---

1 森鸥外去世的年份为 1922 年,此为后加内容。——编者注

有岛武郎

有岛武郎（Arishima Takeo）生于一八七七年，本学农，留学英、美，为札幌农学校教授。一九一〇年顷杂志《白桦》发刊，有岛寄稿其中，渐为世间所知，历年编集作品为《有岛武郎著作集》，至今已出到第十四辑了。关于他的创作的要求与态度，他在《著作集》第十一辑里有一篇《四件事》的文章，略有说明。

第一，我因为寂寞，所以创作。在我的周围，习惯与传说，时间与空间，筑了十重二十重的墙，有时候觉得几乎要气闭了。但是从那威严而且高大的墙的隙间，时时望见惊心动魄般的生活或自然，忽隐忽现。得见这个的时候的惊喜，与看不见这个了的时候的寂寞，与分明的觉到这看不见了的东西决不能再在自己面前出现了的时候的寂寞呵！在这时候，能够将这看不见了的东西确实的还我，确实的纯粹的还我者，除艺术之外再没有别的了。我从幼小的时候，不知不识的住在这境地里，那便取了所谓文学的形式。

第二，我因为爱着，所以创作。这或者听去似乎是高慢的话。但是生为人间而不爱者，一个都没有。因了爱而无收入的若干的生活的人，也一个都没有。这个生活，常从一个人的胸中，想尽量的扩充到多人的胸中去。我是被这扩充性所克服了。爱者不得不怀孕，怀孕者不得不产生。有时产生的是活的小儿，有时是死的小儿，有时是双生儿，有时是月分不足的儿，而且有时是母体自身的死。

第三，我因为欲爱，所以创作。我的爱被那想要如实的攫住在墙的那边隐现著的生活或自然的冲动所驱使，因此我尽量的高揭我的旗帜，尽量的力挥我的手巾。这个信号被人家接应的机会，自然是不多，在我这样孤独的性格更自然不多了。但是两回也罢，一回也罢，我如能够发见我的信号被人家的没有错误的信号所接应，我的生活便达于幸福的绝顶了。为想要遇著这喜悦的缘故，所以创作的。

第四，我又因为欲鞭策自己的生活，所以创作。如何蠢笨而且缺向上性的我的生活呵！我厌了这个了。应该蜕弃的壳，在我已有几个了。我的作品做了鞭策，严重的给我抽打那顽固的壳。我愿我的生活因了作品而得改造！

《与幼小者》（*Chisakie mono e*）见《著作集》第七辑，也收入罗马字的日本小说集中。

《阿末之死》（*Osue no shi*）见《著作集》第一辑。

江口涣

江口涣（Eguchi Kan）生于一八八七年，东京大学英文学科出身，曾加入社会主义者同盟。

《峡谷的夜》（*Kyokoku no yoru*）见《红的矢帆》（1919）中。

菊池宽

菊池宽（Kikuchi Kan）生于一八八九年，东京大学英文学科出身。他自己说，在高等学校时代，是只想研究文学，不预备做创作家的，但后来偶做小说，意外的得了朋友和评论界的赞许，便做下去了。他的创作，是竭力的要掘出人间性的真实来。一得真实，他却又怃然的发了感叹，所以他的思想是近于厌世的，但又时时凝视著遥远的黎明，于是又不失为奋斗者。南部修太郎在《菊池宽论》（《新潮》一七四号）上说：

Here is also a man——这正是说尽了菊池的作品中一切人物的话。……他们都有最像人样的人间相，愿意活在最像人样的人间界。他们有时为冷酷的利己家，有时为惨淡的背德者，有时又为犯了残忍的杀人行为的人，但无论使他们中间的谁站在我眼前，我不能憎恶他们，不能呵骂他们。这就因为他们的恶的性格或丑的感情，愈是深锐的显露出来时，那藏在背后的更深更锐的活动着的他们的质素可爱的人间性，打动了我的缘故，引近了我的缘故。换一句话，便是愈玩菊池的作品，我便被唤醒了对于人间的爱的感情，而且不能不和他同吐 Here is also a man 这一句话了。

《三浦右卫门的最后》（*Miura Uemon no saigo*）见《无名作家的日记》（1918）中。

《报仇的话》（*Aru Katakiuchi no hanashi*）见《报恩的故事》（1918）中。

芥川龙之介

芥川龙之介（Akutagawa Riunosuke）生于一八九二年，也是东京大学英文学科的出身。田中纯评论他说："在芥川的作品上，可以看出他用了性格的全体，支配尽所用的材料的模样来。这事实便使我们起了这感觉，就是感得这作品是完成的。"他的作品所用的主题，最多的是希望已达之后的不安，或者正不安时的心情。他又多用旧材料，有时近于故事的翻译。但他的复述古事并不专是好奇，还有他的更深的根据：他想从含在这些材料里的古人的生活当中，寻出与自己的心情能够贴切的触著的或物，因此那些古代的故事经他改作之后，都注进新的生命去，便与现代人生出干系来了。他在小说集《烟草与恶魔》（1917）的序文上说明自己创作态度道：

> 材料是向来多从旧的东西里取来的。……但是材料即使有了，我如不能进到这材料里去，——便是材料与我的心情倘若不能贴切的合而为一，小说便写不成。勉强的写下去，就成功了支离灭裂的东西了。

> "说到著作着的时候的心情，与其说是造作着的气分，还不如说养育着的气分（更为适合）。人物也罢，事件也罢，他的本来的动法只是一个。我便这边那边的搜索着这只有一个的东西，一面写着。倘若这个寻不到的时候，那就再也不能前进了。再往前进，必定做出勉强的东西来了。

《鼻子》（*Hana*）见小说集《鼻》（1918）中，又登在罗马字小说集内。内道场供奉禅智和尚的长鼻子的事，是日本的旧传说。

《罗生门》（*RaShōmon*）也见前书，原来的出典是在平安朝的故事集《今昔物语》里。

工人绥惠略夫

[俄]阿尔志跋绥夫

译了《工人绥惠略夫》之后

阿尔志跋绥夫（M. Artsybashev）在一八七八年生于南俄的一个小都市；据系统和氏姓是鞑靼人，但在他血管里夹流着俄、法、乔具亚[1]（Georgia）、波兰的血液。他的父亲是退职军官；他的母亲是有名的波兰革命者科希丘什科（Kosciusko）的曾孙女，他三岁时便死去了，只将肺结核留给他做遗产。他因此常常生病，一九〇五年这病终于成实，没有全愈的希望了。

阿尔志跋绥夫少年时，进了一个乡下的中学一直到五年级；自己说：全不知道在那里做些甚么事。他从小喜欢绘画，便决计进了哈理珂夫[2]（Kharkov）绘画学校，这时候是十六岁。其时他很穷，住在污秽的屋角里而且挨饿，又缺钱去买最要紧的东西：颜料和麻布。他因为生计，便给小日报画些漫画，做点短论文和滑稽小说，这是他做文章的开头。

在绘画学校一年之后，阿尔志跋绥夫便到彼得堡，最初二年，做一个地方事务官的书记。一九〇一年，做了他第一篇的小说《都玛罗夫》（Pasha Tumarov），是显示俄国中学的黑暗的；此外又做了两篇短篇小说。这时他被密罗留皤夫（Miroljubov）赏识了，请他做他的杂志的副编辑，这事于他的生涯上发生了很大的影响：使他终于成了文人。

一九〇四年阿尔志跋绥夫又发表几篇短篇小说，如《旗手戈罗波夫》《狂人》《妻》《兰兑之死》等，而最末的一篇使他有名。一九

1　现译"格鲁吉亚"。——编者注
2　现译"哈尔科夫"。——编者注

〇五年发生革命了，他也许多时候专做他的事：无治的个人主义（Anarchistische Individualismus）的说教。他做成若干小说，都是驱使那革命的心理和典型做材料的，他自己以为最好的是《朝影》和《血迹》。这时候，他便得了文字之祸，受了死刑的判决，但俄国官宪，比欧洲文明国虽然黑暗，比亚洲文明国却文明多了，不久他们知道自己的错误，阿尔志跋绥夫无罪了。

此后，他便将那发生问题的有名的《赛宁》（Sanin）出了版。这小说的成就，还在做革命的故事之前，但此时才印成一本书籍。这书的中心思想，自然也是无治的个人主义或可以说个人的无治主义。赛宁的言行全表明人生的目的只在于获得个人的幸福与欢娱，此外生活上的欲求，全是虚伪。他对他的朋友说：

> 你说对于立宪的烦闷，比对于你自己生活的意义和趣味尤其多。我却不信。你的烦闷，并不在立宪问题，只在你自己的生活不能使你有趣罢了。我这样想。倘说不然，便是说诳。又告诉你，你的烦闷也不是因为生活的不满，只因为我的妹子理陀不爱你，这是真的。

他的烦闷既不在于政治，便怎样呢？赛宁说："我只知道一件事，我不愿生活于我有苦痛。所以应该满足了自然的欲求。"

赛宁这样实做了。

这所谓自然的欲求，是专指肉体的欲，于是阿尔志跋绥夫得了性欲描写的作家这一个称号，许多批评家也同声攻击起来了。

批评家的攻击，是以为他这书诱惑青年。而阿尔志跋绥夫的解辩，则以为"这一种典型，在纯粹的形态上虽然还新鲜而且希有，但这精神却寄宿在新俄国的各个新的，勇的，强的代表者之中"。

批评家以为一本《赛宁》，教俄国青年向堕落里走，其实是武断的。诗人的感觉，本来比寻常更其锐敏，所以阿尔志跋绥夫早在社会里觉到这一种倾向，做出《赛宁》来。人都知道，十九世纪末的俄国，思潮最为勃兴，中心是个人主义；这思潮渐渐酿成社会运动，终于现出一九〇五年的革命。约一年，这运动慢慢平静下去，俄国青年的性欲运动却显著起来了；但性欲本是生物的本能，所以便在社会运动时期，自然也参互在里面，只是失意之后社会运动熄了迹，这便格外显露罢了。阿尔志跋绥夫是诗人，所以在一九〇五年之前，已经写出一个以性欲为第一义的典型人物来。

这一种倾向，虽然可以说是人性的趋势，但总不免便是颓唐。赛宁的议论，也不过一个败绩的颓唐的强者的不圆满的辩解。阿尔志跋绥夫也知道，赛宁只是现代人的一面，于是又写出一个别一面的绥惠略夫来，而更为重要。他写给德国人毕拉特（A. Billard）的信里面说：

> 这故事，是显示着我的世界观的要素和我的最重要的观念。

阿尔志跋绥夫是主观的作家，所以赛宁和绥惠略夫的意见，便是他自己的意见。这些意见，在本书第一、四、五、九、十、十四章里说得很分明。

人是生物，生命便是第一义，改革者为了许多不幸者们，"将一生最宝贵的去做牺牲"，"为了共同事业跑到死里去"，只剩了一个绥惠略夫了。而绥惠略夫也只是偷活在追蹑里，包围过来的便是灭亡；这苦楚，不但与幸福者全不相通，便是与所谓"不幸者们"也全不相通，他们反帮了追蹑者来加迫害，欣幸他的死亡，而"在别一方面，也正如幸福者一般的糟蹋生活"。

绥惠略夫在这无路可走的境遇里，不能不寻出一条可走的道路来；他想了，对人的声明是第一章里和亚拉藉夫的闲谈，自心的交争是第十章里和梦幻的黑铁匠的辩论。他根据着"经验"，不得不对于托尔斯泰的无抵抗主义发生反抗，而且对于不幸者们也和对于幸福者一样的宣战了。

于是便成就了绥惠略夫对于社会的复仇。

阿尔志跋绥夫是俄国新兴文学典型的代表作家的一人，流派是写实主义，表现之深刻，在侪辈中称为达了极致。但我们在本书里，可以看出微微的传奇派色采来，这看他寄给毕拉特的信也明白：

> 真的，我的长发是很强的受了托尔斯泰的影响，我虽然没有赞同他的'勿抗恶'的主意。他只是艺术家这一面使我佩服，而且我也不能从我的作品的外形上，避去他的影响，陀思妥耶夫斯基（Dostojevski）和契诃夫（Tshekhov）也差不多是一样的事。雨果（Victor Hugo）和歌德（Goethe）也常在我眼前。这五个姓氏便是我的先生和我的文学的导师的姓氏。

> 我们这里时时有人说，我是受了尼采（Nietzsche）的影响的。这在我很诧异，极简单的理由，便是我并没有读过尼采。……于我更相近，更了解的是施蒂纳（Max Stirner）。

然而绥惠略夫却确乎显出尼采式的强者的色采来。他用了力量和意志的全副，终身战争，就是用了炸弹和手枪，反抗而且沦灭（Untergehen）。

阿尔志跋绥夫是厌世主义的作家，在思想黯淡的时节，做了这一本被绝望所包围的书。亚拉藉夫说是"愤激"，他不承认。但看这书中的人物，伟大如绥惠略夫和亚拉藉夫——他虽然不能坚持无抵抗主义，但终于为爱做了牺牲，——不消说了；便是其余的小人物，借此衬出不可救药的社会的，也仍然时时露出人性来，这流露，便是于无意中愈显出俄国人民的伟大。我们试在本国一搜索，恐怕除了帐幔后的老男女和小贩商人以外，很不容易见到别的人物；俄国有了，而阿尔志跋绥夫还感慨，所以这或者仍然是一部"愤激"的书。

这一篇，是从 S. Bugow und A. Billard 同译的《革命的故事》（*Revolutions-geschichten*）里译出的，除了几处不得已的地方，几乎是逐字译。我本来还没有翻译这书的力量，幸而得了我的朋友齐宗颐君给我许多指点和修正，这才居然脱稿了，我很感谢。

一九二一年四月十五日记。

工人绥惠略夫

正当那时候，有人在那里，将彼拉多使加利利人的血和他们的祭物，挽杂在一处的事，告诉耶稣。

耶稣回答说：你们以为这些加利利人比众加利利人更有罪，所以受这害么？

我告诉你们：不是；你们若不悔改，都要如此灭亡。

《路加福音》第十三章一至三

一

楼梯上面，当黄昏时候，从地下室一直到屋顶上，满包了黑暗不透明的烟雾；梯盘上的窗户，都消融在暗地里了。这时候，在一所住宅的前面，正有一个人拉那门铃。

粘粘的，用破烂蜡布包封着的门后边，旧铃便愤然的抽咽起来，许多时没有肯静，他的微细的死下去的哼声，宛然是一匹绊在蜘蛛网上的苍蝇，还在不住的诉说他悲惨的运命。

没有人到来，这人直挺挺的立着，正像一支桩。他的模样，在昏暗中间，越显得十分黑。一匹瘦猫，隐隐的溜下阑干来的，也不送给他一些注意，他立的有这样静。他总该有些古怪：如果是好好的快活的人，怀着坦然的心的，便不至于这样的立着。

楼梯上静而且冷了，在荒凉的昏暗里，起上一种霉气味的烟来；这时从地窖子到屋顶室都填满了脏的、病的、肚饿的和烂醉的人们的大杂居宅里发散的恶臭。越到上头，烟气便塞的越密，自己造成异样的黑影，忽然也便会浓厚到正像是一个人形。

远远地响着马车的轮声，闹着街道电车的铃声；从无底的坑的深处——从院子里——挤出急迫的苦恼的人声；但在上面却是死而且静。忽听得下面的房门合上了。轰的一声，楼梯口发了抖，应声便一直传到全宅。脚步声响了。人听得，似乎有人往上走，到梯盘又骤然转了弯，便一步跨过两级的走。待到脚步声已经走上最末的梯盘，在阴暗地里，就是嵌着窗户的所在，溜过一个黑影的时候，那站在门前的人，便向着他转动过去了。

"谁在那里呵？"来人不由的发一声喊，是吃惊不小的声音。

站在门前的人便锋利直截的问道，"这里有房子出租么？你也许知道？"

"哦！房子？……我委实不知道……我想，该有的。你拉铃就是！"

"我已经拉了。"

"阿，在我们这里是应该格外的拉的。你看，这样！"

他抓住门铃，用全力的一拉。铃并不先行颤动，便立刻发一声喊，却又忽地停止了，宛然一个装着蚕豆的马口铁筒，滚下阶梯去，就被墙壁挡住了似的。于是有些声响；从微开的门缝里，在黄色灯光的光线中，现出一个老女人的花白的头来。

"玛克希摩跋（Maksimova），这里有人问你的房子呢。"上来的人告诉说，是一个瘦而且长的大学生。他先向那空气又酸又湿，仿佛浴场的骷髅的前房一般的廊下的那边走。他也不再听老女人说什么，一径走过了堆着行李和挂着帐幔，那后面有什么正在蠢动的廊下，躲进他自己的屋子里去了。他放下物件，穿着畅开领口没有带子的红色的农家衣的时候，才又想到新来的客人，便问那老女人，恰恰捧着煮沸的撒摩跋尔[1]进来的，说：

"这个，玛克希摩跋，你的房子租去了么？"

"租去了，谢上帝，舍尔该·伊凡诺微支（Sergej lvanovitsh），六个卢布租去了。我想，倒是一个安静的客人。"

"怎见得呢？"

那老女人用白滞的将要失明的眼睛看定他，兜起了干枯的薄嘴唇说：

"六十五年以来，舍尔该·伊凡诺微支，我活在世界上，什么人都见过了。看的眼睛都要瞎了。"伊苦恼的插嘴说，又做了一个不平的手势。

大学生不由的看着伊的眼睛，想要说些话，却仍复咽住了，待伊走后，他便去敲着隔壁的门，叫道：

"喂，邻舍的先生，你可愿意喝一杯迁居的茶么，怎样？"

"很好。"一个锋利的声音回答说。

"那就请你这边来。"

大学生坐在桌旁，斟出两杯淡茶，拖近糖壶，向门口转过脸去。

进来了一个适中身材，瘦削的，极顶金色头发的青年。他这模样，引起人一种特别的印象，仿佛他不住的故意的总想使自己伸高，却要将头缩在肩胛里。

"尼古拉·绥惠略夫（Nikolai Shevyrjov）。"他用了刚健的分明说。

"亚拉藉夫（Aladjev）。"主人答应着，喜孜孜的微笑，去握他客人的手。

他全是农家风：带点拙笨的客气而且握的比通常更长久。这以外，看他弯弯的强壮的背，削下的肩头，长臂膊，阔大的手，以及

---

[1] Samovar，俄国特有的一种农具，金属制，可以生火煮茶。

长鼻准的侧脸，仿佛圣像似的，长着菲薄的下髭和剪圆的头发，正像普式珂夫²（Pskov）或诺夫戈洛³（Novgorod）的一个普通的农家少年，或者是一个木匠。他用了微带钝滞的喉音，响的极真切，但也很和气的说：

"好极，你请坐，我们喝茶，并且闲谈罢。"

绥惠略夫就了坐，他的举动又敏捷又坚定，但他的态度总还是板滞而且孤峭。

他的浅黑的钢铁色的眼睛，冷冰冰的不可测度的看。即使自己十分豁达的人，第一次走到毫不相知的处所，总不免带些拘谨的新鲜，但在他却并无这痕迹。亚拉藉夫一面看，一面想，觉得这绥惠略夫对于自己，以及对于藏在他秘密的精神的深处的特种东西，决不会无端的不忠实的。

——这小子倒有趣哩，他想。

但问道，"这个，你是——怎的呢？才到的么？"

"不错——今天刚从赫勒辛福斯⁴（Helsingfors）来的。"

"你的行李在那里呢？"

"行李我是全没有。只有……这样，一个枕头，一条被，一两本书。"

亚拉藉夫听到末后这句话，便格外注意而且高兴的看着客人。

"还有……如果我可以问……你本是什么职业呢？"

"你自然可以问……我是工人，是金属旋盘工。这一来，为的是寻点事，先前的工厂忽然关闭了。"

"那便是——无业了？"

"是的。"绥惠略夫回答说，在他声音上，带着异样的含混。

---

2 现译"普斯科夫"。——编者注
3 现译"诺夫哥罗德"。——编者注
4 现译"赫尔辛基"。——编者注

"目下所多的是无业，"亚拉藉夫关心的说，"目下在你是艰难的时候了。"

绥惠略夫漠然答道："什么时候总艰难。"他又用了警告的声口，补足说："不久便是那些人也要艰难，那些目下还轻松的。"

亚拉藉夫很觉新奇似的看着他。

——呀呀呀！他想，这小子也未必怎样干净。事情须得探出底细来。嘴脸也颇可疑呵。——

绥惠略夫对于主人的使了伶俐的农家式眼光，瞥到他脸上的一种特别表情，显然是已经觉得了，便低下头去看着杯子。

"……你是大学生呵，也有些甚么著作么？"他很快的说。

亚拉藉夫微微的红了脸。

"你何以这样想？就是我有著作的事？"

绥惠略夫毫不介意的微笑起来，而且这微笑，比他在故意的姿态时候，愉快得多了。

"这不难，"他解释说，"你壁上有文人的肖像，壁厨里是许多书，桌上是草稿，桌下是揉掉和撕掉的纸。人就知道了。"

亚拉藉夫也失笑，但更加注意的看住他的眼睛。

亚拉藉夫的眼色有些狡狯，然而终究脱不了农家式，可以看出他想弄狡狯来："不错，对的……但是你，据我看来，是一位善于观察的人。"

绥惠略夫不开口。

亚拉藉夫点起一枝大的纸烟，从烟气中，非常注意的研究这生客。

绥惠略夫端端正正坐着，并且不住的回转着拇指。在他外观上，总带些十分特别的什么，使他和常见的许多相貌，显出不同。亚拉藉夫的聪明的农家眼睛，又立刻发见了这特点：是不可测的隐蔽与深藏的熟虑的一串。还有全身的岩石般的不动，与虽然很微细却很迅速的拇指回转之间的对照，他也觉察了。而且他越加留心，也就越加锐利的觉得疑惑，对于这生客的无意识的交感与本能的尊敬，早已深深的潜伏在他的精神里面了。

他装作因为烟气似的睒一睒眼，又随便似的说，但口气却带着双关：

"探索的本领真是一种难得的才能呵……"

绥惠略夫没有便答；只是拇指转的更快了。看他模样，仿佛全不想要答话，但沉默一刻之后，他忽然抬起头，冷冷的看定了亚拉藉夫，微歪着嘴唇说：

"我懂得你了。"

"怎的？"亚拉藉夫不觉慌张起来。

"你费了力气，想盘查出，我是否一个侦探……不是的，请你放心罢。为什么……我强要同你谈天，而且也并非自己来到你这里的。"

"呵呀，这是说那里话呢。"亚拉藉夫着忙的插嘴说，却已经紫涨了脸。

绥惠略夫又微笑，决然的，他的面貌在微笑时候，全然换了样，很温和，而且几于娇柔了。

"不，怎么不然……这情形很明白……但假使我果真是侦探，我从你的诘问上，早已知道你何以害怕的底细了。"

亚拉藉夫不知所措的看了他许多时，于是摸着脖颈，笑吟吟的做了一个无可如何的手势。

"哪，你有理。是我错的。不用再争了罢……你自己知道，今天是怎么样的……但我并没有瞒。"

"我说是怕，你说的却是瞒。你总还藏着些什么。"

绥惠略夫微笑了。

亚拉藉夫张着眼睛只是想。

"唔……"他拖长了声音说。"然而，请你不要见气，你可以成就一个出色的侦探，一个应用心理学的。"

"能罢，"绥惠略夫正色的答话，但分明带了些懊恼。"你著作些什么呢？"他又发问，也显然竭力的要使谈话转过方向来。

亚拉藉夫红了脸，仿佛就被人在现犯当场捉住的一般。"是的——不错……我也才开手。两种小说已经印刷了……这关系，人也还称赞他。"他低下眼睛又装出毫不介意模样，添上了结末的话，但在他声音上，不知不觉的满带着稚气的得意的喜欢。

"我知道。我已经读过了。先前没有想到，现在记起你的名字来了。你写的是农民生活，我记得的。"

主客都沉默了一会。绥惠略夫屹然不动的注视着茶杯，并且很快的，仅能看出的，转动他搁在膝上的手的拇指。亚拉藉夫很兴奋。他极有探听绥惠略夫对于他的小说以为何如的意思。他自己十分相信，这并非着已有教育的读者而作，却直接了工人和农民做的。他张开几次口，但终于没有决心。他于是点起一枝纸烟，轮一轮眼，很注意的看着火，但当他将吸之先，却用了做出来的不介意问道：

"这个，我的东西，能中你的意么？"

"怎么不中意，"绥惠略夫说，"这写得十分有力……很有味！"

亚拉藉夫红了脸，而且终于不能按住，教自己不露出孩子气的笑影来。

"只是你将人们过于理想化了。"绥惠略夫加添说。

亚拉藉夫热心的问道："这怎讲呢？"

"倘若我没有错，你是从这一个立脚点出发的，就是只要有健全的理性与明白的判断力，便不会有一个恶人。就是单是表面上的可以去掉的环境，妨害着人的为善。我不信这事。人是从天性便可恶的。正反对，倒是不利的环境决不可少，因为借此可以造出一两个……但只是极少的……好人。"

亚拉藉夫很气恼。这正是他的伤处；他一切将来的著作的根柢都在这上面，而且他又坚固又简单，并不搜求证据，只相信自己的理想，宛然那农民的对于上帝似的。

他叫道："你说什么？"

绥惠略夫用铁一般的镇定回答说，"我这样想。我是一个工人，知道的很清楚。"

在他声音里，颤抖着竭力捺住的，伤心的苦楚，这忽然使亚拉藉夫发了不忍的心了。

"你大约过的是很艰难的生活……所以使你这样愤激了，但你不能相信你的主意。这是，还请你见恕，要成为憎恶人类的！"

"我不惧惮这话，"他冷冷的答，"我实在憎恶人类，但你所谓什么愤激的，我却称作经验。"

"什么经验呢？"

"看真理，就是人类想要竭力掩饰的。"

"人类如果都一样，何必又要掩饰他？而且你对于真理，又怎么解释呢？"

"真理应该抹煞，以便这一部份人能够依靠别一部份人而生活。这是最通常的诬骗……真理是，人的一切欲望，全不过猛兽本能。"

"你说甚么，一切！"亚拉藉夫愤然叫喊说，"爱也是，自己牺牲也是，同情也是？"

"我不信那些事。那些只是一个盖子，借此遮掩丑态，以及抑制那能使各种生活为难的掠夺本能的罢了。人的理想的产物，并不是人的天性……是练就的东西！……倘使爱——当然不是男女的爱——同情与无我，在我们真是天禀，正如掠夺的动力一般，我们现在便该有基督教的共和制占了资本主义的位置，饱汉也不会旁观，看那肚饿的人怎样死，也不该有主人和奴仆，因为大家都互相牺牲，大家都平等了。然而我们统没有。"

亚拉藉夫激昂的跳起身，运着沉重的脚步，仿佛跨过了掘起的土块，跟在锄犁后面似的，只在屋子里转。

"在人类里面存着两样原素[5]——用了我们的神秘论者的话来说，那便是神的和魔的，进步便只是这两样原素的战争，并不如你……"

"我想，倘使这两样原素，各取了纯粹的形状，以相等的分量含在人类的天性中，人生便不会有现在这样可厌……决不这样了……这只是生存竞争所发明的警句，正如发明了汽机电话和医术一般。"

"也好……就是了……然而人类究竟有他的心灵能受影响的资质——你何以不信这原素对于猛兽本能的最后的胜利呢？用理想贯彻人生，固然迟缓，然而确实的，而且一到他得了胜，使人类的权利全都平等的时候……"

"永不会有这等事——"绥惠略夫冷冷的答，"生活也就跟着这进步以相等的分量复杂起来了……生存竞争是一条定律，他不会比生存更早的收场。"

"你也不信生活状态的改良么？"

"革新是——信的，但改良——却不。"

"这又怎么说呢？"

"人的幸不幸，并不因为有善或恶加在他的身上，却因为他生来带着感受苦恼或欢喜的机能。假使石器时代的人能在梦中看见我们的世界，他们会以为是地上的天国，而我们现在正活在他们的梦中，即使并没有比他们更加不幸，却也不过如此……我不信黄金时代。"

"哪，你可知道，"亚拉藉夫禁不住栗然的说，"这实在是恶魔一般的不信仰哩，请你宽恕，我却不能拟议你自己真是这样想……"

"可惜，——"绥惠略夫冷冷的微笑。

---

5 现代汉语常用"元素"。——编者注

"哪，多谢，这实在可怕。"

"我也并不说这是好的。"

亚拉藉夫没有话，并且用正直的同情注视着对手。此时他知道那眼光的明亮与冷峭的来由，可怕的镇静的来由了。在这人的精神里，所有的不外乎黑暗与荒凉。或者还有剧烈的烦恼与报复，但只剩着非人格的报复罢了。

绥惠略夫又急急的转着拇指，一面想，一面站起身。

"再见，"他说，"我为了旅行还很倦……我也从没有说话到这么多……"

亚拉藉夫沉思着，对他握了手。但绥惠略夫刚开门，他又慌忙问道：

"唉，你说罢……你真是工人么？"

绥惠略夫微笑："这还有什么诧异呢？自然的。"

他便走出，随手紧紧的转上了门的关键。

亚拉藉夫还只是在房里面往来，闷闷的吸着纸烟，思想不断的争斗着。现在，他的对手已经沉默了，便仿佛觉得他自己的辩论无可攻难，又渐渐入了梦。未来的生活立刻结成一个恍惚的然而光明的幻景，在他面前涌现起来了。

在他眼前，涌出原野森林和村落的一望无边的形象，惨淡，悲凉而且困穷，一群伟大坚忍的人民，便在这无边中，静静的藏着单纯的，未来的正当的生活的真理。

亚拉藉夫要写出些极有力量的事：将那由伟大的内部的理想所结束的，弥满着力量与真理的全图，凡有什么使他苦恼和喜欢的，都悉数的倾注。他的头发了热，眼里涌出泪来；这事似乎已在目前而且可以把握了，但他的"没有力量"这一个震动的意识，又超过了他的精神。

"我怎么会这样了。"

他苦苦的叹息，又退一步想，宽解自己的心：

"好，是了，即使不是我，也有别人。我就做我的事！"

他暂时还在房里面站着，惘惘的抬起湿润的眼睛来，注视在托尔斯泰的肖像，那正在墙上锐利的透彻的回看着他的。

他于是在蒙着报纸的写字桌上搁下纸烟和灯，欠伸了身体，就了坐。

他坐的很长久，几乎要到早晨，不停的写去。

他充满了爱与热情的描写，农民们，怎样的为了他的确信而受刑、死、质朴、无言，不因此做出一点英雄举动，不等候震荡心神的赞美歌，一齐而且沉静，仿佛明白了什么事，为别人所未经知道似的。纸烟的烟气慢慢积成浓云，绕着灯上升，消失在昏暗里。全宅中一切都沉默，只有黑夜从窗户窥探进来。人大约很不容易想到，这死一般的黑暗单是假象，有些地方的房屋和屋顶后面的大道上却照耀着几千活火，盘旋过许多匆忙的饶舌的行人，饭店大开，舞蹈场上闪着袒露的肩膀，戏园里响着美音；大家谈天、爱恋、生存竞争、生存享乐与死亡。

墙壁后面，在坚硬的卧榻上，挺然的躺着绥惠略夫，他的冷峭圆睁的眼睛带着不挠的表情在黑暗里瞥动。

二

绥惠略夫房里唯一的窗门正对着一堵墙壁，上面是一条灰色的天空，被煤污的几个烟囱划了界。这房有一副特别的情形：因为只是完全的空壁，所以显得格外的明亮和寒冷，地板上看不出纤尘，桌上没有书籍，倘使里面并无绥惠略夫，那随随便便的并不靠了窗口或桌子，却坐在通到邻室的阖着的门前的在那里，人就不见得相信，在这里有谁居住了。

挺直的不动的只用手指轻轻的敲着膝头，绥惠略夫背向着门，坐在自己放定的唯一的椅子上。他的眼睛毫无关心的看，仿佛只是机械的在那里研究卧床的位置，但便是仅能觉察的举动，每一声他都感应，人就知道，他对于这家里一切的事，无不十分留心的听着了。他先听得，亚拉藉夫怎样喝茶，于是往外走；他又继续下去，倾听远地的声音，就是给他以微弱模糊的，在他周围所活动的那些惨淡的生活的报告。

他背向坐着的门后面，住着——这是绥惠略夫早知道了——一个盛年的质朴的而且略略耳聋的缝女。他所以猜到的，就在伊的鲜活的声音，缝纫机的静静的响动，老主妇对伊谴责时候的母亲模样的口吻，以及伊用了柔顺的、动人的无靠的声音不住的发问道："怎样呢？"

远到廊下，帐幔的后边，两个老人钻在破烂布片的山里面，正如腐肉里的蛆虫，又总在絮絮的低声说些话。这老人们窃窃的密谈，似乎搅起一种不安的事件似的，讨厌的在寂静中作响。

有一回，房主妇来到绥惠略夫这里，是一个瘦削的老女人，长着一双昏暗的、无光的眼睛。绥惠略夫给伊房租，伊将钱看了许多时，又伸出干枯的指头来摸索。

"瞎了……"伊用了悲哀的安静说。后来，绥惠略夫听到，伊如何送钱给缝女看，以及那缝女发出银一般清脆的高声，也如一切聋人不知道别人容易听到的一样，回答说：

"这对的，对的，玛克希摩跋！"

绥惠略夫这样的坐了三小时，位置也一回没有变换，只是他的手指却愈动愈快了。他小心的庄重的大约有一个目的，领略着这一切毫无颜色的声音，这就是没有言语的穷乏与可怜的生活。

于是他急忙站起身，穿上外套出去了。

三

绥惠略夫立在工厂的院子里，从嵌着铁格子的大窗口向机器房里窥看。

那地方，在内部，呼呼的轧轧的响。连着玻璃窗也微微的颤动。周围的窗口虽然也的确向里面射进许多光去，但在空院里，上面是又高又爽的自由的天，因此做成这印象，仿佛内部是永久的昏暗所统辖了。人看见，锁链怎样的鬼物似的上上下下的爬，蓄力轮怎样的风潮一般，然而似乎不出声的往来的飞，以及无穷的革带只是向暗地里走去。一切都回旋、辗转、匆遽，只是几于见不到人。间或在乌黑的冷光的怪物中间，看到一个苍白的人脸，长着死尸一般眼睛，但即刻又消失在充满着喧嚣与摇动的昏暗里了。这可怕的喧嚣似乎一刻一刻的强盛起来，但又只是一样的沉重和单调。尘封的窗玻璃又使一切都成为失了声色的东西，平坦而且灰白，宛然影在一个大电影的布幕上。

紧靠着窗边，在用了强直的敏捷而走动着的杠杆、圆轮，以及干棒的背景上，一个钢铁做的小小的精巧的希奇东西，用了冲击的急速的运动，挨着一个黄铜盘子极猛的旋转着，从他锋利的铁牙齿里，落下金闪闪的细屑来。

在那东西上面，摇动着一个弯曲的人脊梁；两只污染的大手这边那边的动。

这摇动又整齐又单调，而且很惹眼的顺着那小机器的运动。

便在这希奇东西上，注定了绥惠略夫的注意的眼光。正是像这样的一个旋盘，在这后面，他曾经满抱了不能达到的希望，工作过来，在这后面，他一日复一日的，从早到晚，站立过五个长年了。只站着，无论是健康或是疾病，悲哀或是喜欢，被爱或是恼着他的精神牵引他去的那一个可怕的思想。

倘使此时有谁看见绥惠略夫的眼睛，他就要对于那特别的表情觉得惊异：这已经不像平常一样，明亮而且冷峭了；里面却闪出真实的柔和的悲哀，其间又极锐利的炎上了无可和解的铁一般的憎恶。这时他的嘴唇也颤动了，但不知道，——是微笑呢，还是不出声的对自己说些什么呢？

他这样的站了许多时，便突然换过方向，仿佛奉了号令似的，用了稳实的脚步走去了。

"帐房在那里呢？"他问在路上遇到的第一个工人说。

"那边。第二个门，"工人回答说，并且站住了。"报名么？谁都不收了。"他又一半同情一半快意的补足了话而且微笑，同时在他菲薄的青嘴唇下，露出黑人一般白的又阔大又贫相的牙齿来。

绥惠略夫正注视在他的脸上，似乎要说："——早知道了……"他推开门，跨进帐房里。里面已经等候着十来个人，都坐在两个高的白刷的窗底下。当这明亮的背景之前，人只能看见黑影，在一个光滑的秃头上，闪烁着青灰色的光点，仿佛照着死人的头颅。这些面目模糊的影子一时都转向绥惠略夫了，但又便沉沦在照旧的坚忍的等候里。绥惠略夫挺直的站在门口。

寂静了许多时。通到内面的门终于呀的开开了。一个肥胖短脖子的人匆匆的进到帐房里。

"尼珂颇罗夫（Niko Phorov），惩罚簿！"他用了自负的轩昂的声口命令说。

书记便放下笔，向蓝簿子堆里搜寻起来。这时平坦的影子们，当这工头进来的时候，早经站起来了的，便从各方面移动过去，一时都围住他。穿旧的上衣，有洞的小帽，肮脏的鞋，苍白的脸带着饥饿的眼睛和垂下的骨出的臂膊都出现在光亮里了。

"工头先生！"几个枯燥的声音一齐说。

那胖子又莽撞又忿怒的从书记手里掣过簿子，向他们转过脸去。

"又来！"他发出不自然的高声说，"外面贴着布告咧！喂！"

"请你容许几句禀告。"一个年老的人略略前进，想缓和这工头的口风。

"还禀告什么！没有工作——完了。没有事……便是我们也就要停工。明白的很！"

暂时之间众人都没有话，似乎挛缩起来了，但那老人又流着眼泪，吐出发抖的声音说：

"我们也知道……自然的，倘若没有工作……那有这许多工作呢。可是支持不住了……我们饿死……但只要我们能够向技师普斯多复多夫（Pustovojtov）说……这位先生前回应许过我们，查查看的……可不……"

他的发光的饥饿的眼睛充满了求恳和忧虑，注视着工头。

"不行！"这人忽然暴怒起来，打断了他的话。

"菲陀尔·凯罗微支（Fjodor Kariovitsh）……"老人还是执意的求恳，仿佛没有听到似的。

"我对你们说过一百回了，"工头发出很带德国腔调的声音说，这是先前所没有听到过的，但却不很响，"技师管不着这些事！"

"但是这位先生……"

"这人现在并不在工厂里。"德国人遮住了他的话，转过身去。

"怎会呢，这位先生的马车现停在门外哩……"一堆人里面的一个注意说。

工头忽然转向这面，脸上现出阴忍的愤怒来。

"那么……停着就是！这于你们更好咧！"他嘲笑的说，并且又向门走近一步去了。

"菲陀尔·凯罗微支！"老人赶忙叫喊，又显出一种举动，仿佛要跟着他走去一般。

德国人将眼光注在老人的脸上一刹时，说在他的脸上，或者不如说在秃头上。

"总之你……"他缓缓的快意似的说，"用不着到这里来。你算什么工人呢？"

"菲陀尔·凯罗微支，"老人绝望的叫道，"你开恩罢……便是我……我却也总是好好的做过的呵。"

"早是这样，现在也这样，"工头用了做作出来的安闲说，"已经老了，兄弟，静养的时候了……最好不要再来，无谓了！"

他捏住了门的把手。

"你开恩罢，我是……"

然而房门合上了，老人的话只撞在黄色的类似嘲笑的墙壁上，返应过来，老人站住，撑开了臂膊只向周围看，仿佛他想说：

"哪，好……这怎么办呢？"

忽而全班都胡乱盖上帽子，向外走去。

但他们又并不走散，却像一群家畜似的，都头向着里挤在门口，大约多数是再也没有目的，教他能往那里走，只是无可措手的迷迷惑惑的惘惘的看他自己的脚，一个人点起一枝纸烟来，别人的眼光便都很留意的跟着他看。这揉损了的纸烟许久没有吸成。

"你不要正站在风头上。"一个人和气的注意说。

"唉……算了……"那吸烟的突然发喊，用了全力将纸烟向墙壁摔去，于是站着，似乎自己再不知道怎样才是。

"喂，怎么办呢……我是三天没有吃了……"一个苍白颜色的少年喃喃的说，又无端的微笑，仿佛等候着对于这说了的滑稽降下喝采来。

"第四天也没得吃哩！"那一个想吸纸烟的，毫不为奇的回报说。

这时从别的门口里，用着高雅的快步走出了一个绝顶金色头发的绅士，一口翘起的茂密的胡须。他一出现，一堆的工人就起了一种莫名其妙的动摇，他们神经兴奋的痉挛起来了，前走了两三步重复站住，只有那老人拉下帽子，露出他髊髊的秃头。技师的庄严的脸上便浮出淡淡的阴影来。他仿佛想要说话，但只是两肩一耸，很气忿的向上看，就怒吼道：

"斯退方（Stefan）！这边！又见鬼！……"

带子上有一个时表的胖马夫便将马带到门口，技师匆忙敏捷的跳上马车的踏台，便坐在吱吱发响的皮垫上。深黄色的快马只一窜，便走动了：明晃晃的鬃毛发着闪光，胶皮轮旋了一个软软的半圆，于是马车就轻轻的出了工厂的大门。那车还在亮光下闪烁一回，便不见了。

工人们也各各走散了。

绥惠略夫走得最后。他两手都插在衣袋里。动了身，将头仰的很高，急急的向街的那边走。

在秋天的水一般清澄的日光里，这大都会比平常愈显得污秽与寒冷。直如箭的潮湿的街道都罩在带青的烟雾底下，一直那边，是人，马，房屋与路灯都融成一片浑浊的深蓝，像浮在空中一般，鬼怪似的闪着海军部谯楼的细瘦的金色的尖顶。

四

地窖子的饭店里，是绥惠略夫吃午餐的地方，喧嚷起来了，淡巴菰烟，汗和饼饵的蒸气的混合物，团成一种浓厚的粘气，人们都宛然在烟瘴里面似的消没在这中间。

绥惠略夫坐在窗下，窗前是成串的人腿来来往往的走，他将肘弯竖在油透的桌布上，随便看着邻室，淡巴菰烟里正有一些黑影，围住了摇摆的弹子台在那里动摇。枯裂的失声，大声的笑和骂詈，都从那边响亮过来。邻近的桌旁坐着一伙快活的鞋工。他们里面的一人，是瘦削的少年长着一副很不自爱的相貌，耳朵上带着耳环的，正在揶揄一个老实的农夫，竭力的想凑别人的趣，农夫却将无思无虑的有趣的眼看着他的嘴唇。少年哄骗他，热心的骗，愉快到咽唾，有时连自己也忍不住了，便非常得意的拍着膝盖，回过来向大家说，声音里满带着喜欢：

"这可真是一个呆子呵，弟兄们！我没有底的诳他，我没有底的诳他呵，他都信了！……他实在都相信呢，弟兄们！"

农夫惶窘似的微笑，做一个撩开的手势，转过脸去了，但那带耳环的少年又将胸脯靠着桌子，大张了嘴，重新得意洋洋的说起来：

"起初，我住在班沙（Pensa）的时候……"

农夫一悚，便又伸出脖子来，将眼光极驯良的移在说话的人的唇上。

店门不绝的开合，同时也不绝的加添了新客和烟雾，那些诅骂的声音，从外面来的，从扶梯那边来的都已经可以听到了。

黄昏只是深，烟雾只是密，低的顶篷底下的喧嚣是沉重的塞着。喧嚣、臭味、烟气、人和诅骂都纠结成了大山压着一般的污秽的一团，人早不能从中一一分清了。

在绥惠略夫坐定的这桌子旁边，不一刻就坐下一个瘦的长脖颈的人来，生得一副极暗色极紧张的脸。他外观始终是非常之兴奋。他忽而将头支在手上，忽而偏看周围或者连全身都向各处旋转过去，又在所有的衣袋里摸索，但寻不出什么东西来。他几次的看着绥惠略夫似乎想说话，然而没有敢，绥惠略夫早觉得了，却只是冷冷的看，并不招呼他。终于，当那带耳环的少年用了特别的奇警的想头，引工人们发出雷一般哄笑以及使那轻信的农夫陷入没法的窘况的时候，这长颈子的人便转向绥惠略夫，拘谨的微笑着，指那少年说：

"这大约也是游行者⁶罢!"

"是的……"绥惠略夫不甚愿意似的回答说。

长颈子的转过身来,仿佛就只是等着这一点,便正对了绥惠略夫,并且带着一种相貌,像要落在水里似的,说:

"朋友,你也是我辈中的,是……一个工人?"

"是的。"绥惠略夫依然极短的答。

长颈的人全身痉挛起来了。

"你听呵,我想请求你……我才三天呢,自从我到这都会以来……你可知道,我怎样可以寻点事做呢……我是铁匠……怎样?"

他的眼睛恳求的看定绥惠略夫,他的脸仍旧留着先前一样的紧张模样。

绥惠略夫沉默了一会。

"我不知道,"他对答说,"我自己也没有事做,寻不出工作……市面萧条。这都会里现有一两万无业的人哩……"

紧张着脸的人注视绥惠略夫,半开着他的嘴。于是他的脸变化了,渐渐苍白起来,瘫痪起来,忽地现出纯朴的无法的绝望的表情了。他将脊梁靠在椅背上,没有希望的摊一摊手。

"你怎么到这里来?"绥惠略夫突然发出质问,几乎是生气了。"你竟没有先想到,这里都正在饿倒么?你还是在原地方好。"

这人又将手一摊。

"这不行……上了黑簿子⁷我才停了工作的……我在那里还能做什么呢?"

"什么缘故?"绥惠略夫毫不介意的问。

"这样的。同盟罢工了,我是被伙伴选出的代表……那时倒也

---

6 一种流浪的人民,游行全国,随地作工觅食。

7 认为犯罪的人的名单。

没有敢照规则办,现在可是,到了平静之后,他们却又想起来了。哪,——出去!"

"你在那里做工呢?"

"在矿山里……当一个铁匠。"

"你不是代表么?……那么,你的伙伴怎不为你号召呢?"

绥惠略夫用了非常特别的峻烈的声音追问着,但一面又注意的向旁边倾听那带耳环的少年的新诳语。

铁匠诧异似的看着绥惠略夫。

"号召能有什么用呢!……开到了三连的兵,又架起一台机关枪……这就完了!"

"你预先没有料到,这事会这样的收场么?……"

"这是……我们就期望着将来……暂时的事我自然也料到。"

"那么你又何以合在一起呢?"

"这是……——怎的——何以么?伙伴推举了我……"

"你用不着承认。"绥惠略夫回答说,那冷淡的眼光却愈加向着旁边。

"唔,那算什么!……倘使大家做起来,那就怎样呢?"

"但大家不是都给机关枪镇住了么?"

"这又该作别论的……送死,——没有这么简单。人们都有家眷、女人、孩子。"

"你没有结婚罢?"

铁匠一耸,低下眼光去,摸着前额低声回答说:

"有母亲……"

他便住了口,向屋角里看;他此刻大约也正听那带耳环的轻薄少年了:

"于是技师想要将他的女儿给我做老婆,我可是谢绝了。"

"这为什么缘～～～故呢?"农夫同情的问,但已经有些疑心,又将好奇的眼光注在少年的唇上。

"就为这个,我的爱,就为了我是工人,是下等人,伊是阔人哪。自然,我也喜欢伊的,——很喜欢,——可是这样,终于没有要。辞行的时候,伊自己送给我香宾酒,还说:'我非常尊敬你,耶里赛尔·伊凡尼支(Jelisar lvanitsh),要永远挂念你哩。'哪,于是……伊送我一个金戒指……再好没有的。"

"后来?"农夫愈加凑近身子去。

"唔,还有什么呢?这戒指我现在还在……五个卢布押在质库里了。我现在恰巧精光,将来我总要赎出他,带上他……这该的,——何消说得,是一个表记哩!"

"讲些什么给你们罢,孩子们!"少年忽然转了向,完全变换了声音对别的旁听的人说,"我在班沙,在一个英国人的工厂里做工,招牌是摩理思[8]兄弟。这才像样呢,弟兄们!没有罚,害病不扣钱,工人们住的是石造房子带家具……唔,简直是,我好像进了天国了……这老英国人自己是,对人总是称您,总是拉手,简直一个朋友……不像我们这里似的,不的,这可以说,将人的生活给了工人了,而且……"

"哪,胡说够了,"农夫忽然发了怒,一摆手做出一个醒悟的手势。"只乱谈,连自己也不知道说什么……我笨驴,还听着……"

"有上帝在,这是真的!"少年用了诚实的确信立誓说。

"唉,你——你!"农夫愈加气忿了。"说大话。——呸,鬼!"

他愤愤的起立。走到屋角,被侮似的独自絮叨着,在那里捏一枝纸烟。

铁匠极速的向绥惠略夫弯过身来,对他低声说:

8　William Morris(1834—1896),英国有名的文人,主张劳动的艺术化,曾经创办摩理思公司。又拟设圣乔治工舍,实行共产生活,没有成。这里所说,大约只是隐射他的两件事。

"是六月里离的家……恐怕老年人已经饿死了……"他的黑色的脸痉挛起来了。"是的,如果一定,寻不到工作,还有什么别的呢……从桥上到水里……"他将肘弯竖在桌上,手指都埋在蓬松的头发中间。

"呆气。"

"别的还有什么呢?"铁匠暂时抬起头,"饿死么,怎样?"

绥惠略夫平静的恶意的微笑。

"人说,淹死的死最是怕人。倒毙在饥饿里也许较好罢……"

铁匠在黑脸上睁着眼睛,向绥惠略夫只是疑问的看。

"你投下水里去,会有什么表示出来呢?……减少一个饥饿的人,他们倒反好……"

"那怎么样呢?"

"你还是寻工作去,如果你不能翻出更好的事来。"绥惠略夫推开说。铁匠现出了绝望的神情。

"我寻了六个月了……什么地方都不肯收,因为我是一个'关系政治的'!……在火房子里过夜,时常整三天没有食吃……即使我现在真得到工作,我也怕再没有力气了。前天我去募化,我已经到了这地步了。"

"什么?"

"这很明白……讨饭,没有别的……走过了一个太太,我就求乞了……"

"伊给了甚么呢?"

"没有。说,伊没有零碎钱……"

绥惠略夫将手搁在桌上,又用指头敲打起来了。铁匠又热心又失望的看着这旋转的神经性的运动。周围是哄笑,喧嚷与诅咒,弹子房里响着弹子相撞的钝声,有一个,确是打坏了,发出一种声音,像汽车走在远地里似的,在台布面上滚。带耳环的少年也移到弹子房里去了，人从那边听到他得意的声音。窗下也照旧，人腿往来的走。人觉得，在这窗边故意来往的，只是同一的这些人：过去仍复回来，在房角后站立一会，于是又跑过去了。

"就是了，但你为了这故事至少也赢得一点东西罢？"绥惠略夫问。

"确的！"铁匠大声说。

在他的黑的失望的脸上，显出一副闪电的变化来：眼睛发了光，昂起头，先前的紧张的表情，涨满在瘦长的全身的姿态上了。

"我们是，你知道，在矿山做事的。那委实是毫无智识的群众呵。固然也没有别的法。整日里，从早晨五点到晚上八点都在地底下的。夜间跑到屋子里，吃，睡……到四点钟又早吹着起床的叫子了。灰尘，潮湿，伤风，又常常是爆发……我们的矿里爆发过两回：一回死了十八个人，又一回是二百八十二个……监狱里面似的生活……倘将一个矿工送往西伯利亚去，他要觉得那边好到百倍哩！不消说得，这些人们也是胡涂而且麻木要到绝顶。只有在我们这板棚的工人——有教育的——是一个有智识的团体。一切都有组织。我们也是开首的唯一的主动的人……这不是容易的事呵。角角落落都有侦探。极微末的小事也都报给技师；伊凡诺夫（Ivanov），彼得罗夫（Petrov）以及别的某人，全都相信不得。这之后，二十四小时之内，就——开除了……鼓动是非常之难……但我们终于在我们的板棚里活动了。"

铁匠很有精神的轩昂的微笑。

人就可以领会了，他在这所谓"活动"上费去了多少人间以上的劳力，当他才能目睹那第一次成功的时候，他经历了多少的危难，苦痛和忧愁。

绥惠略夫留心的看他。

"我们都争到了；规定了工人的代理法、集合权、居住问题，改良了病院，赶走了老耄的医生……那是一匹畜生……我们设起图书馆来，将我辈中的一个放在里面。"

"因此枪毙了许多人罢？"绥惠略夫外观上很漠然的插口说。

"不，那时倒也通过去了……兵是在的，但人还没有教开枪。那时还有些惧惮呢……到后来，总是……"

铁匠做一个失望的手势，轩昂的表情渐渐从他瘦的黑脸上消去了。

"照例的，黑百人团⁹ 进来了……起了分裂了，于是监督这边，一觉察到一切全都分崩，便立刻利用了这机会放手做……我们的代表们都逐出了委员部，他们的位置上都摆上黑百人团和工头，委员部的同人下了狱，图书馆解散了……"

"他们却只是静静的瞪着眼看么？"

"我们当代表的几乎全下了狱。"

"不是说代表，是工人们自己……你们所运动起来的那些人？"

"哦……我先前说过，坑口前面架起了机关枪。"

"阿。是的……机关枪……"绥惠略夫用模胡的表情拖长了他的声音。

铁匠沉默了一会；他的脸更加痉挛了。

"你知道……他们怎么做，只有上帝明白罢了，什么都做出来，皮鞭、枪毙、强奸女人……最苦的是委员部的同人……我还算好，因为我是归在第一批里拘留起来的……别人被捕便不是这样了……我们的图书管理员被一个可萨克兵系在马鞍上，飞跑着猎进城去，两条臂膊是反绑的，倘他站住，他的臂膊便要扭断。他跌在泥淖里，又在地面上拖……后面又驰着一个别的可萨克兵，用矛尽刺，逼他走！这豺狼！……许多人哭了，见他这模样的时候……"

"哦，原来，哭了！"绥惠略夫复述的说。

在他冰冷的声音里，响出一种狞猛的无可调和的轻蔑来。他的

9　即那时自称为"真正俄人团体"的团员，常助政府压迫改革者。

脸虽然照常一般平稳，他的指头敲着桌面却愈快了。

铁匠分明省悟了，因为他的眼睛发了光。

"是的，哭了……而且还要哭下去……但在眼泪里是混着血的。"

他擎起手来，将黑的手指一旋转。他的脸全都痉挛，似乎他的精神在阴惨的激昂里紧张起来了。

绥惠略夫冷冷的微笑。

"你们将你们的血泪估得太贱了。"他轻蔑的撇开说。

"无论贵呢贱呢，报仇是不会干休的！"铁匠用了岩石一般的，几乎发狂似的确信回答说。

"这不会干休么？……什么时候呢？……倘若你们饿的倒毙了？"

铁匠吃惊的看着绥惠略夫的眼，在生着一对闪闪的空想的眼睛的，瘦损的黑脸上，现出剧烈的交战的痕迹来。不少时候，他们眼对眼的看。绥惠略夫没有动。铁匠低下眼去，他的瘦长身子松懈了，将头支在手上，执意的答道：

"且即使……在比较上我的生命也有什么价值呢……"

"不，没有价值！"绥惠略夫苛刻的截住了话，立起身来。

铁匠急忙抬头，还想说些话，但又便低下去了。

"哈，这成了醉死鬼了！"有人在旁边的桌上叫唤说，又喷出酩酊的粗犷的笑声。

绥惠略夫立了片时，沉思着，动着嘴唇，然而没有说，只是微微的苦笑，高仰着头走出门外去了。

黑铁匠没有抬起脸来。

五

广的，直的眼界径展开去，寒冷的天空罩在上头，一直到蔚蓝的远地里，眼力所到的处所，只见得黝暗的斑斓的泼剌的人山忙着前进、聚集、拥挤和相撞，被马车的无尽的长列与市街电车的铁道截作两堆，没有一刻显得他们的增多或是减少。

房屋都华美，商品展览窗是宽大而且有光，市街电车的柱子与街灯都又淡雅又优美。便是这天空底下的空气与日光也显得格外澄明。呼吸比在空地里更觉得轻快，血液也活泼泼地在脉管里奔流。

在绥惠略夫的前面，后面以及两旁，满塞着无穷的人链子带着很活泼的，正过佳节似的相貌。各方面都发出笑声、语声、丝绸摩擦声，而在所有纠结起来的喧嚣上面，又浮出了街道电车的铃号，与软软的，忽而水波似的轩举了，却又低下去的马车的轮声。

绥惠略夫将手埋在衣袋里，高仰了他的头。

他面前踱着一个胖大的绅士，斜戴了帽子，玫瑰色的折迭的颈子上，横着柔软的保养得法的皱襞。他的步调又稳当又轻捷，带着棕色手套的手里挥着一枝散步的手杖。

摆在短短的玫瑰颈子上的头颅毫无顾忌的向各处回旋，看到女人便尤其兴会淋漓的赏鉴。大约是，他该是刚才吃过午餐，于是来吸些新鲜空气，使他满足的兴味更加得到愉快，并且饱看标致女人的脸，借此扒搔他因为吃饭而兴奋的神经。

绥惠略夫许多时没有觉到他，但那玫瑰颈子执意的摆在他眼前而且那享福的脖子的皱纹又只是每一步懒懒的颤动。于是他的沉重的严酷的眼光终于钉住他了。

绥惠略夫的眼光里，忽然现出一种严重的、冥顽的思想来；他在这颈子的后面走。一群女人遮了绥惠略夫的路，他虽然全是机械的，却急忙闪开，撞了一个军官，但仍然走，也不理会那大声的骂着"昏东西"，只是跟定了玫瑰色的颈子，缓缓的，固执的，不舍的。

在他明亮的眼睛里，异样的险恶的表情愈加紧张起来了；一种决不宽容的力，透彻到极分明的横在中间了。

倘使玫瑰颈子的胖绅士回过脸来，看见这冰冷的眼光，料他便要钻进人丛，挤在他们活的堆子里，并且绝望的现出苦相呼救了。

绥惠略夫的思想用了发狂一般的速度在炽热的脑里回旋，愈回旋范围便愈狭隘了，终于将非常沉重的愤怒集中在玫瑰色的颈子上，有如百磅巨石压着人的头颅。设若有人，想用言语说出这思想的核子来，便该是这意思：

"——你走……走罢！……但你要晓得，如果有怎么一个幸福者，饱满者，在我面前走，我说：他这饱满，这幸福，这活着，就只因为我允准！……这瞬间我也许计算，那就只给你再有二秒，一秒，半秒钟的活……各人都有生存的神圣权利这种可怜的话柄，在我面前现在早不能成立了！我便是你的生命的主人！……谁也不知道这日子和时刻，其时我的忍耐达了极点，于是我来，为的是要将你们全班，凡有在你们一生中压制我们，从我们抢去了美和爱和太阳，将我们咒禁在永远一无慰藉的劳动奴隶里的这些人，全都处治！我也许正在你这里要拒绝了生活和享受的允准……我伸出手来——从你的玫瑰色的头颅里便迸出鲜血和脑浆，扑通的倒在马路上！……我便是我的灵魂的唯一的法官与执行者……各个人的生命都在我的权力底下，我能将他摔在尘土与泥淖里，我要做就做！……你要晓得，并且说给全世界！……这是我的话。"

可怖的暴怒抓住了绥惠略夫，一刹时一切东西在他眼里都消失了，只剩下玫瑰色的人颈子像发光的一点模样，固执的在白茫茫的朦胧中间；——在衣袋里，痉挛的手指紧紧抓着的，是冰冷的手枪柄的感觉，相对的是玫瑰色的活动的一点。……

绅士只在前面走，挥着手杖；挺拔的雪白的衣领上，天真烂熳的抖着玫瑰色的皱纹。

　　绥惠略夫跨上一个急步，勃然的昂了头，似乎要向空中发出狂暴的愤怒与复仇的叫喊。……

　　但他同时又忽然站住了。

　　从他菲薄的紧闭的嘴唇里，泄出奇妙的微笑来，他的手指展开了，突然转了向，他往回走了。

　　轻浮的斜戴的帽底下有着玫瑰色颈子的绅士，挥动手杖，从帽檐下偷看着标致的女人，还是走，不一会便消失在喧嚷匆忙的人丛的中间。

　　绥惠略夫斜走过街道，这时几乎要撞到市街电车的车轮底下去了，自己却并没有觉得，就沉没在一条冷静的小巷中，是通到他空虚的屋子的道路，仿佛一个凶险的影子似的，从昏暗里出现，又在昏暗里消灭了。他的眼睛是照常的平静和明朗。

六

　　人在楼梯上已经听到绝望的女人的叫声，当绥惠略夫经过昏暗的廊下时候，看见一间房子开着门，在这房里他早晨就听得孩子啼哭了。他虽然过的快，却已瞥见了卧床和箱笼，上面积着一堆破衣服；半裸体的两个小孩并坐在床沿上，悬空挂着腿而且现出吃惊的神情；一个七岁左右的女孩儿靠着桌子，一个高大的瘦女人用双手将纷乱稀疏的头发从脸上分拨开来。

　　"我们怎么办才好呢？你可曾想过没有，你这呆子，你这零落的！"伊绝望的榨开喉咙的喊。

　　绥惠略夫并不迟留，便进了自己的住房，脱去外套，坐在床沿上。他留心听着。

　　那女人仍旧大叫，伊的病的悲痛的叫声响彻了全家，极像一个将要淹死的人的求救。伊虽然诅咒、骂詈、责备，但其间并不夹着一些特别的憎恶。这只是绝顶的无法的绝望的悲鸣。

"我们带了孩子那里去呢？路上去么？求乞么？还是我卖了自己，对咧，给你的孩子们买面包呢？你怎么不开口？……你怎么想来？……我们现在到那里去呢？"

伊的声调愈喊愈高，肺痨的吹笛似的可怕的声音，也凄然的迸出了。

"唉唉，他们什么不说呢！……这革命党！……反抗起来！……你有什么权利，竟反抗起来，如果你只靠着同情才得保住！……你本来是什么？胜过你的人尚且忍耐着过活……不能忍耐么？即使有人唾了你的脸，你也该默着……你要记得，你有五张挨饿的嘴坐在家里呵！我恳求你，这高尚。你能怎样高尚呢，你这乞丐！你该要的是面包不是高尚……真的，你看，一个教员对着长官不总是低头么！……呆子，蠢物，零落的！"

女人的声音断续而且喘鸣了，直至发出苦恼的内脏迸裂般的咳嗽来。伊喉噎、嘶嗄、咳唾，并且完全气厥，伊仿佛为死所苦的狗子似的呻吟。

"玛申加(Mashenka)，你应该畏惮上帝，"一个可怜的挫折的声音才能听到的喃喃的说，而对于这无端的辱骂，温和的无法的意识的与绝望的眼泪，也一并响在中间。——"……我实在没有别法了……我是一个人呵，不是一条狗……"

女人喷出尖利的笑来。

"你是怎么的一个人呵！……你正是一条狗！你将小狗散在世界上了，就应该缄默一点忍耐一点……倘你是人，我们就不会住在这洞里，而且三天只吃一顿了……我也用不着赤了脚满处跑，洗别人的破烂布了！人……你模样倒是的！你和你的人真该诅咒呵！……我们饿了一年半了，待到我用我的眼泪求到一个位置，在别人脚跟下缠绕着走，像一个乞婆！……你先前实在显了你的义勇了……救了俄国了……因此自己就要倒毙在饥饿的圈里了！……看这伟人罢！……呵，上帝呵，我初次见你的日子，该得诅咒呵！……废物！"

"玛申加，畏惮上帝罢！"从伊的暴躁的叫唤里，发出一个绝望的男子的声音。"那时我还有别的法子么？大家都去……大家都指望……我想到，这……"

"你正应该想到！应该！……别人许没有肚饿的人口背在他们的脊梁上……你有什么权利，为了别人去冒险呢？你可曾问过我们？你可曾问过孩子们，他们可愿意为了你的俄国去饿死么？你问了他们没有？……"

"这是我意料不到的……我也确切像众人一样，愿意一个更好的生活……为你们，为你……"

"更好的生活！"女人完全歇斯迭里状态的大叫起来，"你还有什么梦见更好的生活的权利呢。你已经不能更坏了，我们就要到村子里去乞食了！我呢……我又肺病……"

暴发的、裂帛似的咳嗽噎住了伊的诉说。一两分间，人只能听到喘鸣，于是伊用了极可怜的气厥的低音说，但在全家都可以听得分明。

"你看……我就要死了……"

"玛申加！"男人发喊说，而在他微弱的叫唤里，含着无限的末路的悲哀、悔、爱，连绥惠略夫百不介意的脸也抽成痉挛的苦相了。

"什么玛申加！"女人得胜似的，用了不幸的人的苛酷，叫喊，说："你得早一点叫'玛申加'！……我现在是怎么一个玛申加了，——我是死尸了……你懂么，一个死尸！……"

"娘！"忽然有孩子的声音说，"不要这么说，娘！……"

"可不要哭呵……体上帝的意思！"男人叫喊说，"怎么了——怎么——怎么——我却不能……人对着我……当面说：畜生，呆

子——怎——不要哭了……体上帝的意思算了罢！……我……我
上吊罢了……这要比……"

"哈，上吊！"女人非常明了，几乎冷静的说，"你上吊，我们该
怎么呢？……我是上吊不成……你上吊，这里的都饿到倒毙么？理
苏契加（Lisotshika）站到纳夫斯奇（Nevskij）路上去，怎样？……
好，你上吊罢，你上吊罢！但你要知道，便是套在圈索上时，我也
还要诅咒你！……"

一种希罕的钝实的声响，像头颅打在壁上似的，传到绥惠略夫
的耳中。

"算了，算了罢！"女人急切的叫喊，径奔向他，"算了，算了，
略沙（Liosha）！……"

断续的，听得痉挛的挣扎声音，一把椅子倒下了。男人喘着
气，在叫喊与喘息之间，透出人脑壳撞着墙壁的激烈沉实的声响。

"略沙，略申加（Lioshenka），算了罢，算了！"女人尖利的叫，
人陡然听到一种新的钝音，像头颅正磕在软的东西上。大约伊将手
衬在伊男人的头和墙壁中间了，以致他在他歇斯迭里的发作状态
中，便撞在伊这里。

孩子们突然啼哭起来了。最先大概是最大的女孩子，接着便是
两个孩子一齐哭，那挂着脚坐在床沿上的。

"略沙，略申加！……"女人发热似的喃喃说，"罢了，罢了……
饶恕我……罢了!!……好，没有事，……什么事都没有……我们看
看就是……自然的……你那别的法子呢，人太欺侮了你……略申
加！……"

伊诉苦似的断续的呜咽起来了。

绥惠略夫向那边伸长了颈子；在他苍白色的脸上，现出悲痛的
痉挛来。

那里是寂静了。人只还听得,有谁正在无助的悲戚的唏嘘,但又分别不清,是大人或是孩子。

黄昏到了,在他青苍的,飘飘的挂在空中的蛛网一般的微光里,这唏嘘更显得当不住的迫压与伤心。

于是连这也沉静了。

在长廊下,帐幔后面又听到夹着咳嗽的交谈的低语,两个细小的声音,时时间断,仿佛怕谁暗地里听得似的,窃窃的说,一半惊惧,一半消沉,其中绥惠略夫仅能懂得的是:"不肯低头么,吓?……对着官员放肆了……官员说这人是呆子……吓?……人就不能卑下些?……没有卑下……吓?……说呵,对着官员……胡闹……对着他的恩人……吓?"

绥惠略夫的指头在膝盖上愈打愈快了。门口响起尖利的铃声。老人们寂静了。没有人去开门。铃又发了响。人听得帐幔后面热心的低语着,这人催促那人,那人又不肯。门铃第三次发响了。

于是帐幔这边,有摇摆的脚步声从廊下拖曳过去。

"怎么没有人开门?都睡了么,怎的?"刚开门,亚拉藉夫便问。

他大踏步走过廊下,开了他住房的门,用愉快的温和的喉音叫道:

"玛克希摩跋!……给我撒摩跋尔,好么?"

这很异样,在这迫塞的苦闷的沉默里,听到这乐天的声音。他没有得到一句回答。亚拉藉夫将头伸出廊下去。大声说:

"伊凡·菲陀舍支(Ivan Fedossjetsh),玛克希摩跋没有在家么?"

一个恭敬的粘滞的声音从帐幔后面答应出来:

"玛克希摩跋出去一会,舍尔该·伊凡诺微支,同阿尔迦·伊凡诺夫那(Oiga Ivanovna)到教堂里去了。"

"哦~~~~,"亚拉藉夫沉思的说,"那你可否替我,伊凡·菲陀舍支,安排起撒摩跋尔来呢?"

"就来。"老人非常顺从的答应,赤了脚拖着橡皮鞋,曳到厨下去了。

亚拉藉夫自己唱着些什么，打一个呵欠，便来敲绥惠略夫的门。

"邻人，你在家么？"他大声问。他大概有些倦怠，要同谁说些闲话了。

绥惠略夫沉默着。

亚拉藉夫等候一会，便又高声欠伸，并且摊开了纸片。寂静了许多时。在厨房里，听得撒摩跋尔管子的马口铁颤动声响，以及水的煮沸的声音；随后便嗅到了燃烧的木片的气息。

其时老婆子也从帐幔背后爬出，怕敢似的望着教员这房间。那边是无声的，沉重的绝望流布开来，弥漫了全宅。亚拉藉夫大约也稍稍觉着这情形；因为他时时不安的转动，立起了许多回，而且似乎叹息。有东西贯通了空气，压住一切了。老婆子爬进厨下，茶杯便格格的响，随将茶具搬到亚拉藉夫的房里。

"怎么要你劳驾呢，玛利亚·菲陀舍夫那（Marja Fedossjevna）？"亚拉藉夫温和的但又懒懒的说。

"这算什么，舍尔该·伊凡诺微支，我甚么时候都可以给你当差，这那里是你自己该做的事呢，"婆子急急回话，略带些唱歌的口吻。伊站在门口，用了细小的谄媚的眼光只看着亚拉藉夫。

"有什么事了？"亚拉藉夫问，他已经悟到，伊想有什么话说了，他又大声的欠伸一回。

老婆子立刻走近，才能听出的絮絮说。

"我们的教员被人撤了差使了……"

伊惴惴的说，但同时很带几分喜欢。说出之后，又惶恐似的向亚拉藉夫只是看。

"你说什么！这甚么缘故呢？"亚拉藉夫非常关心的问。

老婆子更加走近：

"对上司胡闹了……上司就只是说了一两句话，他们却——并不卑下些，反而胡闹了……"

"唉……可惜！"亚拉藉夫愤懑的说。"他们现在怎么办呢？他们实在是全无所有，——全然！"

"对咧，舍尔该·伊凡诺微支，穷到精光！"伊大得意似的点着老的打皱的小头。

"昨日玛克希摩跋才告诉我，他们两个月没有付伊房租了……"亚拉藉夫沉思着说。

"不付房租，不付……"

"一件坏事情！"亚拉藉夫叹息，"完全完结了。"

"已经完结了，舍尔该·伊凡诺微支，已经完结了……怎会不完结……他应该预先想想，安静些，人也许饶恕他了……上帝要这样……他们却是……高傲；还要说——我们是高尚的……这就滚出了……他该弯腰才对呢……"

"如果被人正冲着脸辱骂了，他怎能弯腰呵，"亚拉藉夫一面想着些事，一面愤愤的说。

"阿呀小爹！小百姓……什么叫侮辱……应该打熬的。百事便好……百事便都照常……这却不行……"

"人也不能百事都忍耐呵……"

"能的，小爹，永久能的……小百姓应该都忍耐。我是，年青时候，在亚拉克洵（Araksin）伯爵家里做一个使女……亚拉克洵伯爵你一定知道罢？"

"恶鬼知道他！"

老婆子大吃一惊；伊仿佛受了侮辱了。

"怎么恶鬼……伯爵自己是在元老院的，单是房子，他在墨斯科和毕台尔[10]就有一两……"

10　Peiter，彼得堡的通称。

"哦，就是了……以后怎样呢？下去？"

"喏，慈善的大小姐这里一只手镯不见了……便疑心在我身上。伯爵动了气，他们有一种脾气，是性急的，他们便在我脸上打了三个嘴巴，断掉了两枚牙齿……倘是别人呢，大约就要去告状了，我却打熬着，——你想是怎么的呢，舍尔该·伊凡诺微支？那手镯却是弟大人，尼古拉·伊革那谛微支（Nikolai Ignatjevitsh）伯爵拿去了……非常之好逛，拿了镯子去了。待到事情全都明白，伯爵便亲自给我一百卢布。……"

老婆子愉快到几乎喉噎，而且在伊完全打皱的脸上溢出得胜的微笑来。

"倘使我那时不打熬，我就得不到伯爵的赏了……见证除了伊凡·菲陀舍支，他那时在他们那里做仆役，没有别的人。伊凡·菲陀舍支又是对于伯爵不能说什么……"

"怎么不能呢？"亚拉藉夫愤然的问说。

"但是我想，怎能对着伯爵？……"

"哪，你曾说，他是你的未婚夫呵？"

"唔，怎么呢，未婚夫？……"老婆子非常惊愕了。"他是我的未婚夫，但对了那样的贵人去出头，那里行呢？他不过一个小的。我想，最好，——我打熬着。——后来——还是我不错……"

"呸！"亚拉藉夫气忿忿的唾弃着，转过身子去了。

老婆子只是惶恐的向他看，从伊的小眼睛里，立刻涌出恐怖的眼泪来。

其时老人正从房门口侧着身子，将撒摩跋尔搬到房里。他将这安在桌上，担心的向他女人这边看，又看了背坐的亚拉藉夫，便去拉他女人的袖口。

老婆子吃惊的回看他。两人的态度都显出十分恭顺的表情，一前一后的躄出廊下，不一会他们的断续的慌忙的絮语便又从帐幔后面发作了。

亚拉藉夫斟上茶，正在坐下要喝的时候，廊下便起了铃声。

一个男人声音简短的问道："亚拉藉夫在家么？"

出去开门的老人，赶忙答应说："在家，先生，请……"

一阵风暴似的脚步响声，便敲亚拉藉夫的门。

"进来。"亚拉藉夫大声说。

房里面走进一个短小的黑的小男人，老鹰脸带着一副圆的眼镜，很显得怕人。

"阿！"亚拉藉夫引长了声音说，从他语气里，便听出他对于这访问不甚欢迎，多半却是困窘。

"好日子。"

"好日子……你要茶么？"

"什么茶，——鬼才要！"小男人不大喜欢的说。

他极谨慎的脱下外套，摸出一个用纸张包的极密又用线索捆着的物件来。

"怎么这个？"亚拉藉夫快快的问道。

小男人将物件在桌上放得平稳，四面都用书籍小心围住了，使他不会掉在地面上。亚拉藉夫担心的看着。

"很简单，……他们几乎拿住我的领子了……费尽力量才跑脱的。鬼肯给这类东西寻一处地方！我拿到你这里来了，你懂么……还有这件……"他极速的伸手到衣袋里，扯出一个包裹来，也放在桌子上，"明天早晨我取去……"

亚拉藉夫不开口。

"看来这绅士是涵容不住似的！"小男人用随便的却又带些轻蔑的口吻说，"这一点小惠你也确可以做罢。你目下正安全哩。"

亚拉藉夫站起身,脸上现出了交战的感情在房里面走。

"你现在完全是一个稳和派、理想派,快要成了托尔斯泰派了!"老鹰脸的人仿佛从口袋里倾泻出来似的说出他的话来。一瞬间也没有静。

"你空费气力的,想苦恼我,维克多尔(Viktor),"亚拉藉夫用了从悲伤而来的气忿说,"这东西我收着——自然是……明早为止……但你应该理解……"

"你收下?"小男人迅速的问,——"这是第一要紧事,此外全听你的便,我们用不着纷争。"

"但是,我们总得弄个明白呵!"亚拉藉夫确乎的回报说,渐渐的红涨起来。他的眼睛发了光。

"何以?"那人用了做作出来的冷淡模样说,又倦怠似的回过脸去。

"便为这,"亚拉藉夫愤激的说道,"因为我们是多年的朋友,而现在……"

"阿,算了罢……记着这样的细事,有甚么用呢?"

亚拉藉夫愈加窘的脸红,沉闷的愤怒的呼吸。

"在你也许是细事……我却不以为然……你以此自负也可以……这在我并非细事,我愿意你至少总有一日理解我……我们彼此便明白……"

"你知道,在我原是永不……"小男人外观上优柔的说,他的射人的眼睛在眼镜底下飞速的一瞬,"但如果你一定愿意呢……"

"是的,我一定愿意!"

那人两肩一耸,暂时又坐下了,似乎他准备着一切的牺牲。

亚拉藉夫看见这么样,按住了愤怒,再用勉强的平静往下说:

"第一是我之所以离开你们的,并不因为怕,或是……这你都完全知道,维克多尔,你至少也得公平一点才是!"

"没有人这样想的。"老鹰脸的人轻轻的羼上说。

"总之我之所以和你们离开，原因就只在我的见解从根本上非常明白的改变了，现在，即使不从理想上说，单就几个战争的方法而言……我晓得……"

"唉唉，爱的上帝呵！"小男人突然直跳起来，"你就此饶了我罢……我们知道……你晓得……我们知道……晓得……人不能从暴力得到自由，人应该教育国民以及这样那样……我们知道……"

这话从他嘴里奔进出来，仿佛是，堵住了许多时候，现在却一时放出似的。他自己也在屋子里旋风般往来，他的鹰脸向各处顾眄，圆眼镜也闪闪的发光，又挥动他带着要攫拿的鹰爪的两手。

亚拉藉夫在立房的中央，竟寻不出一些机会来，可以插上一句话。他不被理解的事，在他是无从测想了，第一是在这人，很久的和他生活过，爱他，信他，不理解他了。但他一刻一刻的分明感得，在他们之间已经生出了不能通过的界限，所有言辞在这里便都滑跌下来了。

他们多少离奇呵，先前不久他们还很接近，似乎要互印精赤的心的，忽然用了疏远的言谈相应对，这只因为亚拉藉夫明白，无论用了什么名义去做，杀人毕竟不外乎杀人罢了。只有爱，只有无限的忍耐，人类在许多世纪的经过中一步一步的彼此实践过来的这两件，才能够将原始的战争，就是强权与压制，从历史上驱除。与这伟大的亘几千年的事业一相比较，那一点金属与炸药，从一个愤激家的手腕里投掷出来，在两寸见方的地面上洒一些鲜血，以及唤醒那战争精神复仇精神的大队之类，怎能做得清楚呢？亚拉藉夫闷闷的叹息，他的强壮的两手悲痛的交叉起来。

"是的，怎么办……我自己看来，我们不会理解的了。"他忧郁的说，走向桌旁，低着头坐下。

“不消说我们是不能理解的了。”那人迅速的同意说，“这也多事了，还来费些唇舌……”

亚拉藉夫响他的指节而且默着。

小男人迟疑的站立片时，看着亚拉藉夫的脸。于是他忽而奋迅起来，又立刻是暴风雨的举动。

“无论如何这东西明早为止总可以存在你这里罢？”他逼紧的问。

“唉，上帝呵……”亚拉藉夫悲痛的答说，“这全然一样……我以为……第二层的事……这里或是那里，都一样……关于我的并不在此……”

“那么……很好……到那时——再见……我明早再来……”

小男人突然抓起帽子，伸出尖瘦的手来。

亚拉藉夫慢慢的伸出他的手。

这人无意中紧紧握住了。圆的眼镜玻璃里仿佛显出沉思的神情。但在同一瞬间他不只将亚拉藉夫的手放下，简直是摔去了，他说：

“我未必自己来……别的谁罢……口号是……‘伊凡·伊凡诺微支’。”

“好……”亚拉藉夫答说，没有仰起头。

“那就再见！”

小男人将帽子罩上他的圆的鹰头，闯到门口。他在门口忽然站住。

“这可惜！”他用了异样的声音说，在他闪闪的眼镜玻璃下，他的小而锐利的眼睛也润湿凄凉了。但他立刻自制，点一点头跳出门外。他在那地方回看帐幔，又瞥着各个房门，吸一口气，眼镜一闪，在楼梯上消失了。

亚拉藉夫靠了桌子默默的坐着。

七

黄昏时候，玛克希摩跋和做针黹的姑娘阿伦加（Olenka）从教堂回来了。伊沾带着薰陆香的微香，梦一般的虔敬还浮在伊们的脸上。

阿伦加没有除去头巾，却只教搭在肩头，就桌子前非常恍忽的坐着；伊的青白的细瘦的两手落在膝上。玛克希摩跋也站的同样沉静，但忽而叹息，似乎定了神，动手除下伊沉重的土耳其的斑纹的罩布。伊的脸照常的忧愁而且干枯。伊熟视阿伦加，又自言自语似的说：

"人应该再修饰些……"

"甚么？"姑娘吃惊的问，抬起明朗的眼睛向着老女人，忽然又泛出无力的微红来。

"修饰，好孩子，我说……"玛克希摩跋提高了声音，"华希里·斯台派诺微支（Vassilij Stepanovitsh）已经说定，七点光景要来的。你装饰起来罢，好么？"

"今天？"阿伦加用了无助的惶恐大声说，立刻又变作青白颜色，仿佛一切生命骤然离开了伊的身体，只留在睁着的充满了忧愁和羞耻的眼睛的中间。

"又什么呢？不是今天，便是明天。又何必多……运命是逃不出的，别的机会不能就有。像你这样的人市里多着呢……上帝不知道是怎样一件宝贝。"

阿伦加的臂膊直抖到满带针伤的指尖。伊用了泪汪汪的眼睛祈求的向着老女人看。

"玛克希摩跋……这还是明天好……我……我头痛呢，玛克希摩跋！"

在伊天真的声音上，响亮出无路的惶悚与动人的哀诉，竟使坐在门后面的暗屋子里的绥惠略夫，也转过头来，用心静听起来了。

玛克希摩跋沉默一会。

"唉你，我的可怜的人呵！"伊歔欷说，"你将来做甚么……我知道……"

"甚么等着你呢！"伊正要说，但又吞住了，只是仍复说：

"你甚么也不能做！"

"玛克希摩跋，"阿伦加用了颤抖的声音说，祈祷似的合了掌，"我……我还是做工的好……"

"会合伙做许多工！……"玛克希摩跋带了剧烈的愤懑说，"你那里有用呢？……比你漂亮的也上街呢……你却又聋又痴……不必有一点小事情也就会完结了。还是听我好，决不会坏的。倘使我死了或者全瞎了眼……你怎么办呢？"

"那我便到庵里去，玛克希摩跋。我情愿做道姑；庵里多好……多静……"

忽然间，全不自觉的，阿伦加大张了灵感的眼睛，那眼光沉思的兴致勃然的望着什么处所，远在墙壁的那边，说：

"我愿意是一只大的白的飞鸟，向着什么处所远远地……远远地飞！……下面是花，草，上面是天……像在梦里似的！"

玛克希摩跋叹气。

"你这呆子！……庵院简直不收留你……那里是要存下金钱，或者做粗重工作的。你是怎么一个女工呵！"

老女人做了一个推开的手势。

"算了，还说甚么……跟华希理·斯台派诺微支去罢，至少你也可以做到你自己的主妇，而且你也许能够帮助我……华希理·斯台派诺微支是，人说，有七千上下放在银行里呢。"

"他怕人呢，玛克希摩跋，"阿伦加喃喃的抖着说，仿佛是恳求饶恕一般，"粗鲁，全像一个下等的粗人！"

"你得要一位文雅的绅士么？绅士是不配我们的，阿伦加……他只要是好人，就谢上帝。"

"他全没有看过书，玛克希摩跋。我问他：你可喜欢契诃夫[11]么？他回答说：我们做事忙的，没有工夫弄这玩意儿……"

阿伦加学出一种重浊的粗卤的喉音。伊学了他便哭；伊的大的眼睛里，充满了大粒的澄明的眼泪，两只手也又颤抖起来了。

"怎么呢，他说的有理呵！"玛克希摩跋叱责的说：这可以看出，伊正在努力，要忿怒起来了。"想一想罢！没有看书！……谁用得着看书呢？他是经纪人，不是呆东西，像你似的！"

阿伦加止住啼哭，又复远远的灵感似的睁开了眼睛。

"唉，玛克希摩跋，你没有懂得呢，只是说。世界上唯一的好东西，便是书。契诃夫，譬如说罢！如果你读了他，——无端的——人就要哭。有这样的希奇……有这样的！"

阿伦加将两个手掌按在两颊上，摇摇头。

"唉，你跟着你的书去罢！"老女人恶狠狠的却又怜惜似的接下去说，"可以，这很好，只是不配我们的。你，——我的眼睛一天坏比一天了……昨天我收拾桌子——打碎了一个杯子。一个月里恐怕我就得进穷人院去……你现在又这样，像我先前这么缝，缝，只是缝——现在我和我的缝……而且我先前并不像你……你这里，你假如做出五个卢布来，从中只得到两个，你还说'谢上帝'！身上没有一块破布，又还是……书！这何苦来呢？"

老婆子轻轻的溜到房里来了。伊的小眼睛担心的又新鲜的睐着。

"玛克希摩跋，这比死还坏哩……他是一个粗人，还要打我

11　Anton Tshekhow（1860—1904），俄国著名的短篇小说家。

的！"阿伦加全然绝望的脱口说。

"哪，怎么便是打呢！"老女人复述说，又现出先前一样的失望的颜色来。

"什么打，什么就打了？"老婆子在门口喃喃的说，"你，阿尔迦·伊凡诺夫那，你即刻服从就是。"

"甚么？"阿伦加吃惊说。

"你服从就是，我说……"老婆子仍然说道，"他打你一回，两回，就停止了……他们都这样。他们那里就只要服从。要是这样，你只是静静的熬着……他也就不打了，不要紧的！"

阿伦加愕然的对伊只是看，仿佛从黑暗的廊下爬出一个可怕的怪物，现在正走近伊这里来。伊于是裹紧了衣裳，两肩都靠着桌子。但那老婆子却已将伊忘记，转向玛克希摩跋去了，伊的小眼睛里闪着狡狯的快意。

"我们的教员又被人撤了差使了！"

"什么？"玛克希摩跋叫喊说，"怎么撤的？甚么缘故？"

"因为他对上司胡闹了。官府骂了他，他便胡闹起来。哪，就赶出他了。这才吓人哩，今天玛利亚·彼得罗夫那（Marja Petrovna）这撒野呵！"老婆子用了迅速的低音报告说，几乎每一句咽一口唾沫，又回头看一回门口。

玛克希摩跋无法可想的看伊。

"是的，他们还欠我三个月房租呢。伊自己约定今天，至少也付给一点……现在怎样呢？"伊迷惑似的喃喃的说。

"现在是付不出了。怎能！现在是他们自己也都得饿肚皮了！"

"但他们怎么想的！以为我白给他们住么？寻到了善女人哩！我连自己也没有食吃……"

伊沉思一会，忽然急急转身，走出房去了。阿伦加是几乎全不明白是甚么事，吃惊的只将眼光跟着伊转，老婆子惴惴的溜到廊下，就隐在帐幔后面，从那里又立刻响出急速的絮语来。

教员的房正寂静。孩子们都挤在屋角里，看不见也听不出声音。教员和他的妻并坐在窗下；在那异常明亮的地方，分明看见被毫无希望的忧愁所压倒的两个头的影子。

"玛利亚·彼得罗夫那！"伊按捺着，但又自负如一个大权在握的人一般，从门口叫进去。

教员和他的妻立刻抬起头来，脸相不甚分明，但举动是卑下而且屈抑。

"租钱，你约在今天的，我能取么？"老女人还是按捺的说。

两个黑影动弹了，没有答。在他们上横亘了无话可说的人的诉苦与无助的神情。

"既这样……"老女人用了极冷静的声音说，"那就照说定的办，你们都准备罢。这房子我明天便出租。我这三个月损失了的那个，放在你们的良心上就是了。自己错，我这白痴，我相信你。但是我没有再来合伙的兴致了。都听你们的便！"

教员的妻没有动，教员却自己站起，慌忙走出廊下，他又几于用了力也将玛克希摩跋推到外边。

"你看……我正要问问你呢……如果不可以，无论怎样……我正在寻事做呢，我这里已经这边那边的有了各样邀请了……那就……是的……"

他的眼光游移着；羸弱的红晕在他苍白的颊上现出斑点来。玛克希摩跋叹息，做一个拒绝的手势。

"确的，真的——约定的。"教员又赶紧重复说，他的脸只是发红；他在空中挥着手。"总之，我寻。一时却不行。这你也明白。"

"我不能，先生，"玛克希摩跋答说：伊略略退开，摊开了两手。

"如果只是我的事呢！但特伏耳涅克 [12] 要闯进门口来的。连我自己也得搬走……我只还靠着你哩。现在却这样！"

"玛克希摩跋！"教员回顾房门，慌忙喃喃的说："只请你想一想罢！我们往那里去呢？你看，我失了位置了，那就……我本想要今天预支的，因为我早就拿到了我的薪水……孩子们要鞋，我的女人也要一点东西……你知道的，天气这样冷，伊又咳嗽……现在我连一个戈贝克 [13] 也没有了。谁还许我们进门呢？随便那里，都要先付房租，你这里是早就认识我们的……玛克希摩跋，你处在我的地位，玛克希摩跋，体上帝的意思！"

"不。我不能……小衫比外衣更其帖身……那就，随你的便，但是……你实在使我难过，但是我也没法办……你有一个位置，你该用牙齿紧紧咬住的，你现在却这样。是你自己错。"

"对，自然……是我错的。但是我固然错了，孩子们却没……"

"孩子是你的孩子。你正应该为了孩子忍受些。"

"你看，玛克希摩跋，这是……"

"我看什么呢！"老女人用了出格的粗暴将他打断，"你为什么要在我面前卑下。我办不到。这话你应该早在那地方说！"

"但是，玛克希摩跋！"

忽而在漆黑的门口现出一个披着头发的瘦的女人模样来。

"略沙，算了！"伊歇斯迭里的叫喊说，"这些人们那有一星的同情！他们一总都得诅咒！他们不值你一个小手指，你却在他们面前卑下！"

"你为甚么咒骂呢？"玛克希摩跋发怒说，"同情是我们也许比你多……"

12　Dvornik，这类公役在俄国专处理人家的一切家事，也管守夜。

13　Kopek，每一个约合中国钱十文。

"你们有同情么？唉唉，你们是野兽，不是人！有人失了脚，你就对他唠叨……你先给他气苦，就因为后来要摔他到路上去！……他还要对伊分疏！……"伊声音里带着无穷的苦恼和激昂，叫唤说，"你们都从这里滚出去！"

"这所谓，你这'从这里'是怎么讲的？"玛克希摩跋加强了伊的声音，"我用不着走出我的家去……"

"你们出去！"那病人尖厉支离的叫喊，极悲惨模样的伸出瘦腕来，"你要怎样？是我们搬走罢？你放心，我们走……明早就走，但你先滚出去！"

"玛申加，"教员悄悄的低声说，"不要这样呵！"

"出去，出去，你们这类被诅咒的东西……你们苦恼我到要死！"女人捏着头发，走进房里面。

男人跟伊进去，人还听得，当那病人用了放恣的灭裂的声音尽说的时候，他还在絮絮的讲些话，然而听不分明。

玛克希摩跋默默的立了片时，于是将手在空中一摆，自以为错似的走了。

亚拉藉夫，正站在自己房门口的，叫伊：

"玛克希摩跋，请你进来一会……"

老女人在脸上满是无法可想的神气，进到他这里。

"请你说，"亚拉藉夫踌躇说，露出犹疑的眼光，"这在你一定不能么，略等几时？"……你自己目睹的，这人们到了什么地位了……不是么？"

"上帝在上，我不能……我因为小气才这样做么？特伏尔涅克给我自己也只是后日的日期！我不付，他就赶出我！……我是全靠着他们的。"

"但是或者？……"

"你真觉得，我实在没有同情么？我老了，快要死了……不，舍尔该·伊凡诺微支，伊向我吵闹的时候，真有如用了尖刀剜我的心哩。但我怎么办呢？我等候了三个月，下了跪恳求特伏尔涅克……你想，这为甚么呢？就因为我觉得可怜。如果人们大家没有同情，穷人就会没有路走……穷饿世界是全仗着同情过活的。但穷人也不能始终全用同情……人究竟应该给自己也留下一点同情来！……并非我没有慈悲，是生活不知道慈悲！"

亚拉藉夫愕然的看着老女人，与伊相对，自己也觉得轻率渺小了。

"是的——总之，舍尔该·伊凡诺微支，一个穷鬼，像我们似的，同情可是很难，比起别人来……有钱人舍掉一个戈贝克——他因此给自己作一个娱乐；要是我给一个戈贝克呢，我就得从嘴里省下一点口粮。因为这口粮，你看，我就立刻会瞎，会再也看不见太阳……那时人们也会对我有同情，我只倒毙在路上像一条老狗！……人还说什么没有慈悲！……人该晓得的！"

老女人叹一口气。

亚拉藉夫无力的垂下了长臂膊，站在伊的面前。

"你听呵，玛克希摩跋，"他终于游移的说，"倘使我付你一个月……那就怎样呢？……"

"哦……这样！我并非妖怪——真的。——无论怎样，我总对付过去……总有什么法子办……但他们是什么都没有呢！"

"我办来，玛克希摩跋。"亚拉藉夫喃喃的说，游移的注视着地面。

老女人研究似的看定他，但参不透他脸上的印象。

"你？你自己也没有呵！"

"但我办去……到一个好朋友这里去借去。今天给他们满意罢，我就去跑一回，离这里并不远……是的……你也给他们茶和灯火罢，他们那里是……这里是茶、糖、面包，你拿我的去……我去跑一趟来。"

玛克希摩跋默默的对他看，取了茶和糖，颤着花白的头，出去了。

亚拉藉夫在房子中央迟疑的站了片时，他无意中觉到，自己有些拙笨了。但他也不再深究，只简单的盘算，什么地方可以极速的弄出钱来。他赶忙的穿上外套，并且抓起帽子，便跑出了寓居；迈开他的长腿，每三级作为一步的跨下去。

八

七点光景，小贩商人到了。他使他的新橡皮鞋在廊下囊囊的响了许多时，尽心竭力的擦干了他的红脸，于是用了轻的瑟索的脚步跨进阿伦加的房里来。

那边是玛克希摩跋已经准备了撒摩跋尔。一张盘子上搁着烧酒和沙定鱼。阿伦加靠桌子坐着，挺直的像一枝草茎，大的悲痛的眼睛看着门口。

"阿伦加，你看怎样的客人来访我们了！"玛克希摩跋发出不自然的感动的声音说，是人们将此向孩子说的。小贩非常小心的进来，仿佛他穿着很高的漆靴在冰上面走。

"好日子。"他说，并且向伊们伸出一只长着极不灵活的指头的又大又带汗的手来。

沉默，不抬眼，阿伦加也向他伸过伊的细瘦苍白的手指去；伊的低着的脸发热了，伊的胸脯，那还是完全闺女样的，苦闷的呼吸。

"这很好……你们谈谈罢，说些闲话，我看茶去……"玛克希摩跋用了先前一样的不自然的声音说，便出去了。伊随将房门紧紧的阖上。伊站在厨下，沉思而且叹息。在伊干枯的瞎脸上，现出先前一样的阴郁的近于迫胁的同情。

阿伦加靠桌子坐着；伊的手安在桌面上，姿势的曲线又优美又锋利，正如白石琢成一般。小贩坐在伊对面，他将他巨大的面袋似的身子成堆的装在椅子上。向来他只在教堂里见过阿伦加，或者伊到自己的店里来，但也只是一瞬间的事。此刻他才注意的寻根究底的对伊看，仿佛他要仔细估定一种货色的价钱。阿伦加觉得他的视线在伊胸脯上，在伊的脚和臂膊上；伊的苍白的脸，又为了忧愁和羞耻炽热起来了。

伊是纤长而且娇嫩；这很难相信，伊的脆弱的身体可以侍奉那强烈的兽性的机能。小贩的眼睛里笼上了混浊的润泽，而且他忽然浑身涨大，似乎他更其大也更其胖了。

"你爱做些什么事呢？"他用细声问，费了力才挤出肥胖的喉咙来，"我没有打搅么，怎样？"

"什么？"阿伦加吃惊的反问，一面又暂时抬起了祈求的眼睛。

"看哪，……伊的确聋的！"小贩想，"哪——这更好！一个标致的姑娘！"

他又对那身体，那柔软的娇嫩的一直到细瘦的两腿。在薄衣裳底下看得分明的，又行了从新的检查。

"我问：你爱用什么散闷呢？"

"我？不用什么……"阿伦加惶窘的对付，这时伊全身上都感得，伊被这无耻的细小的眼睛剥下衣服而且舐过了。

小贩商人自足的微笑。

"什么叫——不用什么！标致的姑娘儿所爱的是，散闷！这事我总不能相信，请你不要生气，一个这样出色的姑娘像你似的却整天的在作工上毁了眼睛。你的眼儿是全不是为此创造的！"

阿伦加又对他抬起伊那大的明亮的眼睛来。伊忽然发生了天真的思想，以为他对伊怀着同情。伊又确信，他当真是一个好的，正经的人了。

"我，你看……读书……"伊怯怯的微笑。

"呵呀，什么，什么是……书！……这样，如果我们能够和你再熟识一点，你就会允许我……譬如——上戏园！这该有趣得多了，比那蹲在书背后！"

阿伦加不知不觉的活泼起来了。在伊已经回到本来的苍白色的脸上，涨起了一种新的微红。

"阿，不的，你怎能这么说。有许多很好的书……那么，譬如契诃夫……我，如果我读一点契诃夫，我常常哭……在他书里是一切的人都这么可怜，这么值得同情……"

小贩听着，斜侧了狭脑壳和浑眼睛的头。他于是细细的想。

"似乎都真是这样不幸罢……"他用了甜腻的声音说，"也有幸福的……固然，谁如果没有食吃呢……但是如果一个人……就拿我说……"

他将椅子挨近了阿伦加，睒着伊的膝髁说了一大篇话。他的举动也显露起来了。但阿伦加又复天真的做梦似的，湿了眼睛说："阿，不的，人们是全都不幸……便是那些自以为幸福的人，其实也是不幸。我想做看护妇去，为的是帮助一切不幸的人……或者道姑……"

"哪，怎么便是道姑！"小贩用双关的意思将伊打断，这意思在他的顽钝里直是怖人，"难道世界上男人会太少么！"

阿伦加看着他，没有懂。在全生涯中，耳聋给伊挡住了这类的言辞，伊没有懂得。伊的眼睛很平静的看；那两眼是完全的澄明。

"呵，不的……你说什么！"伊舒散着说，"做道姑是很好的……我有一回去访我的姑母，住了两个礼拜，在伏罗纳司（Voronesh）……在庵院里，我的姑母是道姑……很老了……沉默了十四年了……一个得道的！……那地方真好！教堂里是这样静——静呵，蜡烛点着……

人唱的这样美……你不懂也不知道,是在地上呢还到了天国了。或者你在墙壁前面走。庵院是造在山上的,下面是河,后面是田野。人望去很远——很远! 草地上闹着鹅儿,燕子是这样的转着叫。我在那里是春天,庵院里满开着苹果花呢……时常有这么好,连呼吸也平静下去了。时常,我仿佛是,我从山上离开了,鸟似的飞去——远远的——远远的!"

阿伦加的声音因为感动有些发抖;静的眼泪,含在大的明亮的眼中,嘴唇也颤动。伊像一个白衣的道姑。

小贩听着,他嘴唇微微拖下,肥而且红的颈子上的头又复公牛似的侧向一边了。

"哼,"他说,"这是,何消说得,理想……实地生活却是……漂亮的姑娘便是没有庵堂也能寻到伊的快活!"

他嘻嘻的笑,又向着阿伦加挑逗的弄眼。伊没有觉得,只是直视着苍空,仿佛伊真看见广远的田野和蔚蓝的天,阔大的河流和白的庵壁。

玛克希摩跋端了撒摩跋尔进来了。小贩呢,完全酥化了而且出汗,宛然是搽了油。

"我爱这个,如果姑娘们有着好看的身段,你一般的,阿尔迦·伊凡诺夫那……女人怎么有一个完:仿佛是,一切你都可以用指头捏住,还有下边呢,你恕我放肆,是这么圆……"

末后的话在他是突然脱口的,他本来要说些别的话,因此红涨了脸,呼吸也顿挫了。他又不知不觉的伸出手来,但看见玛克希摩跋走进,便又缩了回去。于是他作态的揩那额上的油汗。

他和玛克希摩跋喝烧酒,吃沙定鱼并且说俏皮话,说那所有闺女们都梦想着庵院的事。

"但是伊结了婚,那男人才老了或者不中用了,伊便替他,如此说，就掘坟。"

"自然！"老女人不自然的奉承的回答，"在你呢，华希理·斯台派诺微支，人却不能这么说呵……你还能使每人都流汗呢。"

小贩大笑起来，此后便用了显明的秽亵的眼光对着阿伦加看。

"对了！这我能，用不着夸口承认的！我的老婆是不用抱怨的。我的先妻，许多回还发恼！你这公牛，你这不会饱足的你，伊常常说！"

他还只是笑而且牢牢的瞟着阿伦加。

在他的视线底下，那姑娘的苍白的脸只是低下而又低下，而这畜生的满足的得胜的笑则是怕人。

当小贩走出，以及有些兴会的玛克希摩跋送他出去的时候，阿伦加忽然呜咽起来了。伊哭的很长久。伊的金发的头放在膝上，伊的软的肩膀发了抖，垂下的鬈发像绒毵一般动摇。到处还都是沙定鱼，湿皮肤和汗的气味。空气是沉垫垫的，这女子的模样愈显得非常之幺小与脆弱了。

九

亚拉藉夫回家来了。当阿伦加进到他房里的时候，他正坐在桌旁写。全房都散满了淡巴菰的烟。

伊怯怯的一无声息的进来，同平常一样。同平常一样，轻轻的一拉亚拉藉夫的大的柔和的手，也就坐在桌旁，伊的脸落在暗中，只有一双苍白的手被灯火分明的照着。

"这个，你做什么来呢，阿尔迦·伊凡诺夫那？"亚拉藉夫在眼光和声音里都带了谨慎的友情说。

阿伦加沉默着。

"你读了我的书没有呢？"亚拉藉夫又问，"中你的意么？"

"是的。"这句话毫不响亮的出了阿伦加的口唇，于是又沉默，伊的两手无力的安在膝上。

"哪，这好哩！"亚拉藉夫说，"我这里又替你办好了出色的东西了。那人物正像你，又可爱又文静，进了庵，全像你企慕着的。"

阿伦加两肩一耸，似乎伊受了寒。

"我不到庵里去了，"伊才能听取的说；伊的嘴唇很颤动，连亚拉藉夫也警觉了。

"哪，谢上帝，"亚拉藉夫诙谐的说，而且看定这姑娘的脸。"这又为甚么呢？"

阿伦加看着地面："我要嫁了……"伊几乎不能听到的回答。

"嫁？意外的事！——谁呢？"亚拉藉夫大声的反问，他脸上显出痉挛来。

"华希理·斯台派诺徽支……那在我们房子里开店的……"

"这人？"亚拉藉夫更其诧异的问，同情和违愿的恼相都露在脸上了。但他又立刻回复过来，竭力的恳切的说：

"哪，什么——这也好的……愿你幸福……"

阿伦加沉默着。伊微微的动着指头，只向地上看。伊沉思着些事，亚拉藉夫却悲痛的看伊，而且在思想中，架起那动物一样的小贩来，对比这柔弱的优美的女性，一个压迫的感觉——同情，违意，嫉妒——再不能离开他的灵魂了。

阿伦加无意识的动弹了。伊显然要说什么，然而没有竟说。伊的嘴唇发了抖，伊的胸口非常费力的呼吸，死人似的青白色一刻一刻的加到伊的俯着的脸上来了。一种异样的激昂袭着了亚拉藉夫。他觉得有一个一刹那将要到来，这刹那，在他自己还没有分明，已将他的灵魂因为恐怖与喜欢与傲岸而摇动了。

"你要说什么呢？"他用了颤抖的声音问。

阿伦加沉默着，然而很不安，似乎想要突往什么地方，却又不敢往那里去。一瞬间伊抬起头来，亚拉藉夫正遇到伊的大的，有所质问的祈求的眼光，他们眼对眼的看了一分时；在那姑娘的眼中横着显明的恐怖。

但亚拉藉夫寻不出一句言词，没有主张，自己也怀疑而且畏惧。

阿伦加的嘴唇抖得更甚了。在伊的苦痛中伊想要扭捻伊纤柔的两手，然而没有做，只是忽然的立了起来。

"那里去呢？你坐着罢！"亚拉藉夫苍皇的说，但也不由的站起了。

阿伦加对他站着，仍然还没有话；单是垂着的两手的十指，微微的才能觉察的抖着罢了。

"你坐下……"亚拉藉夫重复说，他一面又觉得他没有适当的话，终于惶惑起来。

"不……我要去了……"

"再见……"

亚拉藉夫无法的摊开手。

"你今天多少古怪呵！"他激动的说。

阿伦加在等候。伊略略动弹，有一个可怖的战斗，震撼拘挛了伊的极弱的全身。伊再抬起非常之大的凝视的眼一看亚拉藉夫，便突然回转身，向门口走去。

"你不带这书去么？"亚拉藉夫机械的问。

阿伦加站住。"不用了——从此。"伊从嘴唇间泄露出来，很勉强的说，也便开了门。

但在门口伊又站住一回，许多时只是想，低了头。伊多半是哭了。至少也已经亚拉藉夫看见，伊的肩膀抖着了，但他的头空虚了，他并没有说话。

阿伦加出去了。

亚拉藉夫已经明白，这是永久的去，伊本也能永久的停留的。他在惊惧的激昂里又感了难以名状的心的迫压，直立在房子的中央。他看出，这女儿是抱了垂死的悲痛，所以来求救于他而且也有些明白了，伊从他等候着怎样的言语。

门上起了短短的敲声。

"进来！"亚拉藉夫欢喜的大声说，他相信，阿伦加又来了。

房门一开，走进了绥惠略夫。

亚拉藉夫没有就知道却是他。

"我可以和你说话么？"绥惠略夫冷冷的问，几乎是官样。

"呵，是你！……请请！……"亚拉藉夫殷勤的回答。——"你请坐！"

"我这来只是一分时。几句话……"绥惠略夫说，他便到桌边，在阿伦加先前坐过的位置上，就了坐。

"你要纸烟么？"

"我不吸。请你说，你替教员将钱付给玛克希摩跋了么？"绥惠略夫急速的问，似乎这问题算是一件重大的事情。

亚拉藉夫惶惑起来，红了脸。

"的确……就只是暂时的……待到他们怎样好一点了为止……"

绥惠略夫用了检查的眼光看定亚拉藉夫。

"你想救一切的苦人和饿人么——一切的？"他问。

"不的，"亚拉藉夫错愕的答，"我没有想到这事……我单是给，因为这机遇……"

"是，对的……但是谁将什么给那些人们呢，那近旁并没有人，像你一流的。这样的很多哩！"绥惠略夫沉痛的说。

"这个，这事是用不着思索的，"亚拉藉夫耸一耸肩，"人应该救助，倘使能够，这就够了……也就谢上帝了！"

"好。你可知道，为甚么那姑娘到你这里来的？"绥惠略夫锋利的说去，仿佛他要取得口供，却并不听什么答话。他正对面的钉住了亚拉藉夫的脸，用了洞察的明亮的眼睛。

亚拉藉夫又红了脸。他渐渐气忿起来了。奇特的声调与奇特的质问呵！

"我不知道。"他游移的说。

"伊来到你这里，因为伊爱你……因为伊有着纯洁的澄澈的灵魂，这就是你将伊唤醒转来的……现在，伊要堕落了，伊到你这里，为的是要寻求正当的东西，就是你教给伊爱的。你能够说给伊什么呢？……没有……你，这梦想家，理想家，你要明白，你将怎样的非人间的苦恼种在伊这里了。你竟不怕，伊在婚姻的喜悦的床上，在这凶暴的淫纵的肉块下面，会当诅咒那向伊絮说些幸福生活的黄金似的好梦的你们哪。你看——这是可怕的！"

绥惠略夫最后的话，是用了非常异样的凄厉的神情大声说，用了这样不可解的力量，至于亚拉藉夫觉得脊梁上起了寒栗了。

"可怕的是，使死骸站立起来，给他能看见自己的腐烂……可怕的是，在人的灵魂中造出些纯洁的宝贵的东西，却只用了这个来细腻他的苦恼，锐敏他的忧愁……"绥惠略夫接续说。看去似乎是凉血的，但还带着无穷的苦痛的迹象。

"你误会了……"亚拉藉夫错乱的，还只对于"因为伊爱你"这一句话，喃喃的答。

"不的，我知道……我整天在我的暗屋子里坐……人在那里一切都听到……是这样的。"

亚拉藉夫默然，下颏压着胸口。

绥惠略夫站起身来。

"你们无休无息的梦想着人类将来的幸福……你们可曾知道，你们可曾当真明白，你们走到这将来，是应该经过多少鲜血的洪流呢……你们诬骗那些人们……你们教他们梦想些什么，是他们永不会身历的东西……只使他们活着，给猪子做了食料……这猪，是在这里得意到呻吟而且喉鸣，就因为他的牺牲有这样嫩，这样美，感了这样难堪的苦恼！……你们可曾知道，多少不幸的人们，就是你们所诬骗的，没有死也没有杀人，却只向着上帝哀啼，等候些什么，因为在他们再没有别的审判者，也没有正理了……"

绥惠略夫的声音只增出难当的力量来。亚拉藉夫直跳起来了，自己并没有觉得。长着冷峭眼睛的古怪的淡黄色的脸相，仿佛一座大山似的压住了他。

"你们还不明白么，即使你们所有将来的梦，一切都自当真出现了，但与所有这些优美的姑娘们，以及受饿的'被侮辱的和被损害的'人们的泪海称量起来，还是不能平衡的……对于在刺刀以及你们的高超的人道说教的保护之下，凡在地上的曾是善，正是善，会是善的，全都打倒的事，他们那气厥的憎恶的记忆还是消不去的！……你们这里，他们寻不出审判者和复仇的人！"

"你说的是什么意思呢？"亚拉藉夫吃吃的说。

绥惠略夫没有便答。

"你来。"他说，并且走出房去。

亚拉藉夫受了催眠术似的跟着他。

全家都睡觉了。廊下是昏暗而且寂静，在浑浊的病的空气里，呼吸也觉得艰难。绥惠略夫开了自己的房门，招呼亚拉藉夫，进到里面。

"你听！"绥惠略夫轻轻的，却非常强迫的说。

　　亚拉藉夫侧着耳朵听，最初是除了他自己的心脏的鼓动以外，一无所闻。在昏暗中辨不出事物。只有模胡的绥惠略夫这两眼在暗地里闪闪的生光。

　　但亚拉藉夫忽然听出一种异样的微细的声音了。有谁哭着。一种幽静的、捺住的、绝望的悲啼，利刃一般的贯通了寂静。这中间含着许多难堪的痛苦。是说不出的苦恼，无希望的企念，气厥的投地的哀鸣。

　　"阿伦加在这里哭！"亚拉藉夫明白了，但现在他又分辨得，并非一个声音了，却是两个，那在这里哭着的……黑暗覆压着，在他耳朵里响的好像是沉痛的钟声，而且仿佛不止两个了，却是三个……十二个，一千个声音，周围的全黑暗似乎一同啼哭起来了，他错愕的问道：

　　"这是什么？"

　　然而绥惠略夫没有答，他突然粗莽的抓住了亚拉藉夫的手。

　　"你出来……"他急速的说，向过道走去。

　　在黑暗和不可捉摸的哭声之后，进到点灯的屋子里，觉得很是明亮简洁了，绥惠略夫才放下亚拉藉夫的手来，锋利的看定他眼睛，问说：

　　"你听到了么？……我是不能听了！你们将那黄金时代，预约给他们的后人，但你们却别有什么给这些人们呢？……你们……将来的人间界的预言者，……当得诅咒哩！"

　　"你容我说……你呢？你又给什么呢，这样问人的你？"亚拉藉夫愤愤的捏了硕大的农夫手，叫喊说。

　　"我？"绥惠略夫的声音里大半带着揶揄了。

　　"正是，你……给我这问题的你——这古怪的……你有怎样的权利，用这样声调说话呢？"

“我——不给。我大概只是教他们将忘却的事，记忆起来……是的，而且这——还不够哩！”

“这是什么事！你说甚么？”亚拉藉夫带着突发的不安，追问说。

绥惠略夫注视着亚拉藉夫。他就不意的微笑起来，似乎他对于这追问的稚气觉得惊奇，于是慢慢的走向门口。

“那里去？你停一会！”亚拉藉夫叫喊说。

绥惠略夫回过脸来，和气的点一点头，便出去了。

“但是……你……你简直是发狂了！”亚拉藉夫在迷惘的愤懑中，大声说。

他相信听到，绥惠略夫失了笑。然而房门合上键了。

暂时之间，亚拉藉夫惘惘的立在自己的屋子里。他头痛了，颤颤跳动起来，心脏乱撞得像一个病人，不整而且频数。他机械的放开眼光去，遍看他房中，他的堆满了书籍和纸张的桌子，挂在壁上的画图，突然间一种病的说不出的嫌恶的发作，从他头顶上一直震荡到脚跟来。各思想，各工作，便是将来的日子，他也绝顶的憎厌了。一个愿望捉住了他，愿有一双巨掌抓住这全世界，高高的一摇荡，一切屋、人、思想、事业，都尘埃似的散在空中。

“大约这真算最好哩！”

他走到卧床，将脸靠在枕上，毫不动弹的躺着。

在黑暗中，他的合着的眼的周围，现出一个分明的脸，长着一双大的，有所寻问，又有所哭泣的眼睛，漂过他面前了。于是又有谁来到近旁，漆黑的，怪异的，发着动物的笑声，而且消去了光明喜悦的人生的梦想。

十

这是夜间了，全家都睡着。没有声响从外面进来，一切都是死一般静而且凝成黯淡的靖定。只有无形的黑暗默默的遍历各房，视察睡人的脸。绥惠略夫的房里，那开着的窗户在朦胧青色中，微微发亮。

绥惠略夫忽而寒噤起来，睁开眼。

有人傍他站着。他抬起头来。

就当他前面，在床的后头，站着，两只手掩了脸，一个女性的形象。有些非常的秘密横在伊优美的隐约的轮廓里。还在从这半已遗忘的形状叫回记忆之前，绥惠略夫已经认识了伊，由一种奇异的内部的感触，这感触便贯透他的脑髓而且抽缩了他的心脏：这是那女人，是他曾经爱过而已经去了的，去的地方，如他所想，又是再不归来的所在了。

"理莎（Lisa）！"绥惠略夫即刻叫唤说，极惊奇又极恐怖，那时他仿佛觉得，心要拉到胸膛之外去了。

这形象先前一般站着，用手掩了脸；伊只是隐约的在烟雾里，那烟雾是在他眼前的波浪里浮沉。

"理莎！你那里来的？……你怎么了？……"绥惠略夫还是绝望的叫。

他觉得他的叫唤响彻了全家。但绥惠略夫忽而悟出了这事：伊来，是因为伊预知了一切，而且用了超人间的爱——比死更强的爱——要在他一生中的这末一夜，为他哭泣的。

"理莎，不要哭！"绥惠略夫央求说，他虽然也感得，这言语并无功效，伊不答话也不能答话，因为伊在实际并不生存："看哪，我愿意这样了，这是我一生的梦想，从你死了的这一日以来的……为这压住我的憎恶，那是唯一的出路呵！……这不是计算，也不是理论，这是我自己……你知道罢！"

他向伊痉挛的伸出手去，只是抓着空中。

伊往后退，两手没有离开伊悲凉的垂着的脸来。而且在不意中，伊向一旁溜去了，伊绝无声息像一个阴影似的移过他头的前边，消失在由他看去正是黑暗的屋角里。然而他还有少许时光，可以辨认那深黑的粗衣，这衣，便是他末次见伊的时候穿着的，纤细的手指和头发，也还是先前一样的可爱的鬈式。

绥惠略夫赤着脚，慌忙跳到冰冷的地上。

没有人，也不会有人。窗间的青色微微发亮，在那蛛网一般颤动的微光中，屋子的冷壁冷冷的看着。他走近窗去。他的对面立着又高又广的墙垣。这上面是苍白色的夜的天空，像乌黑的有力的臂膊似的，向他伸着几支铁的烟突。

——"一个幻觉！"绥惠略夫想；他又觉得，他的心跳得怎样的沉重；有很大的一团塞上喉咙来。

他走向房门，去摸，似乎他对于他的悟性，都不相信了。

——"我病了……我也许还要发狂……人对这应该奋斗。我要发狂了！我的全部思想岂只是有病的脑的产物么！"

忽然之间，冷冷的不出声的笑着，他用了稳实的脚步走到床边，并且躺下。在他自己，仿佛是全没有合上眼睛，仍如先前一般，看着微微透亮的窗户，冷的白墙壁和黑暗的房门，但其时有谁用了没有响的单调的声音对他说：

"你的憎恶，你的狂乱的计画，也仍不外乎你所骂詈的这广大的、牺牲一切的爱……"

"这并不是真的！"绥惠略夫用了非常的努力反对转去，像有一个过度的重负压在胸上似的。"这不是爱……我不要爱！……"

那谁却只是固执的单调的接续说，用了仿佛从绥惠略夫头盖里发出的声音：

"是的，这是真的……你是尽了你天职的全力爱着人类，你不能忍受那恶，不正，苦痛的大众，于是你的明亮的感情，对于最后的胜利，对于你所供献的各个可怕的牺牲的真理，都有确信的感情，昏暗而且生病了……你憎，就因为你心里有太多的爱！而且你的憎恶，便只是你的最高的牺牲！……因为再没有更高的爱，可以比得有一个人将他自己的灵魂……并非生命，却将灵魂给他的切近的人了！……你记得这个么？你记得么？"

这声音活泼起来了，但已经不像最初，从他头盖里面发出，却在近旁什么地方了。又生疏又活泼，而且真有谁和他说。绥惠略夫骤然辨认出来，在他卧榻的后头，昏暗中间仅能识别的，坐着一个人。隐约的显得一个瘦削的侧脸，弯曲的背，又长又细的颈子。

绥惠略夫睁大了眼睛，一躬身起来坐着。

"谁在这里？"

那模胡的形象没有动……在一瞬间，绥惠略夫觉得——这使他异常的高兴的轻松——他只是瞥见了一个偶然的阴影，并不在床沿上，却分明更远，紧靠在门旁罢了。黑暗迷人，近的显得远而远的却近。便是房子也放大了又复缩小，并且用他的冰冷的窗户迫压他，仿佛一座高山。黑暗也默默的，似乎为要侧耳来听，弯了腰盘据着。

绥惠略夫想要起来点灯，但在他动作之前他先觉得被一个沉重的身躯压住了他的盖被，而且实在有谁坐在他卧榻的后头。怕要发狂这一个细致的，闪过的思想，穿透了他的脑里了。

"但谁在这里？……甚么事？"他费力的说。

那人默着。

"谁放你进来的？"他又轻轻的叫唤。

那人缓缓回过头来，在微弱的昏黄中，绥惠略夫看见黑瘦的脸，带着两个黑窟窿，在那在黑暗里辨不分明的眼睛的地方。

"谁么？"应出一个诧异而近于嘲笑的声音，"你自己！"

"你怎么说诳！"绥惠略夫叫喊说，其时他觉得发狂的恐怖只是从下方涌上头来，"我不准人进来！"

"可是你自己……"夜的来客回答说。

绥惠略夫沉默着，用了他闪闪的眼光迷惘的注在这奇怪的影子上。

"你究竟为什么这样诧异呢？"来客加添说，现在是用了显然的嘲笑了。

"呵……这又只是一个幻觉……我真应该振刷才是！"绥惠略夫忽然想到，微笑起来。

但是这恐怖忽而被那愤激，几乎是憎恶，所驱逐了。这形象，对他冷静的坐着的，似乎在实际上，并非专出于他生病的脑，他不快到了绝端。绥惠略夫在天然的反感的坌涌中，咬住了牙关，并且说：

"好，随便罢，根本只是——呆气！你要怎样？"

他相信，幽灵不来答应了；他便快意的等着，然而幽灵却用了全无音响的，但又非常清楚的语调说出话来：

"没有别的，我们只将会话再讲下去……你应该将你的思想说个分明。"

"你停止罢。我没有什么应该，而且什么时候都可以去掉你。"绥惠略夫傲岸的说，其时他又万分惊慌，觉到他正与幽灵周旋，仿佛他对于幽魂的存在要相信了。不知什么的一种权力支使着他，使他反背了他的意志做出言语。

"你究竟是谁？"绥惠略夫侮慢的问，他觉得，他的揶揄反中了他自己了。

"你当真不认识我么？"

"哦是了！"绥惠略夫突然记忆上来，这细脖子和黑脸是属于谁的了。"你就是铁匠，我在茶店里和他说话的……"

"你停止，在梦里还装假罢，"客人懊恼的说，"我并非铁匠，正如你并非绥惠略夫，你吩咐我通名么，我的大学生多凯略夫（Tokarjov）先生？……"

"不必……已经知道……我记得了……"绥惠略夫勉力的答。

他并没有识得名姓和形容，但当他忽然知道那在黑暗中到他这里来的，并不是一个人，简直是一面镜子和自己的形象在里面，他便安静起来了。

这时恐怖完全消灭了，他只觉得异常的疲劳，以及想要摆脱那重负的一个制不住的愿望。

"我要和你说一回最后的话……大概总也是全然无用的……你想罢！……你要知道你的策略的可怕……你是回到非常的错误上去了，憎恶却是引导'爱'的事实呵……你，多凯略夫！"

绥惠略夫兜上了嘴唇微微的笑。

"你还只是说这事！我不想到爱，……我不要听这个……我只有憎！为什么，我应该爱你们人类呢？因为他们猪一般的互相吞噬，或者因为他们有这样不幸，怯弱，昏迷，自己千千万万的听人赶到桌子底下去，给那凶残的棍徒们来嚼吃他们的肉么？我不愿意爱他们，我憎恶他们，他们压制我一生之久，凡是我所爱，凡是我所信的，都夺了我的去了……我报仇……你都明白了罢！……我对于你们不幸者，倘他们还没有非常惨苦或者还没有自己殒灭[14]的时候，在别一方面也正如幸福者一般的糟蹋生活的，一样的报仇……我不能活下去，但我死也记忆着，他们入了迷，只要对于解放那先入之见很有胆略和理解的，他们便奉作第一等的权威……我要指示你们，有一种权力，比爱

---

14 现代汉语常用"陨灭"。——编者注

更要强——就是拼命的、不解的、究竟的憎……已经够了……"

"但是你想要——一个人做甚么呢？"客人驳诘的问。

绥惠略夫奇怪的短的一笑。

"第一，凡是我一个人所不能做的我便简直不做。还有第二，你相信，将来就只是我一个么？……我们便等候……等候！"

绥惠略夫用了确信的坚定的声调，将这末后的话连说几回。他的眼睛非常专注的锋利的在黑暗里看，似乎他看见正如他一般的人们的一列，已经决绝了人间，在他的足迹上不屈不挠的前进。

"上帝呵！在这五年中你的思想走了怎样的弯曲呵，自从你还是青年充满着勇气和确信，进到工厂以来，那时是对于最后的胜利满抱着热烈的自信的……你失了这勇气了，乏力了！"

"我们不说这些罢，"绥惠略夫不高兴的说，"你还不如告诉我……我那时并不是一个人——我们是许多人……他们都那里去了？"

"他们都为了共同事业跑到死里去了！"客人肃然的回答说。

"连理莎？"绥惠略夫缓声的问。

"是的……连伊。"

"但你知道——我刚才正见到伊了……伊哭……然而这只是一个狂乱的幻觉，没有关系的。你可知道，将一生中最宝贵的去做牺牲，是甚么意义呢……一个天工，这样的娇嫩和脆弱，使我常常担心，怕看见伊受着一点极小的粗暴的——却委弃在死里，污秽的绞索里，绞架里，绞刑吏的嘲弄里……你知道这意义么？……不知道！那我……我知道了！"

绥惠略夫声音里带着呜咽，说出这话来。

"你不要这样愤激，爱的，"客人很关心的说，"这委实可怕呵……但怎么办呢！……没有牺牲做不成事……而且牺牲愈大，那意义也便愈纯洁愈神圣了……"

"哦？"绥惠略夫异样的问。

"你相信罢！……牺牲，牺牲！……将'百牛'[15]献给人类，而且我们的全历史也只是不断的屠戮罢了……但进步是不虚的。从那边，从光明的将来里，已经向我们伸出感谢和祝福的手来，这手便是幸福的和自由的人间界的，是我们的孩子我们的事业的！我的上帝呵！我们这短促可怜的生涯，对于建筑在我们死骸上的这伟大的将来，能算什么呢……"

"呸，多么讨厌！你岂不怕，你的庄严的将来太有尸气么？"绥惠略夫问，又冲出短短的笑来。

——我和自己争！坏够了！他想。

"你岂不知道，"客人往下说，仿佛他没有听到抗议似的，"我们为要突进向前，怎样的在一步一步的挖通那'恶'的多年的大势呢……而你真还能疑惑这真理的凯旋么？你记起来了罢，对于恶的战斗是不能用恶的……"

绥惠略夫沉默而且听着。他仿佛觉得，正在一所大教堂中，站在许多群众的最后排列里，远远地听到一个说教的依稣忒教徒的严肃甘美的声音。

"是了，还有我们自己呢？……我们，将凡是我们所有的最宝贵的东西——生命和幸福——全都舍了的；我们又怎样呢？"他低声的问。

"我们就当作肥料，肥沃那地土的……这地土，从这里便进出新生活的萌芽来！"

"然而又有谁来，将这些喝我们的血，乐我们的痛苦，乐着在我们……照你说，便是在肥料上，跳舞的这些，加以报复呢？……"绥惠略夫尤其低声的问，用了非常异样的声调。

15　Hekatombe，古希腊祭神所用的大牺牲。

"这和我们什么相干呢……历史，或者如果你愿意，便是上帝会来处治他们的！"

绥惠略夫大怒着捏住他的喉头。

"哈，这就完了么？……这就完了么？……"

于是他忽而锐利的狞野的叫喊起来：

"你诳！你是教士……黑教士……依稣忒教士！你来，就为要欺骗我！我扼死你！"

他叫喊，他自己的身体因为愤怒和嫌恶发着抖，摇动这人的喉咙。他将客人向墙壁只一推，至于那头在壁灰上撞出一种钝声，而且挤紧了又长又细的颈子。于是他觉得，似乎亮起一道光，似乎有谁刺了他的心，他便醒了。

他的心在胸膛里撞击，仿佛要跳裂了。眼前旋转着红的和金色的圈，他全身都流满了热的粘汗。他仰面躺着，盖被一直裹到颈边，并且看着他空屋里苍白色的晨光，载着暗黑的一堆衣服的椅子和现在已经向明的窗门，但不如意的固执的重担这一种感觉还只是留在他脚上。

绥惠略夫努了力，坐起身。

在他脚上放着他的外套，是从床栏上滑下来的。

"没有别的！"他冷冷的微笑，又想躺下了，但突然停住而且直坐起来。

十一

在下面的什么地方，住宅里面，他听得小心的步声。他高仰了头，轻轻的迅速的坐起。有谁走上楼梯来，愈来愈近了，用那沉重的靴子极谨慎的踏着石级。

绥惠略夫坐在床上屏息的听。

有谁站在大门外边，似乎也正在屏息的听。静了许多时；绥惠略夫终于相信，以为只是他颞颥部的血脉的跳动了。一切都平静，但有黑暗在他眼前轻轻地彷徨。

"只是自己疑心罢了。"绥惠略夫放了心将头靠在枕上的时候，他想。

然而这一刹那间他睁大了眼睛，仿佛被谁摔出了卧榻似的，忽而赤着脚站在冰冷的地面上，在房子的中央。从钝滞的寂静里，透出一个小心的，仅能听到的声音：是铁的发响，便又沉默了。有人极谨慎的想弄开住宅的门。绥惠略夫像影子一般动作，整理起东西来。他恰在穿靴的时候，他又听到一种新的响声。他凝了神，几件衣服提在手里，更加屏息的听去；于是他便更加迅速的穿了衣裳。此刻又添上几个人，用心的蹭着，走上楼梯来了。

"这是他们！"

绥惠略夫游移的立了片时，便急速的穿起外套，戴上帽子，开了房门向廊下望去。

一个闪电似的想象通过他脑里了；他记得，他昨日走到厨房里喝水的时候，曾在窗间很近的看见邻家的火墙；那窗门也没有两层的格子。用了迅捷的举动，阒静的像一匹猫，绕过了行李和帐幔，他向着廊下，在重浊的空气里直溜过去。到转角处，那两个老人睡着的所在，他又站住了一瞬时。帐后的低微的鼾声忽然停止了。绥惠略夫挺然的立着，而且屏息的听；于是又轻轻走去，开了厨房的门立定了。厨房里已经很明。有些不分明的什么器具在灶上发光，一个冷定了的撒摩跋尔立在桌子上像是瞌睡。一匹猫从灶面跳到地上，竖起尾巴向绥惠略夫念着呼卢，跑走了。满是冷熄了的煤烟和酸菜汤气息。绥惠略夫走近窗前，向外面凝神的看出去。

从昏浊的尘封的玻璃里，仅能看见一点东西；只有一道云闪的通明以及一座挺直的灰色的墙垣一直通到深处。

他周围一看，便轻轻的想要除下窗上的横闩来。窗门微微作响，开开了，一道寒冷新鲜的空气注在他的脸上。他探出身子去向底下看。

一直下面，雪白的闪着石路；这显出这印象，似乎在地面有一个险恶的深渊。冷与死的嘘息，从那里直冲到他这里来。在火墙的灰色线的上边，展开着单调的早晨的天空；他的无限的空虚，吐纳着自由与寒冷。

绥惠略夫回头向着家中留神的听。

这瞬间骚然的响出铃声来，仿佛活的一般而且促着警醒，于是全世界的寂静和睡眠似乎都因此动摇了。

绥惠略夫小心的敏捷的攀上了窗门的铁叶，向下边闪闪的石路这可怕的深渊里只一瞥，便直跳下去——这一刹时他觉着一种感觉，是自己的身体在空气里，在深渊上的可怕的落下、悬空、脆弱、沉重……于是那冷的石造的火墙便很重的撞着了他的胸脯。

在非常的紧张里，痉挛弯曲了的手指紧紧的抓住了弓形的铁叶，那铁是盖在墙上的，因为重量，便戛戛[16]的响而且弯折下来了。两脚痉挛的滑在墙上，膝盖支拄着仍然止不住的向下划。绥惠略夫觉得他的身体意外的沉重了。他蟠屈起来，像一匹坠下的猫，当他使出最后的死力，两只手紧捏住弯折的边缘。松了，便又紧紧捏住，将一只肘膊支在铁叶上面的时候，他已经闭了眼睛。他于是又抽搐的蟠屈着，两脚抓着墙壁，将那肘膊支起自己来，便又用另一只手扳到那边，用前胸移上了屋顶。

不少时光，他一半失神的躺在又冷又湿的铁叶上，只在他跳跃的心头觉得剧痛；一个可怕的落下的感觉，也仍然留在他肢节的中间。

从院子里起上一种喧哗来，这便催起了他。有谁说话，在什么

16　现代汉语常用"嘎嘎"。——编者注

地方远远的，在那深处。

绥惠略夫匍匐着，在斜面上缓缓的滑到屋顶窗的左近。

那地方，是斜面屋顶的那一面，他从这上头看见一所陌生的巨宅，关闭的窗户的排列，枯树的顶，以及平坦的绿的草场。一个黑的小人儿，看去好似一个滑稽的扁平的小虫，从头部已经生出脚来的一般，在这家里的白的石路上走。他的一迭连的脚步，响得可笑的分明。

绥惠略夫溜过了屋脊，再向周围一看，便消失在阔大的尘封的屋顶门的黑暗里了。

天空冷冷的向下看。屋顶和烟突的大海远展开去，在这后面，地平线的极边，远海显出青蓝，当早晨的阳光中，已经徐徐的转成青白了。

十二

亚拉藉夫被尖利的铃声，那宛然就在他房里发响的似的，惊觉了。他照例的先取纸烟，但这瞬间又有什么压住了他的心，他去摸火柴的时候，便仰着头屏息的听。玛克希摩跋在伊房里动弹了。人听得，伊怎样呵欠，裙子的响声，又撞在什么东西上，于是赤着脚，沿着廊蹭去了。

"谁在那里呢？"亚拉藉夫听到伊的渴睡的不高兴的声音。

"电报么[17]？给谁的电报？"玛克希摩跋问。

大约伊得了答话的，然而很低，至于辨别不得。

亚拉藉夫急忙仰上而且坐起身。

"那里！"这像电光一般的穿过他的脑中，各种想象和观念合成的一个旋涡便在他头里面旋转。那小包裹和纸片，老鹰脸的小男人

---

17 电报！是俄国警察要执行家宅搜索，在夜间叩门，对于房主人询问时候的一句常用的回答。

留在他这里的，忽然现在他眼前而且长成一个怖人的巨物了。他几乎想要叫喊，教人不必去开门；他跳起，便奔到廊下，——但已经确切的分明，听得抽开门闩的铁的声响，以及沉重的，穿着铁钉底的长靴的，许多人们的脚的悄悄的踏步了。

这回似乎全世界都已觉醒过来，并且闪出了可怖的夺目的颜色，叫唤和呼哨的声音。

只穿了小衫，又长，又瘦，长着硕大的手脚，亚拉藉夫痉挛的在屋子里盘旋起来了。屋子里忽而一切都明亮。片时之前，他相信，还是全藏在昏暗里；然而现在照着破晓的青白微光了，一切都分明识得：桌子载着未完的著作，上面是纸烟，靴子在床底下，图像在墙上，一切都这样简单、稔熟。这样平常而且可爱。

"但你们要到谁这里去呢？"惴惴的问着玛克希摩跋的发抖的声音。

他们回答什么，没有听到，单是那老女人发出一声短的叫喊，将手只一拍。沉重的脚步声的電子便立刻在廊下腾沸起来。

亚拉藉夫闯向门口，自己也没有计算是什么缘故，只是轻轻的锁了门。

于是他跳到桌旁，拿起包裹，在他似乎是十万磅重的石头，他暂时捏在手中，便又拿着这奔到窗下。

"——炸掉——都一样……"他想，站在开着的半窗面前，从这里进来柔软的新鲜的朝风，迎面的吹着，"——都一样——后来可以否认的……"

他的错乱的思想如同发热一般的回旋，他将包裹擎出了眺望窗，炸弹便暂时挂在这院子的四层楼的深渊上。亚拉藉夫几乎已经要放手了，在突然又有一个别的思想闪出他脑里的时候；这思想是非常恐惧而且无法，亚拉藉夫竟至于像负伤的野兽似的呻吟起来了。

"我怎么办呢……这纸片……这姓名住址？他们一定会在院子里检齐的！……烧么？……没有工夫了……"

"那就这样的……为要救出别人，毁了自己么？……但是，我已经对他们说过！我恳求过他们，他们应该给我安稳才对……现在他们还有什么权利，可以仰仗我呢！……"

全家都醒了，什么地方有孩子啼哭了，有谁吃了惊；有的叹着气。在邻室里，那绥惠略夫所住的，有大声的说话，家具的翻倒，骂人。

"的确逃走了；还有什么……许是逃到邻室去了罢，大人……这里是一个大学生……鬼捉的——将枪拿在旁边罢，撒旦，我们不要伤人！"冰冷的，愤怒的声音拥到亚拉藉夫这里来了。

忽然有人叩他的门。是一种很稳当而且规矩的叩法，以致亚拉藉夫隔了关着的门也似乎看见这叩门的人来；是一个和气的懂事的警官，带着圆滑的派头和无所假借的洞察的眼。

他于是一跳，竭力的使没有响。离开了窗门，将炸弹搁在桌上，重行拿起，险要掷下去了，却又塞在裤子的底下。他又更向下面推，于是便站着，无力的挂下了长的强壮的臂膊。

在房门上又敲着了。

"劳你驾，你只要开一下就是了！"叫着一个没有听到过的声音，柔媚的但又非常凶险的响。

亚拉藉夫没有答。对于这类人们的，和母乳一同吸进去的旧日的憎恶，以及全生涯中发达起来的憎恶，淹没了他了。他自己也说不出决心的缘由来，便向那漆黑的炉门，跪了下去，这里面向他吹出一阵冷灰的气息。他非常迅速的拉断了捆着包裹的绳索，将纸片便撕。铁门的火炉夏夏有声，纸片声也似乎传遍全家了。

"你开罢，否则我们要砸门了！"一个冷酷的气忿的声音叫唤说。

现在确乎已经有许多人站在门前；而且忽然用全力的敲打起来了。

"他们走了先着哩！"这思想透过了亚拉藉夫的脑中。于是他宛然看见了一切的，凡那运命和性命，全系在他可能将纸片消灭与否的人们；还是献出他们呢或者竟牺牲了自己呢。全部的大事业，这里面包含着几百个少壮纯洁的灵魂的，光明的奋不顾身的大事业，忽地现在他眼前，他在灵魂里，仿佛看见十多个熟识的面貌，正对他满抱了希望。他自己觉得渺小而轻微了。

"现在，怎么好呢？"从他灵魂的深处，涌上一种温暖的声音来，充满着热泪和激动。"即使这样……宁可我……"

人们拥挤在门外，简直不像是人，却是一群野兽了。

"总得开！这是甚么！你遵照！"那声音威吓说。

亚拉藉夫突然发出狞猛的冷酷的愤怒来。他有这心愿，对他们要咆哮、歌唱、呼哨，要送给他们以秽恶的暴戾的骂声。

他自己也不知道，怎么的有一柄沉重的手枪在他手里了。大约他从桌上取那纸片的时候，他也就抓起这东西来。

"你遵照！……呸！什么，砸门罢！推！"

"鬼捉你们，我用过你们的娘！[18]"亚拉藉夫转脸向了房门，发狂似的咆哮说；一面将那纸张，虽然也只是出于本能的，却还在不住的撕成碎片。

房门忽然发了声，一条黑的阔大的裂缝裂开在白的门板上了。木屑坠落下来，钥匙铿锵的落在地上。许多声音怒吼起来了，一个黑影，他前面先闪着一个枪柄的，从裂缝里径挤进来。

亚拉藉夫开枪。

18　俄国平常的骂人的话。

黄的短的电光只一闪，有人狂叫着，沉垫垫[19]的向后倒在廊下了。

"捉住他！捉住他！开枪！"许多声音咆哮说。

亚拉藉夫用脚尖蹲着，蓬乱的头发，只一件小衫，他的眼发狂似的晃耀，伸开他长臂膊，向房门的裂缝里一枪又一枪的放。他再不知道什么，也再不感到什么了，除了那狞野的原始的愤恨与震颤的憎恶，这种非人间的憎恶，便是用在踏杀毒物、歼灭仇敌、绞杀牺牲的。忽然从房门这乌黑的裂缝里对他开了枪。火炉的小门戛的一声关上了，又从钉子上掉落一面图像来。墙上便飞下了白色的屑粉。

亚拉藉夫跳在旁边，贴着墙壁，迂回着，这样的挨到门口去。射击的弹火似乎也打在他脸上了，但是，一跳到了门，他便从裂缝中伸出手枪，对着人身只两发，那身体几乎要触着兵器了。

一声喊震得他耳聋。射击停止了；有人发出裂帛似的难辨的呻吟。

"嗳哈！"亚拉藉夫在意外的娱乐里大叫起来，全身是洋溢的喜欢，准备了，无限的射击和杀戮[20]。

"且住！他拒捕……到别的屋子里去罢……"许多声音叫喊说。

亚拉藉夫竭全力抓住一个沉重的衣橱，移来塞了打破的门。于是他闯回炉边，将撕碎的揉掉的纸片点了火。火便高高兴兴的延烧起来，用了浮动的颤抖的焰光照着这损坏的糜烂的屋子。

亚拉藉夫将背脊靠在屋角里，四顾他的周围。

这其间，已经完全明亮了。他原来的愉快的屋子显得特别的悲凉。灯盏跌倒了躺在油洼中间；托尔斯泰的肖像歪挂着，穿过了一颗弹丸；壁粉的白屑积在屋角里，青烟升起他绕缭的一缕，正逸出

19　现代汉语常用"沉甸甸"。——编者注
20　现代汉语常用"杀戮"。——编者注

那摧破的窗门。

亚拉藉夫仿佛觉到，他许是发了狂；这并非真实的事。在昨日，在一二小时之前，他还坐在写字桌前写，而且他平时环境的条件，书、图像、纸，也都活泼泼地绕在他的周围的。说不出的悲痛，装满着结末的凄苦的眼泪，穿透他的灵魂了。他注视他的桌子，他的书……于是绝望的搔着头发。他所有将来的生活，可以极有兴味，又远大又光明，充满着可爱的工作，可爱的人们，充满着难以形容的兴奋的，愉快的日子与爱的生活，掠过了他的眼前。这生活，是应该到来而不会到来了。

"死。"绝望的声音在他这里模胡的说。

"为什么呢？出了什么事呢？只是一件胡涂的偶然的事！……"他还有工夫想。

沉重的打击的急霰从邻室落在门上了。有一件重的东西拖到廊下。于是又忽然发出射击，灰尘从顶篷上摇落下来，门的碎片打着亚拉藉夫的脸，脸上便立刻流满了热血。

"嗳，哦！"他用了异样的死灭的镇静说，"……要是这样罢！……"

畅快的、复仇的憎恶，无可按捺的冲上他的喉咙来了，他嘶嗄的嚷出了不知怎样的一句话，便只一跃，猫似的跳到床边，向炸弹伸着手。

"开枪！这边！"有人叫喊，仿佛是，便在他的耳边。

亚拉藉夫没有听到枪声。有什么在他眼前眩目的烧着了，全屋子便都不知所往的飞向一旁，亚拉藉夫很重的仰倒在地上。

立刻寂静了，是紧张的可怕的寂静。

脸色青白的宪兵向房里面窥探，手里捏着枪。

青烟升作绕缭的一缕，还只是逸出打破的窗门去，这背后映着东上的阳光，亚拉藉夫倒在他房子中央，脸向着上面，撒开了臂膊，挺着僵了的长腿的膝盖。他的惨淡的鼻子，乌青而且血漉漉的，正向顶篷看。他的头旁，在地面上迸流着一点黑色的东西。

十三

绥惠略夫提高了外套的领，两手深埋在衣袋中间，在明亮的街道上走。所有路角上都有卖日报的人售卖报纸，大声的嚷，似乎是颂扬他的货色。

"摩何跋耶（Mokhovaja）的惨剧呀！同无政府党人的开枪呀！"

绥惠略夫买了一张报，到益加德林（Yekaterin）公园里坐定，看那详细的报告，其时正喧闹着环绕游戏的孩子们的声音。

"从窗间逃走之无政府党人，借农民尼古拉·耶戈洛夫（Nikolaj Yegorov）绥惠略夫出名之护照而生活者，据警察之探明，实即官厅访拿已久之由烈夫（Yurejv）大学生来阿尼特·尼古拉微支（Leonid Nikolajevitsh）多凯略夫也。彼已经判决死刑，在由法庭赴监狱之途中，乘监押官之隙而逸去，对于彼之逮捕，业已定有方略矣。"

绥惠略夫的脸完全冷静。只是看到那地方，那访事员利用了许多惊叹符号[21]（！），使出夸大的悲剧笔法，描写那寻到亚拉藉夫的尸首的地方，绥惠略夫的眼睛有些痉挛，这似乎是苦恼的同情，也许是狂乱的愤怒。

他于是起立，从蠕动着的孩子群上头瞥出随便的眼光去，便走出了公园。

他经过了异样的紧张。有一种韧性的不能抵抗的东西只引他"到那边去"。他自己很明白，所有的遭遇都已说明了，他要被特伏

21　现代汉语常用"感叹号"。——编者注

耳涅克认识而且擒拿。他夹在不措意的憧憧往来的大众中间，已经觉得有一只无形的手，慢慢的无可引避的向他套下一个死的圈子来。这显然是，他早已不能离开这都会，也不能闯出这街道了；况且他既然肚饥，又冷得寒战如一匹无主的狗。但这捉狗一般的穷追的感得，却呼起他的嘲笑和犷悍来。

"都一样。"他想，其时他机械的而且外貌上很镇静的向前看。他又仰着头缓缓走去，一个不可解的迫压，便是愤怒和绝望和同情集合起来的，引他到那里去了。

远远的早见到在熟识的房子旁边有一大堆乌黑的激动的群集，又有两个骑马警察的暗黑形相，突出在一群好奇的人的头上面。

绥惠略夫混入群众里，这群众都拥在大门左右立着，又挤满了对面的石路，要听人们怎么说。

大多数只是默默的等候，也竭力向那宅子里探头，这里面是密排着警察的黑形相和灰色外套的区长。车道上停着一辆赤十字会的马车，那通红的苦痛的象征，正在不著语言而说明这里演过了可怕的悲剧。

一个画匠伙计，头上戴一顶涂满了白和绿颜色的帽子，正在一堆人里面说些话；大家便奔向他，从背脊和肩膀缝里，伸上那因为好奇而发亮的脸来。

"那是这样，想要擒拿一个人，那正在察访的，那人却不消说早已跑走了。哪，这才是搜查屋子，但是那一个，那不相干的，放了枪……打死两个人，一个宪兵穿通了肚子……哪，这样子，所有住户便都退出，开起枪来了……"

"但是那一个人于这事有什么关系呢？"一个很像样的胖绅士绵密的问，那模样，仿佛他受有恢复秩序的委托，而且这小工也应该严加详细的审问似的。

那画匠伙计非常有兴，自己很觉得，他是通达情形的人物了，便大快活的从这边转到那边，格外赶快的说下去。

"那一个与这事是不相干的……在他这里，听说，寻出了一个炸弹……"

"你怎么说——搜出了炸弹——还不相干？你胡说，胡涂小子！"

"正不是胡涂！但是，早说过，他本来没有被搜，警察并不知道他，到后来才明白的。"

"借问你，这是一个何等样人呢？"一位太太大声的羼杂说。

"哦，我不知道。"那伙计怅然的答。

伊那描画过的眼睛因为好奇发了光，温柔的面庞转了苍白了。

"那便简直是误杀了？"

"正是哩，现在才晓得了……怎样的错。"讲演者将两手一摊，并且放出眼光去，带了一副似乎这事件于他很有兴味的神情，微笑着遍看那些听讲人的脸。

"但这实在怕人呵！"这太太大声的说，也向周围看，仿佛访求赞成的人。

"哪，你知道……在他这里也发见了一个炸弹，"一个少年军官通知说，略看着这标致女人，微笑着，"这总是扫荡一回了！"

那太太的黑眼珠立刻瞥到他，但人不能知道，在他们中间是甚么一种表象：献媚呢或是反对呢。

"是的，然而总还是怕人哩！"伊说。

绥惠略夫默默的听着，他那冰冷的明亮的眼睛只是慢慢的几乎不能分辨的从这一个脸上移到别个的看。而且他愈是四处看，便愈加紧闭了他的嘴唇，他深藏在衣袋里的手的指头也愈加颤抖起来了。

"很好，他们枪毙了他！别人也可以小心些，竟成了时风了，放炸弹。"

"鬼知道，……这太过，"有人紧接着绥惠略夫的肩头低声说。

他急忙转过脸去，看见了一双年青的眼睛，正含着激昂与轻蔑向那众人看；一个青年的姑娘立在他后面。

"然而这样最好。"和伊同伴的一个大学生回答说。

"你说什么！"

"那么，他倒是绞死好么？"大学生苦恼的说，低下了眼光。

绥惠略夫注意的向他看。

但是这瞬间，当那大学生觉到这注意的时候，他也已经自己省悟了，他一触那姑娘的臂膊并且说：

"我们走罢，玛卢莎（Marusja）……我们何必在这里呢。"

"搬他来了，搬他来了！"人堆里发出这呼声；全体便起了动摇，都向大门拥挤过去。

最先现出警察的头来，其中有两人去了帽，其次是一个宪兵的牦头，他们抬着一件东西，不能辨别是什么；只在布袱底下露着长的褐色的头发，当着微风徐徐的动摇，以及一点又高又瘦的前额。

"爱也是，自己牺牲也是，同情也是！"绥惠略夫在耳朵里响着亚拉藉夫的激昂的喉音，他脸上便发出刹那间的痉挛来。

人堆遮蔽了死尸，人只看见，搬过病人车的绿车顶怎样在那停着的地方动，摇摆着，缓缓的前行，和他那可怜的赤十字怎样在乌黑的路人中间，一高一低的起伏。

众人渐渐走散了。

只有一小堆还留着。那画匠伙计还只是讲，划着臂膊，道上空虚起来，马车也又通行了，人们走过，都用了不知所以的好奇心向门口看。

绥惠略夫叹一口气，但即刻忍住，两只手深埋在衣袋里，用了稳当的步调往前走。沉重的思想仿佛一条无穷的黑线，穿透了他的头颅。

他想，在那一回，当他所爱的那女人，被绞的时候，或是他知己的谁，去就那自愿牺牲的死的时候，也没有人嚷出苦痛和恐怖来，也没有人离开了他自己的营业。人们并不互相关联，来分担那些可怕的可悲的消息。照旧的是走着街道电车，照旧的店铺都开着，照旧的如在镜中，盛服的女人悠悠的散步，庄严的有事的男人坐车经过了。他那被凄惨和绝望的无声的叫唤抽作一团的心，已给碎裂了的那可怕的苦痛，全没有相关的人。

他这沉重的思想似乎使他和外界都隔绝了，但他练就的能够细听的耳朵却觉着一种异样的足音，只是跟他走。

在那房子前面的人丛里，绥惠略夫早觉到有诡谲的严酷的眼光，躲在别人的背脊后面，正对着他看。他回顾几次，却并不能觉察出什么来。他到处只看见同是单调的紧张的生脸。然而他那异样的感觉却是强盛起来了；他的心隐隐的纷乱的跳。

大路的尽头是一条大河，碧绿的水波，上面罩着汽船的烟，尖利的汽笛声一直响到远处。远去，在那一岸，包在烟云似的灰白里的，是房屋、园圃、工厂的烟通；这些上面沉垫垫的横亘着一缕乌黑的安静的煤烟，污染了高朗的天空的边际。

绥惠略夫略一思索，便向桥转了弯，他无意的向周围看。

两只眼睛吓人的钉着他的脸。一个通黄胡须的男人，高领子和端严的高帽子的，几乎正踏着他的脚跟。他们眼光相遇的一瞬息间，在可怕的彼此的理会里，他们都冰一般冷了。但这只是暂时的事，绥惠略夫便转过脸去，仿佛无事似的，依旧向前走，高帽子男人急急忙忙的赶上他，毫不停留，径自前去了。

一切事都经过得迅速而且依稀，绥惠略夫的初意，以为他自己想错了。但他的心钝滞的跳，似乎要警告他。他忽然看见前面有一个警察的黑形象，非常从容的用白手套擦着鼻子。高帽子男人安详的一直走，一步也不缓的，追上了那警察。仿佛他正在办一件忙迫的事，但那警察却一耸，垂下手去，诧异的看他，又苍皇的向周围看。

绥惠略夫立刻实行，又神速又精细，仿佛他早经想到似的，转过身去，混在迎面走来的一队泥水匠里，又向埠头转了弯。远地里横着夏公园和通到一无草木的战神场²²的路。他用了电光般迅捷的分明来估计了距离，他看来，夏公园是走不到的了，但埠头却开展坦平，仿佛一片沙漠。在来来往往的人们的大群中间，他也仍然是无可隐蔽而且孤单，宛然在荒凉的雪野上。

"现在，怎么办呢？……都是一样……"他想，冷淡的站在芬兰公司的船桥面前，汽船正叫着开行的汽笛。一个机器的精确运动似的，几乎没有盘算，绥惠略夫直蹿上那动摇的跳板去，只一跃便上了汽船的舱面，混入了那些正在忙着向黄色椅上寻坐位的，各色人们的中间。他这才转向后面看。

颇远的地方，在船桥的进口，他看见三个人形相，仿佛与全世界上隔绝了的一般。

这是一个侦探、一个警察和一个兵骑着马。他们互相商量，脸对着汽船，而且无意识的在那里来回的走动。十分确凿的绥惠略夫识得他们那游移的缘故了；他们不知道，到汽船开走为止，是否还有追上的时间，所以他们无端的忽而向前，忽而向后的奔走。但当那警察终于定下决心，一手按着佩刀，向绥惠略夫走进一两步来的时候，汽船却刚刚发一声叫，喘息着，威风凛凛的离开了船桥。那兵便突然拨转马头，用了全速步从那地方驰出船桥去，同时侦探和警察也都向别方面跑去了。

"打电话……报告分署的！"绥惠略夫想，似乎早有人对他预告的一般。

22　在彼得堡（圣彼得堡）中央的大操场，（现译"战神广场"）。

于是他又迅速而且精密的，一个机器似的跳上舱舷，只一瞥估定了船桥和船身之间的短距离，往下便跳。几个人吓得发喊，但他竟到了船桥，一滑，几乎掉下水里去了，然而还保住，跑过跳板，转身向夏公园这面走。

他愈走愈快了，其时他也用了全力的防止，不使成为飞跑。但这样也已经惹眼，许多人诧异的对他看。一种很可怕的力量难以忍受的冲着他的脊梁。他想要回头去看，又不敢竟看。他觉得，他仿佛已经被擒，仿佛四面八方都向他伸出许多的手来了。

美观的高墙、树木、黄叶和花坛，贵妇人、军官和孩子，全是梦境似的飞过了他的面前；并不转入公园，绥惠略夫这时已经是飞奔了，来到丰檀加 [23] 上面那险峻艰难的浮桥上。他隐约看见小艇子平顶篷，弯着腰的农夫，拿了长杆子搅些什么，朦胧的远地里还现出道路和人家；他已经不能自制那狂乱的压迫了，径奔下桥去。一个在值的警察，魁梧的红脸东西长着花白胡子的，向他喊些什么话，但绥惠略夫已经隐在马车的那边，当面看见一个诧异着的女人脸，头上戴一顶异乎寻常的亮蓝帽子，仍是窜，绕出了两辆别的马车，来到一条空巷里。

此时听得在远处有许多声音的叫喊，但他并不回头去看，只是跑，自己全然不知所以的，进了第一个开着的大门。他到一个院子里，四面高得像矿洞一般的；一个保姆和两个孩子戴着亮蓝帽，正和他当头遇见。

"你怎么这样跑，疯子似的！险些闯倒了孩子！"保姆大声说，但绥惠略夫赶快的，没有答话，飞跑过去，进了别的门，类乎一个污秽潮湿的地窖似的，到了第二个院子里。

他以为听得，那保姆怎样的嚷：

23　Fontanka 是彼得堡（圣彼得堡）的小河，在涅瓦河（Neva）附近。

"这一个门便是他跑进去的……这一个!"

许多窗户和门现出在他眼前了;几个陌生脸的人都立定了将眼光跟住他看。到处都荒凉而且明亮像一片沙漠,一切都拒绝他好像一个仇人。

他站住向后面看。在黑暗的门框间,他分明看见一群人,是追着他过了第一个院子的,很像一幅图画,最先跑着的是一个胖警察穿了黑外套,这时绊住他的腿;绥惠略夫自己相信,知道他怎样的一面走,一面又用手枪瞄定了他。但这也只是一刹那的事,仿佛一个幻视罢了;第二刹那他便瞥见旁边有一个别的门,由此通到侧屋,他便闯,喘着,胸间带着剧痛,进去了。

一个面生的人,看来是全没有用意的对他走来的,站住了,向各处看,刚从绥惠略夫的肩膀上射出视线去,那脸便忽然变了野兽似的凶相,伸开臂膊,拦住了去路。

"站住……你站住,你站住一会儿!"他叫唤说,几乎是高兴似的。

"放走!"绥惠略夫声嘶的答,"与你甚么相干!"

"唉不的……你等一等!……帮忙呵!"他忽地咆哮起来,抓住了绥惠略夫。

"拿住他!"后面大叫,助着威。

一瞬息间,绥惠略夫凝视着这黑胡子和无意识的狂怒的眼睛的生脸,于是他便在这脸上,用了死力挥给他一个拳头。

"呃!……"这男人发一声很短的悲鸣,滚在一旁如一个装满了的口袋。

"拿～～～拿住他!"喊声满了空际,警笛的悠扬的翻啭,钻到耳朵里来。

然而绥惠略夫转了弯,在昏暗的墙壁上,他瞥见一个明亮的大门,这便通到街上。那些人们的黑形相便都从那门奔进出去了。

十四

四近都凄凉到像是怖人的冢地。嗅着是潮湿的粘土和碎砖的气息；绥惠略夫蜷伏着的隅角里的，百余年的尘埃似的气味，也混在这中间。

两三小时之前他便站在这里了。在一所正要改修的屋角里，碎料堆子的后边。这地方，是颓败的墙垣和苍黄的土块，伤口一般开着的，华美的旧痕还未全消的所在，还挂着高贵的古壁衣的残片，金彩和雕纹的装饰的零星。这里住过那别样的，往昔的涂饰的人。在这一室里，或是还睡过娇惰的豪华的贵女，遍身裹着花縠与麻绸，——这是美与享用的大观了，这只能在剥削那吸血餐尸的黑土的制度，那多年的似乎不可动摇的制度这一片地面上，才能够发荣滋长起来。但现在却给新主人的贪暴的手所毁坏了，而在浅蓝色的屋角间，又漆黑的站着一个捏了手枪的狞野的人，后面衬着黯澹的描金的百合。

绥惠略夫进到这里，是在他诓迷了追迹的人们之后，穿出一所木院，又攀过了一重板墙。他当初很担心，这藏身地不能安稳，因为不住人的建筑里，人大抵首先会来搜寻的；远走么，他已经乏了力，于是就这样停下了。许多时他只能声嘶的呼吸，又用那松懈的手痉挛的捏着手枪，准备定，对大众的第一个就放，只要是出现到这颓败的门的破口来的。他耳朵里还响着喊声。许多脚的踏步，在白石阶级的陈迹上沉重的腾跳过去。他的胸脯发了吹哨样的声音起落着，他的眼睛闪闪的野到如一匹穷追垂死的狼。但是分、时都经过了，一切都空虚而且寂静了，只有嗡嗡的杂音，间或从街头送到他这里。

绥惠略夫早不能想了，四面什么情形，也几于不能懂得了。他只是自然的等候着黄昏，而且常常要合眼，极顶的衰弱，使他全身不灵，又发生难当的战栗，他已经不能振作了。他合上眼睛，便看见街上的群众，人脸浮出，人手向他伸来。又有人射击他两回；但这事几乎并没有铸在他记忆上，也许是想象罢了。一个别的印象非常怖人，却于他总是忘怀不得。当他在或死或生的追逐里，凡所遇见的一切，个个都是仇雠，没有一人肯想隐匿他，阻住追捕的人，或者至少也让给他一条路。倘没有脸上现出暴怒，倘没有挡住去路而且伸手要捉住他，那就确凿还只是无关心或好奇的人，不过观看那猎取人类罢了。

对于这些事的回忆，是最锋利的，而且烧着他的灵魂，较之记起那追捕的人的脸来，尤为苦痛，他于那些人们是全不加什么想象的了。这只是非人格而且盲从，跟在他后面如一群练就的猎狗。

绥惠略夫不再深究了，离死亡有怎样的近和得救的希望又怎样的微；他单是想，他能否竟做到他的伟大的计画，这计画，便是他挟了很多的憎和爱，规画出来的。他记起一个漂亮的军官，从鞘里拔出刀来，几乎要劈，他记起一个威严的老绅士，伸出他散步的手杖，想拦住他，他记起了各种别的事而且因为愤怒与轻蔑，全身都发抖了。他早没有出路了。他自己知道，他到了尽头了，其时那些人们便只要活在安闲中，静候着日报的记事里，登出他这徐徐的死灭来。

时候过去了，他心脏的痉挛的鼓动渐渐和缓下来。胸间停止了喘鸣，拗捩的两手也在疲劳里自行松散了。这仿佛是，他将一样东西紧张到了绝顶，忽而断了，他的思想和感情也正是这样的一时弛解，像一条绷断的弦。他忽然安静了，这沉重的寂灭的安静，只有人已经有绞索套在颈上，早不是神力或人力所能救得的时候，才会到来。他是完全的无关心了，倘使追捕的人在这一刻里欢呼着直闯进来，他一定不会做出什么反抗了。

他的身体衰弱了。白的烟雾绕着他升腾起来，包住他仿佛一件尸衣，给他隔开了全世界。轻微的铃声在他耳朵里响，他只还有一个心愿：合了眼，连头都浸在黑暗，寂静，不动的中间。

"我睡不得！"他自己说，但那沉沉的烟雾，莫可抵御的拥住了他的脑，一切便都从他意识上消去了，这其间他时时睁着眼睛入了几分时的睡。

他也时时惊觉转来，记起一切的事，发抖，锋利的看了周围，于是又假寐。其时他也觉得，那潮土的湿味，怎样的冰进他的身中。

紧接他眼前，盘着蔷薇式雕饰的蜿蜒的花样；这使他苦恼至于非常。他也好几次看得分明，知道这不过是碎白石的一块，还能显出怎样的一个植物的花纹。但这植物又被烟霭包笼；他便生长起来，浮动起来，成了怖人的形象，忽而长，忽而阔，或者又散成一个阴森的人头的形迹来。

然而绥惠略夫究竟大约是睡着了，因为他张开那自以为只合了一瞬间的眼睛来的时候，四面已都是深蓝的夜色了。夜色攀上了颓败的墙垣，蟠在角落里，从空虚的屋子的门间向外看。阴影无声的动摇，仿佛是昔日的居人的精灵，那曾在这里爱恋、烦恼、享用，而且在他不幸的难逃的时节死去的，重行出现了。

绥惠略夫似乎遇到可怕的一击，醒了睡。有一样非常的事出现了：他瞬息间全不明白，他在那里，他是如何；狂热的大欢喜的侵袭，主宰了他，他的心仿佛是一个容易破碎的，脆的玻璃的器皿了。

他记起一个强烈的幻景来。这是幻觉呢，是半已遗忘的记忆，还是他的错乱的脑做了梦呢？……

"这是什么？我见了什么了？"他愕然的自己问。

"是可怖的东西，重要的东西，这东西，是全生命都从此开端，像滴水之在大海似的……那只是什么呢？……我应该记忆……应该记忆……"

他脑上似乎罩上了一张铁幕。那后面还闪着未曾见过的光明，响着声音。又有许多面貌的模胡的轮廓，是可以识得的，但总不能唤回记忆来而且只使他难堪的苦恼。

他做了梦，梦见他爬上壁立的悬崖去，是一个被追的，零落的，渺小的男人。人的大群像乌黑的怒涛的涛头一般紧逼上来，要捉住他，撕碎他：向他伸出万千的手，抓住他的脚、他的衣裾，剥下他的衣服；然而他却愈爬愈高远了。他们都留在一直底下，不很看得分明了，独有他立在眩人的高处，天风吹绕着他的头。再高，在山崖的绝顶，他看见两个黑色的形象，凝视着全世界，独在不可测的青空。他觉得，在他们这里便藏着他全生涯的谜，而且他也一切便要明白和理解了：他为什么要爬到这可怕的寂寞的高处来，为什么那黑色的波涛，准备着，为要毁灭了他，这样愤怒的追赶。这形象远远地如在梦中，但他生长起来接近起来了。绥惠略夫用了惊人的速率飞向他们。大秘密的接近，这于他便要揭开，他的心充满了无量的狂喜了。

"人说，人当失掉了他的理解力之先，他就感着这无可比方的大安乐，我知道的！"绥惠略夫想，而且感得，一切都是梦。但他不能离开这梦，他使了超人的努力，要把住他，要看他的涯际：峥嵘的耸在高处的山崖，远远的黄金色的太阳，沉在深渊里的无际的远方，浮在烟霭中的，远处的金闪闪的都市的景色，远海的青苍。还有两个可怖的形象下临着全世界。

一个是寂寞的立着，两手叉在胸前，骨出的手指抓在皮肉中间，晴空的风搅着他蓬飞的头发。眼是合的，嘴唇是紧闭的，但在他精妙的、颓败的筋肉线上，现出逾量的狂喜来，而那细瘦的埋在胸中的指头发着抖。他只是一条弦，周围的空气都在这上面发了颤，因为精魂的可怖的紧张而起震动了。

在半坏的平坦处的边上，躺着别的一个形象：丰腴、裸露而且淫纵的，在坚硬的石上帖着伊华美的身躯，一个隆起的、精赤的、无耻的身躯挺着情趣的胸脯，悬空的呼吸。忍了笑宛转伊玫瑰色的身体，在玫瑰的双膝全不含羞的张在石上的，白的圆的两腿之间，天风吹拂着纤毛。伊的两手紧握了崖边，伊的一直底下是日光中的晃耀的平野。

"我是世界的恶！"在紧张的寂静中，伊的声音说，——"是生命的诱惑，是在黑暗的恐怖的欢娱中的地，是将永久的苦恼付给一切生物的恶！你成了人了，神的精神呵！我看见你的思想，而且看见你在将来里，见到多少苦闷和比死还苦的无谓的努力呵！你苦恼着！……而且人们要将你钉上十字架去，因为我比你更其美，更其明白。在这一瞬间，全世界没有留意中，可要揭晓了：我是世界的恶！你想要成人，为的是要用了他们的话和他们说……我的成人，就因为要对你战争。和他们说去罢，但我总要将他们引到我这里来，教他们昏迷在我这两膝的摇篮上，而且将你，你这奇特的，不明白的禁欲家，送到死亡里去！……在这一瞬间是我们两个都能死的……推我下去！灭了世界的恶，你做去罢，因为你这来，是为了救世，你要独自统治世界的……推我下去罢！"

那裸体毫无愧色的移到深渊的旁边。黑发直垂的挂下峭壁去，两手离了崖边，又垂下一条玫瑰色的腿，圆的胸脯下临着无地，软软的动摇。全体都因为兴奋发了抖，只等候开首的一推，便沉没在埋伏的深处。

"推我下去！你就独自留着了！推我下去！你就永远祝福了！你这来，是为了救世的！……你踌躇什么呢？看哪——我下去了！"

孤寂者的嘴唇忽然动弹了。贴在唇上的短须颤抖着，他又睁开了眼睛。

两眼是冷静明亮而且眺着远方，似乎这透彻的眼光通过了虚空和永久。

"世上的一切幸福和一切欢乐我以为都不是有罪的行为！在我这里恶不能得胜！离开我罢，恶魔！"

悬崖间的小男人的灵魂被恐怖抓住了，他用了绝望和愤怒和苦痛的咆哮，大叫起来，伸了孱弱的手：

"你错了……错了……错了……"

他想要到他那里，想要消灭他那不祥的言辞，尽了全力向他喊，但这可怜的人声只是徒然的灭在空中，达不到绝顶。孱弱的人手滑下石壁来。他用了超人的努力，想要支持住，然而岩石是冰冷，不动而且坚顽，于是这渺小的张开四肢的身体转着圆圈直坠向深渊里……

可怕的"死"的恐怖，烧着了他的精神；绥惠略夫醒了。

黑暗锁住周围，而且守着大秘密。

"我见了什么？……是死么？……不是么？……我就要死或者就要发狂么？……那是什么呢，——是什么呢！"

他仿佛觉得，只要一些努力，用了最后的挣扎，他便一切都知道。不确实的言语在他的脑里回旋。这言语长成起来，接近起来，分明起来了……他的全灵魂紧张起来……然而忽然一切都消失了。

绥惠略夫苍白而且惊惧，用那发抖的萎靡的腿站立起来，两手扶着墙壁。

"我要发狂了……我支持不住了！"他想，含着失败的微笑；又大声说，用了异常的凄厉的声音：

"如果已经到了尽头呵！"

一声响震动了空房的四壁，绥惠略夫清醒了。

掉下的手枪，从地面上又捏在他摸索的手里。

冰冷的钢的接触，使他爽神，他震悚了，聚起所有的力量，展伸了全身。依然是挺拔，沉着而且冷静。

"我应该去了！……绞架，发狂，或生活，这是否一样的事！或迟或早……"

他疲倦的四顾，将手枪塞在衣袋中间，跨下那模胡的白石的阶级去。

他已经走到门口，望见街上灯火的红光了，他突然立定，掏出手枪来。在出口处，当了他的路，站着一个长的黑影。在黑暗中，那按着胸膛的两手，纷乱的头发和苍白的脸，全都看不分明。只是祈求似的向他。

"谁在这里！"绥惠略夫叫喊说；他又立刻失笑了。

只是一枝简单的木桩，带着一些乱麻的屑片，在黑暗和他的慌乱时候，成了一个凛然的殉教者的形象了。

他走近这东西，轻蔑的将他用脚踢在一旁，便跨出院子里去。

几个砖堆，木材和石灰片，看去凄凉的像是墓场。修屋的围墙的出口正是大开，外面闪着街石的依稀的白色。绥惠略夫横过院子，极小心的向外望。

正对大门，只离一两步远，在空虚的街上屹立着三个人的形相。那是警察，肩膀上搁着枪。

绥惠略夫一跳向后，将自己帖在墙上。

警察并没有觉得。他们低声的谈论，但绥惠略夫能够听出话来：

"这有什么意思呢，无端的使人成一个残废的人……这是你对的……"

绥惠略夫的心大跳起来了，但他的思想依旧非常之锐利。他用了没有声音的举动，抽身退回，跑出木料堆的后面，轻轻跳上围墙，又向着材料场，那他曾经走过一次的，跳了下去。

旁边高高的堆着木片；还有木料和潮湿气息。空虚的看守屋的窗中全都昏暗，一切寂静而且平安。开着的门外面便是大路，溜过行人的黑色的轮廓，得得的响着马蹄；斜对面照耀着一家店铺的通黄的灯火。

"我现在如果能够走到街上，我便混入人丛里去。我再穿出芬兰铁路的停车场，沿着铁轨走到国界去……"[24]这极迅速的闪过了他的脑中。"我们还要大家战斗哩。"他傲岸的对那看不见的仇敌说，于是决然的走出了大门。

街上的灯火，喧嚷，动摇，闹得他耳聋了，他前进了一二步，又忽然反跳回来：各各地点，巷口和路弯，都站着一样的黑的警察肩着枪，那刺刀在夜色里闪闪的发亮。

"包围了。"绥惠略夫省悟过来，抱着一种无关紧要的绝望的感觉。

在明晃晃的大道上终于不被觉察，是不能设想的，一切都已到了尽头，但他在发狂似的崛强中，不肯便就降服。其时他自己明明知道，人会看出他来，他却横过了街道，几乎在四面袭来的警察的手底下，跑到那地方去了。

十五

漆黑的天空，映着万千灯火的夜红，挂在都市上。步道上头，每个路角上虽然都点着眩眼的街灯，但与内部湛着火海似的大戏园比较起来，街路却像是昏暗的甬道。各方面都发出马夫的悠扬的呼声；大众仿佛流水一般，从夜色里泻向非常明亮的进口去。在乌黑的人丛里，涌出了绥惠略夫，消失了，又出现在空寂的地方，而且鳝鱼似的蜿蜒着尽走。他被那追蹑的人跟定了。从四面兜围上来，他虽然时常似乎脱逃，也不过一种最后的昏瞀的狂暴的游戏罢了。

24 从彼得堡步行出去，几小时便可以到芬兰界。

正在戏园进口的前面合了围。径向着喧嚷和拥挤里奔来的戏园督察宪兵们，都冲进正在惊愕的人堆里去，众人是全不知道什么事。只有几个大学生，知道的，这在做甚么，虽然无补，却想弄大了骚扰，救出这被追的非常的人来。

"你进戏园去！"

出于自然的依了这年青的声音，绥惠略夫夹入人丛，挤进大戏园去了。

他上楼梯的第一级上撞了一个人。身穿金红制服的戏园工役想要拦住他，但被一双狞野的眼睛的眼光弹了回去，又给一群别的人们挤在旁边了。绥惠略夫竟走到一条狭窄的廊下来；经过了衣服室，红衣工役，盛装的太太们的前面，跳进一间空的边厢里，这地方全绷着天鹅绒而且摆满了镶金的交椅。他几乎无意识的关了门，又抵上一把安乐椅，便垂下手去。这就是尽头了。

人听得，有人怎样的在廊下发了不自然的兴奋的声音叫：

"上了楼厢了！……我看见他的！上了楼厢！那边，那边。"

有人想要开门，但这瞬间忽然熄了灯，微微有声的开了幕，现出一座亮到夺目的碧绿的花园，和一群人都是梦幻似的，金的、红的、明蓝的服饰。

以后接连着什么，便是狂暴狼藉的仿佛一阵旋风。

最初是绥惠略夫除了一片头颅和坐位的大海，沉浮在烟霭中间，和几处昏暗的地方以外，辨不出甚么来，他也没有便悟，他是在戏园里，戏剧已经开场，以及这奇特的姿态，在舞台上跑来跑去而且动着两手的，是演戏的伶人。

他带着很可怕的惊惶，被追的狼似的向各处看。一切事，凡是这日里所经历的：奔逃、追赶、濒死的危机、逼近的无可逃的死，竟全不相通于这兴致勃勃的瞻仰的头颅，袒露的肩头，梦幻一般的装饰和杂色的光辉的大海。

他起了狞野的思想快要狂乱了，这里的事竟是真事，对于这些，正是他无可诉说的愁惨，和他的苦恼的全般。就是这样，没事似的开了幕，就是这样的乐队长摆着两只手，就是这样的走出圆裙红鬓的歌女来，撑开了臂膊，张口便唱——轻微、美妙、严肃，如在宫殿中。

人正在搜寻他，立刻要寻到他，拿住他，到天明便绞了，在这里却只是一时中止之后，一切便又安静如常，音乐又开奏了，含笑的人们又复俨然的振作了精神，许多头颅低垂下去，响着妖艳的声调，在感动中抖着袒露的苍白的女人的肩头，于是起了雷一般的喝采。

一刹那间，有一种东西在绥惠略夫的烈火似的脑里长得非常之大了，而且紧张起来，但即刻迸断了。于是狞野的披着纷乱的头发，带着不干净的凶险的脸和闪闪的眼睛，绥惠略夫倚向厢房外面，痉挛的伸着手，便直接的开枪，并不瞄准，射到平安的毫没有料到的头颅的海里去。

答词是一阵可怖的悲号。高亢的乐音忽地歇绝了，大众惊跳起来。同时响着异样的枪声和许多声音的震耳的叫唤。绥惠略夫瞥见了许多回顾的惊怖到几于发狂的脸，于是又抱了不可想象的愉快，从新的开枪，但这次却有了计算，瞄着密集的大众的中央了。

射击的不绝的音响压倒了狂野的喊声。从勃朗宁（Browning）的平滑的枪膛里奔电似的射向坐位的排列上，人头上，在狼狈的恐怖中蜷曲着的脊梁上，逃走的人的腿上，这叫唤的混沌中，也透出女人的歇斯迭里的锐叫来。一个胖绅士嵌在紧接厢房的路上，野兽似的发了稀薄的裂帛似的怪声呻吟着。人们在门里面互相抵排，装饰的花縠和天鹅绒都撕成碎片了，修饰的娇嫩的女人们倒在地上，而且用了拳头任意的乱打，不问是脸，是脖子或是脊梁。

但超出了一切，超出一切的响着，是绥惠略夫的勃朗宁枪的不断的连珠，他抱了凉血的残暴的欢喜，施行复仇了，为了那许多他自己时常遇见的，损害、苦恼和被毁的生活。

门外来了突击，撞破了门，绥惠略夫被抓住了，摔在地面上。

他打败了，被沃珂罗陀契尼[25]的手枪逼到回廊的角上的时光，他便站定，而他眼睛里耀着不可移易的胜利的确信。

从远处，从大房间和廊下，迸出雪崩似的声响来。凡眼光所及的地方，都蠢动着人堆，个个失了人样子。

人抬过一个胖绅士去，鲜血淋漓的礼服的衣角扫着地面；一个明蓝打扮的女人，伊的白蜡似的脸垂在胸前，支着肩膀，扶出去了；在伊蓬乱的红金色鬐子的鬈曲中间，挂着一朵折了茎的雪白的百合。

绥惠略夫从那些正指着他胸膛的乌黑的枪腔上头，从愤怒的人脸上头，射出眼光，去看这折了的百合花，看这从优美的享用而长成的女性胸脯的缎子似的皮肤里，流出来的鲜血。

人叱咤他，人摇他的肩头，但他的眼睛只是坚定而且冷静，而且含了不可捉摸的神情径向前面看，似乎他注视着一种别人决不能见的东西。

25　Okolodtshinij，最下级的警察官。